Stefanie de Velasco
KEIN TEIL DER WELT

Stefanie de Velasco

KEIN TEIL DER WELT

ROMAN

Kiepenheuer & Witsch

Dieser Roman ist ein Werk der Fiktion, sämtliche
Charaktere sind Kunstfiguren, die geschilderten Handlungen,
Ereignisse und Situationen sind rein fiktiv.

Verlag Kiepenheuer & Witsch, FSC® N001512

1. Auflage 2019

© 2019 by Verlag Kiepenheuer & Witsch, Köln
Alle Rechte vorbehalten. Kein Teil des Werkes darf in irgendeiner
Form (durch Fotografie, Mikrofilm oder ein anderes Verfahren)
ohne schriftliche Genehmigung des Verlages reproduziert
oder unter Verwendung elektronischer Systeme verarbeitet,
vervielfältigt oder verbreitet werden.
Umschlaggestaltung und -motiv gray318
Foto der Autorin © Joachim Gern
Gesetzt aus der Adobe Text Pro, der Abril Text und der Scala Sans
Satz Buch-Werkstatt GmbH, Bad Aibling
Druck & Bindung CPI books GmbH, Leck
ISBN 978-3-462-05043-1

Als damals sich die Hirten zankten
und ständig um die Plätze bangten,
da beschlossen die Verwandten
auszuziehen aus ihren Landen.

Nach Sodom kamen sie,
der Nachbarstadt Gomorrhas,
wo damals nur der Böse saß.

Ein Engel kam und sprach zu Lot:
»Haut ab aus diesem Land,
Jehova setzt alles in Brand!«
Auch sagte er: »Schaut nicht zurück,
sonst verliert ihr euer Glück.«

Stefanie de Velasco,
Dienstwoche, 1990

Könnt ihr das Salz riechen? Das ist der Wind, er weht von Kara Gyson zu euch. Wenn ihr ihn riechen könnt, ist er hier schon lange über das Land geflogen, über die hohen Berge und ihre Gipfel, auf denen früher einmal Schnee lag und heute nur noch Salz. Der Wind, er ist über die Seen geflogen, die zwischen den Bergen in den Tälern liegen, und hat dort Salz gestreut. Wie Hühnerfutter hat er es auf das Wasser und ans Ufer gestreut, dahin, wo früher einmal Kinder geangelt haben. Heute angelt niemand mehr auf Kara Gyson, Kinder schon gar nicht. Auf Kara Gyson gibt es kaum noch Kinder, es ist zu salzig. Es gibt auch keine Fische mehr. Auf Kara Gyson herrscht die dunkle Zeit.

Wir haben alles über Salz gelesen, um besser zu verstehen. Jemand hat die Himmelsrichtungen geändert. Osten und Westen, keiner weiß mehr, wo was liegt. Sie haben an der großen Achse gedreht, die Transformstörung, sie hat die Pertosphäre gebracht, die Pertosphäre hat das Salz gebracht und mit dem Salz die dunkle Zeit. Von früher, von der hellen Zeit, gibt es noch Bilder, Malereien und Fotos, aber das Salz greift alles an. Deswegen malt man sich inzwischen alles auf die Haut, aber einmal, da wird auch alle Haut bemalt sein, da wird die helle Zeit nur noch in unseren Köpfen, in den Geschichten, den Erinnerungen sein. Deshalb muss jemand alles aufschreiben.

Wenn wir am Abend unten in den Hexensteinschächten liegen, klappen wir die alten Karten auf und nehmen uns die letzten

Stifte. Dazu holen wir uns immer ein Glas Wasser, aus Respekt, weil Flüssigkeit das Kostbarste auf Kara Gyson ist. Wir zeichnen alles in die Karten, was wir noch nicht vergessen haben, die alten Wege, die Berge, die besten Badestellen. Wir schreiben unsere Wahrheiten auf, auch wenn sie nicht mehr gelten, wir schreiben auf, woran wir uns erinnern, zeichnen und schreiben, bis die Tränen kommen. Weinen geht nicht. Ein Mädchen auf Kara Gyson würde niemals weinen. Sie würde sich ihr Lederdirndl enger schnüren, sie würde eine Friedhofssuppe essen und gut. Davon wird man nicht satt, aber auf Kara Gyson wird man schon lange nicht mehr satt, darum geht es auch nicht. Am Leben zu bleiben, darum geht es.

Wir wissen, Kara Gyson ist verloren. Tränen können die helle Zeit nicht zurückbringen. Wir wissen, dass man uns aufgegeben hat und die Welt glauben soll, dass niemand mehr hier lebt. Wir sind nicht niemand. Niemand hat keine Augen, niemand hat kein Herz. Niemand weiß nicht, was ein Herz ist, diese rote Fleischkugel unter der Brust. Niemand weiß nicht, warum es schlägt. Das Herz schlägt, weil es von der Welt gekitzelt wird, das findet das Herz ohne Ende lustig, sagten wir früher. Heute nicht mehr. Das Salz hat alles überzogen, es hat die Sprache kristallisiert, es hat unsere alten Wörter und Wahrheiten versiegelt und seine eigenen Wörter und Wahrheiten mitgebracht.

Das Salz rieselt leise, es hat eine karge Seele und will von Natur aus viel für sich behalten. Wir haben gelernt, dem Salz zuzuhören, diesen winzigen Kristallen. Was man behalten will, vergisst man, und was man vergessen will, behält man, hat uns das Salz zugeflüstert. Deshalb muss jemand alles aufschreiben. Jemand muss alles aufschreiben, und das sind wir.

GENESIS

1

»Esther!«, ruft Mutter.

Ganz hinten am Horizont steht dicker schwarzer Qualm. Es brennt, es brennt! Es brennt nicht. Es sind nur die Schornsteine. Rauchende, alte Zuckerhüte. Sie kommen demnächst weg.

»Man macht ja doch keine Feuerzangenbowle«, hat Vater gesagt, »und wenn, dann nicht aus denen da.«

Das Schild steht schon am Eingang, ich kann es von meinem Fenster aus sehen, strahlend weiß, als hätten Außerirdische es dort hingestellt: *Hier entsteht in Kürze ein Globus-Gartencenter.* Hinter dem Schild eine verrußte Backsteinfassade, ein verrostetes Tor. Niemand geht dort ein oder aus, trotzdem zieht sich um das gesamte Gelände ein Zaun.

Ein schmaler Fluss quetscht sich an der Fabrik vorbei, am Ufer sammelt sich cremefarbener Schlackeschaum, dick und steif wie Schlagsahne, allein vom Anblick wird einem schlecht. Am Fluss stehen Häuser, die Fassaden nicht grau, nicht braun. Ich muss noch einen Namen für diese Farbe finden. Grauen. Die Dächer sind fast alle zerstört, die Fensterscheiben zertrümmert, aus Wut, oder die Zeit hat sie totgeschlagen. Auch auf der Straße muss man aufpassen. Immer wieder fallen

Fassadenbrocken herunter. Manche sind hart, manche weich und porös. Die Leute hier fegen die Brocken an den Sonntagen in die Hinterhöfe, dort entstehen immer größere Türme, jeder Hof ein kleines Babylon, das sich einfach nicht ergeben will.

Ich habe lange überlegt, woran mich diese Steine erinnern. Ich bin in die Hocke gegangen, habe sie in die Hand genommen, sie gewogen und sie zwischen den Fingern zerrieben, dann ist es mir wieder eingefallen. Wenn Hunde zu viel Knochen fressen, hinterlassen sie so etwas. Früher haben Sulamith und ich solche Brocken manchmal auf den Feldwegen neben unseren Himbeeren gefunden und mit Kreide verwechselt. Wir haben den Platz vor der Garageneinfahrt damit bemalt. Ich habe versucht, meinen Namen damit zu schreiben, das S in der Mitte falsch herum, weil ich es noch nicht besser wusste, weil ich noch gar nicht richtig schreiben konnte. Sulamith malte unser Haus, vor der Tür mich, in den Fenstern Mutter und Vater, ihre Köpfe Dreiecke mit spitzen Kinnen und ihre Nasen Striche und Kreise, riesige Nasenlöcher, richtig entstellt sahen sie aus mit diesen Nasen, bis Sulamith die Kreide plötzlich fallen ließ.

»Das ist Hundescheiße«, flüsterte sie.

Scheiße, ich kannte dieses Wort, aber ich hatte es noch nie jemanden laut sagen hören. Es zischte in meinen Ohren, als würde jemand *Snickers* braten.

Anders als Sulamith war ich nie eine gute Malerin. Aber wenn ich das da draußen alles malen müsste, den grauen Himmel, vom Rauch durchzogen, die Fabrik, den Fluss, ich würde alles mit diesen Steinen malen, ich würde mir die Steine aus den Hinterhöfen nehmen und würde malen, so lange, bis es keine Steine mehr gäbe, keine Häuser mehr, bis nichts von hier mehr übrig wäre.

»Esther!«, ruft Mutter wieder.

Draußen flattern Sulamiths Kleider. Ich habe sie vor mein

Fenster gehängt, damit ich das alles nicht ständig sehen muss, die alten Schornsteine, die kaputten Häuser, den verdreckten Fluss: das rote Meer. So hat Mutter es gestern genannt, bei unserer ersten Zusammenkunft. Jeder hat von zu Hause Stühle mitgebracht, weil im neuen Königreichssaal noch keine stehen. Das Dach ist schon fertig, aber sonst sieht fast alles noch so aus, wie es in einem halb fertigen Gebäude eben aussieht. Die Wände sind unverputzt, es liegt kein Teppichboden. Wir werden hier in Peterswalde die Ersten sein, die eine Zentralheizung haben, aber noch ist die Anlage nicht montiert. Es war bitterkalt. Schwester Wolf humpelte auf mich zu, ihre künstliche Hüfte lässt sie wie auf schiefen Stelzen gehen.

»Du bist ja gar kein Kind mehr«, hat sie gesagt und mir in die kurzen Haare gegriffen, als wäre das ein Wunder, das Wachsen und Älterwerden.

»Wie deine Großmutter siehst du aus, nur die langen Zöpfe fehlen.«

Anton Wolf stand gleich hinter ihr.

»Die Luise«, sagte er und kam ganz nah an mich heran, »was hatte die für eine schöne Singstimme. Kannst du auch so schön singen?«

Sein Atem roch nach Plaque, in seinen uralten Augen brach sich das Deckenlicht, es sah aus wie ein römisches Mosaik.

Wir sind nur eine Handvoll Verkündiger hier. Bruder und Schwester Wolf, Familie Lehmann mit ihrer Kinderschar, Bruder und Schwester Radkau mit ihrem Sohn Gabriel, Vater, Mutter und ich. Wir studieren immer noch *Der größte Mensch, der je lebte*. Die Bücher aufgeschlagen, saß die ganze Versammlung auf den mitgebrachten Stühlen. Es roch nach Farbe, die Neonröhren an der Decke knackten wie alte, gebrechliche Knochen. Gabriel stand neben Vater auf der Bühne und las vor. Er ist so alt wie ich und hat sich auf dem letzten Sommerkongress taufen lassen. Genau wie Mutter und Vater sind Gabriels Eltern Sonderpioniere. Wie sie es im Untergrund geschafft haben, ohne theokratische Strukturen und trotz Verfolgung, einhundertzwanzig Stunden im Monat in den Predigtdienst zu gehen, ist mir ein Rätsel. Gabriel erinnert mich an Tobias aus unserer alten Versammlung in Geisrath. Dieser dunkelblonde Flaum über seiner Oberlippe, die abstehenden Schulterpolster seines Sakkos, in das er noch hineinwachsen muss, und dieser eigentümliche Geruch nach überreifen Bananen, den Jungen in der Pubertät verströmen, genauso hat Tobias auch immer gerochen. Knallrote Ohren hat Gabriel bekommen, als er da neben Vater gestanden hat und vorgelesen hat, als wäre die Stelle irgendwie versaut, dabei ging es nur darum, dass Jesus mit Petrus aufs Meer fährt. Ein starker Sturm kommt auf, Wasser schwappt ins Boot, es droht zu sinken. Petrus bekommt Angst und wirft sich Jesus vor die Füße, aber Jesus streicht ihm nur über den Kopf und sagt: »Ab heute wirst du Menschen fischen.«

Als Vater die erste Frage in die Runde stellte, meldete sich Mutter. Ihre schlanke Hand ging nach oben, die anderen betrachteten die manikürten Finger, sie starrten auf den bordeauxfarbenen Nagellack, auf die weiße Bluse mit dem schmalen Spitzenkragen und der dunkelblauen Borte, sie starrten auf den Bleistiftrock, der sich an Mutters Beine schmiegte, auf die feinen Lackschuhe und dann zu mir, so als wäre ich auch so etwas wie ein Spitzenkragen oder ein feiner Lackschuh, eins von Mutters Accessoires. Nur Schwester Lehmann ließ Mutters Aufzug kalt. Was wollt ihr eigentlich hier? Es stand ihr ins Gesicht geschrieben, diese Frage, sie schien sich nicht vorstellen zu können, dass jemand seine Heimat verlässt, um ausgerechnet an diesem Fleck Erde noch einmal ganz neu anzufangen, dabei ist das hier doch so etwas wie Heimat, wenn auch nur Vaters. Hier ist er groß geworden, so unvorstellbar es auch für mich ist, aber genau hier muss er laufen und Fahrrad fahren gelernt haben, auf diesen kaputten Straßen, hier muss er Freunde gehabt haben, in dieser Eiseskälte ist er mit ihnen vielleicht Schlitten gefahren. Erst als das Baby anfing zu schreien, blickte Schwester Lehmann weg, hob es aus dem Kinderwagen und legte es an die Brust. Ihr dunkles Oberteil war voller Milchflecken. Ob Mutter jemals Milchflecken auf ihrer Kleidung hatte?

»Genau aus diesem Grund sind wir hierher gesandt worden, um die letzten Menschen zu fischen, bevor die große Drangsal kommt, denn das ist unser Auftrag, egal ob Sonderpionier, Pionier, Hilfspionier, getaufter Verkündiger oder ungetaufter Verkündiger«, hat Mutter gesagt, als Vater sie schließlich drangenommen hat. »Hier! Hier liegt das rote Meer. Das rote Meer ist voller Fische. Jehova hat es geteilt, und dann hat er es wieder vereint. Jetzt kommen wir und fischen, so lange, bis kein Menschenfisch mehr übrig ist.«

Oben an der Decke flog eine winzige Motte gegen die Neonröhren, sie raste ins Licht, immer und immer wieder, prallte ab und fiel irgendwann tot auf uns herab.

»So müssen Luzifer und seine Dämonen ausgesehen haben, als sie aus dem Himmel geworfen worden sind«, hätte Sulamith gesagt.

Manchmal hat sie sich solche gottlosen Sätze ausgedacht, nicht aus Respektlosigkeit, einfach nur, um alles ein bisschen besser ertragen zu können. Ich habe eine Gänsehaut bekommen, ich weiß nicht, ob wegen der Kälte oder weil es mir Angst gemacht hat, dass ich Sulamith so oft mit mir reden höre, dass sie so gut wie immer bei mir ist, neben mir auf einem dieser harten Klappstühle, die noch von Großmutter sein müssen. Sulamith kratzt sich am Hals, ribbelt sich ein Sockenbündchen auf. Sie starrt auf ihr Buch. *Der größte Mensch, der je lebte*, Jesus und Petrus im Boot. Sie nimmt einen Kuli und malt zwei Sprechblasen über die Köpfe. In die Sprechblase über Petrus schreibt sie *Bald ist Spargelzeit!*, in die über Jesus schreibt sie *Sail away!*, und *Beck's* auf das Boot. Jesus sieht auf einmal wie ein Partylöwe aus und Petrus gar nicht mehr verzweifelt, sondern einfach nur wie jemand, der sich wie blöde auf den nächsten Spargel freut.

Ich habe ihre langen Haare auf meinem Unterarm gespürt, diese blonde undurchdringliche Matte, wie sie vor Lachen bebt, doch dann habe ich gesehen, dass da gar keine lange Matte ist, sondern nur Mutters Bluse, die meinen Arm berührt, Mutter mit ihrer Lady-Di-Frisur, und dann ist mir alles wieder eingefallen, es hat sich angefühlt, als hätte ich gerade eben erst davon erfahren. Sulamith ist nicht mehr da. Mitten in der Nacht haben sie mich geweckt und ins Auto gepackt. Ich habe geschrien, aber es hat nichts geholfen.

»Es ist doch nur zu deinem Besten«, hat Mutter gesagt, als wir am nächsten Morgen hier angekommen sind, »einmal wirst du uns dankbar dafür sein.«

Mutter, ich muss mich noch daran gewöhnen. Seit der Sache mit Sulamith kann ich nicht mehr Mama zu ihr sagen. Ich habe Mutter immer Mama genannt. Jetzt nenne ich sie gar nichts mehr. Situationen, in denen ich sie ansprechen müsste, gehe ich aus dem Weg. Mit Vater ist es ähnlich, aber einfacher. Es gibt nicht viele Gelegenheiten, Vater anzusprechen. Vater ist ständig unterwegs. Sobald der Saal hier fertig ist, wird Vater wieder für den treuen und verständigen Sklaven unterwegs sein, unsere leitende Körperschaft, denn auch wenn es hier in Peterswalde seit kurzer Zeit anders ist, gibt es noch immer genügend Orte auf der Welt, an denen wir entweder noch nicht bekannt oder schon verboten sind.

»Esther«, ruft Mutter, »komm endlich runter!«

Im ganzen Haus riecht es nach Linsensuppe. Allein vom Geruch wird mir übel. Vater sitzt am Esstisch im Wohnzimmer, die Ellbogen auf die Tischdecke gestützt, weiß mit blauer Borte. Es ist der gleiche Stoff, aus dem Mutter Sulamith und mir dieses Jahr die Kleider für den 14. Nisan genäht hat. Vater schaut sich um, als wäre er ein Gast in einem fremden Haus, dabei muss er genau an diesem Tisch unzählige Male gesessen und gegessen haben. Dieser Esstisch stand schon immer hier. Ansonsten erinnert nur noch wenig an Großmutter oder daran, dass Vater hier groß geworden ist. Vater. Groß geworden. Ich kann ihn mir beim besten Willen nicht als Kind vorstellen, aber die vielen Striche an der Wand gleich neben meinem Bett, kunterbunt übereinander gezogene Linien, der größte Abstand zwischen *Gedächtnismahl 1956* und *Tag der Befreiung 1957*, sind der Beweis. Vater ist gewachsen, hier in diesem Haus, in meinem Zimmer ist er groß geworden, und von ihm müssen auch die selbst gezeichneten Landkarten stammen, die ich gefunden habe. Sie steckten unter den Einlegeböden vom Kleiderschrank, ich habe sie nur zufällig entdeckt.

Ich setze mich Vater gegenüber, er nestelt an seiner Serviette herum, weiß mit blauer Borte. Mutter und ich konnten früher nur selten nach Peterswalde kommen, zu groß war die Gefahr, an der Grenze mit Literatur erwischt zu werden, zu hoch das Risiko, die anderen Brüder und Schwestern durch unsere Anwesenheit zu verraten. Wann Vater Großmutter wohl das letzte Mal gesehen hat? Nicht einmal zu ihrer Bestattung durfte er uns begleiten, sie hätten ihn noch an der Grenze festgenommen. Jetzt sitzt er hier, schaut sich verstohlen um, so als könnte ihn jeden Moment jemand von hinten überfallen. Kurz überlege ich, ob ich ihn auf die Karten ansprechen soll, auf dieses Land in Herzform, das darauf zu sehen ist, die krakelige Kinderschrift daneben, die ich nicht lesen kann, doch da kommt Mutter mit einer dampfenden Schüssel herein. Mutter sind die Strapazen des Umzuges kein bisschen anzusehen. Sie hat sich hier schon vollkommen eingerichtet, selbst ihr neues Nähzimmer oben in der Mansarde sieht schon wieder genauso unordentlich aus wie ihr altes in Geisrath.

Lächelnd schöpft sie Eintopf auf unsere Teller.

»Nächste Woche werden im Saal die Bäder und die Heizung montiert«, sagt Vater.

»Danach wirst du hoffentlich wieder öfter zu Hause sein«, sagt Mutter und setzt sich.

Zu Hause, wie das klingt. Als ob das hier jemals unser Zuhause werden könnte, als ob Vater jemals länger als zwei Monate am Stück hier wäre. Er senkt den Kopf und faltet die Hände.

»Herr Jehova, der du thronst in den Himmeln, dein Name werde geheiligt. Wir danken dir für die Speise, die du heute auf unseren Tisch gebracht hast, und dass wir hier als Familie in Frieden zusammen essen können. Wir wollen dir danken dafür, dass wir an diesem Ort, der die Wahrheit und die gute Botschaft so lange nicht zu hören bekommen hat, eine Anbetungsstätte für dich errichten durften. Lass uns hier ankommen und gemeinsam mit unseren neuen Brüdern und Schwestern, die so lange standhaft waren, deine gute Botschaft verkünden. Amen.«

»Amen«, sagt Mutter.

»Amen«, murmele ich.

Ich tauche meinen Löffel in den braunen Linsensee. Mutter schiebt mir den Brotkorb hin und zeigt auf die Graubrotscheiben.

»Nein, danke«, sage ich.

»Willst du ein Glas Milch?«

»Nein, danke«, sage ich.

Vater schlägt das Heft mit den Tagestexten auf, es liegt neben seinem Teller, er blättert, bis er das heutige Datum gefunden hat.

»Darum harrt auf mich auf den Tag, an dem ich aufstehe zur Beute, denn meine richterliche Entscheidung ist, Nationen zu sammeln, dass ich Königreiche zusammenbringe, um meine Strafankündigung über sie auszugießen, die ganze Glut meines Zorns.«

Ich würge einen Löffel Linsen herunter.

»Denn dann werde ich die Sprache der Völker in eine reine Sprache umwandeln, damit sie alle den Namen Jehovas anrufen, um ihm Schulter an Schulter zu dienen.«

Reine Sprache, das war auch das Motto unseres letzten großen Kongresses im Sommer. Kaum zwei Monate ist das her, und ich weiß nichts mehr davon, all die Stunden, die ich dort gesessen habe, wie übermalt mit schwarzer Farbe. Es war Sulamiths letzter Kongress.

»Kongo«, hat sie immer gesagt, und so hat sie die Kongresstage auch immer in ihrem Schülerkalender markiert, mit diesem einen Wort. *Kongo, Kongo, Kongo, Kongo,* so als müsste sie Donnerstag, Freitag, Samstag und Sonntag in ein unbekanntes, gefährliches Land reisen.

»Esther?«

Mutter legt ihren Löffel beiseite.

»Ich habe dich etwas gefragt.«

»Entschuldige.«

Vater steht auf, kommt mit einer Kanne Tee zurück, gießt ein. *Kongo, Kongo, Kongo, Kongo.* Sulamith trug ein schwarzes Kleid, als ginge sie zu ihrer eigenen Beerdigung. Ihr verheultes Gesicht, wie Lidia sie in Vaters Auto zerrt, ihre Schreie, wie sie hinten auf der Rückbank ihre Nägel in Lidias Haut bohrt, der strenge Geruch nach Angstschweiß, der nach vorne strömt, Lidias schwerer Atem und neben mir Vater, der stur die Autobahn entlangprescht.

Mein Teller will einfach nicht leer werden. Auch Vater isst, als wäre es eine Pflicht. Manchmal liegt er abends auf der Couch und tut so, als ruhte er sich aus, aber in Wirklichkeit hat er Schmerzen, ich erkenne es an der Art, wie er die Hand auf den Bauch drückt, doch wenn Mutter ihn darauf anspricht, schüttelt er immer nur heftig den Kopf, als wäre es Verrat, hier in seiner alten Heimat Bauchweh zu bekommen. Ich tauche den Löffel in die Linsen und denke an jemanden aus der Bibel, den ich gerne aufessen würde. Den Apostel Paulus, Johannes den Täufer, die kleinen Propheten, König Salomo und König David, Hiob. Mutter isst wie immer mit großem Appetit. Sie taucht die Suppenkelle in die Schüssel und schöpft nach. Vater löffelt bedächtig. Mein Teller ist noch lange nicht leer, also nehme ich noch je einen Löffel für die zwölf Söhne Jakobs: Ruben, Simeon, Levi, Juda, Dan, Naphtali, Gad, Ascher, Issachar, Sebulon. Noch vor Joseph und Benjamin ist der Teller endlich leer.

»Darf ich aufstehen?«

»Willst du denn keinen Nachtisch?«, fragt Mutter.

»Nein.«

»Wird Zeit, dass du wieder in die Schule gehst«, sagt Vater. Mutter nickt.

»Freust du dich schon?«

»Nein.«

Oben vor meinem Fenster flattern noch immer Sulamiths Kleider im Wind. Eine Jeanshose, Socken, Unterwäsche, ein blauer Pulli und ein T-Shirt. *Fruit of the Loom* steht auf dem Pulli, darunter ist ein Obstkorb abgebildet. Das T-Shirt ist mit vielen kleinen Wassermelonen bedruckt. Sulamith hat Obst auf Kleidern geliebt. Ob man hier im Sommer Wassermelonen kaufen kann? In den letzten Tagen wurde die neue Straße fertig gebaut. Sie führt vom Bahnhof bis zu den Feldern. Am Ende der Straße haben sie einen Supermarkt gebaut, mitten auf eine Wiese. Sieht aus wie eine Playmobilschachtel, die in den Dreck gefallen ist. Ich war gestern dort. Ich wollte von meinem Taschengeld *Perwoll* kaufen, aber sie öffnen erst demnächst, also habe ich Sulamiths Sachen mit Mutters teurem Shampoo gewaschen. Ich habe alle Kleider einzeln im Waschbecken gewaschen, mit der Hand, als wären sie aus Seide. Zu Hause lagen immer Sachen von Sulamith in meinem Zimmer herum. Schulbücher, Kleider, Schmuck. Sie war oft bei uns, manchmal wochenlang, wenn Lidia mal wieder in die Klinik musste. Morgens haben wir zusammen gefrühstückt und den Tagestext gelesen. Mama hat uns abwechselnd abgefragt, und danach sind wir mit den Rädern zur Schule gefahren, die gleichen Trinkpäckchen im Ranzen, die gleichen Pausenbrote, gleich belegt.

Bevor am Abend der Kohlenstaub kommt, hole ich die Kleider rein. Sie werden dann nicht mehr nach Mutters teurem Shampoo riechen, aber das wäre auch nicht anders, wenn ich sie hier im Haus getrocknet hätte. Der Gestank von draußen dringt durch jede Ritze. Desinfektionsmittel, Benzin, Kohle – all das vermischt sich mit dem Geruch von wilden Tieren. An irgendetwas erinnert er mich, vielleicht an einen Zoo. Jedenfalls riecht es manchmal so, als würden nicht weit von hier entfernt Tiger und Kamele leben. Unten schimpft Mutter vor sich hin, wie so oft bekommt sie den Ofen in der Küche nicht an. Die Kohlenschaufel knallt auf die Küchenfliesen.

Mutter kommt die Treppe herauf und stößt die Tür zu meinem Zimmer auf.

»Hol die Wäsche ins Haus. Sie wird doch bei dem Wetter gar nicht richtig trocken. Was sind das überhaupt für Kleider? Das sind doch alles Sommersachen.«

»Von Sulamith«, sage ich.

Mutters Augen weiten sich.

»Was machen die hier?«

»Sie waren in einer der Umzugskisten.«

»Häng sie ab. Wir schicken sie zurück. Lidia will sie sicher haben.«

»Lidia hat Sulamiths Sachen alle weggegeben.«

»Weggegeben?«

»Ja.«

»Bring die Kleider ins Haus«, sagt Mutter, »und danach packst du endlich deine Umzugskisten aus.«

Ich laufe in den Garten, zupfe Sulamiths Kleider von der Leine und lege sie oben auf den Ofen. Meine Umzugskisten stapeln sich nun schon seit vier Wochen hier, ich habe sie kaum angerührt. Nur Sulamiths Sachen habe ich rausgeholt. Ich packe nicht aus. Es wäre, als würde ich mich ergeben, wenn ich anfinge, auszupacken. Vater und Mutter hätten dann gewonnen. Später, wenn die Kleider trocken sind, werde ich eine Kerze anzünden und Patschuli auf die Kleider tröpfeln, auf die kleinen Wassermelonen, dann werden sie nicht mehr nach Peterswalde riechen, sondern nach Sulamith, so wie früher. Früher. Es ist gar nicht lange her, es ist gar nicht her, jedenfalls nicht für mich. An manchen Tagen wache ich morgens auf und vergesse für kurze Zeit, wo ich bin. Ich höre Sulamith neben mir atmen. Ich mache die Augen auf, aber da ist niemand, und nirgendwo im Bett sind Sulamiths Haare, die mich früher immer so genervt haben, vor allem in der Dusche.

Ich stehe auf, ich laufe zum Fenster, aber da ist kein weicher Teppichboden, nur diese kalten Dielen, auf denen man sich

Splitter in die nackten Fußsohlen rammt, und wenn ich rausschaue, sind da keine grünen Auen, keine Flussmündung, kein blauer Himmel, keine Sonne, die auf ein Meer aus reifen Himbeeren scheint, da sind nur diese Aschehäuser, umgeben von gefrorenen Feldern, da sind nur die Schornsteine, die Fabrik, die leeren Straßen, die Steine in den Hinterhöfen. Da huschen alte Frauen mit Kopftüchern und Einkaufsnetzen vorbei, so als herrschte Ausgangssperre, als würden jeden Moment Bomben fallen wie im Nahen Osten. Im nahen Osten, sind wir da nicht, genau genommen?

2

Ich habe irgendwo einmal gelesen, dass es Unglück bringe, eine Geschichte mit dem Wetter zu beginnen, aber erstens darf ich an so was wie Glück und Unglück nicht glauben, zweitens ist ein Erdbeben genau genommen gar kein Wetter und drittens bin ich mir nicht einmal sicher, ob alles wirklich mit dem Erdbeben angefangen hat. Die vom Hochwasser immergrünen Wiesen, die sich vom Himbeerhang bis zum Fluss erstreckten, das Ufer der Sieg, an dem wir nach der Schule spielten, wenn wir nicht in den Dienst gingen, der Grund des Flusses, auf dem Glasscherben lagen, die wie Schätze aussahen, weil sie das Licht der Sonne reflektierten, überall dort unten, unerreichbar, könnte der Anfang liegen.

Schon letztes Jahr hat Sulamith die frischen Himbeeren anders gegessen als zuvor. Sie kuschelte die Himbeeren nicht mehr wie Stofftiere an ihre Lippen, sondern küsste sie und flüsterte jeder einzelnen etwas zu, das niemand hören sollte, nicht einmal ich. Vielleicht hat sie den Himbeeren Worte mitgegeben, die sie selbst gerne von jemandem gehört hätte, wie das Versprechen einer liebevollen Mutter, die ihren Kindern etwas Zuversicht mit auf einen ungewissen Weg gibt.

Ich kann mich kaum an einen Tag in meinem Leben erinnern, den ich ohne Sulamith verbracht habe. Sie war schon da, bevor die Welt zu der wurde, die sie heute ist. Wir gingen zusammen in den Kindergarten und in die Schule, wir fuhren zusammen in den Urlaub und standen jeden Samstag gemeinsam auf dem Marktplatz vor dem *Kaufhof* im Straßendienst. Zu Menschen aus der Welt hatten wir nur sehr wenig Kontakt. Manche von uns Kindern aus der Wahrheit gingen auf dieselben Schulen, aber wir fuhren nicht auf Klassenfahrten und nahmen auch nicht an Krippenspielen, Karnevalspartys oder Martinsumzügen teil. Unsere Eltern gingen weltlichen Arbeiten nach, aber sie wählten nicht und bekleideten auch keine weltlichen Ämter. Unser Platz war nicht in dieser Welt. Wir hofften auf das Ende des Systems der Dinge, auf die Zeit, in der wir auf der Erde ein Paradies errichten würden und Gott regierte.

Nach dem großen Sommerkongress nahm Papa sich die Sommerferien meistens frei, um mit uns und den anderen Brüdern nach Soulac-sur-Mer zu fahren. Der Bus von *Silas Reisen* holte uns vom Kongressgelände ab, er gehörte Mischas Eltern, Bruder und Schwester Reinhardt. Mit *Silas Reisen* fuhren nur Glaubensbrüder in den Urlaub. So hatten wir Kinder auch in den Ferien immer jemanden zum Spielen. Oft saßen wir nach den Zusammenkünften, die wir in dem Reisebus abhielten, gemeinsam auf dem Campingplatz um das Lagerfeuer, sangen Königreichslieder und Bruder Reinhardt begleitete uns auf dem Akkordeon.

Alle Kinder aus unserer Versammlung liebten das Meer, nur Sulamith und ich nicht. Während Rebekka, Tabea und die anderen am Wasser mit ihren Förmchen spielten, machten uns die wilden Wellen Angst. Wir glaubten, dass sie uns mit ihren lauten, gurgelnden Stimmen ins Meer locken wollten. Mama und Lidia wunderten sich, und wenn Sulamith und ich Hand in Hand den Strand entlangspazierten, versuchten sie uns immer wieder zu versichern, dass die Wellen uns nichts Böses wollten, doch wir glaubten ihnen nicht.

Als ich älter wurde, fürchtete ich mich nur noch, wenn am Strand die rote Fahne wehte und die starke Strömung an meinen Fersen zog, doch Sulamith verlor die Angst vor dem Atlantik nie. Zusammen mit Mischa, der seit jeher in sie verliebt war, baute Sulamith jeden Sommer meterhohe Sandburgen. Tobias zog Mischa damit auf, aber Mischa war das egal. Er wusste, irgendwann würde er Sulamith und ihn in Ruhe lassen, um Rebekka, Tabea und seine kleine Schwester Damaris weiter über den Strand zu jagen. Schweigend errichtete Sulamith neben den Klippen hohe Mauern aus Sand, die uns alle beschützen sollten, falls die Flut einmal unerwartet käme. Nicht einmal den Gezeiten traute sie.

Zu Hause, wenn die Tage im Winter kürzer wurden und wir schon früh im Bett lagen, las Mama uns vor dem Schlafengehen aus *Mein Buch mit biblischen Geschichten* vor. Vor allem die frühen Geschichten beeindruckten uns. Brüder schlugen sich tot, Engel wurden zu Dämonen und verbrüderten sich mit Satan, bis Jehova sie allesamt aus dem Himmel verbannte und auf die Erde schleuderte. Auf der Erde nahmen die Dämonen dann Menschengestalt an und legten sich zu den sterblichen Frauen, die Riesen gebaren. Die Riesen wurden Nephillim genannt, sie knechteten die Menschen, bis Jehova die Sintflut schickte und die Nephillim vernichtete. Die Dämonen waren damit jedoch nicht aus der Welt. Dämonen waren wie Unkraut, unvergänglich. Wenn wir abends im Bett lagen und das Licht der vorbeifahrenden Autos durch die schmalen Spalten der Rollläden drang, glaubten wir, dass dieses scharfe Licht, das anscheinend genau wusste, wohin es wollte, die Spur war, die die Dämonen hinterließen, wenn sie nachts herauskamen.

So wie die Schnecken im Gemüsebeet auf dem Salat Schleimspuren hinterließen, hinterließen die Dämonen Spuren aus Licht im Dunkeln. Wir glaubten, die Dämonen kämen nachts heraus, während wir schliefen, um sich in uns einzunisten, weil sie tagsüber, wenn wir wach waren, keine Gelegenheit dazu hatten.

Wir trauten uns nicht, Mama oder Lidia von dem Licht zu erzählen. Mama sagte oft, dass unser Haus, bevor wir dort eingezogen waren, voll von Dingen gewesen sei, die Dämonen anzogen. Mama und Papa hatten alles verbrannt, aber wer weiß, vielleicht ließen Dämonen sich gar nicht vertreiben, nur weil die Sachen, die sie mochten, nicht mehr da waren. Also lagen wir starr im Bett und trauten uns nicht aufzustehen, nicht mal auf die Toilette trauten wir uns, die Dämonen hätten uns auf dem Weg dahin fangen können. Oft schliefen wir erst ein, wenn auch die Dämonen schlafen gegangen waren. Die Angst vor den Lichtern verloren wir mit der Zeit. Sie fiel uns aus, genau wie unsere Milchzähne. Die Angst vor den Dämonen blieb, sie wuchs und wuchs, egal wie sehr wir uns bemühten, gegen sie anzukommen. Mit den Jahren wurde sie sogar größer, bis sie uns wie ein Kokon umgab, ganzjährig, ein Kokon ohne Saison, durch den wir die Welt wie hinter einem Schleier sahen.

Auf den grauen Garagenplätzen zwischen dem Himbeerhang und der Blumensiedlung brachte Papa uns das Fahrradfahren bei, ein Jahr später wurden wir eingeschult. Sulamith und ich lernten nebeneinander lesen, schreiben und rechnen. Nach der Schule machten wir zusammen Hausaufgaben, entweder bei uns oder bei Lidia, und dreimal die Woche sahen wir uns abends im Königreichssaal bei den Zusammenkünften. Meistens kam Sulamith an den Freitagen nach der Theokratischen Predigtdienstschule mit zu uns und blieb auch über Nacht. An manchen Samstagen, vor allem, wenn Lidia mal wieder in der Klinik war, durften wir in unseren Schlafanzügen neben Mama und Papa auf der Couch sitzen und *Wetten dass..?* sehen. Wie alle Kinder liebten wir das Fernsehen, aber viele Sendungen durften wir nicht schauen. Schwester Albertz war nicht so streng wie Mama und Papa. Rebekka und Tabea durften *Pumuckl* sehen, Tobias durfte sogar *Alf* schauen und den *Räuber Hotzenplotz*, obwohl sein Vater Ältester war und seine Mutter Pionierin. Wir nicht. In Mamas Augen war der *Pumuckl* ein Kobold und könnte Dämonen anziehen. *Alf* war ein Außerirdischer, Gott und seine irdische Schöpfung würden durch jemanden wie ihn verhöhnt, der *Räuber Hotzenplotz* war ein Verbrecher, und *Die kleine Hexe* war, wie der Name bereits sagte, eine Hexe. Anderen Eltern vorzuschreiben, was ihre Kinder sehen durften und was nicht, traute Mama sich jedoch nicht. Der treue und verständige Sklave, unsere leitende Körperschaft, ließ es nicht zu, dass Frauen andere zurechtweisen, schon gar keine Männer. *Das Haupt jeden Mannes ist Christus, das Haupt jeder Frau aber ist ihr Mann,* so steht es geschrieben. Die Kassetten von *Benjamin Blümchen*, die Sulamith manchmal aus der Stadtbücherei auslieh, erlaubte Mama uns zu hören. Ein sprechender Elefant war in ihren Augen kein Problem.

In der Schule sahen Sulamith und ich einmal *Ronja Räubertochter*. Die ersten beiden Stunden fielen aus und wir wurden zu einer anderen Klasse in die Aula gesetzt. Verteilt auf Sofasäcken hockten wir zwischen den Weltkindern. Hätte Mama das gewusst, sie hätte es niemals erlaubt. Mama erkundigte sich regelmäßig bei den Lehrern nach dem Lehrplan, nach Klassenausflügen oder Projektwochen. Wenn es nur irgend ging, ließ sie uns davon befreien. Stumm starrten wir auf die Leinwand. Da lief ein Mädchen durchs Gebirge und ärgerte sich über Rumpelwichte, ging nackt mit einem Jungen schwimmen und unterhielt sich mit Graugnomen. Am Himmel flogen Wilddruden, menschenfressende Greifvögel, sie hatten Zitzen am Bauch und schrien.

»Menschenkinder, Menschenkinder!«

Sulamith krallte sich an mir fest.

»Busenvögel«, flüsterte sie.

Es war das erste Mal, dass wir nackte Brüste sahen, auch wenn es nur die von Fantasievögeln waren.

Bei *Wetten dass ..?* gab es keine Wilddruden und Rumpelwichte. Überhaupt war Frank Elstner in den Augen von Mama und Papa ein anständiger Mann, auch wenn er nicht in der Wahrheit wandelte. Mama und Papa wiesen uns immer darauf hin, dass niemand wissen könne, wen Jehova in der Schlacht von Harmagedon vernichten würde und wen nicht. Ich glaube, heimlich hofften sie, dass Frank Elstner es schaffen und seine Show im Paradies mit Jehovas Segen fortsetzen würde.

Einmal traten zwei Frauen auf, die wetteten, sich nur mit ihren Augen verständigen zu können. Frank Elstner schrieb kurze Sätze auf Papier, die er einer der beiden hinhielt. Abwechselnd rollten und verdrehten die beiden Frauen die Augen. Sie sahen aus wie Lidia, wenn sie einen Anfall bekam, aber den Frauen fehlte nichts, sie redeten tatsächlich miteinander. Ich sehe die beiden noch heute dort stehen, ihre Blusen in einer Farbe, als hätte man sie durch schwarzen Tee gezogen, ihre ernsten Gesichter, so als ginge es nicht um Unterhaltung, sondern um Leben und Tod, darunter die grelle Nummer, die man anrufen konnte, um sie zu Wettköniginnen zu machen, und daneben der fröhliche Frank Elstner mit seinen Karteikarten in der Hand.

Eine ganze Weile versuchten Sulamith und ich, es diesen Frauen nachzutun. Wir wollten auch miteinander reden, ohne dass man uns verstand, doch wir bekamen Kopfschmerzen vom vielen Augenrollen, außerdem klappte es bei uns einfach nicht. Stattdessen fingen wir mit den Daycahiers an. Die Daycahiers waren normale Schulhefte. Wir kauften sie bei *Gretchens Teestübchen*, wo wir all unsere Schulsachen kauften. Einen Tag nahm Sulamith das Daycahier mit heim, am nächsten Tag gab sie es mir, und ich schrieb hinein.

»Was haben sich zwei Mädchen, die den ganzen Tag zusammen sind, denn noch zu schreiben?«, fragte Papa manchmal, wenn er eine von uns mit dem Heft sah, doch über die Jahre füllten wir unzählige Daycahiers, bis sie am Ende alle in dem kleinen Raum vom Königreichssaal landeten, der sonst für die Theokratische Predigtdienstschule genutzt wurde, aufgestapelt vor Papa und Bruder Schuster bei Sulamiths Rechtskomitee. An jenem Abend betrat Sulamith den Saal zum letzten Mal. Lidia schluchzte so laut, dass ich es bis zur Auffahrt hören konnte, wo ich heimlich auf Sulamith wartete. Als ich Lidia weinen hörte, wusste ich, dass es vorbei war. Ich erinnere mich an das fiebrige Gefühl, an die Schwüle und an den Moment, in dem Sulamith mit den Daycahiers im Arm um die Ecke bog. Die Luft war feucht und erfüllt vom Duft der Hagebuttensträucher neben der Auffahrt, er mischte sich mit dem Duft nach Patschuli, den Sulamith verströmte, und hinten in meinem Rachen hing der schwere Geschmack überreifer Himbeeren fest.

Sulamith war fünf, als Lidia mit ihr nach Deutschland floh. Hunderte von Kilometern liefen sie vom Banat in Rumänien aus in Richtung Westen. Lidia hatte sich mit Vaseline eingecremt und schwamm in einem viel zu dünnen Kleid mit Sulamith auf dem Rücken durch die Donau. Tagelang versteckten sie sich im Dickicht neben der Straße, die nach Westen führte, bis jemand sie mitnahm. Über die Details ihrer Flucht sprach Lidia nicht, nur eines sagte sie immer wieder:

»Niemand kann eine Flucht ohne die Hilfe Gottes überleben. Wenn du fliehst und unversehrt dein Ziel erreichst, spätestens dann glaubst du an einen Gott, daran, dass er dich auserwählt hat. Denkt nur an die Israeliten und ihren Auszug aus Ägypten, wie oft Jehova ihnen half. Die Wolken- und die Feuersäulen, die Teilung des Meeres, das Manna und das Wasser, das aus dem Felsen sprudelte, als sie monatelang durch die Wüste marschierten und fast verhungert und verdurstet wären. Auch für mich hat Jehova das Meer geteilt, die Donau war so seicht und sanft wie nie. Jehova hat die Donau sanft gemacht. Ich weiß, ich sollte leben, damit ich Jehova dienen kann.«

Als Lidia und Sulamith die deutsche Grenze erreicht hatten, wurden sie in eine der Notunterkünfte gebracht, die damals für die Flüchtlinge aus den Ostblockstaaten bereitstanden. Dutzende Menschen warteten vor den niedrigen Baracken, müde und gleichzeitig erleichtert, dazwischen die Brüder in ihren sauberen Anzügen und die Schwestern in knielangen Röcken, sie boten unsere Zeitschriften an und redeten mit den Neuankömmlingen über die Verheißungen der Bibel. Auch Mama fuhr regelmäßig dorthin und nahm mich immer mit. Ich weiß noch, wie Mama auf Lidia zuging, ich erinnere mich daran, wie ich Lidia zum ersten Mal etwas sagen hörte, an den seltsamen Singsang ihres Akzents, wie von einer Märchenkassette. Statt Mütze sagte Lidia *Mitze*, statt Vögel sagte sie *Veegel*. Mama zeigte auf das Kreuz an Lidias Hals, sie holte ihre schöne Bibel mit dem Goldschnitt heraus und las daraus vor. Lidia lächelte dankbar. Mama packte die Bibel wieder weg, holte eine Zeitschrift aus ihrer Diensttasche und hielt sie Lidia hin. *Erwachet!*, Lidia schaute Mama an, als wäre sie tatsächlich gerade aufgewacht. Sulamith stand die ganze Zeit neben Lidia. Sie klammerte sich an den Saum ihrer Jacke und starrte mich neugierig an. Mama ging in die Hocke, sie holte eine Tüte *Haribo Colorado* heraus und füllte unsere kleinen

Hände damit. Fruchtgummi, Lakritz, Gelee-Himbeeren und Konfekt. Lidia hielt die Zeitschrift in der Hand, mit Tränen in den Augen.

»Danke, liebe Dame. Danke.«

Als Lidia einige Wochen später zum ersten Mal in die Versammlung kam, trug Sulamith Spitzensöckchen und Ballerinas. Ihre langen blonden Haare hatte sie zu zwei Zöpfen geflochten, und um den Hals trug sie eine silberne Kette mit einem Mariensymbol. Mama umarmte Lidia und hockte sich wieder neben Sulamith, doch diesmal gab es keine Süßigkeiten.

»Von Jehova machen wir uns kein Bildnis«, sagte Mama und zeigte auf Sulamiths Kette.

»Das ist die Mutter Gottes«, sagte Sulamith.

»Jehova hat keine Mutter«, sagte Mama.

»Jeder hat eine Mutter«, sagte Sulamith.

»Jehova nicht«, sagte Mama, »er ist der Schöpfer der Welt. Er hat uns zehn Gebote gegeben, und eins davon verbietet uns, so etwas zu tragen.«

Sulamith schaute Mama mit großen Augen an.

»Aber die ist von meinem Vati«, flüsterte sie.

»Es ist egal, von wem sie ist«, sagte Mama, »Jehova will es nicht.«

Zur nächsten Zusammenkunft trug Sulamith keine Kette mehr. Von da an gingen sie jeden Sonntag in den Königreichssaal, und es dauerte nicht lange, da kamen Lidia und Sulamith auch freitags zur Theokratischen Predigtdienstschule. Oft besuchten wir die beiden im Flüchtlingsheim. Das Zimmer war winzig und die Heizung funktionierte nicht. Sulamith saß auf dem Boden und spielte. Sie hatte zwei ausgespülte Joghurtbecher an einen Kleiderbügel gebunden, der ihr als Waage für ihren Kaufmannsladen diente. Die Kerne von Oliven, Pflaumen und Aprikosen gab es dort zu kaufen. Lidia lag meist im unteren Stockbett, blass und müde. Wenn sie aufstand, verlor sie oft das Gleichgewicht. Ich weiß, wie mich schon damals das Gefühl beschlich, dass etwas mit Lidia nicht stimmte.

Nur wenig später bekam ich zum ersten Mal mit, wie Lidia einen Anfall erlitt. Es war an einem Sonntag nach dem Wachtturmstudium. Lidia und Mama standen im Saal neben unseren Plätzen. Ich hörte Lidia noch lachen, ich blickte zu ihr, ich wollte wissen, was so lustig war, doch mitten im Gelächter begann Lidia zu zittern, als würde jemand Strom durch ihren Körper jagen. Ihre Augen verdrehten sich, ihre Lippen zuckten wie bei einer Qualle, die vor einem Jäger flieht. Schaum lief ihr aus dem Mund, dann fiel sie zwischen den Stühlen auf den Boden. Noch heute kann ich die Stille spüren, die plötzlich herrschte, gefolgt von einem aufgeregten Durcheinander. Ich schrie und konnte nicht mehr aufhören. Nichts passte besser in mein Bild von Lidia als dieser gurgelnde, zuckende Körper vor mir auf dem Teppichboden. Dieser ängstliche Abstand, den ich bisher zu Lidia gehalten hatte, wenn sie sich nach dem Essen hinter ihrer Serviette versteckte und Kuckuck mit uns spielen wollte, der kleine Plastikbeutel mit Innereien, den Mama aus dem Brathähnchen gezogen hatte, als Lidia einmal in der Gemeinschaftsküche des Flüchtlingsheims für uns gekocht hatte, einmal und nie wieder, und ihre hohe Stimme, die immer gepresst klang, als müsste sie ständig gegen einen bösen Geist ankämpfen – all das ergab plötzlich Sinn.

Mama hatte keine Angst vor Lidia. Sie legte ihren Blazer zusammen und stopfte ihn unter Lidias Kopf. Sie hielt ihr den Kiefer auseinander, damit sie sich nicht auf die Zunge biss. Papa nahm die weinende Sulamith auf den Arm. Jemand rief einen Krankenwagen. Es war das erste Mal, dass ich Sanitäter aus der Nähe sah. Breitschultrige Männer in greller Kleidung, sie kamen mit ihren schweren Stiefeln in unseren Saal gestampft und beachteten uns kaum. Nicht einer von ihnen schaute sich anerkennend um, weder der goldene Jahrestext an der Wand, noch dass wir alle so gut angezogen waren, schien Eindruck auf sie zu machen. Sie stellten Mama ein paar Fragen und packten Lidia auf eine Trage. Ich verstand es nicht: Konnten sie die Anwesenheit Gottes in diesem Saal nicht spüren? Offenbar nicht. Scham stieg in mir hoch. In ihren Augen waren wir keine Auserwählten, sondern bloß ein paar Verrückte, genau wie für alle Weltmenschen.

Lidia musste für viele Wochen in die Klinik. Ihre Anfälle waren nicht heilbar, nur für längere Phasen in den Griff zu bekommen. Mama tröstete Lidia mit dem Paradies. Dort würde es keine Krankheiten und Leiden mehr geben. In dieser Welt jedoch geschah es immer wieder nach dem gleichen Muster: Ohne Vorwarnung zuckte Lidias Gesicht, ihr ganzer Körper, sie verlor das Gleichgewicht und fiel zu Boden. Der Krankenwagen kam, die Männer packten sie auf eine Trage. Sulamiths Tränen, die Schweigsamkeit, die folgte, bis sie dann langsam wieder fröhlicher wurde und am Ende sogar fast traurig war, wenn Lidia aus der Klinik entlassen wurde und sie wieder nach Hause musste.

Solange Lidia in der Klinik war, blieb Sulamith bei uns, denn einen Vater hatte sie nicht. Das stimmte natürlich nicht, Sulamith hatte einen Vater, er war nur nicht da. Über ihn wurde nicht geredet. Ich wusste bloß, dass er Lidia sitzen gelassen hatte, nachdem sie schwanger geworden war, und dass er in Rumänien mit einer neuen Frau lebte. Als Kind wunderten mich solche Geschichten nicht. Bei den Weltfamilien gab es Scheidungen, Betrug und Gewalt. In unseren Familien nicht, wir hielten uns an die Gebote Gottes. In unserer Versammlung gab es nur wenige geteilte Familien. Rebekkas und Tabeas Vater war ein Weltmensch, doch Herr Albertz hatte nichts gegen Jehova und den treuen und verständigen Sklaven. Er kam sogar jedes Jahr mit zum Gedächtnismahl, er legte keinen Wert auf Weihnachten oder Geburtstag und glaubte auch an einen Gott. Nur das Rauchen wollte er nicht lassen. Herr Albertz war die Ausnahme. Normalerweise gab es in geteilten Familien viele Probleme. Satan hatte dort leichtes Spiel, er konnte dort besonders gut Unheil stiften, er hatte einen viel besseren Zugang zu den Gerechten, die in der Wahrheit wandelten, aber Ungläubige liebten.

»Selbst die Liebe«, sagte Papa, »selbst Gottes kostbarstes Geschenk an uns Menschen ist draußen in der Welt beschmutzt. Draußen in der Welt hat Liebe viel mit Dunkelheit zu tun.«

Ich habe nie mit Sulamith über ihren Vater geredet, erst ganz am Ende, kurz vor ihrem Rechtskomitee, schrieb sie in die Daycahiers, dass es vielleicht gar nicht stimme, was Lidia über ihren Vater erzählte, und dass sie ihn suchen wolle. Die Mauer war weg, die Grenzen nach Rumänien offen, und Daniel hatte Sulamith versprochen, ihr bei der Suche zu helfen.

Daniel meint, wir finden ihn auf jeden Fall. Sein Vater kennt Leute vom Auswärtigen Amt, die uns helfen könnten. Zur Not fahren wir in den Sommerferien einfach in den Banat. Wer weiß, hat Daniel gesagt, vielleicht hat er auch schon versucht, dich zu finden, du bist doch schließlich seine Tochter. Tochter, ich habe das Wort gestern bestimmt hundertmal vor mich hin geflüstert, dabei bin ich ja auch Mamuschs Tochter, aber wenn ich mir dabei einen Vater denke, klingt es ganz anders. Ist dir das schon mal aufgefallen?

Nein, das war mir nicht aufgefallen. Aber wie Daniel klang, das war mir aufgefallen. Ein Name wie Balsam: drei weiche Konsonanten und dazwischen drei zarte Vokale, die hinteren beiden wie zwei Noten in einem Lied zusammengezogen.

Ich höre sein Skateboard über das gebohnerte Linoleum rollen, durch die Gänge der Schule, ich sehe sein blondes Haar, das unter seiner Baskenmütze hervorschaut, die an den Knien gerissene Jeans und den Aufnäher auf seinem Rucksack: eine Faust und daneben eine Hundepfote. Es ist noch nicht einmal Frühling, vor der hohen Glasfront an den Chemieräumen bauen die Blaumeisen ihre Nester. Daniel rollt mit seinem Skateboard an uns vorbei. Als er lächelt, verengen sich seine dunklen Augen zu zwei schmalen Kohlestrichen. Sulamith schaut ihm mit offenem Mund hinterher, bis er durch die Tür in Richtung Raucherecke verschwindet.

»Die Liebe ist unendlich«, wie oft habe ich das einen Ältesten auf der Bühne sagen hören, »die Liebe ist so großzügig und gütig, dass es in der Bibel sogar mehr als ein Wort für Liebe gibt.«

Agape, so heißt die Liebe zu Gott, die anderen hat man uns nicht gelehrt. Man hat uns gelehrt, dass die Liebe in der Welt so etwas wie ein Liter Milch ist. Sie wird schnell leer, viel eher, als man denkt. Sie wird schnell schlecht, man muss sie zügig aufbrauchen. Die Liebe, hat man uns gelehrt, ist in der Welt wie eine Infektion. Sie macht krank, und wenn man sie nicht früh genug behandelt, bringt sie einen um. Diese Liebe, vielleicht ist das der Anfang.

3

Draußen friert es, die Öfen sind über Nacht eiskalt geworden. Unten in der Küche schimpft Mutter vor sich hin. Sie kriegt den Kohleofen nicht an, dabei hat Bruder Lehmann es uns genau erklärt, mehrmals sogar: zuerst Altpapier anzünden, dann Anmachholz drauf, oben die Klappe aufmachen, damit Luft drankommt, Kohlen auflegen und eine halbe Stunde warten. Trotzdem, sie brennen bei uns einfach nicht richtig. Mutter ist es nicht gewohnt, und genau wie ich wird sie sich vermutlich nie daran gewöhnen, auf diese Art und Weise Wärme zu erzeugen, an den Dreck, der dabei entsteht, und an den schwarzen Staub, der am Morgen Abdrücke im Toilettenpapier hinterlässt, wenn man sich damit die Nase schnäuze.

An Großmutter erinnert hier im Haus kaum noch etwas, vielleicht, weil sie in den letzten Jahren nicht mehr hier gelebt hat. Außerdem müssen die Brüder hier vor unserem Umzug Ordnung gemacht haben. Der Keller ist leer, bis auf ein paar Einmachgläser steht dort nichts mehr. Im Gartenschuppen liegen nur noch eine Kiste Werkzeug, ein Karton mit Schuhpflegemittel und ein paar Putzlappen. Hier oben auf dem Dachboden gab es wohl kaum etwas aufzuräumen. Die Dielen knarzen bei jedem Schritt, das Geräusch hallt lange nach zwischen den schrägen Wänden. Unter den Fenstern liegt eine leere Schnapsflasche, daneben eine alte Matratze. Ich trete mit dem Fuß darauf, Staub wirbelt auf. Ob hier jemand gewohnt hat, vielleicht ein Landstreicher? Kann eigentlich nicht sein. Landstreicher, das ist doch nur ein schöneres Wort für einen Obdachlosen, und Obdachlose gebe es hier nicht, hat Gabriel erzählt, was ich mir kaum vorstellen kann. Ich drehe den Deckel der Flasche auf und rieche daran. Ein Hauch von Alkohol kommt mir entgegen. In der Ecke, im Schatten der Schräge hinter einem Holzbalken, steht ein Weidenkorb. Vorsichtig öffne ich ihn, schwarze Kleider kommen zum Vorschein, unten am Saum zackig zurechtgeschnitten und am Rücken der Oberteile sind so etwas wie Flügel befestigt. Mindestens fünf dieser Kostüme zähle ich. Karneval feiern sie hier nicht, auch das hat Gabriel mir erzählt. Ich schaue hoch zur Decke, kurz vermute ich dort Fledermäuse, die von oben still dabei zusehen, wie ich in ihrer Wäsche wühle. Die Matratze, die Schnapsflasche, die Fledermausfetzen, ich kann mir keinen Reim darauf machen, genauso wenig wie auf die Landkarten im Kleiderschrank. Jemand steigt die Treppen hoch, ich stopfe die Kostüme zurück in den Korb. Die Tür geht auf.

»Hier bist du«, sagt Mutter, »ich habe dich schon überall gesucht.«

Ihr starrer Katzenblick gleitet einmal durch den Raum – die kahlen Wände, die Matratze, die Schnapsflasche und der Verschluss, den ich vergessen habe, wieder zuzuschrauben.

»Komm runter, ich will dir mein neues Gebiet zeigen«, sagt sie.

»Ich bin müde.«

»Hast du nicht gut geschlafen?«

»Nein. Ich wollte mich noch etwas hinlegen.«

»Wenn du dich jetzt wieder hinlegst, schläfst du später schlecht«, sagt Mutter, »so etwas nennt man Teufelskreis. Bis du wieder in die Schule gehst, machst du dich nützlich und kommst mit mir in den Dienst. Zieh dich anbetungswürdig an, ich warte unten auf dich.«

Anbetungswürdig heißt, ich soll einen Rock oder ein Kleid anziehen. Ich hasse Röcke, ich hasse Kleider. Wenn meine Sachen wenigstens nicht alle von *C&A* wären. Mutter würde niemals etwas von *C&A* tragen, aber ich bin angeblich zu jung für teure Sachen, ich wachse noch viel zu schnell.

Mutter sitzt schon unten im Wagen und spielt mit dem Gas, wie ein Mädchen, das mit ihrem Hengst am Halfter herumstolziert. Angeberin. Wie kann man ausgerechnet hier einen nagelneuen *BMW* fahren? Ein unauffälliges Auto würde viel besser passen. Im Gegenteil, finden Vater und Mutter. Wer an den richtigen Gott glaubt, der fährt auch das richtige Auto. Mutter und Vater wollen, dass die Weltmenschen von unserem Auto auf den treuen und verständigen Sklaven schließen und davon ausgehen, zwischen Jehova und teuren Autos bestünde eine besondere Verbindung.

Ich setze mich auf die Beifahrerseite und schnalle mich an. Das Auto gleitet über die neue Straße. Draußen sind abgeerntete Felder zu sehen, verfallene Höfe. Hinter den Mauerskeletten wachsen Birken. Mutter biegt ab. Sie streckt den Arm aus und zeigt auf den Horizont. Hochhäuser. Grau-weiß türmen sie sich nebeneinander auf.

»Mein neues Gebiet«, sagt Mutter, »dort ist noch nie jemand von Haus zu Haus gegangen. Kannst du dir das vorstellen? Das ist wie unberührter Schnee.«

»Haben die Brüder hier nicht gepredigt?«

»Nicht in Mehrfamiliensiedlungen«, sagt Mutter, »nur in

Gebieten mit Einfamilienhäusern. Hier wäre es zu gefährlich gewesen.«

»Wieso?«

»Bei Mehrfamilienhäusern konnten sie nicht unbeobachtet von Tür zu Tür gehen. Die Brüder hier hatten eine Strategie. Sie haben im Predigtdienst eine Hausnummer ausgewählt und in jeder Straße nur dort geklingelt. Am nächsten Tag haben sie sich eine neue Hausnummer gesucht und haben in allen Straßen dort geklingelt. Und so weiter. So fiel es nicht auf.«

Mutter atmet auf.

»Jetzt ist alles anders«, sagt sie, »jetzt steht hier ein Saal, und er sieht fast genauso aus wie unser alter Saal in Geisrath, findest du nicht? Niemals hätte ich das geglaubt.«

Mutter parkt das Auto vor der Hochhaussiedlung. Ich schaue an der Fassade hoch und zähle die Stockwerke. Mutter holt ein Ringbuch aus ihrer Diensttasche hervor, darin liegt ihre Gebietskarte. Auf einer Ringbucheinlage trägt sie den Straßennamen und die Hausnummer ein.

»Wer ist das?«, frage ich.

»Wer?«, fragt Mutter.

»Die Frau, nach der diese Straße benannt wurde.«

»War. Politikerin. Wollte die Welt verändern. Man hat sie ermordet.«

Mutter schließt die Augen und faltet die Hände.

»Herr Jehova, der du thronst in den Himmeln. Wir stehen nun zum ersten Mal vor diesen Häusern, denen so lange die frohe Botschaft vorenthalten wurde. Die Schafe haben sicher Hunger, sie haben sicher Durst, sie suchen einen Hirten. Und dass du uns hierher gesandt hast, dass wir das Vorrecht haben, deine Wahrheit zu verkünden, dafür danken wir dir. Bitte lass deine Botschaft vom Königreich auf fruchtbaren Boden fallen, auf dass die Menschen ein offenes Ohr für die Wahrheit haben. Gib uns die Kraft, diese Menschen ins Licht zu führen, auf den schmalen Pfad der Gerechten. Amen.«

»Amen«, murmele ich.

Mutter schaut auf die vielen Klingelschilder. Klingelschilder sind für Mutter das, was für andere Leute Pralinen sind. Sie gleitet mit den Fingern darüber, als könnte sie sich nicht entscheiden, welches sie als Erstes verschlingen soll. Die Glastür ist beschmiert. *Hausieren verboten*, steht dort, daneben ein sonderbares Zeichen, das ich noch nie gesehen haben, eine Art durchkreuzter Kreis. Mutter drückt auf eine Klingel, die zu einer Wohnung im Erdgeschoss gehört. Nichts. Noch einmal. Nichts. Mutter überträgt den Namen, der auf dem Klingelschild steht, in ihr Ringbuch und schreibt *ND* daneben. Nicht da.

Mutter drückt auf die nächste Klingel. Nichts. Mutter klingelt wieder. Nichts. Sie überträgt die Namen in ihr Ringbuch. *ND*. Neben dem sonderbaren Zeichen an der Tür klebt ein Fahndungsplakat. Ich habe es schon öfters gesehen. Der Mann auf dem Bild ist offenbar auf der Flucht, die Polizei bittet um Mithilfe der Bevölkerung, aber ich bekomme jedes Mal, wenn ich dieses Plakat sehe, gute Laune, denn der Mann darauf sieht Vater ähnlich, und jedes Mal, wenn ich das Bild sehe, stelle ich mir vor, Vater wäre ein gesuchter Verbrecher.

»Das kann doch nicht sein«, sagt Mutter und schaut an der Fassade hoch.

»Was?«

»Dass niemand da ist.«

»Wieso? Es ist doch mitten am Tag.«

»Die meisten haben doch keine Arbeit mehr«, sagt Mutter.

Die Sprechanlage knackt.

»Ja?«

Mutter räuspert sich.

»Guten Tag, mein Name ist Elisabeth Joellenbeck, und ich bin heute mit meiner Tochter in Ihrer Gegend unterwegs. Können Sie uns bitte die Tür öffnen? Wir möchten gern mit Ihnen über die Bibel und ihre Verheißungen für die Zukunft sprechen.«

»Ich glaube nicht an Gott.«

»Ich verstehe. Es ist nicht einfach in diesen Zeiten, den Glauben an ein höheres Wesen, das uns lenkt und beschützt, zu bewahren. Wissen Sie, dass die Bibel uns ein wunderbares Paradies auf Erden verspricht?«

Die Stimme aus der Sprechanlage lacht.

»Hat man uns hier auch versprochen.«

»Haben Sie schon einmal mit einem unserer Glaubensbrüder über die Verheißungen der Bibel gesprochen?«, fragt Mutter.

»Nicht dass ich wüsste.«

»Ich verstehe. Wenn man die Weltlage betrachtet, fällt es schwer, auf die Bibel oder auf Gott zu vertrauen. Trotzdem lohnt es sich, gerade weil die Weltregierungen uns im Stich lassen. Auch Sie sollten auf Gott vertrauen.«

»Leider keine Zeit gerade.«

Mutter rückt näher an den Lautsprecher.

»Kein Problem, wir können gern ein andermal wiederkommen.«

»Nein, danke. Kein Interesse.«

Die Sprechanlage knackt. Mutter schreibt den Namen auf und daneben *KI*. Kein Interesse. Im Erdgeschoss zuckt eine Gardine. Ein Fenster geht auf. Eine alte Frau schaut heraus, sie trägt ein Kopftuch, in der Hand hält sie einen Putzlappen.

»Was wollen Sie hier?«, ruft sie.

Mutter lächelt freundlich.

»Guten Tag! Wir sind heute hier, um die frohe Botschaft vom Königreich zu verkünden. Möchten Sie nicht auch ewig leben?«

»Haben Sie das Schild an der Tür nicht gesehen?«

»Doch. Wir hausieren nicht. Wir verkünden die Botschaft der Bibel.«

»Verschwinden Sie«, sagt die Frau, »sonst hole ich die Polizei.«

»Uns steht es frei, von Haus zu Haus zu gehen und unseren Glauben zu verbreiten«, antwortet Mutter.

Es gibt Leute, die reiben sich im Winter mit Schnee ein. Mutter ist so jemand. Sie reibt sich nicht wirklich mit Schnee ein, aber sie fühlt sich lebendig bei solchen Auseinandersetzungen. Ich hasse so etwas. Das Geschrei, die Demütigungen. Mutter nicht. Mutter genießt die Wut und den Hass, den die Frau ihr entgegenschleudert, so lange, bis sie müde wird, das Fenster wieder schließt und stumm hinter der Scheibe weiterschimpft. Mutter drückt auf die nächste Klingel und lächelt ihr Gewinnerinnenlächeln.

»Jesus hat vorausgesagt, dass die Welt uns hassen wird für unser Predigtwerk.«

»Weiß ich.«

»Das wird uns hier noch oft passieren«, sagt Mutter, »wir sind hier nicht in Geisrath, die Menschen hier sind viel misstrauischer.«

»In Geisrath sind wir auch ständig beschimpft worden.«

Mutter schüttelt den Kopf.

»Hier ist das etwas anderes. Man hat den Leuten das Blaue vom Himmel versprochen. Nichts davon ist in Erfüllung gegangen.«

»Immerhin dürfen wir jetzt von Haus zu Haus gehen«, antworte ich.

»Wer weiß, wie lange noch«, sagt Mutter und atmet tief durch, »vielleicht sperren sie uns auch bald ein, wie deine Großmutter.«

Noch immer ist die Stelle nicht richtig verheilt, selbst durch den dicken Wintermantel hindurch kann ich ihn spüren, diesen blauen Kranz, den Mutter mir mit ihrem harten Griff einmal rund um den Oberarm gestempelt hat, obwohl es jetzt schon eine Weile her ist. Auf dem Weg von Geisrath nach Peterswalde, als sie vor der Gedenkstätte hielt, mich aus dem Auto zerrte und unter dem Torbogen hindurch auf den leeren Platz schubste. Die vielen kleinen Namen auf dem Mahnmal, ich konnte sie kaum lesen, so dicht waren die Sterne, die vor meinen Augen tanzten.

Die Sprechanlage knackt.

»Ja?«, meldet sich eine Frauenstimme.

»Guten Tag«, sagt Mutter, »wir möchten gern über etwas mit Ihnen sprechen, was Ihre Zukunft maßgeblich beeinflussen wird.«

»Sind Sie der Gerichtsvollzieher?«, fragt die Frau.

Mutter schweigt. Die Tür wird aufgedrückt. Wir gehen zum Aufzug und fahren in den obersten Stock.

»Sprich du sie an«, sagt Mutter und zwinkert mir aufmunternd zu.

Ich taste in meiner Diensttasche nach den Zeitschriften. Die Aufzugtür öffnet sich. Der Geruch von ausgekochten Markknochen schlägt uns entgegen. Am anderen Ende des Flurs steht eine Frau. Sie trägt ein T-Shirt mit einem Herz darauf und lehnt im Türrahmen. Zigarettenrauch steigt bläulich an ihr hoch.

»Sind Sie der Gerichtsvollzieher?«, ruft die Frau wieder.

»Guten Tag«, sage ich.

»Sind Sie es oder nicht?«, fragt sie.

»Was?«

»Der Gerichtsvollzieher.«

Mutter hebt die Augenbrauen, als würde auch sie wissen wollen, ob ich der Gerichtsvollzieher bin.

»Nein«, sage ich. »Es gibt einen Grund für Sie, mit Zuversicht in die Zukunft zu schauen. Darüber möchten wir mit Ihnen reden.«

»Was für eine Zukunft denn?«, fragt die Frau und lacht, »habe ich im Lotto gewonnen?«

»Nein«, antworte ich, »wir reden mit den Menschen über eine andere Form von Reichtum. In der Bibel sagt Jesus, *es ist leichter für ein Kamel, durch ein Nadelöhr zu gehen, als für einen Reichen, in das Königreich Gottes einzugehen.*«

Die Frau runzelt die Stirn. »Ich habe kein Geld, falls Sie deswegen hier sind.«

»Wir wollen Ihnen die frohe Botschaft vom Königreich überbringen«, sage ich. »Die Welt verändert sich gerade sehr schnell, viele haben Angst vor der Zukunft. Wir kommen an die Türen der Menschen, um ihnen Hoffnung zu geben. Kriege, Hungersnöte, Erdbeben. Die Bibel lehrt uns, dass all dies Zeichen sind.«

»Zeichen wofür?«, fragt die Frau.

»Es bedeutet, dass die große Drangsal bevorsteht.«

»Die große was?«

»Gott wird auf der Erde eingreifen und alle Ungläubigen vernichten. Das ist die große Drangsal, und danach werden wir ein Paradies auf Erden errichten und ewig leben.«

Ich hole meine Bibel hervor und schlage Offenbarung 21:3–4 auf.

»Hier«, sage ich, »hier steht, *er wird jede Träne von ihren Augen abwischen, und der Tod wird nicht mehr sein, noch wird Trauer noch Geschrei noch Schmerz mehr sein. Die früheren Dinge sind vergangen.*«

»Der Tod wird nicht mehr sein?«

Die Frau lacht wieder. Ich kann ihre grauen Plomben sehen, der aufgerissene Mund macht mich verlegen. Mutter ist nie verlegen. Ihr liegt es im Blut, Zeugnis zu geben. Mutter war auf der *Gileadschule*, dort ist sie zur Sonderpionierin ausgebildet worden. Sie hat schon in Angola an Türen geklingelt, in Nicaragua und in Bolivien, wo es gar keine Klingeln gibt, sondern vor einem Haus in die Hände geklatscht wird. Das war, bevor ich auf die Welt gekommen bin. Bolivien. In die Hände klatschen. Vater und Mutter wurden vom treuen und verständigen Sklaven zurück nach Deutschland geschickt, sie übernahmen den Himbeerhof und bauten den Königreichssaal in Geisrath.

»Meine Tochter hat recht«, sagt Mutter, »der Tod wird nicht mehr sein. Und all das wird sehr bald geschehen. Unsere Zeit ist gekennzeichnet von vielen schrecklichen Ereignissen. Die Bibel hat diese Zeit vorausgesagt. Es sind die Vorzeichen für die Verheißungen, die die Bibel uns verspricht.«

»Ich wollte Ihnen unsere Zeitschrift anbieten«, sage ich und halte der Frau die aktuelle *Erwachet!* hin, »sie kostet fünfzig Pfennig. Das ist nur für Druck und Papier. Wir verdienen daran nichts.«

Die Frau blättert in der Zeitschrift, dann wühlt sie in ihrer Jogginghose und holt ein Fünfzigpfennigstück heraus. Ich schaue auf die Münze, die die Frau langsam zwischen den Fingern dreht. Ich bleibe ganz ruhig, obwohl ich es dringend nötig habe, eine Zeitschrift abzugeben.

»Das ist meine Lieblingsmünze«, sagt die Frau und schaut uns an, »von dem neuen Geld. Mein Vater hatte auch so eine, in seiner Münzsammlung. Jetzt bezahle ich selber damit, daran kann ich mich immer noch nicht gewöhnen.«

»Das kann ich gut verstehen«, sagt Mutter, »für Sie muss

das alles so neu und ungewohnt sein. Das ist nicht immer schön. Wir spüren die Verwirrung und die Orientierungslosigkeit der Menschen hier. Viele sind überfordert. Ein menschliches System hat versagt, ein neues soll es richten. Da bleibt viel Misstrauen.«

»Ja«, sagt die Frau, »genau.«

»Wissen Sie, dass die Bibel auch das vorausgesagt hat?«

»Was?«

»Haben Sie draußen die Wahlplakate gesehen? Wie der Bundeskanzler und der amerikanische Präsident sich die Hände reichen? *Frieden und Sicherheit* steht auf den Plakaten.«

Mutter holt ihre Bibel hervor und schlägt den Thessalonicherbrief auf.

»Hier steht es«, sagt sie und hält der Frau die Bibel hin, »*wann immer sie sagen: ›Frieden und Sicherheit‹, wird plötzlich Vernichtung sie überfallen wie die Geburtswehe eine Schwangere.*«

»Aha«, sagt die Frau.

»Alle menschlichen Systeme haben bisher versagt, auch das steht in der Bibel. Nur Jehova kann die Menschen regieren. Wir bieten Ihnen an, gemeinsam mit uns ein anderes System aufzubauen.«

Die Frau hält mir das Fünfzigpfennigstück vor die Augen.

»Das Mädchen hier«, sagt sie und zeigt mir die Rückseite der Münze, »hockt es auf der Erde und vergräbt etwas?«

»Nein«, sage ich, »es vergräbt nichts, es pflanzt eine junge Eiche. Sehen Sie?«

Die Frau hält sich das Fünfzigpfennigstück dicht vor die Augen.

»Ja, jetzt sehe ich es. Man muss sehr genau hinschauen.«

»Wollen Sie eine Zeitschrift haben?«, frage ich.

»Ich weiß nicht«, sagt die Frau und steckt das Geldstück wieder ein, »fünfzig Pfennig sind eine halbe Tafel Schokolade.«

»Wohnt Ihr Vater auch in Peterswalde?«, fragt Mutter.

»Nicht mehr. Er ist vor Kurzem gestorben.«

»Gott«, sagt Mutter, »hat im Paradies eine Auferstehungshoffnung für alle geliebten Menschen, die wir im Laufe unseres Lebens verloren haben, wussten Sie das? Auch Sie können Ihren Vater einmal wiedersehen und ihn in die Arme schließen. Alle Menschen haben die Auferstehungshoffnung, auch wenn sie gesündigt haben. Im Paradies haben wir alle die Möglichkeit, vollkommen zu werden.«

Die Frau überlegt, dann reicht sie mir die Münze. Ich stecke sie ein.

»Danke. Wir kommen nächste Woche wieder, wenn Sie wollen. Dann können wir über die Texte in der Zeitschrift reden.«

»Von mir aus«, antwortet die Frau.

»Das hast du gut gemacht«, sagt Mutter, als wir wieder allein im Flur stehen. Sie holt ihr Ringbuch heraus. Der Faserstift kratzt auf dem Papier. Sie überträgt den Namen der Frau und schreibt *RB* daneben. Rückbesuch. Ich trete an die hohe Fensterfront. Von hier oben kann man die ganze Gegend überblicken. Als wir noch klein waren, haben Sulamith und ich das manchmal gespielt, Auferstehung. Aus alten Waschmittelkartons haben wir Friedhöfe gebaut und unter die Kartons Puppen und Stofftiere gelegt. Wenn sie aus ihren Kartons gekrochen kamen, wussten sie meist nicht, wo sie waren. Wir erklärten ihnen, dass sie nun im Paradies seien und Gott gerade alle Menschen auferstehen lasse. Manche unserer Puppen wunderten sich, dass sie gar nicht so alt waren wie früher, als sie noch lebten, dass sie keine Brillen trugen und ohne Krücken gehen konnten. Wir erklärten ihnen, dass man im Paradies weder an Krankheiten noch an Gebrechen leide. Wir warfen die Puppen und Stofftiere in die Luft und feierten Wiedersehen, wir taten so, als ob wir vor Freude weinten, so wie die Menschen auf den Bildern in unserem Paradiesbuch.

»Komm«, sagt Mutter und zieht mich sanft in Richtung Aufzug.

Wir arbeiten uns vom obersten Stock bis ganz nach unten durch. Dutzende Türen, Dutzende Klingeln, jeder Name wird in Mutters Ringbuch übertragen und mit dem entsprechenden Kürzel versehen, bis wir zwei Stunden später mit kalten Füßen wieder vor der Haustür stehen. Draußen ist es bereits dunkel geworden. Mutter macht sich letzte Notizen.

»Wieso habt ihr mir eigentlich nicht schon viel früher davon erzählt?«, frage ich.

Mutter blickt von ihrem Ringbuch auf.

»Wovon?«

»Von Großmutter und ihrer Gefangenschaft.«

»Wie kommst du jetzt darauf?«

»Weil du meintest, dass wir dankbar sein müssen, von Haus zu Haus gehen zu dürfen.«

»Dein Vater wollte es nicht«, sagt Mutter, »er wollte dich damit nicht belasten. Ich aber wollte, dass du weißt, was deine Großmutter hier durchmachen musste.«

»Du hättest es mir anders beibringen können«, sage ich.

Mutter presst die Lippen zusammen.

»›Himmelskomiker‹ hat man sie genannt und aufgehängt, besonders weit oben. ›Damit ihr eurem Gott nah seid‹, das sagte die SS zu ihnen. Wie bitte hätte ich dir das denn beibringen sollen?«

Sie klappt das Ringbuch zu.

»Nach allem, was in Geisrath passiert ist, wollte ich, dass du weißt, wie vielen Prüfungen andere vor uns ausgesetzt wurden. Wärst du standhaft geblieben, wie deine Großmutter? Denk mal darüber nach«, sagt Mutter.

Sie schaut auf die Uhr.

»Ich muss noch zum Supermarkt.«

»Der macht erst nächste Woche auf.«

Mutter seufzt. »Dann gehen wir zu diesem kleinen Laden am Bahnhof.«

Eine Klingel ertönt, als Mutter die Tür des Ladens aufstößt. Es riecht nach Scheuerpulver und Sauerkraut. An den Wänden stehen Regale mit Lebensmitteln. Hinten gibt es eine Wursttheke, daneben einen Tisch, auf ihm eine Waage. Ich hatte als Kind einen Kaufmannsladen, keinen notdürftig zusammengebastelten wie Sulamith, sondern einen mit Holztheke und Regalen, in denen kleine Schachteln standen, aber das hier ist kein Spiel, hier kaufen Erwachsene ein. Ein Pfund dies, ein Pfund das. Zwei alte Frauen stehen im Gang. Sie tragen Kopftücher, unter ihren Mänteln schauen Kittelschürzen hervor. Die eine Frau hält einen Korb mit leeren Bierflaschen in der Hand, die andere einen, in dem Milch und Margarine liegen. Sie schauen uns an wie Eindringlinge.

»Guten Tag«, sagt Mutter und strahlt.

In der Mitte des Ladens ist die Kasse. Es gibt kein Förderband, auch kein *Maoam* und *Haribo* auf Kinderaugenhöhe, da steht nur eine altmodische Kasse und daneben auf der Ablage ein Glas mit etwas, das wohl Süßes sein soll. Weiße und rosafarbene Kugeln. Der Zucker hat sich schon in Kristallen an der Oberfläche festgesetzt. Außerdem Bleistifte und Kerzen. Mutter stellt sich hinter die beiden Frauen an die Wursttheke. Die Verkäuferin packt Fleischwurst ein, legt Salami auf die Waage. Zwischendurch holt sie Bleistift und Papier hervor und schreibt. So machen sie hier noch die Rechnung.

Mutter ist dran. Sie bestellt. Ein Pfund dies, ein Pfund das. Ich kann ihrer Stimme anhören, wie viel Spaß ihr das macht, wie früher, wenn sie mit uns spielte. Ich sitze hinter meinem Laden, genau wie die junge Verkäuferin, ich bin genauso wie sie, aber Sulamith nicht, Sulamith ist nicht einfach nur eine Verkäuferin. Sie hat eine Idee. Sie hat kleine Cracker mit Frischkäse bestrichen und bietet sie auf einem Deckchen an. Ein Probierstand, um einen neuen Käse vorzustellen. Sulamith bietet Mama mit ihrem strahlendsten Lächeln einen Cracker an. Mama lehnt ab, sie wolle bei mir einkaufen, sie wolle nichts Neues ausprobieren, sagt sie zu Sulamith, sie wisse, was gut ist, und dabei bleibe sie.

»Nein, danke, ich bin mit meinem Käse sehr zufrieden«, sagt Mama, und dann lächelt sie mich übertrieben freundlich an und zeigt auf etwas hinter mir im Regal.

Sulamith schaut Mama mit flehenden Augen an, aber Mama ignoriert das und ist umso freundlicher zu mir. Ich hole eine Schachtel aus dem Regal. Mama hat darum gebeten, Mama will sie kaufen. Sie holt Geld heraus und legt mir fünfzig Pfennig hin.

Sulamith berührt Mama am Arm.

»Bitte, liebe Dame, probieren Sie doch, er ist ganz leicht und locker, dieser Käse, probieren Sie.«

»Ich habe Ihnen schon gesagt, dass ich keinen neuen Käse brauche«, sagt Mama, richtig laut wird sie. Sulamith fängt an zu weinen. Mama schaut mich verständnislos an.

»Es ist doch nur ein Spiel«, sagt Mama, aber Sulamith weint weiter, und als Mama sie trösten will, stößt Sulamith sie weg. So war es immer. Mutter wollte Sulamith nie retten, nicht einmal im Spiel.

»Das können Sie behalten«, höre ich Mutter sagen.

Zuerst denke ich, sie hätte der Kassiererin ein Trinkgeld gegeben, das würde zu ihr passen, aber die Frauen mit den Kopftüchern halten unsere Traktate in den Händen. Die eine flüstert den Titel vor sich hin.

»*Warum man der Bibel vertrauen kann.*«

Die Verkäuferin kommt hinter der Theke hervor und setzt sich an die Kasse. Sie öffnet das Glas mit den Zuckerkugeln und hält es mir hin.

»Nein, danke.«

»Das ist aber nicht besonders höflich«, sagt Mutter.

»Ich mag nichts Süßes«, flüstere ich, »weißt du doch.«

»Papperlapapp! Alle Kinder mögen Süßes, oder?«, sagt Mutter zur Verkäuferin. Sie öffnet ihre Diensttasche und holt ein weiteres vorgefaltetes Traktat heraus.

»Wollen Sie auch erfahren, warum man der Bibel vertrauen kann?«

Ich dränge mich an Mutter vorbei zur Ladentür. Draußen schlägt mir kalte Luft entgegen.

Neben dem Eingang hängt wieder das Fahndungsplakat. Der Mann darauf trägt einen Schnurrbart und hat lange Haare, vorn sind sie zu einem geraden Pony geschnitten. *Die Polizei bittet um Mithilfe* steht darunter. Ich strecke die Nase in die kalte Luft. Da ist er wieder, dieser Geruch, wie der Atem von Zirkustieren, streng und fast noch warm weht er vom Fluss herüber. Ich schaue durch die schmierige Fensterscheibe des Ladens. Mutter ist im Gespräch mit der Verkäuferin. Links vor der Brücke geht ein schmaler Kiesweg ab, hinter dem Fluss am anderen Ufer steht unser Königreichssaal. Ein brauner Wagen mit einem Anhänger fährt an mir vorbei und hupt,

Bruder Radkau sitzt am Steuer, als er mich sieht, zeigt er auf den Anhänger. Ich winke. Wieder zeigt er auf den Anhänger, aber ich kann darauf nichts Besonderes entdecken, es ist zu dunkel. Er lenkt den Wagen auf den Parkplatz vor unserem Saal. Schwer hängt der Geruch in der Luft. Woran erinnert er mich nur?

»Esther! Komm her!«

Mutter steht vor dem Geschäft und lädt die Einkäufe in den Kofferraum.

»Wir sind hier nicht in Geisrath, wo du einfach herumspazieren kannst, wie es dir gefällt.«

»Ich stand doch nur auf der Brücke. Bruder Radkau hat mir aus dem Auto zugewunken, er hat wie wild auf seinen Anhänger gezeigt.«

Mutter schaut auf die Uhr.

»Das werden die Buchstaben sein. Steig ein.«

Mutter fährt den Wagen im Schritttempo über die Brücke und dann links auf den Parkplatz. Nicht nur die Radkaus sind da, fast alle Brüder und Schwestern aus Peterswalde haben sich schon eingefunden. Ich muss mich noch daran gewöhnen, dass unsere Versammlung hier so klein ist. In Geisrath waren wir über hundert Verkündiger, hier sind es, die Lehmannkinder mitgezählt, vielleicht fünfzehn, davon weniger als zehn Erwachsene, die regelmäßig in den Dienst gehen.

Die Buchstaben liegen auf dem Asphalt. Sie sind gelb und sehen aus, als hätte man sie in goldenem Flitter gewälzt, Bruder Radkau hockt dazwischen und legt sie in der richtigen Reihenfolge nebeneinander. *KÖNIGREICHSSAAL JEHOVAS ZEUGEN* steht da. Gabriel kommt mit weiteren Buchstaben im Arm auf den Parkplatz gelaufen, setzt sie zusammen: *Jehova ist mein Helfer, Hebräer 13:6.* Unser Jahrestext, die leitende Körperschaft gibt ihn heraus.

Bruder und Schwester Wolf stehen Hand in Hand vor den Buchstaben.

»Dass wir das nach sechzig Jahren noch miterleben dürfen«, sagt Bruder Wolf und tupft sich die Augen. Neben den Wolfs steht Bruder Lehmann, vor ihm hockt seine Tochter Daria und streicht mit ihren kleinen Fingern über das Ö, über die feinen Drähte, mit denen die beiden Striche über dem O verbunden sind. Ihr Bruder Matthias rennt immer wieder durch die Lichtschranke des Bewegungsmelders vom Parkplatz. Matthias prescht nach vorn, das Licht geht an, er springt vor Freude hoch, läuft in die entgegengesetzte Richtung, um gleich wieder loszurennen, wenn das Licht wieder ausgeht.

»Das ist aber kein Spielzeug«, sagt Mutter, als Matthias an ihr vorbeirennt.

»Doch!«, ruft er und streckt ihr die Zunge raus.

Schwester Lehmann packt ihn im Vorbeilaufen an seinem Kindersakko.

»Hör auf damit«, zischt sie, »glaubst du, Jehova findet es respektvoll, wenn du auf seinem Parkplatz herumturnst?«

Matthias verzieht den Mund.

»Schau mich an«, sagt Schwester Lehmann und kniet sich vor ihn, »du willst doch auch ins Paradies, oder?«

»Ja«, sagt Matthias mit seiner rauen Kinderstimme.

»So kommst du aber nicht ins Paradies, hörst du?«

Matthias will sich losreißen, doch Schwester Lehmann hält ihn fest.

»Schau mich an!«

Matthias fängt an zu weinen.

»Ja«, sagt Mutter, »das wäre traurig, oder? Wenn du nicht ins Paradies kommen würdest.«

Schwester Lehmann lächelt gequält. »Kleine Kinder.«

Von der Sache mit Sulamith wissen die Brüder hier nichts.

Geisrath ist zu weit weg, als dass es sich bis hierher herumgesprochen hätte. Vater und Mutter wollen, dass das auch so bleibt. Es solle langsam Normalität einkehren, hat Vater neulich beim Abendbrot gesagt. Wie das gehen soll, hat er nicht gesagt.

»Es ist schon spät«, sagt Bruder Radkau, »lasst uns alles morgen aufhängen. Gleich beginnt schon die Zusammenkunft.«

Letzte Woche hat Vater an einige Brüder und Schwestern Aufgaben verteilt. Ich hasse Aufgaben für die Theokratische Predigtdienstschule, aber jeder kommt einmal dran. Wäre ich ein Junge, fände ich es nicht so schlimm, dann müsste ich nur eine Rede vorbereiten und vortragen. Frauen dürfen niemanden belehren, das gibt der treue und verständige Sklave vor, es sei denn, alle Männer aus der Versammlung sind krank, dann darf auch eine Frau die Versammlung leiten, aber nur, wenn sie dabei ein Kopftuch trägt.

Wir singen Lied 222, danach betreten Schwester Wolf und Mutter die Bühne. Mutter sagt ihren Text auf, sagt, dass sie mit einer Interessierten über Weihnachten gesprochen habe, und möchte von Schwester Wolf wissen, wie sie sich bei solchen Gesprächen verhalte, schließlich sei den Weltmenschen nichts so heilig wie das Weihnachtsfest. Schwester Wolf sagt ihren Text auf. Sie erklärt Mutter, dass sie in solchen Situationen versuche, die Interessierten darauf aufmerksam zu machen, dass Jesus nicht im Dezember geboren sein könne, weil Schafe vor dem Stall gestanden hätten. Im Winter sei es auch in Palästina zu kalt dafür. Schwester Wolf macht auffällige Bewegungen mit den Händen, um die Worte zu unterstreichen. Viele Dinge laufen hier genauso ab wie in Geisrath. Auch bei uns ist es immer sofort aufgefallen, wenn jemand bei seiner Aufgabe besonders auf Gesten achten sollte. Schwester Wolf wird ein *G* bekommen. *G* für *Gut*. Ich habe viele *AD*s auf meinem Verbesserungszettel, *AD* für *Arbeite daran*.

Schwester Wolf und Mutter gehen ab.

Matthias rutscht unruhig auf seinem Stuhl herum. Früher durften Kinder in der Versammlung malen, damit sie nicht quengeln, aber das erlauben viele Eltern nicht mehr. Mutter setzt sich wieder neben mich und greift nach ihrem Notizbuch. Seit jeher schreibt Mutter während der Zusammenkünfte mit. Dafür benutzt sie immer die gleichen Bücher. Sie sind mit chinesischem Stoff bezogen und an den Ecken verstärkt, die Seiten fein liniert, umrahmt von Schilf und rosa Reihern.

Bruder Radkau betritt die Bühne. Weil er ein Mann ist, muss er kein Theater spielen, sondern darf vorn am Mikrofon einen kleinen Vortrag halten.

»Ich muss mal«, flüstere ich und stehe auf.

Mutter macht mit Absicht keinen Platz. Sie hasst es, wenn ich während der Versammlung rausgehe. Unsere Nylonstrumpfhosen laden sich aneinander auf, als ich mich an ihr vorbeizwänge. Ich öffne die Eingangstür und trete auf den dunklen Hof. Neben der Einfahrt stehen zwei Toilettenhäuschen. Die Badezimmer im oberen Stockwerk dürfen wir noch nicht benutzen, dort wird noch renoviert, aber ich muss eh nicht auf die Toilette. Die Zeit vergeht schneller, wenn ich während der Zusammenkunft aufstehe und rausgehe. Es ist stockdunkel, ich muss aufpassen, nicht auf die Buchstaben zu treten. Ich springe hoch, so wie Matthias eben, doch der Bewegungsmelder reagiert nicht. In Geisrath war so viel beleuchtet. Straßen, Geschäfte, Bahnhöfe. Uhren, Autohäuser, Apotheken. Fahrräder, selbst Kinderwagen hatten an den Rädern Katzenaugen. Hier nicht. Hier gibt es kaum Licht, aber das stört mich nicht. Im Gegenteil. Das Licht verschmutzt den

Nachthimmel, es stiehlt den Sternen die Show, den alten Bäumen am Ufer, deren Äste wie feine Risse im Himmelszelt aussehen. Ich höre Sulamiths Lachen, ich sehe, wie sie staunend nach oben starrt. Oft schlichen wir uns heimlich auf das ungesicherte Hochhausdach in der Blumensiedlung.

Hinter mir knackt etwas. Ich drehe mich um, es raschelt im Gebüsch, dann fliegt die Saaltür auf, Gabriel rennt auf den Parkplatz.

»Was war das?«, fragt er und holt eine Taschenlampe hervor, geht einmal den Hof ab, leuchtet in die Büsche, hinter die Toiletten, den Zaun ab.

»Keine Ahnung«, sage ich.

»Hier muss jemand gewesen sein«, sagt er.

»Ich habe nur ein Rascheln gehört.«

Gabriel kommt auf mich zu und strahlt mir mit der Lampe ins Gesicht.

»Hör auf damit«, sage ich.

»Weinst du?«

»Nein.«

Ich will an ihm vorbei zurück in den Saal gehen, da hält Gabriel die Taschenlampe auf die Buchstaben. Sie liegen immer noch vor dem Eingang, aber da steht nun etwas anderes.

»Ich wusste doch, ich habe etwas gehört!«, ruft Gabriel und zeigt auf die verdrehten Buchstaben.

> **GOt**
> **eIne SEe is VeRSALZEN**
> **Hälf**
> **AUCH miKI**

»Wer war das?«, frage ich.

Gabriel knipst die Taschenlampe aus und seufzt.

»Die wollen uns ärgern. Hier stand vorher eine Fabrik, da haben fast hundert Leute gearbeitet. Vielleicht deswegen.«

»Was soll das heißen, eine versalzene See?«

»Weiß nicht.«

»Gibt es hier irgendwo so etwas?«

»Nein. Vielleicht war es dieser Junge da drüben.«

Gabriel zeigt in Richtung Fluss.

»Der wohnt da mit seinem Vater.«

Ich strecke die Nase in den Wind.

»Riechst du das?«

»Was? Du meinst die Kohle?«

»Nein. Gibt es hier einen Wildpark?«

»Nein.«

»Hier in der Nähe muss es aber so etwas geben. Riechst du das nicht?«

»Ich rieche nichts«, sagt Gabriel.

Er mustert mich von oben bis unten, so als wäre er ein Archäologe und ich sein frisch ausgegrabener Fund.

»Ab Montag gehst du in die Schule, oder?«

»Nein. Erst die Woche drauf.«

»Ach so.«

Ich kann seiner Stimme anhören, wie gern er wüsste, warum ich noch nicht in die Schule gehe, was es für einen Grund dafür gibt, dass Vater und Mutter mich noch schonen. Ich weiß ja selbst nicht, was sie in der Schule erzählt haben, jedenfalls etwas Überzeugendes, möglicherweise sogar die Wahrheit.

»Und, freust du dich?«

Ich überlege, wann ich mich das letzte Mal über etwas gefreut habe. Ich weiß es nicht, es ist so lange her, dass ich Probleme habe, mich zu erinnern, wie Freude sich überhaupt anfühlt. Hier auf diesem dunklen Parkplatz zwischen den

Buchstaben, vor mir Gabriel in seinem Anzug, an dem die Schulterpolster so weit nach außen stehen, dass er als Rusty in *Starlight Express* durchgehen könnte, kommt jedenfalls keine Freude auf, erst recht nicht, wenn ich an die Schule denke oder daran, gleich zurück in den Saal zu gehen, um *Unser Königreichsdienst* zu lesen.

4

Lidia und Sulamith konnten die Notunterkunft viel schneller verlassen als die meisten anderen Flüchtlinge. Das lag daran, dass Papa ihnen eine Wohnung besorgt hatte, gleich bei uns in der Nähe. Es war eine winzige Zwei-Zimmer-Wohnung in der Blumensiedlung, zwanzig Stockwerke hohe Wohnblocks mit blau und gelb angestrichenen Raucherbalkonen, nur die Straßennamen erinnerten an Blumen. Lidia richtete sich mit einem Schlafsofa im Wohnzimmer ein, das gleichzeitig auch die Küche war, Sulamith bekam das Zimmer mit dem winzigen Balkon. Von dort aus blickte man auf ein Feld, auf dem ein Strommast stand, der fast genauso hoch war wie das Haus und um den Kühe weideten, aber Sulamith gefiel es, weil die Wohnung so weit oben lag. Den Boden legte Lidia mit Autoteppich aus. Ich fand alles an der Wohnung traurig. Die alten Furniermöbel, die die Brüder aus der Versammlung gespendet hatten, die mickrigen Zimmerpflanzen, das hohle Geräusch, wenn die Sperrholztüren zuschlugen. Trotzdem, alles war besser als die schimmelige Notunterkunft, und vielleicht kam es mir auch nur so trostlos vor, weil ich kleine Räume nicht gewohnt war. Ich hatte immer in unserem großen Haus gelebt. Mama war dort geboren worden.

»Wir hatten früher auch weniger Platz«, sagte Mama, als wir nach dem Umzug zwischen den wenigen Kisten in Lidias und Sulamiths neuem Wohnzimmer saßen.

Nach dem Krieg hatten Mamas Eltern einige der Zimmer im Haus vermietet, um über die Runden zu kommen. Erst Jahre später war der Hof wieder so weit, die Himbeerreben und die Gemüsebeete so ertragreich, dass Untermieter nicht mehr nötig waren. Mamas Eltern waren strenge Katholiken. Sie sollte nach der mittleren Reife auf die Haushaltsschule gehen, anschließend am besten einen Katholiken heiraten und den Hof übernehmen, doch stattdessen lernte Mama Papa und die Wahrheit kennen und trat aus der Kirche aus. Mamas Eltern redeten nicht mehr mit ihr, nicht mal zu ihrer Hochzeit kamen sie. Mama ging in den Missionarsdienst und kehrte erst wieder heim nach Geisrath, als sie mit mir schwanger war. Der Himbeerhof stand leer. Es gibt Fotos von einem lichterloh brennenden Scheiterhaufen, den Mama und Papa vor dem Haus errichteten, kurz nachdem sie dort angekommen waren. Alles, was sie im Haus gefunden hatten und dämonisch erschien oder ein Symbol falscher Religionen war, verbrannten sie: Marienstatuen, Kreuze, geweihte Kerzen aus der Dorfkirche, Hufeisen und Sparschweine, alte Messdienerumhänge, Mamas Sammlung vierblättriger Kleeblätter, die Schallplatten aus ihrer Jugend und ein islamischer Gebetsteppich, den ein früherer Freund aus der Welt Mama aus Marokko mitgebracht hatte.

Als Lidia und Sulamith in die Blumensiedlung zogen, gingen sie schon regelmäßig mit uns in die Versammlung, Lidia studierte mit Mama das Paradiesbuch. Nach und nach machte sie sich mit unserer Lehre vertraut. Mama erklärte Lidia, warum Jehova das Böse zulässt, welche Pläne er mit der Menschheit hat, dass er uns zur Vollkommenheit zurückführen würde, wie wir am Ende Harmagedon überleben und ewiges Leben erlangen könnten.

Genau wie Kinder viel schneller eine neue Sprache lernen als die Erwachsenen, wusste Sulamith viel schneller und besser über Jehova, Harmagedon und das Paradies Bescheid als Lidia. Bald kannte sie die Bibel so gut wie ich. Wenn Papa sie abfragte, kamen ihre Antworten so schnell, als würde sie schon an den ersten Worten der Frage erkennen, welche Antwort sie geben musste. Mama begann, Sulamith an den Dienstagen mit in den Predigtdienst zu nehmen. Sie brachte ihr bei, kurze Sätze an der Tür vorzutragen und Traktate auszuteilen.

Lidia sprach gut Deutsch, aber beim Schreiben machte sie so viele Fehler, dass Mama und Papa ihr dabei helfen mussten, Bewerbungen zu schreiben und Formulare auszufüllen. In Rumänien war Lidia Krankenschwester gewesen, aber in Deutschland durfte sie nicht in ihrem Beruf arbeiten, die Diplome wurden nicht anerkannt. Während Mama mit Lidia im Wohnzimmer saß, Papiere durchging und Briefe korrigierte, spielten Sulamith und ich in meinem Zimmer Vater, Mutter, Kind. Ich war der Vater, Sulamith die Mutter und meine Puppen unsere Kinder. Unter dem Schreibtisch bauten wir uns ein Schlafzimmer, ein Ehebett aus Decken und Kissen, in dem wir Babys zeugten. Wir hatten im Kindergarten einiges aufgeschnappt und versucht, uns einen Reim darauf zu machen, wie es funktionierte. Richtig verstanden hatten wir es noch nicht, nur dass es viel mit Hemmungslosigkeit zu tun hatte, wussten wir. Einmal ertappte Mama uns dabei, wie wir nackt und eng umschlungen unter dem Schreibtisch lagen und Ehepaar spielten. Sie riss uns auseinander und schärfte uns ein, dass so etwas nur verheiratete Erwachsene tun durften. Zum ersten Mal hörte ich das Wort *Hurerei*. Eine Weile schämten wir uns und ließen es sein, dann spielten wir doch wieder Ehepaar, so leise es nur ging.

Eine Schwester aus der Versammlung besorgte Lidia eine Arbeit als Küchenhilfe bei *Hollingstedt*. Bei *Hollingstedt* arbeiteten viele Brüder und Schwestern. Dort wurden Haarprodukte hergestellt. Bürsten, Gummis, Gel. Die Haarbürsten wurden in durchsichtigen Plexiglaskoffern an Drogerien ausgeliefert. Fast jedes Kind in unserer Versammlung hatte einen solchen Koffer. Es war wie eine Mode. Wir packten die Sachen für die Zusammenkünfte und den Predigtdienst hinein.

Kurz nachdem Lidia angefangen hatte, bei *Hollingstedt* zu arbeiten, ließ sie sich auf dem großen Sommerkongress taufen. Mama nähte uns extra neue Kleider. Stolz hefteten wir unsere Kongressplakette an die kleinen Schlaufen, die Mama eigens dafür eingenäht hatte. Weil Mama und Papa während der Kongresse immer sehr eingespannt waren, Papa mit Vorträgen und Ordnerdiensten, Mama in der Cafeteria oder als Putzkraft, aßen wir die Essenspakete aus der Zentrale in Selters, die man dort kaufen konnte. Wir liebten das Essen aus den Selterstüten, vor allem die Sinalcodosen und die Schraubgläser mit hausgemachter Leberwurst.

Als Lidia am Samstag getauft wurde, saßen wir gleich hinter den Täuflingen in der zweiten Reihe. Nach der Taufansprache wurden Mikrofone von der Decke herabgelassen, alle Täuflinge standen auf. Lidias Gesicht glühte, als sie die beiden Tauffragen vor Tausenden von Glaubensbrüdern mit Ja beantwortete. Danach wurden die Täuflinge hinter die Bühne geführt, wo sie sich Schwimmsachen anzogen. Lidia kam im Badeanzug zurück und stellte sich zu den anderen in die Schlange. Neben der Bühne war ein Taufbecken aufgebaut, in dem ein Täufer in einem weißen T-Shirt stand. Einzeln stiegen die Täuflinge ins Becken. Als Lidia an der Reihe war, nahm Papa Sulamith auf den Arm, damit sie besser sehen konnte. Der Täufer zeigte Lidia, wie sie ihre Hände halten musste: die linke Hand an das rechte Handgelenk und mit den Fingern der rechten Hand die Nase zuhalten. Er nahm Lidia in den Arm und tauchte sie einmal unter. Gebannt starrte Sulamith auf den dunklen Fleck im Wasser, ihre Mutter. Als Lidia wieder auftauchte, applaudierten wir, Mama strahlte wie eine Siegerin bei der Olympiade. Lidia war nun ein fester Bestandteil unserer Versammlung. Es gibt ein Foto, das jemand gleich nach Lidias Taufe gemacht haben muss, denn auf dem Foto sind ihre Haare noch ganz nass. Wir stehen im strahlenden Sonnenschein auf dem Parkplatz vor der Essener Grugahalle, im offenen Kofferraum die Pakete aus Selters. Mama und Papa halten Lidia im Arm, Sulamith und ich hocken vor ihnen und strecken lachend unsere Sinalcodosen in die Kamera. Neben uns liegen unsere Plexiglaskoffer, und auf unseren Kleidern prangen die Kongressplaketten mit dem Motto: *Loyale Unterstützer des Königreichs.*

Sulamith und ich wurden eingeschult. Genau wie alle anderen Familien in unserer Versammlung feierten Lidia und Sulamith keine weltlichen Feiertage mehr. Der Geburtstag war ein Tag wie jeder andere, an den unsere Eltern uns zwar erinnerten und an dem sie uns manchmal auch sagten, wie sehr sie sich freuten, dass wir auf der Welt waren, aber Kuchen oder Geschenke gab es nicht. Wir wurden nicht von unseren Eltern, sondern von Gott beschenkt, und zwar mit dem ewigen Leben.

Wie schon im Kindergarten nahmen wir auch später in der Schule nicht an weltlichen Feiern teil. Wenn ein Geburtstag gefeiert wurde, schickten unsere Lehrer uns vor die Tür. Schweigend lehnten wir jedes Mal an der Wand neben der Garderobe und starrten aufs Linoleum. Der Gesang drang nach draußen, der Duft von ausgeblasenen Kerzen und Geburtstagskuchen hing in der Luft. Als in der dritten Klasse Aschwin und Liah aus Afghanistan zu uns kamen, standen wir oft zu viert vor dem Klassenzimmer. Genau wie wir gingen Aschwin und Liah an den Donnerstagen vor der Schule nicht mit zur Messe und waren vom Religionsunterricht befreit. Sie feierten weder Weihnachten noch Ostern. Von Aschwin und Liah wussten wir, dass es auch im Koran Dämonen gab, und wie in der Bibel waren die Dschinn gefallene Engel. Liah meinte, sie hätten Allahs Vorhaben den Wahrsagern auf der Erde verraten, weshalb Allah den Himmel mit Wächtern und Leuchtkörpern gegen die Dschinn ausgestattet habe. Allah beschoss die Dschinn mit Sternschnuppen, und genau wie unsere Dämonen mischten sie sich nach ihrem Rauswurf aus dem Himmel überall auf der Erde unter die Menschlichen. Während drinnen Geburtstag gefeiert wurde, radierten wir draußen vor der Tür mit unseren Schuhen schwarze Streifen auf das helle Linoleum und malten uns aus, was Gott mit den Geburtstagskindern einmal anstellen würde.

»Vielleicht wird er sie über einen Felsen in den Abgrund jagen, so wie in dem Gleichnis mit den Schweinen«, sagte ich, aber das wollte Sulamith nicht. Die Schweine taten ihr leid. Liah meinte, die Ungläubigen würden von den Dschinn in die Welt aus Salz geführt werden, wo alle Säcke trugen und Kekse aus Asche aßen, aber da protestierte Aschwin. Woher sie solche Albernheiten hätte, so etwas stehe nirgends geschrieben.

Nach wie vor brauchte Lidia viel Hilfe mit Briefen und Formularen. Oft saß sie ganze Nachmittage mit Mama im Wohnzimmer vor Dutzenden Papieren. Einmal brachte Sulamith einen Stapel alter Hefte mit, die in der Stadtbücherei zum Verschenken auslagen. Mama schaute sie durch. Es waren alte *Treff*-Magazine, eine harmlose Schülerzeitschrift, wir durften sie behalten und lesen. Draußen goss es in Strömen. Sulamith saß neben mir, in eines der *Treff*-Magazine vertieft. Plötzlich sah ich, dass ihre Hände zitterten.

»Was hast du?«, fragte ich.

Sulamith antwortete nicht. Sie starrte bloß auf die Seiten. Ihre Augen wurden immer größer, ihre Lippen fingen an zu beben. Sie stand auf und rannte mit der Zeitschrift in der Hand die Treppen hinunter ins Wohnzimmer.

»Was ist das?«, schrie sie und hielt das Magazin hoch. Vor Schreck wurde Mama kreidebleich. Sie nahm Sulamith das Magazin ab und überflog den Text.

»Ist das die Wahrheit?«, rief Sulamith.

Vorsichtig blickte ich Mama über die Schulter. Zuerst konnte ich kaum glauben, was ich da sah. Auf einem Foto war ein Affe in einem Käfig zu sehen. Auf seinen Kopf hatte man eine Art Maschine montiert. Man hatte ihm den Schädel aufgebohrt und etwas hineinoperiert, eine Schüssel aus Metall, so sah es für mich aus. Sein Gesicht war schmerzverzerrt, die Augen voller Traurigkeit.

Mama seufzte.

»Das sind Tierversuche, Liebes.«

»Warum erlaubt Jehova so etwas?«

»Es ist die Unvollkommenheit der Menschen«, sagte Mama, »sie glauben nicht an Jehova und seine Verheißungen. Sie wollen Schätze auf der Erde anhäufen, sie wollen nicht krank werden, aber dass nur Jehova uns von Krankheit und Tod erlösen kann, wollen sie nicht einsehen.«

»Warum?«, fragte Sulamith, während ihr dicke Tränen über die Wangen rannen, »wieso lässt er die Menschen so etwas tun?«

Mama seufzte wieder.

»Jehova lässt das Böse zu, weil er Satan beweisen will, dass die Welt Jehova braucht, dass nur sein Königreich Frieden und Sicherheit bringen wird. Solange die Menschen unvollkommen sind und sterben, wird es auch Tierversuche geben.«

»Man muss doch was dagegen tun«, flüsterte Sulamith.

»Es ist für Medikamente«, sagte Lidia und zog Sulamith zu sich, »du willst doch auch nicht krank werden.«

Sulamith riss sich los.

»Doch«, sagte sie, »lieber krank, als dass Tiere gequält und getötet werden.«

Lidia lachte.

»Leberwurst wird auch aus Tieren gemacht. Und du liebst sie.«

Sulamith starrte sie an.

»Ich liebe Leberwurst nicht«, rief sie, »ab jetzt jedenfalls nicht mehr.«

»Beruhige dich«, sagte Mama, »es gibt viel zu viel Leid auf der Welt. Diese Bilder sind der Beweis dafür, dass nur Jehova all dem ein Ende setzen kann und dass wir Menschen viel zu klein und unvollkommen sind, um unsere Probleme allein zu lösen. Satan verführt die Menschen dazu, Böses zu tun. Doch bald wird das Paradies kommen, dann wird es so etwas nie wieder geben. Und dort werden selbst die Löwen Stroh fressen. Bis dahin kannst du getrost weiter Leberwurst essen.«

Sie reichte Sulamith das Magazin.

»Geht jetzt spielen«, sagte sie, »und diese Zeitschrift werft ihr bitte weg. Alle. Ich will nicht, dass ihr Alpträume davon bekommt.«

Oben in meinem Zimmer setzte Sulamith sich auf den Boden und zog die Beine an. Schweigend starrte sie vor sich hin. Doch als ich die Zeitschrift in den Papierkorb werfen wollte, hielt sie mich zurück.

»Gib mir die mit dem armen Äffchen«, sagte sie, »ich will sie behalten.«

Sie packte die Zeitschrift in ihre Schultasche, dann holte sie unter ihrem T-Shirt den Blutausweis hervor, den sie genau wie ich immer bei sich trug, und legte ihn auf den Boden. Vorn auf dem Ausweis war eine Blutkonserve abgebildet, die wie bei einem Verkehrsschild rot eingekreist und durchgestrichen war. *Kein Blut!* stand darunter, und daneben: *Art. 1 Grundgesetz: Die Würde des Menschen ist unantastbar.* Sulamith nahm mein Mäppchen vom Schreibtisch, suchte nach einem blauen Filzstift und schrieb *Kein Fleisch!* über die Blutkonserve.

Tatsächlich aß Sulamith nie wieder Fleisch. Nicht einmal Fisch aß sie, nur noch die Schillerlocken, die Papa manchmal mitbrachte, doch nachdem sie herausgefunden hatte, dass Papa die Schillerlocken auf dem Fischmarkt kaufte und die leckeren geräucherten Löckchen in Wirklichkeit Stücke der Bauchhaut einer bedrohten Haifischart waren, aß sie auch die nicht mehr. Lidia nahm Sulamith lange Zeit nicht ernst, tischte ihr abends weiter dick bestrichene Leberwurstbrote auf, die sie unter eingelegten Gurken versteckte, und aß sie dann genüsslich selbst, wenn Sulamith den Bissen sofort wieder ausspuckte und wortlos in ihr Zimmer ging.

Kurz nachdem wir von der Grundschule aufs Mosaik-Gymnasium gewechselt waren, machten wir mit *Silas Reisen* einen Ausflug ins *Phantasialand*. Alle waren dabei. Schwester Albertz mit Rebekka und Tabea, die Schusters mit Tobias und Damaris, Bruder Reinhardt, der den Bus fuhr, seine Frau und Mischa – nur Papa fehlte, er war wie so oft auf Reisen. Den Vormittag verbrachten wir mit endlosen Fahrten auf der Wildwasserbahn, schlenderten danach durch Chinatown und schaukelten in Bottichen auf dem kleinen See herum. Am Nachmittag wollten wir die berühmte Zaubershow im Wintergarten sehen. Zauberer waren für Mama in Ordnung. Zauberer machten keinen Hehl daraus, dass sie trickten, gerade darin bestand ihre Kunst und nicht in der Zusammenarbeit mit dunklen Mächten.

Aufgeregt saßen wir im stockdunklen Theater und blickten gespannt auf den sich öffnenden Vorhang. Zwei Männer betraten die Bühne. Mamas Lippen kräuselten sich, als sie die Kostüme sah, die so eng anlagen, dass sich die Geschlechtsteile der beiden Zauberer abzeichneten, aber schnell war auch sie fasziniert von den undurchschaubaren Tricks, die die Männer vorführten. Sie legten Frauen in bunte Truhen, die aussahen wie Särge, wirbelten sie durch die Luft und ließen sie sogar verschwinden. Tobias, der gleich neben mir saß, trampelte nach jeder Nummer vor Begeisterung mit den Füßen.

Schließlich betrat einer der beiden Zauberer den Zuschauerraum und lief durch die Reihen.

»Ich brauche eine Assistentin«, rief er.

Sein Blick blieb an Sulamith hängen, er kam auf uns zu und stand plötzlich direkt neben mir. Sein Kostüm war vollkommen durchgeschwitzt, als wäre er gerade aus der Sauna gekommen. Erst jetzt, als er uns so nah kam, sah ich, dass sein Gesicht von einer dicken Schicht Make-up überzogen war, es schien zu dampfen. Schwer atmend hockte er sich neben Sulamith. Der Schweiß lief ihm die Schläfen hinunter, ein Tropfen fiel in meinen Schoß, doch der Zauberer nahm es gar nicht wahr, er sah mich nicht, er hatte nur Augen für Sulamith.

Widerwillig ließ sie sich von ihm an die Hand nehmen. Währenddessen hatte der andere Zauberer eine riesige Kiste auf die Bühne gerollt, auf der eine Decke lag. Das Publikum raunte, als er sie wegzog. Ein Käfig kam zum Vorschein, darin ein weiß-schwarz gestreifter Tiger. Der Zauberer stieg mit Sulamith auf die Bühne, sein Kollege öffnete den Käfig und führte den Tiger an einer goldenen Leine heraus. Als Sulamith das Tier sah, schreckte sie zurück und versuchte, sich aus dem festen Griff des Zauberers zu befreien, doch der zog sie in die Mitte der Bühne.

»Nein«, rief Sulamith und riss sich los, »aufhören!«

Verdutzt blickten die beiden Zauberer Sulamith hinterher, die von der Bühne lief, die Ausgangstür aufstemmte und verschwand. Der Applaus verebbte. Mischa und ich sprangen auf. Sulamith saß draußen in der Halle und weinte leise. Mischa nahm sie in den Arm, aber sie stieß ihn weg. Schweigend standen wir neben ihr, während sie sich mit dem Pulloverärmel über die rote Nase fuhr. Die Tür ging wieder auf, Tobias, Tabea und Rebekka kamen heraus.

»Kannst wieder reinkommen«, sagte Tobias, »der Tiger ist nicht mehr da.«

Mischa reichte Sulamith ein Taschentuch.

»Nicht mehr da«, rief Sulamith, »natürlich ist er noch da. Irgendwo hinter der Bühne in einem Käfig. Dahin gehört aber kein Tiger, er gehört in die Wildnis.«

»Das sind doch gar keine wilden Tiger«, sagte Tobias, »sie leben seit ihrer Geburt bei diesen Zauberern.«

Sulamith blickte hinter dem Taschentuch hervor.

»Du bist so was von dumm«, sagte sie.

»Wieso«, sagte Rebekka, »die Tiger kennen es doch gar nicht anders. Die Zauberer sind doch wie ihre Eltern.«

»So ein Blödsinn«, sagte Sulamith, »sie hassen diese Zauberer, sieht das denn keiner?«

»Ich gehe jetzt wieder rein«, sagte Tobias, »wer kommt mit?«

»Alle«, rief Sulamith, »geht alle wieder rein! Ihr werdet schon sehen, irgendwann werden diese Tiger sich wehren. Seitdem sie auf der Welt sind, warten sie darauf. Die weißen Tiger sind geduldig, aber bald werden sie angreifen und die beiden Männer töten.«

»Du bist doch irre«, sagte Tobias und drehte sich um.

Mischa und ich schauten uns an. Tatsächlich, für einen Moment hatte Sulamith diesen Blick. Ich wusste erst nicht, woher ich ihn kannte, erst spät am Abend, als ich im Bett lag, fiel es mir ein. Lidia hatte diesen Blick, wenn sie einen Anfall bekam und umkippte.

Das waren keine Zauberer, das waren Feiglinge! Anderen vormachen, dass die Tiger ihre Freunde sind, weil sie ihnen gehorchen, so was Falsches. Jeder Tiger gehorcht, wenn er eingesperrt ist und an einer Kette laufen muss. Jehova hat Tiger nicht für so etwas erschaffen, warum begreift das niemand? Manchmal wünsche ich mir, Jehova würde Leuten wie Tobias mal richtig die Meinung sagen. Warum spricht er nicht mehr mit den Menschen? Ich meine, er ist Gott, er hat immer mit seinen Anbetern gesprochen, wenn die Zeiten schwierig waren. Warum erscheint er uns nicht in einem brennenden Busch, wie Moses? Es gibt in unserer Umgebung doch genügend, hinterm Königreichssaal, im Freibad, neben dem Sportplatz der Schule. Büsche, meine ich. Er könnte sich einen aussuchen, ihn anzünden und mit uns reden. Er könnte uns sagen, wie das Leben läuft, das mit den Tigern zum Beispiel, er könnte uns erklären, warum er es früher nötig hatte, sich Tiere opfern zu lassen. Er könnte von mir aus auch sagen, es ist egal, es bringt eh nichts, dass ich euch jetzt hier in einem Busch erscheine und euch sage, wie das Leben läuft. Ihr werdet die Fehler trotzdem machen, weil so seid ihr Menschen nun mal. Er könnte sagen: Ich habe meine Gründe. Aber immerhin hätten wir es dann mal gehört. Findest du nicht? Stattdessen soll ich das einen äh, äh – Ältesten fragen. Mache ich nicht! Die schauen mich nur wieder so seltsam an.

Anders als Sulamith hatte ich mir über die Tiere in der Bibel noch nie Gedanken gemacht. Ich hatte mir, ehrlich gesagt, über nichts, was in der Bibel stand, Gedanken gemacht. Ich nahm es hin und hielt es für die Wahrheit, weil ich es nicht anders kannte, und selbst wenn ich mir so viele Fragen gestellt hätte wie Sulamith, ich hätte mich nie getraut, sie auszusprechen. Warum hatte Jehova es nötig, sich seine eigene Schöpfung opfern zu lassen? Gute Frage. Es waren andere Zeiten, hätte Mamas Antwort gelautet, aber das war keine Antwort, denn Jehova war derselbe. Mama hätte mich nach meinen Zweifeln gefragt und mich daran erinnert, Zweifel immer als ein Zeichen dafür zu sehen, dass Satan wie ein Dieb in der Nacht umherging, um die Gerechten zu prüfen. Fragen zu stellen bedeutete, dass man Zweifel hatte, und Zweifel bedeuteten nicht nur Ärger mit Jehova, sondern vor allem Ärger mit Mama und Papa, und den fürchtete ich fast noch mehr als den Grimm unseres Gottes.

Am Abend nach dem *Phantasialand*-Besuch hörte ich, wie Mama Papa am Telefon erzählte, was bei der Zaubershow vorgefallen war. Sie sagte, Sulamith hätte den Zauberer beschimpft, sie behauptete, Sulamith hätte Mama und Lidia angeschrien, unglaublich frech wäre sie gewesen und hätte wie immer Aufmerksamkeit auf sich ziehen wollen.

»Weil sie keinen Vater hat«, hörte ich Mama zum Abschluss sagen, so, als wäre es eine Krankheit, ohne Vater groß zu werden. Mama aber, das spürte ich, genoss es. Allein wie sie dieses Wort aussprach – *Vater*. Ich saß in der Küche und kaute auf einem Stück Brot herum, es pappte an meinem Gaumen und wollte einfach nicht weicher werden. Am liebsten wäre ich in den Flur gerannt und hätte Mama das Brot ins Gesicht gespuckt.

»Du sollst nicht falsch Zeugnis ablegen, das achte Gebot! Schon mal was davon gehört?«

Ich sagte nichts. Ich kaute und kaute und grübelte, warum Mama log, warum Sulamith ihre Zweifel ins Daycahier schrieb, obwohl sie wusste, wie gefährlich das war. Wenn Mama es gelesen hätte, wäre sie damit sofort zu den Ältesten gegangen, da war ich mir ganz sicher, aber vielleicht wollte Sulamith das ja, dass jemand ihre Zweifel endlich ernst nahm. Ich hätte sie ernst nehmen sollen, aber das tat ich nicht, oder anders gesagt – ich ließ die Zeit verstreichen in der Hoffnung, alles würde sich wieder richten, jedenfalls betete ich dafür, für Sulamith, auch wenn ich nicht besonders gut darin war.

Jehova hat mir anscheinend nicht zugehört, genauso wenig wie er Sulamith zugehört hat. Niemand hat Sulamiths Zweifel ernst genommen, kein Gott, kein Lehrer, kein Arzt. Kein Mensch hörte ihr zu, bis Daniel kam. Daniel mit seinen fliegenden blonden Haaren, mit seinem sorglosen Lachen, mit seinen klugen Gedanken, Daniel, der sich so weltgewandt und lässig gab, dass ich in seiner Gegenwart immer erstarrte.

Niemand vor ihm hatte je den Mut besessen, sich zwischen Sulamith und mich zu stellen, sich über diese Grenze zu wagen, die unsere Welt von der der anderen trennte. In der Tierwelt gibt es in Gefahrensituationen die Option, zu kämpfen oder zu fliehen, das haben wir mal im Biologieunterricht gelernt. Wenn die Situation weder Kampf noch Flucht ermöglicht, erstarren viele Tiere, das habe ich schon oft im Garten bei Kellerasseln und Marienkäfern beobachtet. In Daniels Gegenwart wurde ich selbst zu einem solchen Tier. Ich war zu schwach, um ihn zu vertreiben, aber ich war auch nicht stark genug, Sulamith an die Ältesten zu verraten.

Die Spannung, die plötzlich in der Luft lag, wenn das Skateboard anrollte, noch heute kann ich sie spüren. Er rollte jeden Tag an uns vorbei, mindestens einmal. Jedes Mal grinste er Sulamith an, jedes Mal verengten seine dunklen Augen sich zu diesen schmalen Kohlenstrichen. Sulamith tat so, als würde sie ihn gar nicht bemerken, dabei hatte sie schon die halbe Schule bequatscht, um möglichst viel über ihn herauszufinden.

Seine Eltern sind Diplomaten, deswegen ist er mitten im Schuljahr zu uns gekommen! Er geht in die Stufe über uns und lebt in einer Riesenvilla gleich neben der amerikanischen Siedlung, weißt du, wo die ist? Ich habe immer nur davon gehört. Es gibt dort richtige amerikanische Läden und ein Kino, in dem alle Filme schon Monate vorher laufen. Und dieses Mädchen mit den blond gefärbten Haaren und dem schwarzen Mantel ist gar nicht seine Freundin, das ist seine Schwester, das hat Kerstin mir erzählt! Sie fährt immer mit derselben Bahn und hat das mitgekriegt. Und gestern habe ich ihn hinten an der Turnhalle bei den Basketballplätzen gesehen, er hat Körbe geworfen, und auf seinem T-Shirt stand: Wenn du mich überlebst, bist du gut! Verstehe ich zwar nicht, finde ich aber trotzdem lustig!

An einem kalten Mittwoch im Februar stand Sulamith nach der großen Pause wie immer vor dem Chemieraum, wartete auf Frau Böhnke und hielt nach Daniel Ausschau. Ich war nicht da, ich lag mit Grippe im Bett, und vielleicht war das der Grund, warum Daniel diesmal den Mut aufbrachte, sie anzusprechen.

Er hatte wieder diese Baskenmütze auf und hat eine Jeansjacke getragen, die war überall mit Edding bemalt, aber ich bin viel zu nervös gewesen, um zu lesen, was da genau draufstand. Er hatte ein T-Shirt an, das hätte Mamusch sofort weggeschmissen! Da war ein Mann drauf mit knallrotem Lippenstift und wirren Haaren, ich konnte die Schrift daneben nicht lesen. Ich dachte, jetzt grinst er und weg ist er (nicht der Mann auf dem T-Shirt, son-

dern Daniel), aber dann ist er STEHEN GEBLIEBEN und hat Hallo gesagt! Mir ist voll schlecht geworden. Und dann meinte er: Du heißt Sulamith, oder? Ich habe nur genickt, ich konnte noch nicht reden!

D: Das ist ein besonderer Name.

Ich kann das nicht genau erklären, aber es war etwas in seinem Gesicht, als würde er über alles lachen, über die ganze Welt, sogar über sich selber.

S: Ja ...

D: Ich weiß, was das bedeutet. Sulamith, das heißt Frieden.

S: Die Friedliche.

Dann hat er nach dir gefragt, er wusste sogar, wie du heißt!!! Er wollte wissen, ob wir jüdisch sind. Ich meinte so, nee, wie er denn darauf kommen würde?!

D: Ich dachte nur wegen euren Namen.

Ich hab gesagt, wir sind biblisch, da hat er mich angeschaut, als hätte ich gefurzt! Ich habe gelacht und schnell Witz *gesagt.*

D: Ich wollte dich einladen, ich mache am Freitag eine Gartenparty, ich habe Geburtstag.

S: Im Garten? Es ist Februar.

D wird rot.

D: Ja, stimmt! Äh, ich meine im Wintergarten.

Dann mussten wir beide voll lachen. Wir standen uns gegenüber und haben einfach nur dumm gelacht. Wintergarten, ich weiß noch nicht einmal genau, was das ist.

S: Ist lieb, aber ich kann nicht.

Richtig traurig hat er ausgesehen, aber nur kurz, weil dann hat er auf den Aufkleber mit der schwarzen Katze auf meinem Chemieordner gesehen, der gegen Tierversuche.

D: Bist du Tierschützerin?

Unter dem Text klebte ein Flyer. Auf ihm war ein Junge mit einer Sturmmaske vor hohen Bäumen zu sehen, den Blick auf eine Fabrik mit rauchenden Schornsteinen gerichtet, neben ihm saßen ein Fuchs, ein Hase und ein Reh. *No Compromise in Defense of Mother Earth!*, stand ganz unten.

Süß, oder? Den hat er mir gegeben! Er ist in einer Gruppe, die sich für Tierrechte einsetzt, ich habe nicht genau verstanden, was sie machen, aber er hat gesagt, ich sollte unbedingt zum nächsten Treffen kommen. Vielleicht, meinte ich.

Am Freitag nach der Schule klingelte Sulamith bei uns, weil Lidia in der Spätschicht einspringen musste, ich lag immer noch im Bett. Ich hoffte, irgendetwas wäre in der Zwischenzeit passiert. Ich war mir fast sicher, dass Sulamith mir gleich von der großen Enttäuschung berichten würde. Jungs konnten grausam sein, das wusste sie so gut wie ich. Dass sie auf einen Geburtstag gehen wollte, konnte ich mir nicht vorstellen. Deswegen glaubte ich tatsächlich, als Sulamith mit trüben Augen zu mir ins Bett kroch, dass sie sich bei mir angesteckt hätte, wie sie behauptete. Ich sagte nichts zu ihrem letzten Eintrag. Mama machte uns noch Wärmflaschen und eine große Kanne Tee, bevor sie am frühen Abend mit Papa zur Zusammenkunft fuhr, doch kaum sprang draußen das Auto an, hüpfte Sulamith aus dem Bett.

»Wo willst du hin?«, fragte ich.

»Wohin wohl?«, sagte sie, zog sich ihre Kleider über und grinste mich an.

»Du willst auf diesen Geburtstag gehen?«

Sulamith setzte sich vor den Spiegel und zog sich ihren Eyeliner nach.

»Ich feiere ja nicht. Ich will ihn bloß treffen. Ist doch egal, ob er Geburtstag hat oder nicht. Andreas und Elisabeth bleiben bis mindestens zehn Uhr in der Versammlung. Bis dahin bin ich auf jeden Fall zurück.«

»Du spinnst wohl! Was soll ich denn sagen, wenn das rauskommt?«

»Kommt nicht raus«, sagte Sulamith, »ich sag doch, ich bin rechtzeitig zurück. Mach dir keine Sorgen!«

Sie warf mir noch eine Kusshand zu, und weg war sie.

Unruhig lief ich durchs Haus. Drei Stunden waren eine lange Zeit, doch nur, wenn man sie im Königreichssaal verbringen musste. Sosehr sich diese Abende normalerweise zogen, so schnell verging die Zeit an diesem Freitag. Ich lag unruhig im Bett und wartete auf Sulamiths Rückkehr. Die Uhr auf meinem Nachttisch tickte. Es wurde neun, es wurde zehn, und Sulamith war immer noch nicht zurück. Langsam wurde ich sauer. Endlich wurde die Haustür aufgeschlossen, ich sprang aus dem Bett, aber es war nicht Sulamith, es waren Mama und Papa. Panik stieg in mir hoch. Ich setzte ein müdes Gesicht auf und verließ das Zimmer.

»Hallo«, rief ich schwach nach unten.

Mama stand im Flur und hängte ihren Mantel auf.

»Geht es euch besser?«

»Mir ja, aber Sulamith nicht.«

»Aber eine Suppe esst ihr noch.«

»Nein«, sagte ich, »Sulamith ist eben erst eingeschlafen.«

Mama blickte mich prüfend an.

»Also gut, wie ihr wollt. Dann marsch ins Bett, schlaft euch gesund.«

Hellwach saß ich aufrecht im Bett. Das Licht der vorbeifahrenden Autos drang durch die Rollläden. Ich hörte Mama und Papa die Treppen heraufkommen und im Bad leise miteinander sprechen, dann wurde es still im Haus. Sie schliefen. Ich fühlte mich plötzlich furchtbar allein. Was Sulamith wohl gerade machte? Ich wälzte mich im Bett umher und achtete auf jedes noch so leise Geräusch, das draußen zu hören war. Mit der Zeit wurde aus meiner Wut Angst. Was, wenn ihr etwas zugestoßen war? Irgendwann schlief ich trotzdem ein, denn ein leises Klopfen weckte mich. Ich lief zum Fenster. Auf dem Dach der Veranda stand Sulamith.

»Du spinnst wohl«, flüsterte ich.

Sulamith kletterte durchs Fenster und fiel mir in die Arme.

»Wie war es?«, flüsterte ich. »Haben sie wirklich einen Wintergarten?«

»Ja«, sagte sie, »ich weiß jetzt auch, was das ist.«

Ihr Atem roch nach Alkohol. Sie zog sich aus und legte sich ins Bett. Ich kroch neben sie, ihre Füße waren eiskalt.

»Hast du gefeiert?«

Sulamith kicherte.

»Ja«, flüsterte sie.

»Das darfst du nicht.«

»Jetzt mach kein Drama«, flüsterte sie, »weiß ich doch.«

»Erzähl, wie war es?«

»Also, zuerst waren wir bei ihm zu Hause.«

»Was ist mit dem Wintergarten?«

»Der Wintergarten, ja. Das ist ein richtiger Saal mit einer Glaskuppel. Wie ein Café!«

»Wie bitte?«

»Ehrlich«, flüsterte Sulamith, »aber das ganze Haus ist so. Die haben keinen Flur, sondern eine richtige Eingangshalle. Vorne in der Halle steht ein Tisch mit bestimmt fünfzig Parfüms drauf, die gehören alle Erica. Das ist seine Mutter. Seine Eltern waren da und Freunde von denen und Freunde von Daniel. Es gab Getränke und Essen, ausländisches, Blätterteigtaschen, so etwas Leckeres habe ich noch nie in meinem

Leben gegessen. Später wollten Daniel und seine Freunde noch in die Stadt ins *Geschwister-Scholl-Haus.*«

Sie drehte sich zu mir, ihr Gesicht glühte, ich wusste nicht, ob vor Freude oder vom Alkohol.

»Ich wollte eigentlich direkt nach Hause gehen, aber dann bin ich doch noch mitgekommen. Da war ein Konzert. Sie haben gesammelt für Tierschützer, die haben Aufnahmen gemacht von einem Schlachthof und werden jetzt angeklagt, für die Prozesskosten werden die Einnahmen gespendet. Und da waren Daniel und ich die ganze Zeit zusammen. Er hat mich ganz viel gefragt, wir haben geredet und geredet, so als würden wir uns schon immer kennen.«

Sie seufzte.

»Und dabei habe ich komplett die Zeit vergessen.«

»Du darfst das nicht«, sagte ich wieder.

»Ich weiß, ich hatte keine Uhr mit, tut mir leid.«

»Nein! Auf einen Geburtstag! Er ist aus der Welt, das geht doch nicht gut aus, das weißt du.«

Sulamith drückte ihre kalten Füße gegen meine.

»Bist du eifersüchtig?«

Ich zog meine Füße weg.

»Sag mal, weißt du eigentlich, was hier los war? Ich musste richtig gut lügen, sonst wäre alles aufgeflogen.«

»Tut mir leid«, sagte sie und schloss die Augen, kurz darauf war sie eingeschlafen.

Ich hätte ihr am liebsten ins Gesicht geschlagen, ihr und diesem Daniel, der nur Unglück bringen würde. Noch lange lag ich wach und überlegte, ob er sie wohl angefasst, vielleicht sogar geküsst hatte, aber am nächsten Morgen fragte ich nicht. Ich hatte viel zu viel Angst vor der Antwort. Ich sprach die ganze Sache nicht mehr an. Sulamith aber zeichnete die Eingangshalle mit dem Parfümtisch und den Wintergarten ins

Daycahier, sie zeichnete Daniel, seinen Hund und das Auto, in dem Erica sie in die Stadt gefahren hatte und schrieb:

Ich habe dir noch nicht alles erzählt. Willst du wirklich ehrlich wissen, warum ich so spät zurückgekommen bin? Also, neben dem Geschwister-Scholl-Haus ist doch der Friedhof, auf dem Clara Schumann begraben liegt. Nach dem Konzert sind Daniel und ich dort hin. Wir sind mitten in der Nacht zwischen den Gräbern umhergelaufen und haben uns angeschaut, wie alt die Leute so geworden sind. Da waren voll viele Kinder begraben, gruselig war das. Zum Glück hat Daniel mich in den Arm genommen. Irgendwann standen wir vor Clara Schumanns Grab, Daniel vor mir, ich konnte ihn riechen. Ich habe zu ihm hochgeschaut, und dann ist es von ganz allein passiert. Wir haben uns geküsst, richtig mit Zunge, und dann meinte er, dass er seit dem ersten Tag, an dem er mich gesehen hat, in mich verliebt ist. Ist das nicht irre? Ich hoffe, du freust dich.

Es stand auf der ersten Seite des letzten Daycahiers. Die Sätze legten sich wie glühende Ketten um mich, jedes Wort zischte und brannte. *Ich hoffe, du freust dich?* Sie musste tatsächlich verliebt sein, völlig verblendet, denn wenn sie auch nur kurz nachgedacht hätte, wüsste sie, in was für eine Situation sie mich mit diesen Einträgen brachte. Ich war keine gute Lügnerin, Sulamith wusste das, aber nur wenige Tage später traf sie sich wieder mit Daniel, diesmal tagsüber in der Rheinaue an dem Skatepark, wo er sie auf seinem Board fahren ließ.

Zuerst auf dem Rasen, weil es dort einfacher ist, später bin ich auf dem Weg gefahren. Ich hatte gar keine Angst. Ich hatte aber auch Knieschoner an. Und Ellenbogenschoner. Sie haben nach seinem Schweiß gerochen, aber gar nicht schlimm, im Gegenteil.

Und sein Hund ist so süß. Er heißt Winston und ist ganz groß und wuschelig. Später hat uns seine Mutter abgeholt, und sie hat erzählt, dass das Auto einmal Gustav Heinemann gehört hat und man das Dach runterfahren kann, und als ich meinte, dass ich nicht weiß, wer das ist, und dass ich noch nie in einem Cabrio gefahren bin, da sagte sie, der wäre mal Bundespräsident gewesen und dann hat sie das Dach aufgemacht, obwohl es voll kalt war. Pahahaaaaa! Eigentlich wollte sie mich nach Hause fahren, aber dann wäre es ja zur Katastrophe gekommen. Beim Telekom-Express hat sie mich dann zum Glück rausgelassen. Zu Hause hat Mamusch total Ärger gemacht, da habe ich ihr gesagt, dass ich mit dir zusammen auf dem Flohmarkt war. Stimmt doch, oder? Bitte, es ist nur eine Not-L., deine Sue (Neu! So hat Daniel mich heute genannt.)

Yellow, so hießen in der Schule die gelben gehaltvollen Spuckepropfen, die die Jungen vor der Turnhalle manchmal aus Langeweile in unsere Richtung rotzten, und genau wie so ein *Yellow* fühlte sich dieser neue Name an: *Sue*. Englisch. Weltlich. Das war jedoch nicht der Grund, warum es mich so traf. Um den Namen an sich ging es nicht, sondern darum, dass sie sich einen anderen hatte geben lassen, als hätte sie nur darauf gewartet, weil sie so auch ein anderes Mädchen werden könnte, ein Mädchen wie jedes andere, dem ich nichts bedeutete und für das ich bald unsichtbar sein würde.

Ich sehe sie vor mir, wie sie in unserem Garten liegt, wie sie sich rollt im Gras, mit den Beinen strampelt und von Daniel schwärmt, bis ihr der Rock hochrutscht und ich die Farbe ihrer Unterhose sehen kann und die dicke *Camelia*-Binde, die sie immer trug, wenn sie ihre Tage hatte, weil sie so stark blutete. Ob er sie dort unten schon einmal angefasst hatte? Immerhin hatten sie sich geküsst. Einen Jungen zu küssen, noch dazu einen aus der Welt – schon die Vorstellung war mir zuwider, völlig fremd. Ob sie allein in seinem Zimmer sein durften? Ich wollte es eigentlich gar nicht wissen, und Sulamith bekam allmählich ganz andere Probleme.

Er hat einen Pullover, auf dem Brooklyn *steht, ist das nicht witzig? Ich habe ihm erzählt, dass dort die Weltzentrale vom treuen und verständigen Sklaven sitzt, und er meinte, dass er ihn anziehen wird, wenn er Mamusch kennenlernt. Ernsthaft, damit nervt er mich in letzter Zeit ständig. Als ob das jemals passieren würde. Ich rede nicht mit ihm über die Wahrheit. Er glaubt nicht an Gott. Wir müssen die Welt selber ändern, sagt er. Er will alles über mich wissen, über Mamusch und was mit meinem Vater ist. Warum wir hergekommen sind, will er wissen, dabei weiß ich das doch selbst nicht. Hat mich bisher auch nicht interessiert. Die Gemeinschaft ist meine Familie, ist doch logisch, aber wie willst du jemandem, der nicht an Gott glaubt, erklären, was die Liebe zu Jehova ist?*

Auch wenn sie wieder mit *Sue* unterschrieb, rührten mich ihre Ehrlichkeit und ihr Vertrauen. Trotzdem, es gab keinen Ausweg, es gab nur die Welt oder die Wahrheit. Sulamith wusste das. Ich schöpfte wieder Hoffnung. Solange sie von der Liebe zu Jehova sprach, liebte sie auch mich noch, war sie nicht nur Sue, sondern noch immer Sulamith.

5

Neben dem Daycahier, verteilt auf meinem Schreibtisch, liegen die Zettel aus dem Kleiderschrank. Ich habe versucht, sie nebeneinanderzulegen, manche gehören zusammen, wie bei einem *BRAVO*-Starschnitt. Im Schein der Schreibtischlampe beuge ich mich über die losen Blätter. Auf eines hat jemand drei Kinder in einem Boot gemalt, ein Junge hält eine Katze im Arm, alles ist mit schwarzem, fast ausgetrocknetem Filzstift gemalt, vielleicht ist die Farbe mit der Zeit auch einfach nur verblasst.

Es klopft.

»Herein?«

Vater steht da in seinem Hausmantel, mit nackten Beinen und Filzpantoffeln an den Füßen.

»Hier«, sagt er, »den Dienstzettel hast du unten vergessen.«

Er legt den Zettel auf den Nachttisch neben dem Bett und zieht sich den Gürtel des Hausmantels enger.

»Es ist kalt hier drin.«

»Ich kriege den Ofen nicht richtig an«, sage ich.

Vater öffnet die Ofentür, schichtet altes Papier und Kleinholz auf, entzündet ein Streichholz. Eine Weile sitzt er einfach so da, in der Hocke, und starrt ins Feuer. Seine nackten Fersen schauen aus den Filzpantoffeln hervor, der Gürtel seines Mantels hängt schlaff auf den Boden. Er reibt sich die Schläfen und fährt sich durch die immer grauer und dünner werdenden Haare. Feine Silberdrähte, so sieht das Alter aus. Der kleine Matthias hat neulich wissen wollen, ob die grauen Haare der Erwachsenen im Paradies verschwinden werden. Alle haben gelacht, aber Matthias wollte wirklich eine Antwort. Schwester Wolf hat ihn schließlich auf den Schoß genommen und gesagt, die grauen Haare würden sicher verschwinden, doch könne sie sich vorstellen, dass Jehova ein paar wenige übrig lasse, als mahnende Erinnerung an die frühere Unvollkommenheit.

In den letzten Tagen ist auf einmal alles ganz schnell gegangen. Die Buchstaben wurden aufgehängt. Die Toiletten sind fertig, die Stühle sind da, die Heizung ist montiert und lief heute zum ersten Mal, doch trotzdem wirkte der Saal kahl.

»Das wird sich sehr bald ändern«, hat Schwester Wolf gesagt und auf die vielen leeren Stühle geblickt, »bald werden sicher viele junge Leute zu unserer Gemeinde gehören.«

Junge Leute, furchtbar klingt das, wie in diesen Texten im *Erwachet!*, die Mutter mir seit Neuestem immer neben mein Frühstück legt. *Junge Leute fragen sich: Bin ich reif genug für Verabredungen? Warum soll ich Drogen ablehnen? Warum soll ich meinen Vater und meine Mutter ehren?* Ich frage mich ganz andere Sachen. Werde ich je wieder den Himbeerhang sehen? Was geschah mit Sulamith? Und ja – warum soll ich meinen Vater und meine Mutter ehren?

»Gleich wird es warm«, sagt Vater und stochert im Feuer herum. Er legt einen Scheit auf und zieht die Lüftungsklappe hoch.

»Morgen geht die Schule wieder los, freust du dich?«

»Bisschen.«

Er tritt an den Schreibtisch und streicht mir übers Haar, als er die losen Blätter erblickt, hält er inne.

»Wo hast du die gefunden?«, fragt er.

»Im Kleiderschrank. Weißt du, was das sein soll?«

Vater nimmt einen der Zettel hoch.

»Die haben wir als Kinder gemalt. Das waren Karten von einem Land, in dem es nur ums Überleben ging.«

»Wir?«

Gebannt schaut Vater auf die Blätter.

»Die Nachbarskinder hatten eine Katze«, sagt er und zeigt auf die Zeichnung, »hier, das ist Kralle und daneben, das ist meine Freundin Nadja. Sie hat diese Karten gezeichnet. Nadja hat sich immer Geschichten ausgedacht.«

»Das Haus nebenan steht leer«, sage ich, »wo sind die alten Bewohner?«

Vater zuckt mit den Schultern.

»Das weiß ich nicht.«

»Und die Karten, hast du sie im Kleiderschrank versteckt?«

»Vermutlich.«

Er fährt sich durch die Haare.

»Meine Güte, ist das lange her.«

»Warum hast du sie versteckt?«

»Ich weiß nicht mehr, ich kann mich an die Zeit hier kaum erinnern«, sagt Vater, er nimmt den Dienstzettel vom Nachttisch und legt ihn auf den Schreibtisch.

»Bitte füll ihn jetzt aus, ich will die ersten Statistiken noch heute nach Selters faxen.«

Leise schließt Vater die Tür. Ich schiebe das Daycahier zur Seite und krame in meinem Mäppchen. Ich habe es heute erst aus einem der Umzugskartons geholt, sie stehen alle noch immer unausgepackt an der Wand, nur die Schulsachen habe ich rausgesucht. Der Rucksack lehnt am Papierkorb, jetzt ist das Heimweh noch größer als in den ersten Wochen, aber vielleicht auch nur, weil ich heute Mittag nach dem Dienst Rebekka und Tabea anrufen durfte. Es war seltsam, immer wenn ich die Nummer wählte, legte ich schnell wieder auf, noch bevor das Freizeichen kam. Was soll ich ihnen sagen, habe ich mich gefragt, worüber soll ich mit ihnen reden? Rebekka und Tabea könnten auch hier anrufen, aber ich glaube, keiner von uns traut sich, den ersten Schritt zu tun. Es ist, als ob ein viel zu langer Tunnel uns trennte.

Ich schreibe oben meinen Namen und das Datum auf den Dienstzettel, in die Spalte darunter, wie viele Stunden ich in diesem Monat im Predigtdienst war. Ich notiere alle Stunden, die ich mit Mutter unterwegs war. Mit anderen Brüdern war ich hier noch nicht im Dienst. Theoretisch könnte ich auch allein in den Dienst gehen, so wie Mutter es tut, schließlich bin ich eine getaufte Verkündigerin, aber so was machen meistens nur Pioniere, die auf ihre neunzig Stunden kommen müssen. Schließlich schreibe ich noch, was ich an Literatur abgegeben habe, wie viele Zeitschriften und Bücher, und kreuze an, ob ich eine Zeitschriftenroute habe. Habe ich nicht. Traktate habe ich abgegeben, unzählige, aber Traktate zählen nicht, zumindest gibt es dafür keine eigene Spalte auf dem Dienstzettel. Der Frau in Mutters neuem Gebiet haben wir einen Rückbesuch abgestattet. Sie hat uns diesmal in die Wohnung gelassen, hat uns in die Küche geführt und Kaffee gekocht. Mutter hat ihr die aktuellen Zeitschriften hingelegt, aber die Frau wollte einfach nur reden. Sie hat neben Mutter gesessen und sich eine Zigarette nach der anderen angezündet, Kaffee in sich hineingeschüttet, als wäre es Wasser, und von ihrem Freund erzählt, der vor Kurzem in den Süden gegangen sei, um dort in einem Hotel als Koch zu arbeiten, und dass ihr womöglich gar nichts anderes übrig bliebe, als ihrem Freund zu folgen, weil sie hier keine Arbeit finde. Mutter hat sie getröstet und dabei immer wieder ermunternde Passagen in der Bibel gesucht, sie hat der Frau ihre schöne Bibel mit dem Goldschnitt hingehalten und sie vorlesen lassen. Mutter ist ganz nah an die Frau herangerückt, der Rauch ist ihr in die Nase gestiegen, aber Mutter weiß, wie man sich verhalten muss, wenn es gilt, ein verlorenes Schaf zu retten und auf den Pfad der Gerechten zurückzuführen, deswegen hat sie so getan, als würde sie den Rauch gar nicht bemerken, dabei hasst Mutter nichts so sehr wie Zigarettenrauch.

Ich falte den Zettel zusammen und trete auf den Flur. Die Tür zum Arbeitszimmer steht offen, darin brennt Licht, aber Vater ist nicht da. Auf dem Schreibtisch liegen die Dienstzettel der Brüder aus Peterswalde, ganz oben Gabriels, sechzig Stunden war er diesen Monat im Predigtdienst, so viel wie ein Hilfspionier. Streber, denke ich, aber als ich sehe, wie wenig Literatur er abgegeben hat, tut er mir schon wieder leid. Es ist nicht einfach, von Haus zu Haus zu gehen, die Brüder hier sind es nicht gewohnt. Viele der neuen Brüder sind noch ungeübt an den Türen, dafür können sie viel besser informell Zeugnis geben. Einfach auf der Straße ins Gespräch zu kommen, am Bahnhof oder im Rathaus, finde ich viel schwieriger, als von Haus zu Haus zu gehen.

Im Wohnzimmer höre ich Mutter und Vater leise lachen. Manchmal stelle ich mir vor, dass die beiden, sobald ich nicht mehr mit ihnen in einem Raum bin, zu anderen Menschen werden, dass sie für mich Theater spielen und in Wirklichkeit anders heißen, andere Berufe haben, vielleicht sogar normale Menschen aus der Welt sind. Dieses Haus ist eine Bühne, Mutter und Vater führen für mich dieses Stück auf. *Alles wird wieder gut* heißt es, sie spielen es immer und immer wieder, so lange, bis es wahr wird.

Ich schleiche die Treppe hinunter und hocke mich auf die letzte Stufe. Die Tür zum Wohnzimmer ist nur angelehnt. Durch den Spalt sehe ich die beiden um den kleinen Tisch sitzen, zwischen ihnen das Mühlebrett. Mutter zieht einen Stein, Vater gießt *Baileys* nach und stellt die Flasche neben einen Haufen aufgeknackter Walnüsse. Wie jung und unbeschwert sie aussehen, zwei junge Schauspieler, die Pause haben und in ihrer Garderobe auf den nächsten Akt warten.

Mutter berührt Vater am Arm.

»Schau, es schneit schon wieder.«

Sie zeigt zum Fenster. Manchmal kommen Rehe in den Garten, um zu trinken. Mutter schlägt für sie extra die Eisdecke auf dem Teich auf.

»Wir waren immer noch nicht am See der Tränen«, sagt Vater.

»Wir fahren diese Woche hin«, sagt Mutter.

Vater schüttelt den Kopf.

»Das schaffe ich nicht. Es gibt noch zu viel zu tun.«

Eine Weile sitzen sie schweigend da und starren in die Dunkelheit.

»Willst du ihr eigentlich von Michael erzählen?«

»Auf keinen Fall«, sagt Vater.

Er nimmt sein Glas vom Tisch und trinkt.

»Wir hätten es viel früher tun sollen. Hierherkommen.«

»Es ging nicht, das weißt du.«

Vater schüttelt den Kopf.

»Ich habe Mutter allein gelassen. Wir hätten gleich herkommen müssen, als es wieder ging. Worauf haben wir nur gewartet?«

»Hör auf, dich so zu quälen«, sagt Mutter, sie beugt sich über den Tisch und küsst Vater. »Sie war sehr stolz auf dich.«

»Ich bin müde«, sagt er und kehrt die Walnussschalen zusammen. Ich schleiche zurück in mein Zimmer. Der Ofen ist schon wieder ausgegangen und kokelt vor sich hin. Wer ist Michael? Hoffentlich nicht irgendein junger Bruder, den Mutter mir vorstellen will. Junge Brüder, als ob mich so was interessieren würde.

Draußen fallen die dicksten Flocken vom Himmel, die ich je gesehen habe. Wie abgerissene Fetzen Zuckerwatte, als würden sie nie schmelzen. Ich öffne das Fenster, Eisblumen wachsen an der Scheibe. Wie kann es im November schon so kalt sein? Ich beuge mich nach vorn und fange ein paar Schneeflocken auf. Da ist er wieder, dieser Geruch nach Tieren und ihren Exkrementen. Kaninchenmist. Der Geruch vom Venusberg, der Schwindel und die Übelkeit, die im Schein der kalten Lichter hoppelnden Kaninchen. Kaninchenmist. Die allerletzte Nacht mit Sulamith, daran erinnert der Geruch mich.

Ich schließe das Fenster und stemme einen der Umzugskartons auf mein Bett. Fünf Kartons muss ich aus- und wieder einpacken, bis ich die Taschenlampe finde. Ich knipse sie an, das grelle Licht durchflutet das Zimmer.

»Esther? Schlafenszeit. Du musst morgen früh raus«, höre ich Mutter sagen.

»Ich liege schon im Bett.«

»Dann gute Nacht, Liebes!«

Zahnputzgeräusche dringen durch die Wand. Vater und Mutter sind an den Abenden hier immer so kaputt, dass sie sofort einschlafen. Sie sind es nicht mehr gewohnt, auch wenn Mutter immer behauptet, es wäre das Schönste, wieder im Missionarsdienst zu sein, sie stecken es nicht mehr so gut weg wie früher, und außerdem ist das hier gar kein richtiger Missionarsdienst, wir sind schließlich nicht im Ausland, auch wenn es sich so anfühlt. Ich lege mich ins Bett und warte, bis es still wird. Noch eine ganze Weile bleibe ich mit der Taschenlampe in der Hand unter der Decke liegen und lausche, dann stehe ich auf und ziehe mich leise an. Die Tür zum Schlafzimmer ist zu, auf Socken schleiche ich die Treppen hinunter, schlüpfe in meine Stiefel und öffne die Haustür.

Der Schnee hat innerhalb einer Stunde alles zugedeckt. Die Flocken fallen so dicht, dass ich mich fühle wie eine Figur in einer Schneekugel. Dicker Rauch dringt aus den Schornsteinen und zieht über die Dächer hinweg, das sind die Kohleöfen.

»Wir sind wie Öfen«, hat Sulamith einmal gesagt, »wir brennen, aber wofür?«

Ich halte die Nase in den Wind, laufe die Straße entlang, immer geradeaus. Katzen kreuzen meinen Weg, einige bleiben mitten auf der Straße im Schnee stehen und lecken sich in aller Ruhe die Pfoten. Der Bahnhof kommt in Sicht. Ich gehe über die Brücke, die über den Fluss führt. Von rechts, dort, wo der schmale Kiesweg beginnt, kommt der Geruch. Ich biege ab und laufe am Fluss entlang. Auf der anderen Seite sehe ich den Königreichssaal, diesen großen, rechteckigen Kasten. Wie ein Raumschiff, das auf einem fremden Planeten gelandet ist, sieht der Saal aus. Aus irgendeinem Grund geht der Bewegungsmelder an. Ich ducke mich, aber da ist niemand. Mitten auf dem Kiesweg liegt etwas. Ich weiß nicht, ist es eine tote Taube oder nur ein großer Hundehaufen. Ich gehe weiter und schaue angestrengt in die Dunkelheit. Ein Eisentor taucht vor mir auf. Hohe, alte Bäume wachsen links davon, viele haben keine Rinde mehr, die Stämme sehen aus, als würden sie sich für ihre Nacktheit schämen. Rechts begrenzt der Fluss das Grundstück, eine schmale Holzbrücke führt auf die andere Seite. Von irgendwoher höre ich leises Wimmern. Ist das nicht der Ort, an dem der Junge wohnt, von dem Gabriel erzählt hat? Ich bin sicher, der Geruch, der über Peterswalde wabert, ist hier zu Hause.

Ich lege meine Hand auf die eiserne Klinke. Das Tor geht auf. Leise gurgelt der Fluss. Ein großes Gehege, in dem mehrere Zwinger stehen, liegt vor mir. Plötzlich knallt mir etwas ins Gesicht, ich schnappe nach Luft und falle in den Schnee. Ich taste nach der Taschenlampe, knipse sie an und halte sie wie eine Waffe vor die Brust. Über mir sind kreuz und quer Wäscheleinen gespannt, daran hängen schwarze Felle, alle haben die Form von Gitarrenbäuchen. Sachte wehen sie im Wind. Es sind keine Kaninchenfelle, es müssen andere Nagetiere sein. So riecht der Mist von Nagetieren, so roch es damals auf dem Venusberg. Die vier in ihren Kapuzenpullis. Daniel, Sulamith, Jan und Chris – ihre entschlossenen Gesichter. Wie Jan mich über die Wiese in Richtung Auto zerrt. Das Wimmern wird leiser, vielleicht sind es doch keine Tiere, sondern Geister. Vielleicht ist das hier eine Geisterfarm. Die Geister werden nicht gefangen, sie kommen von allein an diesen Ort, so wie Ratten in eine Falle. Ist das hier eine Geisterfalle? Stehe ich deshalb zwischen diesen Wäscheleinen, bin ich einem Geruch gefolgt, den nur Geister riechen können? Könnte schon sein, zumindest würden so die letzten Wochen plötzlich Sinn ergeben. Hunger, Freude, dass ich mich an beides kaum noch erinnern kann, dazu das Gefühl, kaum mehr zu wiegen als ein Luftballon.

Ich rapple mich hoch und schleiche zu den Käfigen. Zwei Augen, wie blank gelutschte Malzbonbons, starren hypnotisiert ins Licht. Ein Tier mit dichtem Fell steht da, die Pfoten vor dem Körper, wie um Hilfe bittend. Eine rote Fleischwunde zieht sich eitrig vom Maul hinunter zum Hals. Etwas unendlich Dreckiges sammelt sich in meinem Magen, steigt hoch in den Mund, wie verfaulte Essensreste im Abfluss, die herauswollen.

Angewidert drehe ich mich weg und stecke die Taschenlampe ein. Weiter hinten leuchtet zwischen den Bäumen ein fahles Licht. Es kommt von einem Wohnhaus, das am anderen Ende des Grundstücks steht. Ich taste mich an den Wäscheleinen entlang über die verschneite Wiese. Das Haus ist groß und graubraun verputzt. Erst als ich fast davorstehe, sehe ich, dass das obere Geschoss unbewohnbar ist. Der Dachstuhl ist völlig zerstört, die Balken stehen kreuz und quer, als würden die Nephillim da oben Mikado spielen. Rauch dringt aus einem Ofenrohr, das an der Außenwand befestigt ist. Ich hocke mich unter das Rohr. Es dampft vor Hitze. Leise Stimmen dringen von dort heraus, sie klingen, als kämen sie aus dem Himmel. Jemand singt. Vorsichtig spähe ich durchs Fenster. Schmutzige Vorhänge, dahinter ein Zimmer, die Wände sind mit einer verblassten Tapete bedeckt, die einmal bunt gewesen sein muss und sich jetzt an den Ecken vom Putz schält. Rechts auf dem Sofa liegt ein Mann, groß und stämmig. Sein nackter Oberkörper ist von Tätowierungen übersät, nicht ein bisschen Haut ist mehr zu sehen, in der Mitte prangt ein Schaukelpferd, das von der Brust bis runter an die Leiste reicht.

Der Junge, von dem Gabriel erzählt hat, läuft durchs Zimmer. Als er sich umdreht, kann ich sein Gesicht sehen. Tierbabyaugen, blasse Haut und ein kleiner Mund. Ich rücke so nah es geht ans Fenster. Brustansatz, schmale Taille. Der Junge ist gar kein Junge, sondern ein Mädchen. Mundwinkel eingerissen und die Beine so dünn, dass Oberschenkel und Waden kaum voneinander zu unterscheiden sind. Das Mädchen trägt eine viel zu große Jacke, wie ich sie vom Zirkus kenne, in der Mitte eine zweireihige Knopfleiste und zerfranste Epauletten an den Schultern, dazu eine kaputte Jeans.

Der Mann richtet sich auf, greift nach einer Packung *Camel*, die neben ihm liegt, und hält sie dem Mädchen hin.

»Was siehst du?«, fragt der Mann.

»Ein Kamel«, antwortet das Mädchen mit heller Stimme.
»Was noch?«
»Palmen.«
»Das ist eine Oase«, sagt er, »was noch?«
»Dieses Weltwunder. Wie heißt es gleich?«
»Pyramiden.«
»Pyramiden«, wiederholt das Mädchen.
»Und wo würdest du hingehen?«, fragt der Mann, »zu den Pyramiden oder zu der Oase?«

Das Mädchen überlegt, doch der Mann richtet sich plötzlich auf.

»Was ist?«, fragt es.

Der Mann legt den Finger an die Lippen. Er steht auf und kommt auf das Fenster zu. Mein Mund wird ganz trocken, für eine Sekunde bin ich wie gelähmt, dann aber springe ich auf und renne los, renne über die Wiese, doch schon rennt jemand hinter mir her, ich beschleunige, aber die Schritte kommen näher. Etwas packt mich am Mantel, ich reiße mich los, renne weiter, ich kann das Tor vor mir schon erkennen, als ich plötzlich ein Brummen über mir höre. Es klingt wie ein zu großes Insekt, eines, das einen Flügel oder ein Bein verloren hat und nicht mehr so kann, wie es will, ich schaue kurz nach hinten, es ist kein Insekt, es ist ein Seil, das als Lasso geschnürt durch die Luft saust. Etwas stimmt damit nicht, Kleiderfetzen hängen daran. Nur noch wenige Meter trennen mich vom Tor, da lande ich mit einem Ruck im Schnee. Ich will schreien, aber es kommt nichts. Das an dem Seil sind keine Kleidenfetzen, es sind Ratten. Der süße Geruch von Verwesung steigt mir in die Nase. Ein Stiefel bohrt sich in meine Seite, ich drehe mich um, da steht das Mädchen, die hellen Augen weit geöffnet. Die kurzen Haare, die Frisur erinnert mich an jemanden aus der Bibel. Kein Jude, kein

Ägypter, kein Babylonier, kein Assyrer. Wie hieß die fünfte Weltmacht? Rom. Das Mädchen hat die Frisur eines Römers. Pontius Pilatus oder Julius Cäsar.

Es setzt sich auf meinen Oberkörper, leicht wie eine Feder ist es und der Schoß ganz warm. »Wer bist du und was willst du hier?« Schwer atmend liege ich im Schnee.

»Ich bin niemand«, keuche ich, »ich bin gleich wieder weg.«

Das Mädchen fasst mir an den Hals, als würde es mich erwürgen wollen, aber es drückt nicht zu, ganz sanft liegen die Finger da, tasten und streichen, als wollten sie Blindenschrift entziffern.

»Petala«, flüstert das Mädchen, nimmt vorsichtig das Seil ab und steigt von mir herunter.

»Ich lasse dich frei.«

Langsam richte ich mich auf, humple auf das Tor zu. Ich drehe mich nicht noch mal um, ich stolpere auf den verschneiten Weg, der links vom Fluss begrenzt wird, dahinter der Königreichssaal und in Sichtweite die Brücke, auf die ich meinen Blick hefte, so als würde sie zurück in eine andere Welt führen.

Von Weitem sieht es aus, als würde Kara Gyson im Schnee liegen, aber das tut es nicht. Wäre das Salz Schnee, wäre Kara Gyson einfach nur eine Insel im ewigen Eis.

Am Morgen, wenn die Bucht im Schatten liegt, glänzt das Wasser vor der Insel silbrig. Je höher die Sonne steigt, desto blauer wird das Wasser. Es ist kein strahlendes Blau wie das der großen Ozeane, sondern ein stumpfes, mit einem violetten Stich, wie ein Fleck auf der Haut, nachdem jemand zugeschlagen hat, eine Verletzung, die später noch wochenlang zu sehen ist. Blau, violett, grün und gelb, so vergehen die Tage auf Kara Gyson, um am nächsten Morgen wieder blau geschlagen aufzuwachen.

Früher liefen an diesem Strand Menschen aus aller Welt barfuß über den feinen Sand, die Falktürme im Norden wurden abends von allen Seiten beleuchtet. Weiß. Schwarz, weiß, schwarz, weiß, weiß, schwarz. Die hohen, schlanken Türme imitierten die Tastaturen der Keyboards, die von hier aus in alle Welt verschifft wurden. Heute unterspült das Wasser den porösen Fels, Hexenstein treibt in der Bucht. Auch die Fabriken hat das Meer weggewaschen, nur der Abandonith auf dem großen Platz von Prisma ist noch da, auch wenn das Wasser ihn kleiner geleckt hat.

In Prisma gibt es noch immer den Hafen, der am Ende der schmalen Wasserstraße liegt. Da, wo früher der Räuberring ein Tor für die Ferienkreuzer bildete, stehen heute zwei große Sägen.

Sie könnten die Knochen toter Gigaratten sein, die mit der Zeit durch das Salz zu Sägen wurden, aber wir wissen nicht genau, welche Tiere, welche Knochen, auch nicht, warum die Säge auf Kara Gyson immer wieder auftaucht, warum das Salz die Form der Säge so sehr liebt, dass es sich immer wieder dazu hinreißen lässt, sie jedem Stein, jedem Knochen und jeder Salzdüne mit der Zeit zu geben.

Nicht weit vom Steg entfernt hat jemand aus Hexenstein und Knochen eine Gaststätte zusammengeschustert. Zwei Sägen hängen über Kreuz an der Tür. Es kommen kaum Menschen her, nur manchmal ein paar Erdärzte oder Tiermilderer. Die Frau hinter der Theke ist schwach. Wenn jemand bestellt, richtet sie sich nur mühsam auf. Das Salz nagt an ihr, an Haut und Haar. In ihrem Ausschnitt sind lange Narben zu sehen. Vom vielen Salz platzt die Haut auf, muss genäht werden. Die Erdärzte vernähen die Wunden mit den gleichen Knochen, mit denen früher die Schinken auf ihre Reife geprüft wurden. Genau wie Pferde haben Gigaratten eine Fibula am Unterschenkel, diese spitzen Knochen benutzen die Erdärzte nun zum Vernähen von Wunden.

Neben der Frau sitzt ein Kind auf dem Boden und kaut an einem alten Strohhut. Eines ist sicher, wenn der Strohhut einmal weggekaut ist, wird auch das Kind nicht mehr sein.

6

»Schau mal, wer dich zu deinem ersten Schultag abholen kommt«, sagt Mutter und zeigt zum Küchenfenster. Gabriel. Er müht sich mit dem Gartentörchen ab.

Mutter läuft in die Diele.

»Überraschung«, sagt Gabriel, als er hinter Mutter die Küche betritt.

Er wuchtet seinen ledernen Schulranzen auf den Boden, Vater schaut von seiner Zeitung auf.

»Was schleppst du denn mit dir herum? Tontafeln aus Mesopotamien?«

Gabriel lacht, seine Zähne kommen zum Vorschein, auf ihnen Belag, dick wie ein Perserteppich.

»*Fragen junger Leute – praktische Antworten*«, sagt er, »für meine Mitschüler. Ist gestern erst aus Selters angekommen. Ich kannte das Buch noch nicht. Ich kenne nur *Mache deine Jugend zu einem Erfolg.*«

Er setzt sich neben Vater an den Küchentisch.

»Habt ihr schon gehört? Jemand hat die ganzen Sanddornbüsche neben dem Saal zertrampelt.«

»Wie bitte?«, sagt Mutter.

»Keine Sorge«, sagt Gabriel, »Vati hat schon wieder

Ordnung gemacht. Die mussten eh zurückgeschnitten werden.«

Mutter schlägt die Kühlschranktür zu.

»Wer macht denn so was?«

»War sicher nur ein Tier«, sagt Vater.

»Das glaube ich nicht. Zuerst die Buchstaben vom Jahrestext und jetzt das. Da gibt es doch sicher einen Zusammenhang. Haben sie früher auch schon gemacht. Sachen vor die Tür gelegt oder in die Briefkästen. Kreuze beschmiert mit Kuhfladen. Die wussten natürlich nicht, dass wir kein Kreuz anbeten.«

Ein Funken Stolz liegt in Gabriels Stimme.

»Verlorene Schafe«, sagt Mutter, sie nimmt ein Päckchen mit Butterbroten vom Küchentisch und reicht es mir. »Willst du auch *Fragen junger Leute – praktische Antworten* mitnehmen? Ich habe oben noch fünf Exemplare.«

Ich schüttle den Kopf.

»Wieso nicht? Du solltest dir an Gabriel ein Beispiel nehmen.«

»Jetzt lass sie erst mal ankommen«, sagt Vater, »sie kennt doch noch niemanden in der Schule.«

»Na gut«, sagt Mutter, »aber die Schulbroschüre für deine Lehrer hast du eingepackt, oder? Vergiss nicht, jedem eine zu geben. Nicht nur deiner Klassenlehrerin.«

Ich stehe auf und ziehe mir meinen Mantel an. Gabriel schultert seinen Rucksack.

»Tschüss«, ruft er fröhlich zum Abschied.

Draußen scheint die Sonne, bitterkalt ist es trotzdem.

»Freust du dich, wieder in die Schule zu gehen?«, fragt Gabriel, als wir nebeneinander die Straße entlanglaufen.

»Weiß nicht.«

»Waren in deiner alten Schule Kinder aus der Versammlung?«, fragt er weiter.

»Nur eine.«

»Auf meiner nicht. Die anderen waren im Nachbarort, da haben ja auch fast alle gewohnt. Ich meine, wir waren hier so wenige Brüder und Schwestern in Peterswalde. Wenn jemand vor zwei Jahren gesagt hätte, dass wir einen Saal kriegen, hätte ich das nicht geglaubt. Wir haben es gehofft, aber geglaubt hat keiner mehr daran. Wir dachten, so bleibt es, bis Harmagedon kommt.«

»Wie war es denn vorher?«, frage ich. »Wo habt ihr euch denn versammelt?«

»Vorher war unser Wohnzimmer der Königreichssaal. Wir haben uns samstagnachmittags dort getroffen. Am Sonntag wäre es zu auffällig gewesen. Mutti hat immer Kuchen gebacken.«

»Für die Zusammenkunft?«

»Ja«, sagt Gabriel, »damit es nicht auffällt, falls doch mal jemand klingelt. Alle haben Pantoffeln mitgebracht, Mutti hat sich eine Schürze umgebunden, und dann haben wir an der gedeckten Kaffeetafel das Wachtturmstudium durchgeführt.«

»Bei uns in der Versammlung gab es leider keinen Kuchen zum Wachtturmstudium«, sage ich.

Gabriel lacht.

»Es war ja nur zur Tarnung. Manchmal, wenn Mutti keine Zeit hatte zum Backen, haben wir einfach nur ein *Mensch-ärgere-dich-nicht*-Brett auf den Tisch gestellt, falls jemand klingelt. Pantoffeln hatten aber immer alle mit.«

»Meine Mutter hat mir davon erzählt, wie ihr in den Dienst gegangen seid. Immer zu Häusern mit den gleichen Nummern.«

»Stimmt«, sagt Gabriel, »aber da war ich nicht dabei. Das wollten Mutti und Vati nicht. War ihnen zu gefährlich. Deshalb habe ich auch so wenig Übung. Letzten Monat habe ich kaum Literatur abgegeben.«

»Das wird schon«, sage ich, so als hätte ich hundert Zeitschriftenrouten.

»Schon seltsam«, sagt Gabriel, »nach dem Krieg hat man uns erst als Opfer gesehen und dann auf einmal als Feinde, dabei haben wir doch nichts anders gemacht.«

Wir laufen am Saal vorbei, vor uns kommt die S-Bahn-Brücke in Sicht. Ich zeige über den Fluss.

»Was ist das für ein Ort dahinten«, frage ich, »gegenüber vom Saal?«

»Die Biberfarm?«, sagt Gabriel.

»Biber?«

»Ja. Die wurden da gezüchtet.«

»Dieser Geruch, er kommt von dort.«

»Ach so«, sagt Gabriel, »das meintest du neulich. Das war mal ein Kollektiv zur Pelzherstellung. War früher Tradition hier, aber die meisten Kollektive haben sich aufgelöst.«

»Die Biber sind aber noch dort«, sage ich.

»Kann sein. Da wohnt ein Junge mit seinem Vater«, sagt Gabriel, »der Vater torkelt jede Nacht durchs Dorf und redet mit sich selbst. Von einem Schatz. Von seiner Frau.«

»Frau? Schatz?«

»Musst du nicht ernst nehmen. Der ist ein Säufer. Wenn ich dir einen Rat geben darf, halt dich von diesen Leuten fern. Mit dem Jungen stimmt auch irgendwas nicht. Jedenfalls geht er nicht in die Schule. Die Alligatorin aus der Schule war früher fast jeden Tag da.«

»Aha.«

Was er wohl mit den Krokodilen meint? Vielleicht ist es eine Art Codewort, aber Gabriels oberlehrerhafter Ton geht mir so auf die Nerven, dass ich nicht nachfrage. An der Ampel vor dem Bahnübergang bleiben wir stehen. Dutzende Schüler strömen die Treppe der S-Bahn-Brücke hinunter auf die Straße.

»Gehen die alle zur Schule hier?«

»Nein. Die wollen in die Gedenkstätte«, sagt Gabriel, »von hier fahren Busse dahin.«

Wir drängen uns an den Schülern vorbei.

»Warst du mal dort? In dem Lager, meine ich.«

»Ja, mit der Schule. Aber da haben sie unsere Brüder nicht einmal erwähnt. So als hätte es sie gar nicht gegeben. Das war ein Ding. Ich habe aber nichts gesagt. Zu gefährlich.«

Gabriel zeigt auf die anderen Schüler.

»Jetzt kommen sie auf einmal alle. Sogar aus dem Ausland. Ich sehe sofort, dass die nicht von hier sind. An der Kleidung, diese Beutel auf dem Rücken. Diese Badminton-Beutel.«

»Badminton? Du meinst *Benetton*.«

»Was?«

»Die Beutel. *Benetton*. Nicht Badminton.«

»Genau die. Und was ist noch mal Badminton?«

»So was wie Federball.«

»Genau das. Weiß ich.«

Der Bürgersteig ist so voll, dass manche Schüler auf der Straße laufen müssen. Lehrerinnen winken sie zurück auf den Gehweg, halten Listen in die Luft. Gabriel legt die Hände wie einen Trichter an den Mund.

»Die Ratten im Lager waren bei der Befreiung groß wie Katzen«, brüllt er.

Einige Schüler drehen sich um.

»Du spinnst ja«, sage ich.

»Was denn?«, sagt Gabriel. »Ist doch wahr. Plötzlich kommen sie alle. Plötzlich interessieren sie sich dafür.«

Er kickt im Gehen eine leere Coladose auf die Straße.

»Außerdem stimmt es wirklich. Hat Schwester Wolf mir erzählt. Ratten haben kein Maß. Wenn sie unendlich zu fressen haben, können sie so groß wie Menschen werden. Sie könnten die Welt regieren, wenn sie auch noch lernen würden, aufrecht zu gehen, hat Schwester Wolf gesagt.«

»Der See der Tränen«, frage ich, »gibt es hier so was, einen See der Tränen?«

»Habe ich noch nie gehört. Was soll das sein?«

»Na, ein See.«

Gabriel schüttelt den Kopf.

»Gibt es hier in der Nähe keinen See?«

»Doch, viele. Badeseen. Die heißen aber nicht so traurig.«

Der Marktplatz kommt in Sicht, in der Mitte ein Denkmal, Soldaten ineinander verkeilt mit schmerzverzerrten Gesichtern. Dahinter Häuser in der üblichen Farbe, nackter Putz und dunkle Einschusslöcher, nur die Gaststätte ist vor Kurzem in einem hellen, sauberen Grau gestrichen worden. *Megafauna* steht dort in altdeutschen Buchstaben über der Tür. Im Fenster klemmt ein Stück Karton: *Frühaufsteher? Von 8–10 Uhr glückliche Stunden erleben.* Neben der Gaststätte klafft eine Baulücke. Schnee bedeckt die dünnen Birken, die dort zu wachsen versuchen. Mitten in diesem Durcheinander aus Bauschutt und Borke hockt ein Mann im Schnee.

»Was macht der da?«, frage ich, als wir an ihm vorbei gegangen sind.

»Das ist der Tetzmann«, sagt Gabriel hinter vorgehaltener Hand, »der meißelt was in die Schneedecke. Schon seit Wochen. Tagein, tagaus kniet er bei dieser Kälte auf dem Boden und meißelt.«

»Was denn?«

»Weiß nicht. Irgendein Muster. Er sagt, dass es nur vom Weltraum aus zu erkennen ist.«

»Und warum macht er das?«

»Das weiß keiner. Früher war er Steinmetz, aber der Betrieb hat dichtgemacht.«

Schweigend läuft Gabriel weiter. Vor uns taucht das Schulgebäude auf. *Juri-Gagarin-Schule* steht über dem Eingang, ein grauer Kasten aus Beton. Sieht eigentlich genauso aus wie das *Mosaik-Gymnasium,* jedenfalls ist es auch von einer Betonmauer umgeben und hat die gleiche pockennarbige Fassade.

»Ich zeige dir noch die Reptilien, wenn du willst«, sagt Gabriel.

»Die Krokodile?«

Er lacht laut.

»Krokodile? Wie kommst du denn darauf? Wir haben hier in der Schule ein Terrarium, das pflege ich, aber da gibt es nur kleine Reptilien.«

»Hast du denn keinen Unterricht?«

»Doch, Religionskunde. Da muss ich nicht hin, aber ich muss anwesend sein. In der Schule. Deswegen pflege ich das Terrarium in der Zeit. Du kannst das auch machen, sonst musst du in der Bibliothek rumsitzen, ist doch langweilig.«

Ein schrilles Klingeln ertönt, wie ein uraltes Telefon, nur viel lauter. Schüler beschleunigen ihre Schritte und drängen sich durch das Tor. Da hängt es wieder, das Fahndungsplakat, an die Betonmauer direkt neben den Eingang hat man es geleimt.

»Kommst du?«, fragt Gabriel.

»Geh schon vor«, sage ich.

»Weißt du denn, wo du hinmusst?«

Ich nicke.

»Komm in der Pause ins Terrarium«, ruft Gabriel, während er über den Schulhof läuft, »dann zeige ich dir eine Heuschrecke, die sich so gut tarnen kann, dass du sie nicht findest!«

Er winkt mir noch zum Abschied und verschwindet dann im Gebäude. Schüler laufen an mir vorbei. Pastellfarbene, verwaschene Skijacken tragen die meisten, ein Trend aus einer Welt, in der so was wie Trends verpönt sind, sich aber trotzdem durchsetzen, wie in Geisrath die Plexiglaskoffer von *Hollingstedt* oder die Zeitschriftenmappen, die wir uns als Kinder aus alten *Capri-Sonne*-Kartons bastelten. Ich warte, bis auch die letzten Nachzügler über den Schulhof gelaufen sind, dann knibble ich das Fahndungsplakat von der Fassade und stecke es in die Innentasche meines Mantels zu den Karten aus dem Kleiderschrank.

»Hallo.«

Ich zucke zusammen. Hinter mir steht ein Mädchen mit langen dunklen Haaren. Sie trägt eine türkisfarbene Skijacke, die an den Ärmeln blassrosa abgesteppt ist, auf dem Kopf eine Pudelmütze und statt eines Rucksacks einen alten Stoffbeutel über der Schulter. Ihre Augen sind braun, ihre Hautfarbe ist die der meisten Bewohner von Peterswalde – ein blasses Weiß mit einem leichten Blaustich.

»Bist du Esther? Ich bin Hanna«, sagt das Mädchen, »wir gehen in eine Klasse. Stimmt es, dass du aus dem Westen bist?«

»Stimmt.«

»Finde ich richtig gut, wollte ich dir gleich mal sagen. Es ist nämlich schön bei uns. Es war nicht alles schlecht hier, lass dir das nicht erzählen.«

»Okay.«

»Das ist übrigens indianisch«, sagt Hanna. »Okay. Das Wort. Die Amerikaner haben es von der indigenen Bevölkerung übernommen. Jetzt tun sie so, als wäre es ihre Erfindung. Ist es aber gar nicht.«

»Aha. Okay.«

»Komm«, sagt Hanna, »ich soll dich zur Direktorin bringen.«

Sie geht vor mir durch das Tor und über den Schulhof.

»Das mit dem Okay«, frage ich, »bist du dir da sicher?«

Hanna nickt.

»Ich habe das sogar mal in die Wandzeitung geschrieben, als ich noch Wandzeitungsredakteurin war.«

»Was ist das?«

»Eine Zeitung, die an der Wand hängt. Gab es das bei euch nicht?«

»Nein«, sage ich und trete hinter Hanna durch die Glastür, »bei uns hing eine Bundesländerlaubsägearbeit an der Wand.«

»Bitte was?«

»Bundesländerlaubsägearbeit. Die haben wir im Technikunterricht gemacht. Die Wappen von allen Bundesländern mit der Laubsäge ausgesägt. Und dann angemalt.«

»Ist ja schlimmi«, sagt Hanna.

»Ja«, sage ich, ohne zu wissen, was sie genau meint. Schlimm in niedlich? Auf den Gängen ist es still. Hanna bleibt vor einer Tür stehen und klopft.

»Herein!«

Hinter einem Schreibtisch sitzt eine hagere Frau mit Lesebrille auf der Nase. Eine große Standuhr steht in einer Ecke, daneben muss einmal etwas gehangen haben, denn da ist ein großer rechteckiger Fleck, der heller ist als der Rest der Wand.

»Die Neue«, sagt Hanna.

»Herzlich willkommen«, sagt die Frau und steht auf, »wir freuen uns über jeden Neuzugang.«

»Sind Sie Frau Holler?«, frage ich.

»Frau Holler ist nicht mehr Direktorin an dieser Schule«, sagt die Frau, »Frau Hähnel ist die neue Direktorin, das bin ich.«

Ihre Stimme ist tief, ihr Atem riecht nach Nikotin.

»Das passiert in letzter Zeit öfter. Man weiß nie, wer am nächsten Tag noch da ist. Das muss für dich verrückt klingen, aber so ist es nun mal.«

Sie nimmt eine Akte vom Schreibtisch und schlägt sie auf. Darin abgeheftet ist unsere Schulbroschüre.

»Du bist religiös?«

Ich merke, wie ich rot werde.

»Ihr feiert kein Weihnachten und kein Ostern?«

»Nein.«

Frau Hähnel lächelt mich freundlich an.

»Mach dir keine Sorgen. Mit Gott haben wir hier nichts zu schaffen. Wir haben aber auch kein Problem mit ihm. Wie gesagt, wir sind froh über jeden Zuwachs. Hanna bringt dich jetzt zu deiner Klasse.«

Neugierig blickt Hanna mich von der Seite an, als wir wieder draußen im Flur stehen.

»Bist du eine von dem neuen Gebäude am Fluss?«, fragt sie.

Ich nicke.

»Himmelreichsraum«, sagt sie, »das stand auf dem Schild vor der Baustelle.«

»So ungefähr. Königreichssaal.«

»Richtig«, sagt Hanna, »Königreichssaal. Entschuldige. Stimmt es, dass du kein Blut bekommst, wenn du einen Unfall hast?«

»Stimmt.«

»Und warum?«

»So steht es in der Apostelgeschichte.«

»Was ist die Apostelgeschichte?«, fragt sie.

»Das ist der Name eines Buches in der Bibel.«

»Ach so. Die Bibel ist doch auch ein Buch?«

»Nicht direkt, genau genommen besteht die Bibel aus sechsundsechzig Büchern.«

»Und du kennst die alle?«

»Glaube schon.«

»Kann doch nicht sein.«

»Doch, wieso?«

»Weil es irre ist«, sagt Hanna und bleibt stehen, »kennst du die ganze Bibel auswendig?«

»Auswendig nicht. Darum geht es nicht. Dann wäre man ein Pharisäer.«

»Was ist denn das schon wieder?«

»Die Schriftgelehrten, die Jesus verachtet hat.«

»Du musst mit diesem Wissen auftreten«, sagt Hanna, »bei *Wetten dass..?.*«

Ich muss lachen.

»Ehrlich«, sagt Hanna, »du würdest sicher Wettkönigin werden.«

»Weißt du noch, die beiden Frauen«, sage ich, »die mit den Augen sprechen konnten?«

»Klar«, antwortet Hanna, »ich kann mich an jede Wette erinnern, wetten?«

Sie hält mir die Hand zum Spaß hin.

Aus den Klassenräumen sind gedämpft helle Kinderstimmen zu hören. Über den Garderoben, an denen Anoraks und Mäntel hängen, kleben selbst gebastelte Sterne aus buntem Zellophanpapier.

»Gibt es hier auch Sankt Martin?«, frage ich.

»Nein«, sagt Hanna, »wer ist das?«

»Der Mann, der seinen Mantel mit einem Bettler geteilt hat. Man bastelt in der Schule Laternen, und am Martinstag gehen die Kinder abends von Haus zu Haus, singen und bekommen Süßigkeiten.«

Hanna schüttelt den Kopf.

»Es gibt einen Laternenumzug. An der Feuerwehrwiese. Aber Sankt Martin heißt das nicht. Gibt keine Heiligen. Haben wir nicht. Religion ist Opium fürs Volk. Na ja, war.«

»Opium fürs Volk, das hätte Sulamith gefallen.«

»Sulamith, wer ist das?«

»Ach, niemand«, sage ich und betrachte weiter die Sterne. In Geisrath zogen jedes Jahr am Martinsabend singende Kinder mit ihren Laternen durch die Straßen der Blumensiedlung, ihnen voraus ritt ein Mann auf einem Pferd, irgendein Feuerwehrmann, dem man einen roten Umhang übergeworfen hatte. Vom Balkon aus sah der Laternenumzug wie ein meterlanges Glühwürmchen aus, es tanzte summend zwischen den grauen Bauten, bis zu den angrenzenden Feldern, wo ein riesiges Feuer brannte. Blechbläser spielten Martinslieder, bis der Zug sich langsam auflöste und nur noch vereinzelt Lichter durch die Straßen huschten. Wir hörten die Kinder bei Sulamiths Nachbarn klingeln, wir hörten sie singen, wir hörten ihr Lachen und das Rascheln der Plastiktüten voller Süßigkeiten: *Snickers, Riesen, Haribo.*

Im Fernsehen läuft wie jeden Abend *Glücksrad*. Bing, bing! Kleine Rechtecke leuchten auf, Maren Gilzer dreht sie um, jemand hat ein E gekauft, doch Sulamith, die sonst immer schon viel früher als die Kandidaten lösen kann, schnitzt Muster in die Orangenschalen, die vor ihr auf dem Teller liegen, klopft die Eierschalen klein, zieht die Rinde von den Käseresten vom Toastbrot, knetet Bällchen aus Brotkrümeln. Wieder klingelt es.

»Jetzt reicht es«, murmelt Sulamith und geht zur Tür.

Zwei Jungen stehen da, die Laternen aus buntem Zellophanpapier, das Licht darin flackert.

»Dä heelge Zinte Mätens, dat war ne joode Mann«, singen sie los, »der joff de Kinder Kääze und stook se selber an! Butz butz wiedebutz, dat war ne joode Maa-ann! Hier wohnt ein reicher Mann, der uns vieles geben kann. Viel soll er geben, lange soll er leben, selig soll er sterben, das Himmelreich erwerben. Lasst uns nicht so lange lange stehen, denn wir müssen Sportschau sehen, Spoort-schau seeehen!«

Sulamith läuft ins Wohnzimmer, sie kommt mit ihrem Teller zurück und wirft Brotrinden und Orangenschalen in die Laternen, Käserinden und Eierschalen, selbst der Teebeutel landet darin. Das rote Wachs vom *Babybel*-Käse schmilzt und brennt, das Zellophan der Laternen fängt Feuer, die Jungen lassen sie fallen, heulen los und rennen weg. In aller Ruhe tritt Sulamith die Laternen aus und reicht mir eine der prall gefüllten Plastiktüten.

»Was denn?«

Sie grinst.

»Lass sie nicht so lange stehen, denn sie wollen Sportschau sehen«, singt sie und geht an mir vorbei zurück ins Wohnzimmer. Bing, bing! Jemand kauft ein A. Mit vollen Backen liegt Sulamith auf der Couch und löst in der Kategorie *Redewendung*.

»Was du heute kannst besorgen, das verschiebe nicht auf morgen.«

»Vorsicht«, ruft Hanna und zieht mich zur Seite. Zwei Frauen in grauen Kitteln kommen den Gang herunter. Eine schiebt einen großen Besen vor sich her, der genauso breit ist wie der Flur. Die andere Frau greift in ihre Kitteltasche und streut weißes Pulver auf den Boden. Die zweite Frau fegt auf. Die erste Frau streut wieder weißes Pulver aufs Linoleum, die zweite Frau rückt nach, fegt auf. Hanna drückt mich an die Wand, wir stellen uns auf die Zehenspitzen. Schweigend und ohne uns anzublicken, gehen die Frauen in den grauen Kitteln an uns vorbei, so als wären wir gar nicht da. Als sie weg sind, steigt Hanna vor mir die Treppen hinauf.

»Da, wo jetzt euer Königreichsraum steht, war mal eine Fabrik«, sagt sie, »meine Mutter hat dort gearbeitet. Früher. Sie haben sie abgerissen.«

»Tut mir leid«, sage ich.

»Muss es nicht, Mutsch war nicht die Einzige. Es war eine große Fabrik. Sie haben Instrumente gebaut, die sie in alle Bruderländer exportierten.«

»Bruderländer?«

»Sozialistische Bruderländer. Kinderklaviere. Akkordeons. Elektronische Orgeln. Mundharmonikas.«

Hanna zeigt auf eine Tür am Ende des Ganges.

»Hier ist es. Also, die Klasse ist in Ordnung. Unser Klassenlehrer auch. Mal schauen, wie lange der noch bleibt.«

Hanna schaut mich mitfühlend an.

»Das mit deinem Onkel tut mir übrigens leid«, sagt sie.

»Was für ein Onkel?«

Hanna bleibt vor dem Klassenzimmer stehen.

»Entschuldige. Geht mich ja nichts an. Habe nur gesehen, wie du das Plakat abgerissen hast.«

»Welches Plakat?«

»Das Fahndungsplakat.« Hanna tippt sich an die Stirn. »Was hängen die das auch vor der Schule auf?«

Ohne Hanna aus den Augen zu lassen, greife ich in meine Manteltasche. Der Zettel liegt darin, ich kann das glatte Papier fühlen, zweimal gefaltet.

»Da musst du was verwechseln«, sage ich, »ich habe keinen Onkel.«

Hanna nickt verständnisvoll.

»Ich verstehe schon. Muss schwer sein alles. Wie gesagt, geht mich auch eh nichts an, mein Vater kannte ihn, deswegen. Sonst hätte ich nichts gesagt.«

»Ich habe wirklich keinen Onkel«, sage ich wieder, »das wüsste ich doch.«

Hanna hebt beschwichtigend die Hände.

»Entschuldige, vergiss einfach, was ich gesagt habe«, sagt sie, und dann drückt sie die Klinke runter und öffnet die Tür zum Klassenzimmer.

7

Sulamith und ich haben nie besonders viel gestritten. Genau genommen kann ich mich nur an einen Streit erinnern, und das war nicht einmal ein richtiger. Wir waren noch klein. Lidia hatte Sulamith kurz vor Weihnachten einen *Monchhichi* geschenkt. Die meisten Kinder aus der Wahrheit bekamen kurz vor oder kurz nach Weihnachten Geschenke, damit die Feiertage nicht zu trostlos waren. Meist kriegte Sulamith gebrauchtes Spielzeug, das Lidia bei der Nachbarschaftshilfe in Geisrath kaufte. Dieser *Monchhichi* aber war neu, es war einer mit Schnullerdaumen. Wenn draußen die Sonne schien, setzte Sulamith ihn in eine Decke gewickelt auf den Balkon und tupfte ihm Sonnencreme aufs Gesicht. Bei Regen ließ sie ihn in der Faust einen kleinen Schirm tragen, dazu sammelte sie die kleinen Papierschirme, die auf dem Spaghettieis steckten, das wir manchmal mit Lidia nach dem Predigtdienst aßen. Nachts lag der *Monchhichi* neben Sulamith im Bett, sein kleiner Körper sorgsam zugedeckt, der Schnullerdaumen steckte im Mund.

Ich weiß noch, Sulamith war nicht im Zimmer, sie war auf der Toilette oder Lidia hatte sie gerufen, jedenfalls saß ich allein neben ihm, dem *Monchhichi*, auf dem Bett. Ich weiß noch, ich drückte meine Nase in sein Fell, ich fuhr mir mit seiner süßen Fratze über das Gesicht, und als seine Nase meine Lippen berührte, biss ich zu. Ein winziges Stück Plastik lag auf meiner Zunge, die Nase des *Monchhichis*. Ich schluckte sie vor Schreck herunter, aber als Sulamith zurückkam, muss ich so geschockt ausgesehen haben, dass sie wie eine panische Mutter auf mich zulief und mir den *Monchhichi* aus der Hand riss. Als sie sah, was ich getan hatte, ging sie auf mich los, und weil sie meine Nase mit ihren Zähnen nicht zu fassen bekam, biss sie mir in die Lippe. Ich spürte einen scharfen Schmerz, dann färbte Blut das Bettzeug rot. Kein Blut, dachte ich noch, bevor alles schwarz wurde, du wirst kein Blut bekommen, sterben und erst im Paradies aufwachen, und das alles wegen der Nase eines *Monchhichis*.

Ich starb nicht. Ich kam ins Krankenhaus, wo die Wunde mit vier Stichen genäht wurde. Anschließend sparte ich wochenlang mein Taschengeld und kaufte Sulamith einen neuen *Monchhichi*.

»Danke«, sagte sie, als ich ihn stolz überreichte.

Wir saßen auf dem Boden, zwischen uns das aufgerissene Päckchen, Sulamith hielt den *Monchhichi* und blickte mich an.

»Aber ich bin nicht Hiob. Meine Kinder kannst du nicht einfach ersetzen.«

Am liebsten hätte ich den verdammten *Monchhichi* von Sulamiths Balkon geschleudert. Ich sagte nichts. Ich schluckte meine Wut hinunter und schwieg. Wir redeten nicht mehr über den Vorfall. Die kleine Wunde verheilte, sie hinterließ keine Narbe, doch immer, wenn das Wetter umschlägt, spüre ich ein leichtes Ziehen an der Stelle, wo einmal die Naht war. Wenn es kalt oder warm wird, ist Sulamith noch da, zumindest an dieser Stelle.

Ich weiß bis heute nicht, warum ich dem *Monchhichi* die Nase abbiss. Sulamith war nicht nur meine beste Freundin, sie war einer der wenigen Menschen, mit denen ich befreundet sein durfte. Weltmenschen konnten befreundet sein, mit wem sie wollten. Ich nicht. Ich durfte mir meine Freunde nicht selber aussuchen. Auch mit Rebekka oder Tobias stritt ich nicht, genau wie in einer großen Familie mussten wir es miteinander aushalten, ob wir wollten oder nicht.

Vielleicht war das auch der Grund, warum ich Sulamith mit niemandem aus der Welt teilen wollte, wieso ich, als Daniel in ihr Leben trat, auch nicht mit ihr stritt, obwohl es genügend Gründe dafür gab. Stattdessen hoffte ich ängstlich darauf, dass sie sich früher oder später nicht mehr treffen würden und sie wie von einer abenteuerlichen Reise zurückkehren würde, geläutert und erstarkt im Glauben. Zunächst aber traf sie sich weiter mit ihm, und genau wie bei einer Krankheit verging einige Zeit, bis mir auffiel, dass sich etwas veränderte. Sulamith kam weiterhin zu den Zusammenkünften, aber sie war nicht bei der Sache. Lustlos schlug sie die Bibelstellen nach, kaute an den Nägeln, anstatt sich zu melden, und war an den Samstagen meist zu müde, um zum Diensttreff zu gehen. Freitags nach der Zusammenkunft kam sie fast immer mit zu uns, doch oft schlich sie sich noch mal weg und verließ sich darauf, dass ich sie nachts, auf ihr Klopfen hin, wieder in mein Zimmer ließ.

Allmählich veränderte sie sich auch äußerlich. Sie hatte es sich angewöhnt, mich morgens vor der Schule abzuholen, was ich zuerst als Zeichen der Zuneigung deutete, denn normalerweise halte ich sie ab. Ich war immer noch ihre beste Freundin. Erst später merkte ich, sie tat es nur, um sich auf dem Weg zur Schule in unserem Geräteschuppen umzuziehen. Eine richtige Kleiderdeponie hatte sie dort angelegt, versteckt unter einem Berg karierter Hemden, die dort für die Erntehelfer aufbewahrt wurden. Eines dieser Hemden trug sie jetzt oft zur

Schule, dazu eine alte Kellnerjacke und enge Jeans, die sie auf dem Flohmarkt in der Rheinaue gekauft und an den Knien aufgerissen hatte.

Irgendwann schöpfte Lidia Verdacht. Sie fing ein kleines Päckchen ab, das Daniel in ihren Briefkasten warf, obwohl Sulamith ihm eingeschärft hatte, nichts bei ihr vorbeizubringen. Eine liebevoll beklebte Mix-Kassette war darin und ein Stofftier. Kein *Monchhichi*, sondern ein Äffchen von *Steiff*. Es musste ein kleines Vermögen gekostet haben. Als Lidia sie damit konfrontierte, stellte Sulamith sich dumm. Sicher sei das von einem Jungen aus der Schule, der nichts Besseres zu tun habe, als Mädchen zu belästigen. Lidia glaubte ihr, zumindest ging sie nicht zu den Ältesten, aber von da an musste Sulamith sich regelmäßig bei ihr melden, vor allem, wenn Lidia Spätschicht hatte, wollte sie, dass Sulamith nach der Schule bei *Hollingstedt* anrief, um ihr zu sagen, dass sie zu Hause sei. Dabei musste Sulamith jedes Mal einige Testfragen beantworten, zum Beispiel, welches Mittagessen für sie im Kühlschrank stand, oder an welcher Stelle *Einsichten über die Heilige Schrift* aufgeschlagen auf dem Tisch lag. Kaum hatte Sulamith bei *Hollingstedt* angerufen und Lidias Preisfragen beantwortet, war sie allerdings auch schon wieder weg. Irgendwann kam sie am Abend nicht mal mehr in die Versammlung.

Sag Mamusch einfach, dass ich krank bin und bei dir im Bett liege, aber bitte so, dass deine Eltern es nicht mitkriegen! Ich klopfe später, versprochen! Morgen komme ich mit in den Dienst, und danach spendiere ich dir Kakao im Kaufhof, ja? Versprochen! Liebe, Liebe! Deine Sue

Eines Abends sprach Tobias mich in der Versammlung an und erzählte, dass er Sulamith in der Stadt gesehen habe.

»Ich habe sie zuerst nicht erkannt«, meinte er, »sie hatte kaputte Hosen und ein Männerjackett an.«

Ich tat, als wüsste ich von nichts.

»Sie war nicht allein unterwegs. Da war noch ein Junge dabei, lange Haare und Skateboard. Wer war das?«

»Keine Ahnung«, antwortete ich.

Als ich Sulamith davon berichtete, blieb sie ganz ruhig, doch nach der nächsten Zusammenkunft, als sie Tobias mit Mischa, Tabea und Rebekka unten an der Auffahrt stehen sah, lief Sulamith direkt auf ihn zu.

»Was redest du für einen Stuss«, sagte sie, »von wegen dass du mich gesehen hättest mit einem Jungen aus der Welt?«

»Habe ich auch«, sagte Tobias, »schämst du dich nicht?«

»Nein«, sagte Sulamith, »und du? Hast du sie noch alle?«

Tobias hob die Augenbrauen.

»Das nennt man Doppelleben.«

»Lügner«, sagte Sulamith und schubste ihn.

Tobias lachte nur.

»Ich weiß, was ich gesehen habe«, antwortete er, »dich, mit einem Weltjungen. Ich habe noch viel mehr gesehen. Das T-Shirt, was der Junge anhatte, da waren Kreuze drauf und darüber ein Totenkopf. Ich kenne diese Bands, die Jungen aus meiner Schule hören diese Musik auch.«

Sulamith runzelte die Stirn.

»Wovon redest du überhaupt?«

»Diese Musik, die ist dämonisch«, sagte Tobias.

»Welche Musik?«

»Das weißt du ganz genau. Mit dem Gewitter.«

»Gewitter«, sagte Sulamith, »spinnst du jetzt vollkommen?«

»*Grunge*«, sagte Rebekka, »meinst du *Grunge*?«

Tobias nickte ihr zu.

»Genau. *Grunge*.«

»Und was hat das mit Gewitter zu tun?«, fragte ich.

»Na, *Grunge* heißt doch Gewitter auf Englisch.«

Sulamith lachte laut los.

»Nein«, antwortete ich, »*Grunge* heißt nicht Gewitter auf Englisch.«

»Ach ja, was heißt denn Gewitter auf Englisch?«

»Keine Ahnung, aber nicht *Grunge*.«

Tobias' Gesicht wurde hart.

»Ist mir egal, wie es heißt. Völlig egal. Es ändert nichts daran, dass du ein Doppelleben führst.«

»Und du bist ein Doppel-Loser«, sagte Sulamith.

»Jetzt beruhige dich doch mal«, sagte Rebekka, »Tobias hat doch nur gefragt, ob du mit diesem Weltjungen zusammen bist.«

Sulamith lachte.

»Hat er nicht! Außerdem, was mischst du dich da ein? Ausgerechnet du, wo doch euer Bruder nichts Besseres zu tun hat, als während der Zusammenkünfte über die Dörfer zu heizen, sich auf den Feuerwehrwiesen volllaufen zu lassen und Weiber anzubaggern?«

Rebekka stand der Mund offen, ihre Augen glühten. Tabea stellte sich vor ihre Schwester.

»Wir können nichts für Davids Lebenswandel«, sagte sie mit ihrer piepsigen Stimme.

»Ich meine ja nur«, sagte Sulamith, »kehrt erst einmal vor eurer eigenen Tür, bevor ihr mich beschuldigt.«

Mischa hatte die ganze Zeit nichts gesagt. Erst jetzt, da er sich leise räusperte, bemerkte ich seinen gequälten Gesichtsausdruck, als hätte Sulamith ihm zwischen die Beine getreten.

»Was ist eigentlich mit meinem Walkman?«, fragte er.

Ein paar Wochen zuvor hatte Sulamith sich seinen Walkman ausgeliehen und ihn noch immer nicht zurückgegeben. Damit hörte sie die Kassetten, die Daniel für sie zusammenstellte. Es waren inzwischen so viele, dass sie einen ganzen *Hollingstedt*-Plexiglaskoffer füllten, den sie sorgsam versteckte.

»Was soll damit sein?«

»Wann kriege ich ihn wieder?«

»Meine Güte! Ich bringe ihn dir Sonntag wieder mit. Zufrieden?«, sagte Sulamith, dann drehte sie sich auf dem Absatz um und ließ uns stehen.

Tobias muss danach zu den Ältesten gegangen sein und ihnen von seiner Beobachtung erzählt haben. Anders war es nicht zu erklären, dass Sulamith von da an bei uns bleiben musste, wenn Lidia Spätschicht hatte. Unter Mamas strenger Aufsicht traute Sulamith sich auch nicht mehr, nachts aus dem Fenster zu steigen.

Ich genoss diese Zeit insgeheim. Manchmal fühlte es sich an wie früher, nur dass wir statt *Benjamin Blümchen* leise auf dem Kassettenrekorder Daniels Mixtapes hörten. *Clara Schumann, Die Ärzte, Aerosmith,* Musik mit vielen Keyboards, die halb nach Kindergarten, halb nach Vampiren klang, und alle Gewinner des *Grand Prix d'Eurovision,* das hatte Sulamith sich von Daniel gewünscht, weil wir den Wettbewerb früher so gern im Radio gehört hatten. Sie sprach nur noch wenig über Daniel, stattdessen unternahmen wir wieder mehr mit den anderen aus der Versammlung, gingen Billard spielen oder Eis essen, aber meistens wollte Sulamith sich mit mir allein treffen. Wir fuhren mit den Rädern in die Rheinaue oder saßen am Marktplatz von Geisrath herum und aßen die gemischten Tüten von *Gretchens Teestübchen*. Einmal sahen wir Daniel, der in der Mitte des Marktplatzes mit seinem Skateboard zwischen den Betonbänken herumfuhr. Ich fand es sonderbar. Was tat er hier? Auf die *Schäl Sick* – so nannte man unsere Seite des Flusses – verirren Leute wie Daniel sich nicht so schnell, denn hier war nichts los, ein langweiliger Ort reihte sich an den nächsten. Auch Sulamith schien überrascht zu sein, doch kurz darauf hatte sie anscheinend völlig vergessen, dass ich auch noch da war.

Von da an lief Daniel uns immer wieder über den Weg. Ich sagte nichts, auch wenn ich spürte, dass ich Sulamith lästig war, sobald er auftauchte. Alles war besser, als allein zu Hause zu sitzen und mir auszumalen, was sie gerade ohne mich machten. Dass er bis über beide Ohren in sie verliebt war, war nicht zu übersehen. Bei Sulamith jedoch war ich mir nicht so sicher. Manchmal glaubte ich, dass die Freiheit, diese andere Welt, die sie durch Daniel kennenlernte, sie viel mehr interessierte als Daniel selbst. Wenn sie ihn ansah, dann immer wie jemanden, der nicht die Wahrheit sagte, als wäre er kontaminiert. War er ja auch, er war ein Weltmensch. Sie traute ihm nicht, sie konnte gar nicht anders, als ihm zu misstrauen, es war wie ein Reflex.

Über unseren Glauben redete Sulamith nie in seiner Gegenwart, sondern erfand irgendwelche Sportveranstaltungen oder Theaterbesuche, wenn wir uns verabschiedeten, um zur Zusammenkunft zu fahren oder in den Dienst zu gehen. Ich wusste nicht, wie viel sie ihm erzählt hatte, ich schätzte, nur das Nötigste. Wenn wir mit Mama an den Samstagen vor dem *Kaufhof* standen, versteckte Sulamith ihr Gesicht unauffällig hinter den Zeitschriften. Das hatten wir zwar schon immer getan, wenn Lehrer oder Schüler mit vollen Tüten in der Fußgängerzone an uns vorbeischlenderten, doch nachdem Sulamith Daniel kennengelernt hatte, wurde der Straßendienst, bei dem wir zumindest nicht an den Türen klingeln mussten, für Sulamith zur Qual.

Ich wünschte, wir müssten nicht mehr in den Straßendienst gehen. In gar keinen Dienst mehr! Stell dir vor, neue Ansage vom treuen und verständigen Sklaven – Predigtdienst wird abgeschafft! Zu-

mindest für eine Weile, nur mal für ein paar Monate, den Sommer über. Stell dir vor, wir dürften alle eine Auszeit nehmen. Würdest du nicht gern für ein paar Jahre in der Welt leben, alles ausprobieren und dann zurückkehren? Ich glaube an Jehova und an das Paradies, aber ich will nicht ständig anderen davon erzählen müssen. Ach so, wegen deiner Frage: Ich habe Daniel nicht viel erzählt. Dass ich an Gott glaube und an ein Ende. Warum wir kein Weihnachten feiern und keinen Geburtstag. Er wollte viel mehr wissen, aber als ich anfing zu erzählen, musste ich bald wieder aufhören. So geht es mir inzwischen auch im Dienst. Daran glauben funktioniert, aber sobald man mit anderen darüber reden muss, klingt es irgendwie lächerlich, findest du nicht?

Einmal saßen Daniel, Sulamith und ich auf einem der grünen Hügel in den Rheinauen, ich ein wenig abseits. Es war Anfang März und noch kalt, doch von der Hitze, die die beiden umgab, wurde mir schwindelig, dabei küssten sie sich nicht einmal. Sie kicherten viel, spielten Abklatschen. Manchmal führte Daniel ihre Hand an seine Wange oder Stirn, mehr nicht. Sulamith flocht seine langen Haare zu einem französischen Zopf, und jedes Mal, wenn er was sagte, lachte sie. Es war ein Lachen, durch das Druck abgelassen wurde, so wie beim Weinen oder Schreien. Immer wieder schielte Daniel zu mir herüber. Was will die hier, schien er sich zu fragen. Ich schämte mich, dabei war es Sulamith, die sich hätte schämen müssen. Sicher hatte sie ihm nicht erzählt, dass sie sich gar nicht mit ihm treffen durfte. Vielleicht hatte sie ihm von unserem Gott erzählt, aber ganz sicher nicht von unseren Gesetzen der Sittlichkeit, von der großen Drangsal, von Satan und den 144 000. Seit einiger Zeit klang all das auch für mich manchmal lächerlich, aber vielleicht war das auch nur Sulamiths Einfluss. Kurz überlegte ich zu beten, so wie Lidia es immer tat, wenn sie nicht weiterwusste, aber ich betete nicht, das funktionierte bei mir nie so gut wie bei Lidia, also pflückte ich weiter Gänseblümchen und rupfte ihnen die weißen Blütenblätter aus. In zwei Wochen würde ich sechzehn werden, aber ich kam mir schrecklich alt vor in meiner Kordhose mit den Hirschhornknöpfen, die Mama im Angebot bei *Trachten Bender* gekauft hatte, ich fühlte mich wie kostümiert in meiner mintgrünen Rüschenbluse, die aussehen sollte wie von *Oilily,* aber von *C&A* war.

Es war Anfang März. Vom Hügel aus konnte ich ein Karnevalsbanner quer über der Adenauerallee hängen sehen. *Leeve Jungs und lecker Mädsche* stand darauf.

»Und als was gehst du dieses Jahr?«, das fragten die Weltmenschen doch immer vor Karneval.

Halb Kind, halb alte Frau, eine, die das Beste im Leben, den Mittelteil, verpasst hat – als das ging ich, und zwar nicht nur an Karneval. Sulamith in ihrer Kellnerjacke, den aufgerissenen Jeans und den schweren Stiefeln – im Schneidersitz hockte sie neben Daniel. Wir hatten uns an Karneval nie verkleiden dürfen. *Heidnische Ursprünge,* schon im Kindergarten konnten wir diese zwei Wörter fehlerfrei sagen, obwohl wir gar nicht genau wussten, was sie bedeuteten. Wie alle Kinder plapperten wir das nach, was unsere Eltern sagten. Die Erzieherinnen schwiegen beeindruckt und fragten nicht weiter nach.

An den Rosenmontagen saßen Sulamith und ich manchmal vor dem Fernseher und schauten uns den Karnevalsumzug im Fernsehen an. Die nach Krieg klingende Marschmusik, die angemalten, vom Alkohol verzerrten Gesichter, die falschen Haare, Zähne und Schnurrbärte machten uns Angst. Wir wussten, dass die Bonbons, die geworfen wurden, eh nicht schmeckten. Wir hatten sie in der Schule einmal probiert, es waren alte, wahrscheinlich abgelaufene Süßigkeiten, an ihnen klebten billige Geschenke, Geduldspiele, Kugelschreiber, bedruckt mit den Parolen verschiedener Parteien. Die klebrigen, billigen Spielzeuge und Bonbons waren für uns der beste Beweis dafür, dass auch die Welt klebrig und billig war.

Vor mir rollten Sulamith und Daniel den Hügel hinunter. Schnaufend liefen sie wieder hoch, ohne mich auch nur einmal anzuschauen. Ich starrte auf den Boden und zerrupfte so lange Gänseblümchen, bis um mich herum überall fedrige Blütenblätter lagen und Sulamith endlich aufbrechen wollte.

Zwei Wochen später hatte ich Geburtstag. Wie immer sprach Mama mich erst einen Tag später darauf an.

»Du weißt, dass ich jedes Jahr an den Tag denke, an dem du auf die Welt gekommen bist«, sagte sie und küsste mir auf die Wange, »auch wenn wir ihn nicht feiern, nicht wahr?«

Ich nickte. Ich fand es nicht schlimm. Ich hatte noch nie in meinem Leben Geburtstag gefeiert, weder meinen eigenen noch den eines anderen, und ich hatte auch noch nie etwas zum Geburtstag geschenkt bekommen. Meinen siebten und neunten Geburtstag hatte ich sogar vergessen.

Sulamith hatte zwei Wochen nach mir Geburtstag. Wären wir in der Welt groß geworden, hätten wir vielleicht unsere Geburtstage zusammen gefeiert, aber natürlich feierte auch Sulamith nicht und bekam genau wie ich keine Geschenke. Auch ihr Geburtstag war ein Tag wie jeder andere, ein ganz normaler Samstag. Wir saßen im Narzissenweg am Küchentisch und machten Hausaufgaben, als der Postbote klingelte und nach Sulamith fragte. Ich weiß noch, wie er vor der Tür stand, mit einem Päckchen im Arm, wie er Sulamiths Namen falsch aussprach, als er es ihr überreichte. Lidia kam in den Flur, und obwohl überall an ihren Händen Dampfnudelteig klebte, wollte sie Sulamith das Päckchen unbedingt abnehmen. Sulamith ließ es nicht zu. Sie lief mit dem Päckchen zurück ins Wohnzimmer und riss schon auf dem Weg das Klebeband ab. Unter einem Haufen Noppenfolie lag ein silberner Walkman.

Sulamith kreischte vor Freude.

»Sogar Radio kann man damit hören«, rief sie und zeigte auf den kleinen Regler an der Seite, ihre Augen wurden ganz feucht.

Lidia stand schweigend am Fenster. Ihre Hände zitterten. Die Herdplatten zischten, das Wasser für die Dampfnudeln kochte über. Sie zog den Topf vom Herd, ging zum Spülbecken, drehte den Hahn auf und hielt die Hände darunter. Das Wasser schoss so heiß aus der Leitung, dass sich eine Dampfwolke bildete. Ich weiß noch, ich fragte mich, wie man sich mit so heißem Wasser die Hände waschen konnte.

Sulamith wühlte weiter im Päckchen herum und fand eine Karte. Sie war bunt, auf ihr war mit Edding eine Figur gemalt, sie streckte die Arme aus und strahlte wie eine Sonne.

»Wer hat dir das geschickt?«, fragte Lidia.

Sulamith versteckte die Karte unter ihren Heften.

»Weiß nicht.«

Lidia nahm den Karton hoch und betrachtete ihn von allen Seiten. Da, wo der Absender stehen sollte, stand nur *D. W.*

»Wer ist das?«, fragte Lidia und tippte auf die Initialen.

»Keine Ahnung«, log Sulamith.

»Wer hat dir das geschickt?«, wiederholte Lidia.

»Ich weiß es nicht«, zischte Sulamith, »wie oft soll ich das noch sagen?«

Lidias Augen wurden schmal und dunkel. Eine Weile standen die beiden sich einfach so gegenüber. Dann ging Lidia in den Flur. Sulamith trat ungeduldig von einem Fuß auf den anderen. Tap, tap, tap.

»Jetzt kommt sie mit ihrer Bibel zurück, wetten?«, flüsterte sie. Am liebsten wäre ich gegangen, aber Sulamith jetzt allein zu lassen, das ging nicht. Ich betrachtete die Wände, die mit vielen gerahmten Puzzles dekoriert waren. Lidia legte immer ein Puzzle, wenn sie in der Klinik war, rahmte es und hängte es später in der Wohnung auf.

»Mamusch, wir müssen Hausaufgaben machen«, sagte Sulamith, als Lidia mit der Bibel zurückkam.

»Setz dich hin«, sagte Lidia und blätterte in den Evangelien herum, bis sie die Stelle fand, die sie suchte.

»Warum feiern wir keine Geburtstage?«

Sulamith verdrehte die Augen.

»Wir feiern doch gar nicht.«

Lidia schaute mich an.

»Warum feiern wir keine Geburtstage?«, fragte sie wieder.

Ich rutschte auf meinem Stuhl herum.

»Weil an beiden Geburtstagen, die in der Bibel vorkommen, Menschen ermordet wurden.«

»Aber wir haben nicht gefeiert«, sagte Sulamith wieder, »wir haben nichts gefeiert!«

Lidia hielt Sulamith die aufgeschlagene Bibel hin.

»Lies vor.«

Sulamith verschränkte die Arme vor der Brust.

»Keine Lust.«

Wir kannten die Stelle, von klein auf, jeder in unserer Versammlung kannte diese Stelle. Herodes feiert Geburtstag. Salome tanzt für ihn. Herodes ist so begeistert von Salomes Tanz, dass sie einen Wunsch frei hat. Was wünscht sie sich? Den Kopf von Johannes dem Täufer, der unten in den Kerkern von Herodes gefangen gehalten wird. Lidia las vor, wie Salomes Mutter sie nach dem Tanz zur Seite nimmt und ihr befiehlt, sich den Kopf von Johannes auf einem Silbertablett servieren zu lassen. Wie zerknirscht Herodes ist, weil er Johannes wegen seiner Kompromisslosigkeit schätzt. Wie dann letztendlich das Tablett kommt und darauf der noch warme Kopf liegt. Sulamith nahm sich ein Stück Noppenfolie und ließ unter dem Tisch die kleinen Luftpolster platzen.

Während Lidia vorlas, starrte ich weiter die Wände an, jedes einzelne Puzzle: die Blume in der Vase, die Balletttänzerin und den Harlekin, zwei Scotch-Terrier, einer weiß und einer schwarz, ein Pfau mit aufgestellten Schwanzfedern, so lange, bis Lidia die Bibel endlich weglegte.

»Wir werden das jetzt in den Müll tun«, sagte sie und packte die Styroporchips und das Plastik zurück in den Karton.

»Nein«, rief Sulamith, schnappte sich den Walkman und versteckte ihn hinter dem Rücken.

»Doch«, sagte Lidia.

»Nein«, schrie Sulamith, »nur über meine Leiche.«

Lidia versuchte erst gar nicht, Sulamith den Walkman abzunehmen. Sie ging zum Herd und stellte den Kochtopf zurück auf die Platte. Sulamiths Augen füllten sich wieder mit Tränen, es sah gruselig aus, wie ein Wunder, nur umgekehrt. Ich musste daran denken, wie Jesus einmal Wasser in Wein verwandelt hatte. Die Tränen, die eben noch vor Freude in Sulamiths Augen schwammen, verwandelten sich in Tränen der Verzweiflung. Ich suchte die Küche nach einem Taschentuch ab. Über der Ablage neben dem Spülbecken hing eine Küchenrolle, aber ich hatte Angst, dass Lidia es mir nicht erlauben würde, Sulamith ein Stück davon zu reichen. Ich stand auf und legte Sulamith die Hand auf den Rücken. Er bebte und war hart wie Stein. Tränen tropften auf die Tischdecke, sie drangen tief in den groben Stoff ein und verfärbten ihn dunkel. Lidia drehte sich zu mir um.

»Du gehst jetzt besser nach Hause.«

»Ja«, sagte ich.

Meine Stimme klang weit weg und fremd.

Am Abend rief Lidia bei uns an und sprach mit Papa. Sie wollte den Walkman wegwerfen. Sulamith ließ es nicht zu. Lidia bat die Ältesten um Hilfe. Einige Tage später machten sie bei Sulamith einen Hirtenbesuch. An dem Nachmittag, an dem die Ältesten zu ihr kamen, saß ich stundenlang in meinem Zimmer auf der Fensterbank und schaute hoch zum Himbeerhang. Ich kaute mir die Nägel runter, und als es nichts mehr zu kauen gab, zog ich mir die Haut von den Fingern, bis sie bluteten. Sie würden zu zweit kommen, das taten sie immer. Sie würden Sulamith ohne Lidia befragen, wissen wollen, von wem das Geschenk war, ihre Bibeln aufschlagen und den Apostel Paulus sprechen lassen. Ich glaubte nicht, dass Sulamith es darauf ankommen ließ. Trotzdem, ein Hirtenbesuch konnte ausarten und auf ein Rechtskomitee hinauslaufen.

Ich betete.

»Jehova, lass sie weiter in deiner Organisation bleiben, lass sie besonnen sein.«

Wie immer klang mein geflüstertes Flehen lächerlich. Wie immer dachte ich, es hört ja doch keiner zu, aber nicht zu beten war auch keine Lösung, dafür stand zu viel auf dem Spiel.

Am späten Nachtmittag sah ich Sulamith über den Himbeerhang rennen, sie stolperte mehrmals, als würde sie von jemand Unsichtbarem gejagt. Neben dem Geräteschuppen blieb sie erschöpft stehen. Ich lief ihr entgegen.

»Sie haben ihn mir weggenommen«, weinte sie, »Mamusch hat ihn in den Müll geworfen, aber nicht in unseren. Da habe ich schon gesucht. Das hat sie mit Absicht gemacht, damit ich ihn nicht wieder rausholen kann.«

Wie ein kleiner Vulkan lag Sulamith in meinen Armen, sie schluchzte so laut, dass sie kaum reden konnte. Die Tränen hinterließen rote Striemen auf der Haut, so als hätte ihr jemand mit einem Lederriemen ins Gesicht geschlagen.

»Komm«, sagte ich, und dann lief ich mit ihr über die Schnellstraße zum Wasser, ans Ufer der Sieg, an dem wir als Kinder so oft gespielt hatten, und von dort hoch auf den Josephsberg, wo das alte Karmeliterkloster stand. Die Auen waren leicht überschwemmt, so wie häufig in dieser Jahreszeit. Von hier oben konnte man die Rheinmündung sehen und links einen Zipfel des Siebengebirges, von wo aus die Steine für den Dom nach Köln transportiert worden waren, das hatten wir vor Kurzem in der Schule durchgenommen. Ob das Wasser wohl schon in Richtung Rhein floss, als Moses die Gesetzestafeln vom Berg Sinai holte? Ich hoffte es. Weil das heißen würde, dass mit der Zeit alles bedeutungslos wurde, selbst Dinge, von denen ich glaubte, dass sie in Stein gemeißelt waren.

Als es zu dämmern anfing, liefen wir zurück nach Hause und setzten uns auf die Bank vor dem Geräteschuppen. Sulamith hatte ihren Kopf auf meinen Schoß gelegt und weinte leise. Papa trat auf die Veranda. Er trug ein Fernglas um den Hals, legte es an und blickte zu uns. Er kam nicht wie sonst herauf, um uns zu holen. Er war dabei gewesen, hatte sich auch gegen den Walkman ausgesprochen. Bis spät in den Abend saß ich auf der Bank neben Sulamith, und nachdem ich sie nach Hause begleitet hatte, wühlte ich so lange in den Müllcontainern im Narzissenweg herum, bis ich den Walkman fand. Er roch nach Bananenschalen und vollen Windeln, aber ansonsten hatte er nichts abbekommen. Auch die Postkarte mit der bunten Figur fand ich:

Liebe Sue! So unbedeutend ist dein Geburtstag nun auch wieder nicht. Es ist schön, dass du auf der Welt bist. xxx, Daniel

Die Karte ließ ich im Müll liegen, den Walkman gab ich Sulamith zurück. Sie nahm ihn ohne Kommentar entgegen. Nicht einmal Danke sagte sie, als wäre es selbstverständlich, als wäre es meine Pflicht, dieses Ding, an dem sich der Streit entzündet hatte, zu suchen und ihr zurückzugeben.

Den Walkman mit nach Hause zu nehmen, traute Sulamith sich nicht. Lidia kontrollierte seit dem Hirtenbesuch regelmäßig ihren Rucksack, deshalb versteckte sie den Walkman in unserem Geräteschuppen unter dem Haufen Karohemden. Einmal sah ich spätabends Licht im Schuppen brennen. Ich schlich über den Hang und spähte durch das Fenster. Mitten auf dem mit Sägespänen und Staub bedeckten Boden saß Sulamith, sie trug Kopfhörer, drehte am Radioregler herum und starrte verzweifelt ins Leere, wie eine Außerirdische, die Kontakt zu ihrem Heimatplaneten aufzunehmen versuchte.

8

Am Fluss haben sich wieder Angler versammelt. Sie sitzen schon früh am Morgen und manchmal bis zur Dämmerung am Ufer, bei jedem Wetter. In Geisrath saßen oft Angler an der Sieg. Sulamith verachtete sie.

»Warum heißt es ›Angelsport‹? Was ist das für eine ekelhafte Lust am Töten? Unschuldige Tiere an einem Haken aus dem Wasser zu ziehen. Sie essen die Fische ja meist nicht einmal. Mörder!«

Oft lief Sulamith laut singend den Uferweg entlang, um die Fische zu vergraulen, so lange, bis die Männer auch laut wurden und dann erst recht nichts mehr angelten. Die Angler am Fluss von Peterswalde beachten mich nicht, wenn ich an ihnen vorbeigehe, sie schauen nicht auf, sie wundern sich auch nicht, was es bei der Kälte hier am Wasser macht, dieses Mädchen, warum es nicht in der Schule ist. Selbst ihre Angeln, die vor ihnen im Schlick am Ufer stecken, beachten sie kaum, übers Wasser geht der Blick, als würde in der Mitte des Flusses etwas schwimmen, das für mich unsichtbar bleibt.

Ich bin froh, dass sie mich nicht beachten, ich habe selbst genügend unsichtbare Dinge im Kopf. Am Anfang war ich mir noch ganz sicher, dass Hanna sich vertan haben musste, doch dann lag ich im Bett und betrachtete das Fahndungsplakat. Warum hatte ich es überhaupt mitgenommen? Wegen der Ähnlichkeit natürlich. Die schmale Nase, dieser lausbubenhafte Zug um den Mund.

Hanna hat nichts mehr gesagt, ich habe auch nicht noch einmal nachgefragt. Ich kann mir einfach nicht vorstellen, dass Vater mir so etwas verheimlicht, aber wenn doch – wenn er tatsächlich einen Bruder haben sollte, den Mann auf den Plakaten –, dann kann es nur einen Grund geben, warum er mir nie von ihm erzählt hat. Wer weiß, vielleicht habe ich hier einfach zu viel Zeit zum Nachdenken. Wir haben in der Schule viele Freistunden. Fächer fallen weg und werden nicht ersetzt. Lehrer fliegen raus und werden nicht ersetzt. Oft verbringe ich die Freistunden mit Hanna in der Schulbibliothek. Wir sitzen auf den alten Sofas, ich lese *Die Abrafaxe in China* und Hanna *Die Schlümpfe*. Es sind die ersten *Schlümpfe* hier in Peterswalde, die Hefte riechen noch nach Druckerschwärze, die *Abrafaxe* hingegen riechen nach Butterbrotfingern. Die beiden Bibliothekarinnen haben viel zu tun. Regal für Regal gehen sie durch. Jedes Buch nehmen sie in die Hand, blättern darin herum und legen es dann meistens auf einen Rollwagen. Tausende sind es, die Regale werden immer leerer. Hanna stopft viele der Bücher, die auf dem Rollwagen landen, unter ihren Pulli und nimmt sie mit nach Hause. Eins hat sie mir gestern nach Schulschluss geschenkt.

»*Zwei Rosen*«, meinte sie, »das habe ich doppelt, da steht drin, was der Sozialismus wirklich ist und wie er gelebt werden soll. Nicht so, wie man es hier versucht hat. Aber was rede ich, bilde dir selbst ein Urteil.«

Ich war auch schon bei Gabriel im Terrarium. Er saß dort ganz allein zwischen Dutzenden Glaskästen, es roch nach Fischfutter.

»Jetzt zeige ich dir die Gespensterheuschrecke«, sagte er und klopfte gegen ein Glas, nichts rührte sich, aber ich hatte die Heuschrecke schon längst entdeckt und vor Gabriel nur so getan, als sähe ich nichts. Er hat sie aus ihrem gläsernen Käfig geholt und sie auf seine Hand gesetzt.

»Man nennt sie auch ›Wandelndes Blatt‹.«

Er hat mich nicht gefragt, ob ich sie auch mal auf meiner Hand sitzen haben möchte. Wahrscheinlich dachte er, dass ich mich vor Insekten ekle, weil ich ein Mädchen bin, dabei ekle ich mich kein bisschen. Im Gegenteil, ich bin doch selbst so etwas wie eine Gespensterheuschrecke, ein wandelndes Blatt, das man in freier Wildbahn mit dem bloßen Auge kaum erkennen kann.

Auf dem Friedhof war ich auch. Stundenlang bin ich zwischen den Gräbern umhergeirrt, bis mir so kalt war, dass ich meine Füße kaum noch gespürt habe. Dann sah ich einen frischen Kranz, er lag auf einem zugeschneiten Grab. Ich wischte mit den Handschuhen über den Stein, da stand es:

Paul Joellenbeck   *1914–1983*
Luise Joellenbeck geb. Andraschek   *1918–1988*

Andraschek, ich habe mir den Namen notiert, aber im Telefonbuch konnte ich keinen Andraschek finden. Wieso Mutter und Vater mich wohl nicht mit zum Grab genommen haben? Sie müssen auf dem Friedhof gewesen sein, sonst hätte der Kranz nicht auf dem Grab gelegen, ein Kranz wie der, den Mutter auf dem Platz vor dem Mahnmal im Lager niedergelegt hatte.

Noch immer kann ich es kaum glauben, dass Großmutter dort gefangen war. Großmutter, diese immer gut gelaunte, gütige Person. Standhaft trotz Verfolgung, genau wie Schwester Werner aus unserer alten Versammlung in Geisrath. Im Lager hatte sie sich zusammen mit den anderen Schwestern geweigert, für den Krieg zu produzieren, Uniformen zu nähen, nicht mal die kleinen Patronentaschen für die Gürtel hatten sie genäht, nicht mal das Stroh der Wehrmachtspferde hatten sie abgeladen. Deshalb schnitt die SS ihnen Blutwurst in die dünne Suppe und machte sie für die Schwestern ungenießbar.

Sulamith und ich haben das früher manchmal zwischen den Himbeeren gespielt, Verfolgte. So wie Schwester Werner mussten wir im Lager stundenlang strammstehen, barfuß in Plastikeimern.

»Mir ist so kalt«, flüsterte Sulamith.

Wir beschlossen zu fliehen. Wir warfen uns zwischen den Reben flach auf den Boden und zückten Messer, die Sulamith aus der Lagerküche gestohlen hatte. Sulamith schlug mit ihrem Lineal die Blätter von den Himbeeren, stopfte sie sich in den Mund, kaute und schluckte.

»Los«, sagte sie und hielt mir eine Handvoll Blätter hin, »du musst bei Kräften bleiben.«

Ungläubig starrte ich auf die harten, grünen Blätter, auf Sulamiths Hände, die an einigen Stellen bluteten, dann stopfte auch ich mir die Blätter in den Mund. Vorsichtig kaute ich. Sie schmeckten holzig und hinterließen ein unangenehmes Gefühl auf den Zähnen, wie wenn man Rhabarber oder Spinat isst. Ich kaute, so gut es ging, bis Mama angerannt kam.

»Seid ihr verrückt geworden?«, rief sie und zerrte uns aus den Himbeeren. »Ihr tötet die Reben, sie brauchen die Blätter! Was habt ihr euch dabei gedacht?«

Als Sulamith ihr erzählte, was wir uns dabei gedacht hatten, schickte Mama uns ins Haus.

»So etwas spielt man nicht, das ist zu ernst!«, sagte sie.

Von der Gefangenschaft, davon, dass Großmutter das, was wir spielten, selbst erlebt hatte, erzählte sie nichts. Mutter wollte es sich aufsparen, da bin ich mir ganz sicher. Sie wollte es sich aufsparen, so wie Regierungen sich Atomwaffen aufsparten, für harte Zeiten, um andere zu brechen.

Die Angler schieben sich rohe Zwiebeln in den Mund, kauen darauf herum, als wären es Äpfel. Nebel hängt über dem Fluss. Ich laufe mit gesenktem Kopf vorbei. Wäre ich doch nur einer von ihnen, ein alter Mann, hätte ich nur auch so eine Angel, dann könnte ich einfach den Rest meines Lebens hier am Ufer sitzen und übers Wasser schauen. Das Mädchen von der Farm geht nicht in die Schule. Ich bin nicht wieder dort gewesen, aber habe nach ihr Ausschau gehalten. Sogar in den Baumkronen auf unserem Schulhof habe ich sie gesucht. Aus irgendeinem Grund vermutete ich, dass sie da oben saß in einer Astgabel, von dort aus in die Klassenräume schaute und sich ins Fäustchen lachte, aber egal, wie oft ich in die Baumkronen schaute, da saß kein Mädchen. Manchmal denke ich, dass ich sie vielleicht erfunden habe, so wie Sulamith einmal, als wir noch ganz klein waren, eine Art Fee erfand, die ihr meterlange Strohhalme baute, sodass sie ihren Kakao in der Küche vom Bett aus trinken konnte. Sie hatte sogar einen Namen, diese Fee, Lisa Lee Schnaps.

Ich laufe an den kahlen Brombeerbüschen entlang, die den Feldweg säumen. Die Stadtbahn donnert an den Feldern vorbei. Bloß weg hier, so klingt es immer. Das Sirren der Gleise verliert sich in der kalten Luft. Ich zwänge mich durch die Büsche und laufe auf den toten Acker. Zu Hause gab es asphaltierte Radwege zwischen den Feldern, hier nicht, nur gefrorene Traktorschneisen. Ich gehe quer über den Acker. Der kalte Wind bläst mir entgegen. Ich trete fest auf. Kleine gefrorene Pfützen zerbrechen unter meinen Stiefeln wie

Plexiglas. Sie knirschen und krachen, ich springe von einer zur nächsten.

Vereinzelt stehen Vogelscheuchen auf dem Feld, nur tragen sie keine normale Vogelscheuchenkleidung, sondern bodenlange Tücher, so wie die Frauen, die Sulamith und ich manchmal vor der saudischen Botschaft sahen, gar nicht weit weg von dort, wo Daniel wohnte. Steif stehen die Scheuchen in der Kälte, trotzen ihr wie die Angler am Ufer, starren über den Acker ins Leere. Ich blinzle. Sind das vielleicht doch Menschen? Hat jemand ihnen Trichter eingeführt und Leim hineingegossen? Im Dreißigjährigen Krieg hat man die Bauern so gefoltert, hat ihnen Trichter in die Münder gesteckt und Gülle hineingefüllt. Sulamith hat es gemalt, in die Daycahiers. Die Bauern und die Trichter, nachdem Frau Böhnke davon in der Schule erzählt hatte. Sulamith malte alles, was sie nicht ertragen konnte, nicht nur die Trichter und die Bauern, auch die Tieropfer im Tempel von Jerusalem. Sie hat Abraham gemalt, der seinen Sohn auf den Scheiterhaufen führt, und Sprechblasen darüber: *Du siehst gut aus, man sieht's dir an, du hast es bald geschafft. Und wir geben dir, was dich erfolgreich macht. Vom Vater zum Sohn, so war es immer schon. Gillette, für das Beste im Mann!*

Die Tücher der Vogelscheuchen blähen sich im Wind. Neben dem Schweinetrog am Waldrand steht eine ganze Familie Vogelscheuchen. Sie tragen Schwarz und zittern im Wind. Ich blinzle wieder. Diesmal bin ich mir sicher. Diese Scheuchen bewegen sich. Es sind vier Jungen in dunklen, langen Mänteln und Stiefeln mit eisernen Sporen, die Haare streng zurückgekämmt. Sie blicken auf und fixieren mich. Ich gehe einfach weiter, obwohl ich weiß, es ist gefährlich. Die Jungen bringen sich in Position, ich laufe auf sie zu. Sie formieren sich wie Zugvögel am Himmel. Ich stolpere über eine Traktorspur, kann mich nur mit Mühe auf den Beinen halten. Die Jungen lachen höhnisch. Sie kommen immer näher, röntgen mich mit ihren grauen Blicken.

»Miez, miez«, ruft einer, »miez, miez.«

Der größte rennt plötzlich los und packt mich, kneift mich, greift mir durch die Kleider ins Fleisch, ich stürze, falle auf die Knie. Ich weiß nicht, ob der Schmerz oder das Gewicht des Jungen mir die Luft nimmt. Er dreht mich um und legt sich auf mich. Sein Atem riecht süß und nach Apotheke.

»Gleich wird dir warm«, haucht er.

Die Jungen lachen. Einer reißt mir die Mütze vom Kopf.

»Du bist so hässlich«, schreit ein anderer.

Der Junge auf mir zerrt mich hoch und gibt mir eine Ohrfeige. Die anderen lachen. Eine Weile spielen sie mit mir, werfen meinen Schal und die Mütze auf einen Baum, verteilen die Schulsachen auf dem Feld, schubsen mich, dann zerren sie mich zum Waldrand.

»Jehova, Jehova! Jehova, Jehova!«

Sie singen im Chor und klatschen dazu.

»Jehova, Jehova! Jehova, Jehova!«

»Rein da mit ihr«, ruft der Kleinste und zeigt auf den alten Schweinetrog.

»Du hast doch Durst!«

»Wir wollen nur spielen«, schreit einer, dann tragen sie mich zum Schweinetrog. Ich mache mich ganz schwer, wehre mich aber nicht. Ich stelle mir vor, ich bin niemand, ich habe kein Herz und keine Augen, ich bin ein Gegenstand, so etwas wie die Bundeslade, die über den Jordan getragen wird.

»Lass das«, ruft der Größte, »die ist zu hässlich, lohnt sich nicht.«

Murrend lassen seine Untertanen von mir ab. Noch lange höre ich das Lachen der Jungen, bis es schließlich verstummt.

Ich taste in meiner Manteltasche nach den Karten aus dem Kleiderschrank. Sie sind noch da. Keine Ahnung, wie lange ich vor dem Schweinetrog hocke und vor Kälte bibbere. Es raschelt im Unterholz, wieder nähern sich Schritte. Ich schließe die Augen. Sollen sie mich doch schlagen. Ist mir egal. Ich spüre eh nichts mehr seit letztem Sommer.

»Petala«, flüstert eine heisere Stimme.

Ich sehe ein Paar Augen vor mir. Blaue Augen, viel zu hell, als wäre Gott der blaue Filzstift vertrocknet, und zum Fertigmalen musste er ihn unter Wasser halten. Das Mädchen von der Farm. Es läuft über das Feld, nimmt meinen Rucksack, sammelt die kaputten Stifte und die verdreckten Schulbücher ein, stellt alles neben den Schweinetrog, klettert auf den Baum und holt meine Mütze herunter. Es sieht so mühelos aus, wie sie sich in den Ästen bewegt. Ich muss lächeln. Da hängt sie also jetzt in einer Astgabel, so wie ich es erwartet habe.

»Tut mir leid« sagt sie, wieder unten angekommen, »kannst du laufen?«

Sie hockt sich neben mich und berührt meine Beine. Ihr Magen knurrt so laut, als wären wir in einem Zeichentrickfilm.

»Komm«, sagt sie, »ist zu kalt. Du musst dich bewegen.«

Meine Knie schmerzen. Ich laufe, so gut es geht, neben ihr her über das Feld. In der vorderen Tasche meines Rucksacks sind noch Butterbrote, zerdrückt, aber essbar.

»Warte«, sage ich und hole die Tüte heraus. Zweimal Käse, zweimal Honig. Ich halte sie ihr hin. Sie greift nach einem Brot mit Käse.

»Danke.«

Selten habe ich jemanden mit so viel Appetit essen sehen. Ich kann ihren Kiefer malmen hören, als sie das Brot zerkaut, die dicke Kruste. Ich nehme mir ein Honigbrot und beiße vorsichtig hinein. Weich und süß klebt das Brot an meinem Gaumen, der Zucker schießt mir ins Gehirn. Wir schlingen, als hätten wir seit Wochen nichts gegessen.

»Was hast du hier gemacht«, fragt sie mich zwischen zwei Bissen, »in der Kälte auf dem Feld?«

Ich zucke mit den Schultern.

»Und du?«, frage ich.

»Holz sammeln für die Tiere. Du bist seltsam. Nachts schleichst du dich auf die Farm, tagsüber läufst du über die Felder.«

»Selber seltsam«, sage ich, »musst du nicht in die Schule?«

»Zum Glück nicht. So früh aufstehen im Winter, das könnte ich gar nicht mehr«, antwortet sie.

Auf ihrer Zirkusjacke prangt ein Blindenzeichen.

»Warum trägst du das?«, frage ich. »Hast du Probleme mit den Augen?«

»Nein, wieso?«

»Das ist ein Blindenzeichen.«

»Das ist kein Blindenzeichen«, sagt das Mädchen, »das ist ein Smiley.«

»Das ist kein Smiley«, sage ich.

»Doch. Die beiden oberen Punkte sind die Augen und der darunter ist der Mund.«

»Das ist kein Mund.«

»Doch, das ist ein staunender Mund. ›Oh!‹, sagt er.«

»Oh«, sage ich. »Ach so.«

Ich reibe mein schmerzendes Knie.

»Das war die Himmlerbande«, sagt das Mädchen, »die sind aus Benzin.«

»›Wir sind aus Benzin‹? Ist das ihr Motto?«

»Nein«, sagt sie, »Benzin. So heißt der Nachbarort.«

Sie schaut mich an.

»Du zitterst ja vor Kälte.«

Sie hat recht, meine Zähne klappern.

»Wir gehen auf die Farm, da kannst du dich aufwärmen.«

»Ich weiß nicht«, sage ich leise.

»Warum? Wegen Piek?«

Sie zieht sich die Kapuze über den Kopf.

»Wer ist Piek?«, frage ich.

»Mein Vater«, sagt sie. »Hast du Angst vor ihm? Du bist doch nicht so eine.«

»So eine was?«

Sie legt den Kopf schief.

»So ein Mädchen. Ein Mädchen aus Püree.«

»Mädchen aus Püree? So hat mich noch nie jemand genannt.«

»Wie dann?«

»Esther. Und wie heißt du?«

Sie legt den Finger an die Lippen, als müsste sie überlegen.

»Du musst doch einen Namen haben«, sage ich.

»Habe ich ja auch, aber den mag ich nicht.«

»Aber man muss dich doch irgendwie rufen.«

»Kannst mich Cola nennen. Wie das Getränk.«

»Cola?«

»Weil Mutsch während der Schwangerschaft immer Lust auf Cola hatte.«

»Woher weißt du das?«

»Das hat Piek erzählt.«

»Danke«, sage ich, »für eben. Hast was gut bei mir.«

»Ich wünsche mir nichts«, sagt Cola.

»Jeder wünscht sich was.«

»Ja«, sagt sie, »aber du kannst es nicht erfüllen. Im Lotto gewinnen. Oder die Füße aller Tauben der Welt heilen. Die meisten Taubenfüße sind kaputt, schon mal bemerkt? Von Garn umwickelt, verletzt oder abgestorben. Manchmal haben sie nur noch einen rosa Stumpen, auf dem sie humpeln.«

»Jesus hat Füße geheilt«, sage ich, »ich meine, er hat sie gewaschen und einbalsamiert.«

»Einbalsamiert?«

»So was wie eingecremt. Gewaschen und eingecremt.«

Wir laufen über die schmale Holzbrücke, die vom Flussufer zur Farm führt.

»Tut mir leid«, sage ich, »dass ich neulich einfach so rein bin hier.«

Cola kramt in ihrer Jacke, holt einen Schlüssel hervor und grinst.

»Macht nichts. Ich habe dich ja erwischt mit meinem Seil.«

Ich folge Cola über die Wiese zum Wohnhaus. Sie stößt die Tür auf und führt mich ins Wohnzimmer. Eine stickige Wärme schlägt mir entgegen. In der Luft hängt der Geruch von Alkohol und aufgewärmtem Essen. Auf einem gelben Sofa liegt der Mann, den ich nachts durchs Fenster gesehen habe. Über ihm an den Wänden sind alte Schränke angebracht, auf ihnen jede Menge Schnapsflaschen, so als würde jemand sie sammeln. Er hat uns den Rücken zugewandt.

»Komm«, flüstert Cola und zieht mich vorbei an einer dreckigen Küchenzeile in ein kleines Zimmer. In einer Ecke bullert ein Ofen, in der anderen liegt eine Matratze, daneben ein Kleiderstapel, an der Wand hängt ein Foto, ansonsten sind die Wände kahl.

Ich streife die Stiefel ab und stelle sie neben den Ofen. Cola schiebt mir einen wackeligen Stuhl hin, dann lässt sie sich auf die Matratze fallen und verschränkt die Arme hinter dem Kopf.

Durch das Fenster kann ich auf die andere Seite der Wiese blicken. Ein altes Auto steht dort, daneben ein Stapel verrosteter Käfige.

»Gehört das ganze Grundstück euch?«

»Piek sagt Ja. Andere sagen Nein. Aber die anderen hat Piek verjagt.«

Ich halte meine Hände vor den Ofen und genieße den Schmerz beim Aufwärmen. Cola holt unter dem Kopfkissen etwas hervor und hält es mir hin.

»Das habe ich gefunden«, sagt sie, »in der Nähe vom Bahnhof. Ich habe gesehen, wie ihr die verteilt habt. Jemand hat es weggeworfen, und ich hab's mir genommen.«

Ich rücke näher an Cola heran. Es ist eins unserer ältesten Traktate. Vorn auf dem Bild sind drei Kinder zu sehen. Sie sitzen unter einem Baum und spielen mit zwei Pandabären. Was haben Sulamith und ich dieses Bild früher geliebt. Als Kinder konnten wir es nicht abwarten, endlich so mit Tieren spielen zu können. Später klebte Sulamith es ins letzte Daycahier. *Sind die Dickmann,* stand über jedem der drei Kinder. *Sind die Dickmann. Sind die Dickmann. Super Dickmann's in der Frischebox.*

»Was ist das?«, fragt Cola. »Ist das ein Land?«

Ich stehe auf und setze mich neben sie auf die Matratze.

»Das ist das Paradies.«

»Wo ist das Paradies?«

»Nirgends. Es kommt erst noch. Nach Harmagedon.«

Cola schaut mich fragend an.

»Was ist Harmagedon?«

»Harmagedon ist die große Schlacht.«

»Was ist die große Schlacht?«

Paradies, Harmagedon, die große Schlacht. Ich bewege die Worte in meinem Mund. Mein Mund ist wie der Ofen vor mir, die Worte verbrennen darin. So ist es in den letzten Wochen fast immer gewesen. Alles verbrennt darin, alle Worte, die einmal Sinn gehabt haben, alle Geschichten.

»Was ist die große Schlacht?«, fragt Cola wieder.

»Die große Schlacht ist der Krieg, den Gott gegen die Ungläubigen führen wird, gegen alle, die nicht auf die Wahrheit hören wollten. Alle, die nicht glauben wollten, dass Satan regiert und dass Jehova aber am Ende siegen wird.«

»Wer ist Satan?«

»Satan«, sage ich, »hast du noch nie von Satan gehört?«

»Nein«, sagt Cola, »wer soll das sein?«

Ich muss lachen.

»Du weißt nicht, wer Satan ist?«

»Nein.«

»Aber den Teufel kennst du?«

»Klar. Der Teufel ist der Teufel.«

»Satan ist ein anderes Wort für Teufel. Der Teufel ist einmal ein Engel gewesen. Du weißt doch, was ein Engel ist, oder?«

»Klar, weiß doch jeder.«

Ich nicke.

»Genau, weiß doch jeder. Und Satan war auch mal ein Engel, er war Gottes Lieblingsengel, aber dann wollte er genauso sein wie Gott. Er hat viele Engel auf seine Seite gezogen und gegen Gott gekämpft. Gott hat ihn aus dem Himmel geschleudert, und seitdem treibt er sein Unwesen hier unten auf die Erde.«

»In der Hölle, das kenne ich.«

»Nein«, sage ich, »die Hölle gibt es nicht.«

»Keine Hölle?«, fragt Cola.

»Nein, keine Hölle. Satan lebt hier unter uns. Also nicht unter uns in der Hölle, sondern mit uns. Er ist ein Geist, er kann aber in alle Lebewesen eindringen, wie damals in die Schlange im Garten Eden. Damit fing alles an.«

»Garten Eden? Ist der im Paradies?«
Ich lache.
»Nein, irgendwo im Orient. Seitdem die ersten Menschen im Garten Eden sündigten, herrscht Krieg zwischen Gott und Satan. Im Grunde ist es eine Art Wette. Jeder will die Weltherrschaft für sich. Zurzeit herrscht Satan.«
Ich reiche ihr das Traktat zurück.
»Das steht alles dadrin.«
»Ach so«, sagt Cola und schaut zu Boden, »lesen ist nicht meine Stärke. Kriege ich Kopfweh von.«
Sie schiebt das Traktat unter ihr Kopfkissen.
»Ich weiß gar nichts über Gott oder die Bibel.«
»Die meisten Menschen, die hier leben, kennen die Bibel und Jehova nicht«, sage ich, »und wenn doch, dann wurden sie dafür verfolgt. Jetzt ist der Glaube an Jehova nicht mehr verboten, alle sollen vom neuen System erfahren, deswegen sind wir hier. Meine Eltern, besser gesagt.«
Cola legt den Finger auf die Lippen. Aus dem Wohnzimmer ist ein Stöhnen zu hören. Sie nimmt ihre Stiefel und zeigt auf meine. Ich packe sie und schleiche hinter Cola her ins Wohnzimmer.
»Meine Augen«, stöhnt der Mann.
Ich ziehe mir die Stiefel an, bereit, jeden Moment loszurennen. Der Mann setzt sich langsam auf und blinzelt.
»Meine Augen! Was ist mit meinen Augen«, ruft er, »sind sie offen oder zu?«
Cola füllt in der Küche ein Glas mit Wasser und setzt sich neben den Mann auf das Sofa. Er trinkt in kleinen Schlucken, dann reibt er sich das Gesicht und lässt sich stöhnend zurückfallen. Mich scheint er nicht einmal gesehen zu haben. Leise zieht Cola sich ihre Stiefel an.
»Was hat er?«, frage ich, als wir draußen stehen.

»Er hat nichts, er hat nur schlecht geträumt. Komm, ich muss die Tiere füttern.«

Wir laufen über die verschneite Wiese. Hinter einer Baumgruppe steht ein kleiner Schuppen. Cola öffnet die Tür. Ein bestialischer Gestank schlägt mir entgegen.

»Das ist nur Blutkleie«, sagt Cola, »daran gewöhnst du dich.«

Widerwillig schließe ich die Tür. An den Wänden stehen schiefe Regale. Auf der Arbeitsplatte neben einer Spüle liegen Messer und Holzlöffel. Cola steigt auf einen Hocker, nimmt ein Dutzend kleine Schüsseln aus einem Regal, stellt sie nebeneinander auf die Arbeitsplatte und öffnet einen Eimer, in dem sich ein rotbrauner Brei befindet.

»Das riecht ja widerlich«, sage ich.

»Ach was, du musst Gerüche nicht bewerten, du musst sie alle gleich interessant finden. Dann gibt es auch keine guten oder schlechten mehr. Hunde machen das so.«

Sie klatscht braune Masse in die Schüsseln.

»Bringt ihr die Tiere selber um?«, frage ich.

»Was denkst du denn?«, sagt Cola.

Sie drückt mir zwei Schüsseln in die Hände und öffnet die Tür.

»Komm jetzt.«

Je näher wir dem Gehege kommen, desto stärker wird der Geruch und desto lauter dieses Wimmern, das ich schon von der ersten Nacht kenne, es klingt wie Kinder, die noch nicht genügend Puste haben für ihre Blockflöten.

»Ich weiß nicht«, sage ich.

Cola grinst.

»Wusste ich. Du bist ein Mädchen aus Püree.«

Sie läuft zwischen den Käfigen umher und verteilt die Schüsseln. In jedem Käfig sitzen zwei Tiere. Sie laufen nervös an den

Gittern entlang, fast alle sehen schlecht aus, und viele sind verletzt.

»Sind Pelztiere keine Einzelgänger?«, frage ich, als Cola Nachschub holt.

»Nein. Ein Biberpaar bleibt ein Leben lang zusammen. Ein- oder zweimal im Jahr bekommen sie Junge. Das Gehege und die einzelnen Käfige sind alle mit dem Wasser verbunden, weil Sumpfbiber ins Wasser gehen müssen. Sie brauchen genügend Platz, sonst wird der Pelz nicht schön. Wir kümmern uns gut um sie, und der Pelz wird sehr dicht hier. Eigentlich kommen die Sumpfbiber aus Südamerika.«

»Hauen sie nicht ab?«

»Können sie nicht. Im Wasser sind Gitter.«

»Das ist gemein.«

»Ist ja nicht für lange. Sie werden nicht alt. Im Winter wird gepelzt.«

»Das musst du aber nicht machen.«

»Du bist lustig«, sagt Cola und öffnet einen Käfig, »wenn gepelzt wird, kannst du eh nicht schlafen, dann kannst du auch gleich helfen. Wenn man es richtig macht, spüren sie nur kurz was. Du musst fest draufschlagen. Auf den Kopf. Wenn dann Blut aus der Nase läuft, heißt das, der Schädel ist zertrümmert. Dann spürt der Biber nichts mehr.«

»Die armen Tiere«, sage ich.

Cola seufzt.

»Die Leute lieben den Pelz und das Fleisch.«

Sie reibt sich den Bauch.

»Sumpfbibereintopf.«

»Igitt«, sage ich.

»Was denn? Wir verwenden fast alles vom Biber. Den Pelz, das Fleisch, die Drüsen.«

»Die Drüsen?«

»Bibergeil. Macht man ins Eis.«

»Ins Eis?«

»Der Vanillegeschmack kommt daher.«

»Das glaube ich nicht.«

»Doch. Alles wird verwertet. Verschwendung können wir uns nicht leisten. So ist das, wenn du Stier auf der Stirn stehen hast.«

»Stier?«

»Kein Geld haben. Rasiert sein, wenn du Zunge zeigen musst. Glaubst du, ich mache das gern? Wenn ich erwachsen bin, mache ich das nicht mehr. Dann mache ich was ganz anderes. Was Friedliches. Was mit Obst oder Gemüse oder Kindern.«

Ich schaue auf die Uhr.

»Ich muss los«, sage ich.

Gemeinsam laufen wir über die Wiese. »Satan«, murmelt Cola vor sich hin, während sie das Tor aufschließt.

»Eins habe ich nicht verstanden. Auf dem Bild liegen hinter den Kindern und den Pandabären Löwen. Ein Pandabär, gut. Aber ein Löwe? Das ist doch gefährlich.«

»Im Paradies sind Löwen nicht mehr gefährlich«, sage ich, »selbst der Löwe wird im Paradies Stroh fressen, so wie der Stier.«

Cola lacht laut.

»Löwen fressen doch kein Stroh!«

»Doch«, sage ich, »wenn sie müssen, dann tun sie es auch.«

»Nein.«

»Doch, im *Zirkus Roncalli* war es so. Im Krieg gab es dort kein Fleisch für die Raubtiere, da haben die Löwen Stroh bekommen, und sie haben es gefressen.«

»Wer sagt das?«

»Das hat mir meine Mutter erzählt. Deswegen werden die Löwen im Paradies auch Stroh fressen.«

»Nee. Das glaube ich erst, wenn ich es selber sehe, aber weißt du, was ich richtig gut finde? Dass es keine Hölle gibt. Dieser Satan macht mir keine Angst, mit dem würde ich schon fertigwerden.«

»Die Standhaften geht er besonders hart an«, sage ich.

Cola schüttelt den Kopf.

»Bei mir hätte er keine Chance. Mich würde er nicht brechen können. Das haben schon viele versucht.«

Sie öffnet das Tor und blickt mich an.

»Ich habe dich gesehen, letzte Woche. Ich habe gesehen, wie du dich auf dem Friedhof in die Eichen gehängt hast. Du bist ganz hochgeklettert, und dann hast du dich runterfallen lassen.«

»Ich habe ein Grab gesucht«, sage ich.

»Ich habe dich aber auch am Fluss gesehen«, sagt sie, »du kletterst in die Trauerweiden, die am Ufer stehen. Dann lässt du dich runterfallen, ganz knapp am Wasser vorbei. Du willst wohl schnell ins Paradies, was?«

Sie nimmt mir meine Mütze aus der Hand und zieht sie mir über den Kopf.

»Petala.«

»Was heißt das, Petala?«

»Kleines Feuer«, sagt Cola, »halte dich fern von den Jungen aus Benzin. Von den hohen Eichen und den Weiden am Fluss.«

9

Über den Hirtenbesuch redete Sulamith nicht weiter mit mir. Ich wäre auch nicht auf die Idee gekommen, sie auszufragen. Ich war mir sicher, dass die ganze Versammlung davon wusste, dass es sich herumgesprochen hatte, doch keiner sagte auch nur einen Ton, nicht einmal Tobias. Es gab kaum etwas Schlimmeres als einen Hirtenbesuch, niemandem wäre es eingefallen, in Sulamiths Gegenwart selbstgerechte Bemerkungen darüber zu machen. Sie ging wieder regelmäßig in die Versammlung und in den Dienst, und Daniel sah sie auch nicht mehr zufällig auf dem Marktplatz von Geisrath, sondern nur noch in der Schule.

Ich habe ihm alles gesagt. Er wusste ja schon von Jehova, aber dass wir nicht mit Weltmenschen zusammen sein sollen, davon hatte ich ihm nie erzählt. Auch nicht von Hurerei, dass dazu auch schon harmlosere Sachen gezählt werden. War das peinlich. Jetzt werde ich ihm nie wieder in die Augen sehen können, aber er hat mir ganz aufmerksam zugehört und meinte, er versteht es und dass er nicht will, dass ich Probleme kriege. Ich bin danach aufs Klo und habe geheult, bis nichts mehr kam, dann bin ich zu Herrn Becker und habe gesagt, ich muss nach Hause, ich hab meine Tage und voll Schmerzen. Er hat mir nicht geglaubt. Wie oft im Monat hast du eigentlich deine Tage, hat er gefragt, aber ich bin trotzdem nach Hause gegangen. Schreibt der sich das auf, oder was?

Am Anfang blieb ich misstrauisch, doch Sulamith grüßte Daniel nicht einmal, wenn wir ihm zufällig in der Pause begegneten. Sie behandelte ihn, wie wir sonst Abtrünnige behandeln. Einmal sahen wir ihn in der Mensa an der Geschirrrückgabe stehen, er nahm mit zwei Freunden einer Gruppe Fünftklässler ihre halb leer gegessenen Teller ab.

»Warum holt er sich kein eigenes Essen?«, fragte ich, von Neugierde angetrieben.

Jemand, der *Steiff*-Tiere und Walkmans verschenkte, musste doch auch Geld für Essensmarken haben.

»Seit er in Südafrika gelebt hat, kann er nicht mehr mit ansehen, wenn Essen weggeworfen wird«, sagte Sulamith, ohne von ihrem Tablett aufzublicken.

Einmal kam Daniel nach dem Essen zu uns herüber und legte Sulamith eine Birne neben ihren Teller, aber Sulamith nahm sie nicht. In der Versammlung bemühte sie sich, die Dinge wieder glattzubügeln. Sie ging jeden Samstag in den Königreichssaal zum Diensttreff, sie meldete sich in den Zusammenkünften mehr als üblich und bereitete sich besonders sorgfältig auf ihre Aufgaben vor.

Für das Gedächtnismahl am 14. Nisan nähte Mama uns neue Kleider. Dunkelblau mit weißen Borten, richtige Frauenkleider, die in der Mitte tailliert waren. Wir trugen auf dem Weg in den Saal nicht einmal Mäntel, so mild war es Ende März schon. Während des Mahls reichte Sulamith mir lächelnd das ungesäuerte Brot und den Wein. In unserer Versammlung gehörte nur Schwester Werner zu den 144 000, die nicht im

Paradies leben, sondern nach ihrem Tod in den Himmel aufsteigen und von dort nach Harmagedon gemeinsam mit Jesus und den anderen 144 000 vom Himmel aus über uns regieren würde. Schwester Werner war die Einzige, die während des Gedächtnismahls vom Wein und dem ungesäuerten Brot nahm, aber wie jedes Jahr gingen wir nach der Feier zu ihr und fragten nach dem Brot, das eben noch geweiht von Hand zu Hand gewandert war, und so wie jedes Jahr brachte Schwester Werner es uns in Küchenkrepp eingewickelt zur Auffahrt. Wir standen zusammen im Kreis und knusperten das Brot. Tobias erzählte Ostfriesenwitze, Rebekka und Tabea kicherten, und hätte jemand mir gesagt, dass es das letzte Gedächtnismahl mit Sulamith war, das letzte Gedächtnismahl in Geisrath überhaupt, das letzte Mal, dass wir gemeinsam auf der Auffahrt standen, ich hätte es niemals geglaubt.

Die Osterferien kamen. An manchen Tagen gingen wir mit Tabea und Rebekka ins Schwimmbad, das wegen der Wärme schon einen Monat früher als üblich geöffnet hatte. Meistens war Sulamith fröhlich, spielte mit uns Karten und alberte herum, aber manchmal war sie schweigsam und wirkte abwesend. Wenn Rebekka und Tabea nicht dabei waren, nahm sie den Walkman mit und hörte Daniels Kassetten. Einmal sprang sie auf, als eine Gruppe Jungen vorbeikam, einer hatte lange Haare. Ich wusste, was Sulamith dachte, aber die Haare des Jungen waren nicht so blond wie die von Daniel und sein Lachen nicht so anscheckend.

»Du vermisst ihn«, fragte ich, »oder?«

Sulamith zuckte mit den Schultern.

»Er konnte es gar nicht sein«, sagte sie, »er ist über die Ferien in Südafrika.«

»Aha«, sagte ich.

»Seine Eltern sind seit über zwanzig Jahren verheiratet. Du

müsstest sie zusammen sehen. Sie albern immer noch miteinander herum wie Teenager, und samstagabends gehen sie gemeinsam essen und danach ins Theater oder in die Oper. Jeden Samstag.«

»Und wenn sie krank waren?«, fragte ich.

»Dann nicht, du Doof.«

»Ich meine, Daniel und seine Schwester. Als Kinder.«

Sulamith verdrehte die Augen.

»Keine Ahnung. Kapierst du nicht? Es geht ums Prinzip.«

Natürlich kapierte ich. Sie fragte es sich doch auch: Wie war es möglich, dass ein Weltmensch wie Daniel glücklich war, obwohl er im Reich Satans lebte? Ich kannte nur wenige Weltmenschen, aber bei denen war es immer das Gleiche. Immer wenn ich dachte, dass es ihnen gut ginge, ganz ohne Jehova und die Wahrheit, stellte sich mit der Zeit heraus, dass es gar nicht so war. Jana und Kerstin waren die Töchter unseres Kieferorthopäden. Jana ging mit uns in eine Klasse, Kerstin in die Stufe unter uns. Sie waren nette Mädchen, aufmerksam und fröhlich, genau wie ihr Vater. Als wir unsere Zahnspangen bekamen, durften wir in Dr. Lichtensteins Praxis zwischen fünf verschiedenen Farben mit oder ohne Glitzer wählen, und wenn er die Drähte enger spannen musste, bekamen wir immer etwas geschenkt, ein Geduldspiel oder zuckerfreie Bonbons. Er war ein netter und gut aussehender Mann und Jana und Kerstin so liebe Mädchen, dass Mama uns den Umgang mit ihnen erlaubte, obwohl sie aus der Welt waren. Dann erfuhr Lidia über eine Kollegin von *Hollingstedt,* dass Dr. Lichtenstein sich wegen einer jüngeren Frau von seiner Ehefrau getrennt hatte. Jana und Kerstin sahen wir von da an wieder nur in der Schule. So oder so ähnlich war das Schicksal aller Weltmenschen. Vordergründig wirkten sie glücklich und zufrieden, doch hinter der Fassade war ihr Leben so düster und abgründig wie alles in der Welt.

»Du kennst Daniel doch gar nicht richtig«, sagte ich.

»Ich kenne ihn«, sagte Sulamith und setzte ihre Sonnenbrille auf, »überhaupt, was soll das eigentlich heißen?«

»Ich meine, nicht gut genug.«

»Na und? Manche Leute kennt man ewig und wird trotzdem von ihnen enttäuscht. Ich sage nur: Tobias Schuster.«

»Es läuft doch immer gleich bei den Weltmenschen«, antwortete ich, »am Ende stellt sich immer heraus, dass etwas nicht stimmt. Weißt du noch, der Vater von Jana und Kerstin?«

»Meine Güte, du bist so was von altmodisch«, sagte sie.

»Aber mal ehrlich. Denkst du denn nie, dass das alles etwas seltsam ist? Wir auf der guten Seite, die Weltmenschen auf der bösen.«

»Ja«, antwortete ich, »aber warum ist die Welt sonst so schlecht? All die Kriege, Hungersnöte. Das sieht für mich nach höherer Gewalt aus. Es gibt einen Bösen, der die Menschen verblendet und von dem sie sich alleine nicht befreien können.«

»Aber nicht alle Menschen sind so. Daniel ist nicht böse oder verblendet.«

»Du kennst ihn doch gar nicht«, sagte ich wieder.

»Gott«, rief Sulamith, »du bist eine richtige Unke.«

Sie legte sich auf ihr Handtuch und redete kein Wort mehr mit mir, bis wir losmussten, um uns für die Zusammenkunft fertig zu machen. Auf dem Weg trat sie so fest in die Pedale, dass ich irgendwann aufgab und den Anschluss verlor.

Einige Tage bevor die Schule wieder anfing, sprachen Mama und Lidia mit uns über die kommenden Wochen. Frau Böhnke hatte bei der letzten Elternversammlung den Lehrplan vorgestellt. Es ging um die Evolutionstheorie nach Darwin. Mama hatte darauf hingewiesen, dass wir die Evolutionstheorie ablehnten, dass wir an die Schöpfungsgeschichte der

Bibel glaubten und nicht an irgendwelche alten Knochen, die beweisen sollten, dass wir vom Affen abstammten. Sie hatte Frau Böhnke gebeten, Sulamith und mich vom Unterricht zu befreien, aber Frau Böhnke hatte es nicht erlaubt. Mama kontaktierte daraufhin die Schulleitung, doch auch die genehmigte die Freistellung nicht. Also nahmen Mama und Lidia in den letzten Ferientagen das gesamte Schöpfungsbuch noch einmal mit uns durch. Sie bestellten außerdem dreißig Exemplare der Taschenbuchausgabe, damit wir sie an unsere Mitschüler verteilen konnten.

»Ihr seid keine kleinen Kinder mehr«, sagte Mama, »es geht nicht mehr nur darum, keine Weihnachtslieder mitzusingen. Ihr müsst euren Mitschülern klarmachen, wer unser wahrer Schöpfer ist, und zwar mit guten Argumenten.«

Stundenlang stellten Mama und Lidia mit uns Szenen nach, spielten abwechselnd unsere Mitschüler und Frau Böhnke, bombardierten uns mit weltlichen Argumenten. Mama wurde dabei richtig gemein, manchmal sogar gemeiner, als unsere Mitschüler es waren. Sie meinte es nur gut, sie wollte uns auf alles vorbereiten, aber es war sehr anstrengend. So war Mama, sie ließ nie locker, erst als alle Argumente saßen und unsere Antworten schlagfertig genug herausgeschossen kamen, gab sie Ruhe.

Am nächsten Morgen, kurz vor acht, wartete die ganze Klasse vor dem Biologieraum. Jana erzählte uns von ihren Ferien. Ihr Vater hatte einen Wohnwagen gemietet und war mit Kerstin und ihr an die Küste Portugals gefahren. Sulamith und ich schauten uns an. Der Höhepunkt unserer Osterferien waren das Gedächtnismahl und der Besuch unseres Kreisaufsehers gewesen. Wir fuhren nur in den Sommerferien weg, die anderen Ferien nutzten unsere Eltern für den Predigtdienst, da es an den Feiertagen viel leichter war, über Jehova und seine Verheißungen zu reden. Papa sagte immer, es sei sinnlos, Urlaub in einer Welt zu machen, die bald vernichtet werden würde, und dass das ewige Leben besser als jeder Urlaub sein würde.

Frau Böhnke hetzte mit zwei Baumwollbeuteln über den Schultern und einem Schlüsselbund in der Hand die Treppen hoch. Auch Sulamith und ich hatten Baumwollbeutel dabei. In ihnen waren die Schöpfungsbücher, die wir verteilen sollten. Frau Böhnke schloss auf. Lärmend setzten sich alle auf ihre Plätze. Ich stellte den Baumwollbeutel neben meinen Rucksack. Ich konnte es kaum erwarten, die Schöpfungsbücher loszuwerden. Nicht, weil ich mich so sehr darauf freute, sie zu verteilen, sondern weil ich es endlich hinter mir haben wollte. Letztes Jahr hatten wir das *Fragen-junger-Leute*-Buch mit in die Schule genommen und in der großen Pause an unsere Mitschüler verteilt. Nie werde ich die spöttischen Gesichter vergessen, das Gelächter. Alle grölten sich gegenseitig die Überschriften zu. *Selbstbefriedigung: Wie kann ich damit aufhören? Bringt Sex etwas für unsere Freundschaft? Was, wenn jemand Sex mit mir haben will? Warum komme ich bei Jungs nicht an?* Selbst Jana hatte mitgekichert.

Frau Böhnke stand vorne an der Tafel und erklärte, was wir in den kommenden Wochen durchnehmen würden, dann zeichnete sie mit Kreide eine Linie an die Tafel und schrieb ganz an den Anfang *Urknall*. Mein Heft lag ungeöffnet vor mir. Wir würden das nicht mitschreiben. Unsere Aufgabe war es, gegen jede wissenschaftliche Behauptung von Frau Böhnke ein biblisches Argument zu finden und den Unterricht so zu stören, dass Frau Böhnke nicht dazu kommen würde, falsch Zeugnis über die Entstehung der Welt abzulegen. So zumindest hatte Mama es uns eingeschärft.

Frau Böhnke quietschte mit der Kreide über die Tafel. Mein

Mund war so trocken, dass die Zunge am Gaumen pappte. Gerade hatte Frau Böhnke eine Folie auf den Overheadprojektor gelegt, auf der Affen in verschiedenen Entwicklungsstadien zu sehen waren. Ich schaute zu Sulamith und wartete auf ihren Einsatz. Sulamith fing immer an. Wenn sie erst mal in Fahrt kam, traute auch ich mich, all das zu sagen, was Mama und Lidia mit uns geübt hatten.

Sulamith hatte ihr Schulheft mit dem grünen Umschlag herausgeholt und schaute konzentriert zur Tafel. Ich faltete die Hände. Sie waren kalt und rau. Ich schloss die Augen. Hilf mir, betete ich, Jehova. Nimm diesen Kloß aus meinem Hals und gib mir eine Stimme, dann werde ich dein Wort verkünden. Um mich herum hörte ich Stühle knarzen und Papier rascheln.

»Jehova wird dir helfen. Jehova hilft immer, wenn es keinen Ausweg mehr gibt.«

Wie oft hatten Mama und Papa das zu uns gesagt. Wie oft hatten sie uns Geschichten aus der Bibel erzählt, die von Johannes dem Täufer oder vom Apostel Paulus handelten, beide hatten für ihren Glauben Qualen ertragen, die wir uns kaum vorstellen konnten, genau wie die vielen Brüder und Schwestern, die ihr Leben riskiert hatten, um das Wort Gottes zu predigen, und überall auf der Welt in Gefängnissen ausharrten. Was war dagegen eine Schulstunde, in der wir einer von Satan geleiteten Lehrerin und ein paar von der Welt verblendeten Mitschülern die Wahrheit verkünden sollten?

Frau Böhnke richtete Fragen an die Klasse. Ich blickte wieder zu Sulamith. Sie hatte begonnen, mit einem Bleistift die Affen in ihr Heft zu zeichnen. Sie malte ihnen Sprechblasen über die Köpfe. *Früher oder später kriegen wir euch, mit Danone!* stand über dem größten Affen, und über dem kleinsten: *Fruchtzwerge! So wertvoll wie ein kleines Steak.* Quer über die

Seiten zog Sulamith eine Linie. *Urknall* schrieb sie in Rot an den Anfang der Linie und malte einen Stern um das Wort.

»Was machst du da?«, flüsterte ich.

»Esther!«

Frau Böhnke schaute zu mir herüber. Ihr langer Zopf fiel ihr über die Bluse.

»Hast du etwas zum Thema beizutragen?«

Ich fing an zu stottern.

»Also, ich glaube nicht an das, was Sie erzählen. Wir Menschen stammen nicht vom Affen ab. Die Bibel lehrt uns etwas anderes.«

»Die Bibel ist in dieser Hinsicht schon lange widerlegt«, antwortete Frau Böhnke, »heute wissen wir, dass die Menschen vom Affen abstammen.«

»Das stimmt nicht. Das Leben entsteht nicht aus einer chemischen Suppe«, sagte ich. »Leben entsteht immer aus Leben. Dafür gibt es zahlreiche Beweise.«

»Dafür, dass das Leben aus Aminosäuren entstanden ist, gibt es auch genügend Beweise«, antwortete Frau Böhnke.

»Ja, aber es gibt sehr viele Wissenschaftler, die zugeben, dass sie nicht genau wissen, wie das Leben auf der Erde entstanden ist. Ich glaube, dass Jehova der Schöpfer der Welt ist.«

Die ersten Schüler begannen zu kichern.

»Jehova, Jehova«, hörte ich jemanden leise singen.

Mir brach der Schweiß aus. *Jehova, der Schöpfer der Welt.* Kein Wunder, dass alle lachten. Albern klangen diese Worte. War das Satan? War er es, der den Namen Gottes in meinen Ohren plötzlich so lächerlich klingen ließ, wie er für meine Mitschüler klingen musste? *Satan* klang aber genauso lächerlich. Würde ein Teufel, der die Welt beherrscht, seinen eigenen Namen lächerlich klingen lassen, wenn er die Macht hätte, das zu verhindern?

»Gott ist tot«, rief jemand.

Frau Böhnke schlug mit dem Tafelgeodreieck auf den Tisch.

»Ruhe!«

Schnell griff ich in die Baumwolltasche und holte die Bücher heraus. Sulamith starrte weiter auf ihr Heft und kritzelte mit ihrem Bleistift darin herum. Warum half sie mir nicht? Ich schaute in die Gesichter meiner Mitschüler. Ihre zur Schau gestellte Sorglosigkeit hatte etwas Brutales. Ich wünschte ihnen Giftschlangen an den Hals, ich wünschte ihnen die zehn Plagen, den Tod in Nebukadnezars goldenem Ofen. Die Vorstellung machte mich wach und schmerzlos, sie rauschte durch mein Blut wie eine Droge.

Ich stand auf und legte jedem ein Schöpfungsbuch auf den Tisch.

»Nein«, rief Frau Böhnke, »hier wird jetzt nichts verteilt!«

»Vertrau auf Jehova, er wird dich im richtigen Moment anleiten, wenn du nicht weiterweißt«, hatte Mama gestern noch zu uns gesagt und wie immer tat ich das, was Mama wollte. Ich vertraute auf Jehova und teilte die Bücher aus. Ich stellte mir Satans Gesicht vor, diesen Schönling, wie er sich ärgerte und auf einmal ganz hässlich wurde und zu einer schwarzen Wolke verpuffte, und an seine Stelle sah ich Jehova treten, ich sah ihn so, wie ich ihn mir als Kind immer vorgestellt hatte: als Mann in den besten Jahren, in einem teuren Anzug und mit einem Glas Martini in der Hand. Wie er sich über mich freute! Wie er aus der Innentasche seines Sakkos einen Block hervorholte und sich lächelnd Notizen machte. Alles, was in diesem Klassenraum geschah, notierte er sich, um sich später, wenn das Ende kam, daran zu erinnern. Ich stellte mir vor, dass Jehova für jeden seiner Anbeter eine Art Kartei anlegte. Jehova sah alles: die höhnischen Mitschüler, die feige Sulamith und mich, die furchtlos sein Wort verkündete.

»Aufhören«, schrie Frau Böhnke und kam auf mich zu. »Was du nach der Schule machst, ist mir egal, aber hier in diesem Klassenraum werden keine religiösen Bücher verteilt!«

Währenddessen hatten einige meiner Mitschüler die Schöpfungsbücher aufgeschlagen und lasen sich gegenseitig daraus vor. Wie dumm die Bibelstellen aus ihren Mündern klangen. War das wieder Satan? Wo war Jehova? Die Stimmen meiner Mitschüler dröhnten in meinen Ohren. Sulamith blickte von ihrem Heft auf. Vielleicht wollte sie mir endlich helfen, doch da kam von hinten ein Schöpfungsbuch geflogen und traf sie genau am Kopf.

»Ihr Idioten!«, rief sie.

Sie hob das Buch auf und schleuderte es einmal quer durch den Klassenraum. Es traf Frau Böhnke hart an der Schulter. Die Klasse schrie, ich wusste nicht, ob vor Freude oder vor Entsetzen. Sulamith sprang auf.

»Schaut euch doch mal an! Natürlich stammt ihr vom Affen ab! Ihr alle!«

Die Klasse grölte.

»Jehova, Jehova!«

»Hinsetzen«, schrie Frau Böhnke und rieb sich die Schulter, »sofort!«

Sulamith stopfte die Stifte und das Heft in ihren Rucksack, hob die Stofftasche mit den Schöpfungsbüchern auf und rannte nach draußen. Ich nahm meine Sachen und lief ihr hinterher. Sulamith rannte den leeren Gang entlang. Ich rief nach ihr, aber sie drehte sich nicht um. Sie sprang die Treppen hinunter, lief über den Schulhof zu den Toiletten. Ich rannte hinterher und stemmte die schwere Tür auf. In einer der Kabinen hörte ich die Wasserspülung. Ich sah hinein, Sulamith hockte auf dem Boden. Sie riss die Seiten aus einem der Schöpfungsbücher, zerknüllte sie, stopfte sie in die Toilette und spülte.

Wasser quoll über die Klobrille. Ich wollte Sulamith hochziehen, doch sie schlug nach mir, nahm sich das nächste Buch, riss wieder Seiten heraus, stopfte sie in die Toilette und spülte. Das Wasser lief über den Boden unter der Tür hindurch.

»Hör auf«, rief ich und versuchte, ihr das Buch wegzunehmen. Sie ließ mich nicht, sie stopfte weiter Papier in die Toilette. Ihre Hose war durchnässt, meine Schuhe auch, aber Sulamith schien all das nicht zu bemerken. Sie riss und stopfte und spülte.

»Komm«, rief ich wieder, »steh auf.«

Sie griff nach meinem Arm und zog mich zu sich.

»Hilfe«, flüsterte sie.

Das Wasser gurgelte auf die Fliesen.

»Hilfe.«

Ich spürte ihre weiche Haut an meiner Wange, ihre Finger an meinem Nacken und einen unendlichen Schmerz, der sich nach Heimweh anfühlte, nach Niederlage und Sehnsucht zugleich. Jemand öffnete die Tür zu den Toiletten, Schritte auf dem nassen Boden, Frau Böhnkes Stimme.

»Esther? Sulamith? Ich weiß, dass ihr hier seid!«

Wir hörten, wie sie näher kam. Entsetzt schaute sie auf uns herab, auf die Toilette, aus der noch immer Wasser quoll, auf die Schöpfungsbücherseiten, die die Fliesen bedeckten, auf uns, wie wir auf dem Boden hockten und uns umklammerten.

»Das muss ich melden«, sagte sie nach kurzem Zögern.

Sulamith weinte leise, ich schwieg. Ich hatte keine Angst vor Frau Böhnke. Sie war nur eine Lehrerin. Wir lebten nicht in ihrer Welt, und nichts in ihrer Welt hatte Konsequenzen für uns. Wie sie uns anschaute, halb mitleidig, halb angeekelt.

»Geht nach Hause«, sagte sie irgendwann, »und zieht euch etwas Trockenes an.«

Als wir ihre Schritte schon lange nicht mehr hören konnten, stand ich auf und sammelte die nassen Schöpfungsbücher ein, wir liefen zum Fahrradkeller und schlossen unsere Räder auf. Sulamith bückte sich und band sich ihre nassen Schnürsenkel zu, sie machten ein seltsam quietschendes Geräusch.

Schweigend fuhren wir im Schritttempo über die Felder, doch Sulamith blieb zurück, sie stellte ihr Rad ab und ließ sich vor dem Acker ins Gras fallen. Ich drehte um und hockte mich neben sie. Wir zogen unsere Socken aus und ließen sie in der Sonne trocknen. Ich schaute auf unsere nackten Füße, auf denen sich die Muster unserer Socken abgezeichnet hatten. Meine Zehen waren ganz lila und Sulamiths Knöchel himmelblau.

»Weißt du noch, wie wir einmal in der Grundschule Gott malen sollten?«, fragte Sulamith.

»Ja«, sagte ich, »wir haben einfach leere Blätter abgegeben: *Du sollst dir kein Bildnis machen.*«

»Und kannst du dich noch an Tiffy aus der Sesamstraße erinnern?«

»Ja, und?«

»Tiffy saß doch immer hinter einem Tresen und reparierte Wecker. In einer Folge«, sagte Sulamith, »kam einer der echten Menschen aus der Sesamstraße zu ihrem Tresen. Er hat Musik angemacht und hat Tiffy zum Tanzen aufgefordert. Zuerst wollte Tiffy nicht, aber der Mann hat sie einfach gepackt und hinter dem Tresen hervorgeholt. Dann ist etwas passiert, das werde ich nie vergessen.« Sie rückte ein Stück näher.

»Ich konnte sehen, dass Tiffy gar keine Beine hatte. Da, wo die Beine sein sollten, flatterten nur rosa Stofffetzen. Ich habe mich erschreckt, aber dann wurde mir klar, dass sie ja nur eine Puppe ist. Und dass sie deswegen immer hinter dem Tresen hockt. Weil sie keine Beine hat.«

Sulamith blinzelte in den Himmel.

»Seitdem habe ich mir Jehova immer so vorgestellt.«

»Als rosa Stoffpuppe ohne Beine, die Wecker repariert?«

Sulamith grinste.

»Nein, nicht rosa. Mit weißem Hemd und einer Fliege. Manchmal auch in einem langen schwarzen Mantel, wie ein Richter. Bei Richtern siehst du auch nie die Beine, bei Barkeepern auch nicht. Halb Richter, halb Barkeeper. So habe ich ihn mir vorgestellt.«

»James Bond«, sagte ich.

»Nicht ganz. Wie kommst du jetzt auf den?«

»Vor ein paar Jahren«, sagte ich, »bin ich mal mit dem Bus zu Schwester Werner ins Krankenhaus gefahren, als sie ihre Nierensteine rausbekommen hat, weißt du noch?«

Sulamith nickte.

»Auf der Rückfahrt lag eine Zeitung neben meinem Sitz. Ich habe sie durchgeblättert. Da war ein Artikel drin. Über die Familie, die die James-Bond-Filme macht. Die Kinder haben früher immer gedacht, dass es James Bond wirklich gibt. Weil die Eltern immer über ihn gesprochen haben, als wäre er echt. Beim Abendessen haben sie sich zum Beispiel darüber unterhalten, ob James Bond wohl den Wein mögen würde, den sie gerade getrunken haben, oder ob James Bond die neue Nachbarin gefallen würde.«

Sulamith kicherte.

»Seitdem hast du dir Jehova immer wie James Bond vorgestellt?«

»Ja«, sagte ich, »ich meine, James Bond hat Kompetenzen. Er will die Welt vor dem Bösen retten. Die beiden haben viel gemeinsam.«

»Mal ehrlich«, sagte Sulamith, »glaubst du an ihn?«

Ich zuckte mit den Schultern. Ich weiß nicht, woran ich

sonst glauben soll, wollte ich sagen. Dass ich Angst habe vor dem Loch, das Jehova hinterlassen würde, wollte ich sagen, Angst vor dem Leben ohne ihn, ohne Mama und Papa, ohne die Versammlung, Angst vor dem Leben da draußen, wo ich niemanden kannte, außer Satan, aber noch während ich überlegte, wie ich ihr das erklären sollte, stand Sulamith auf und legte die Hand an die Stirn.

»O nein«, flüsterte sie.

Jemand auf einem Skateboard bog in den Feldweg ein. Daniel.

»Was ist passiert?«, fragte er, als er vor uns stehen blieb. »Ist alles in Ordnung bei euch?«

Seine Haut war sonnengebräunt und seine Haare in den Ferien noch heller geworden, als sie eh schon waren.

»Ja«, sagte Sulamith, »alles in Ordnung. Wie war es in Südafrika?«

»Heiß«, sagte Daniel, »mein Avocadobaum hat zum ersten Mal getragen.«

Das Skateboard schabte über den Asphalt.

»Ich habe euch über den Schulhof rennen sehen. Die Böhnke lief euch hinterher. Habt ihr Ärger?«

»Nein«, sagte Sulamith.

Er zeigte auf meinen Fahrradkorb, in dem die Baumwolltasche lag.

»Was ist das?«

»Nichts«, sagte Sulamith, aber es war zu spät. Er griff bereits nach einer der feuchten, losen Seiten aus dem Schöpfungsbuch.

»Als die Dinosaurier ihren Zweck erfüllt hatten, beendete Gott ihr Leben, aber wir können sicher sein, dass Jehova die Dinosaurier zu einem bestimmten Zweck erschuf, selbst wenn wir diesen heute nicht völlig verstehen«, las Daniel.

»Ist das von eurem Glauben?«

Wieder wandte er sich der nassen, losen Seite zu.

»*Dass sie in den Fossilienfunden plötzlich und ohne Verbindung zu irgendwelchen fossilen Vorfahren auftauchen und auch wieder verschwinden, ohne fossile Bindeglieder zurückzulassen*«, las Daniel, »*widerlegt die Ansicht, dass sich diese Tiere über Millionen von Jahren allmählich entwickelten. Die Fossilienfunde stützen also nicht die Evolutionstheorie.*«

»Hör auf«, sagte Sulamith und riss ihm den Zettel aus der Hand.

»Was ist passiert«, fragte Daniel, »hat jemand die Bücher kaputt gemacht?«

»Die waren für den Biounterricht«, sagte ich, »die sollten wir verteilen. Wir glauben nicht an die Evolution, deswegen.«

»Verstehe«, sagte Daniel.

»An einen Urknall«, sagte ich.

»Verstehe.«

Er grinste.

»Was ist daran bitte so witzig?«, zischte Sulamith.

»Nichts, nur das Wort.«

»Welches Wort?«

»Na, Urknall.«

»Warum?«

»Weil es viel zu kindisch klingt, zu dumm für etwas so Unfassbares wie das Leben. Als könnte die Entstehung der Welt mit nur einem Wort erklärt werden«, sagte Daniel. »Wobei, diese Geschichte mit dem Garten Eden klingt für mich auch nicht besser, wenn ich das mal so sagen darf.«

»Wenn man sich die Welt und das Leid anschaut, dann klingt die Geschichte vom Garten Eden gar nicht so kindisch«, sagte ich.

Daniel nickte.

»Stimmt, aber eigentlich schließt es sich ja nicht gegenseitig aus.«

»Wie meinst du das?«

»Na ja, vielleicht hat Gott die Erde in Jahrmillionen erschaffen, und das mit den sieben Tagen ist nur eine Metapher. Wie im Deutschunterricht. Könnte doch sein, dass vielleicht beides stimmt.«

»Irgendwie jedenfalls muss das Universum entstanden sein«, sagte Sulamith.

Daniel lächelte sie an. Sein Blick war so liebevoll, dass mir schwindelig wurde. Das muss Liebe sein, dachte ich, wenn die Zuneigung so groß ist, dass es unmöglich ist, sie zu verbergen, und der Liebende klug genug, um vor ihr zu kapitulieren. Wie schwach die Liebe macht und wie verletzlich. Ich wusste, was er so sehr an Sulamith liebte. Ihre Kompromisslosigkeit, ihren Stolz, und dass das Leben in ihrer Gegenwart immer sprudelte, als würde man direkt an seiner Quelle sitzen. Sulamith neben mir blickte verlegen auf den Boden, doch Daniel schaute sie unverwandt an, und da wusste ich mit einem Mal auch, was Sulamith meinte, wenn sie immer wieder betonte, sie würde ihn kennen, denn zwischen ihnen wirkte tatsächlich eine Kraft, die weder Sulamith noch Daniel kontrollieren konnten. Nur ich, ich saß wie eine Mauer zwischen den beiden. Es machte mich glücklich und unglücklich zugleich.

Ich stand auf.

»Lass uns besser fahren.«

»Soll ich euch nach Hause bringen?«, fragte Daniel.

»Nein«, sagte Sulamith und zog sich ihre Socken wieder an. Daniel kramte in seinem Rucksack, holte eine Kassette heraus und hielt sie Sulamith hin.

»Hier, für dich.«

»Danke.«

»Ich habe das Lied aus dem Radio raufgespielt, das du so mochtest. *Rhythm is a dancer*? Das ist ein Psalm, dieses Lied.«

Sulamith nahm die Kassette und grinste. »Du weißt doch gar nicht, was ein Psalm ist.«

»Klar. Das sind Lieder von König David. Deswegen unterscheiden sich die Psalmen optisch von den anderen Büchern in der Bibel«, sagte Daniel.

Ihm fehlte nur noch eine Krawatte und ein Plexiglaskoffer voller Wachttürme, dann wäre er als prima Verkündiger durchgegangen.

Sulamith nickte anerkennend.

»Nicht schlecht.«

»Ich weiß. Deswegen findet man die Psalmen auch so schnell. Und der Text klingt wie etwas aus der Bibel. *I'm serious as cancer, when I say rhythm is a dancer*. Jesus spricht doch auch immer von Krankheiten, wenn ihm etwas wirklich ernst ist, oder?«

Er stieg auf sein Rad.

»Seht ihr, ich bin gar kein Ungläubiger«, rief er und fuhr lachend davon.

10

»Wer mit wem?«

Vater blickt in die Runde. Die Brüder und Schwestern aus Peterswalde haben sich auf dem Marktplatz versammelt. *Freiheit* steht auf dem Straßenschild, das auf den Platz zeigt. Vater will, wie schon in Geisrath, den Samstagnachmittag als festen Termin für den gemeinsamen Predigtdienst durchsetzen. In Geisrath pilgerten die Menschen an den Samstagen immer in die Innenstadt, also stellten wir uns vor die Geschäfte in der Fußgängerzone und versuchten dort, mit den Leuten über das kommende Königreich zu sprechen.

Hier ist das zwar bislang nicht so, aber das wird sich bald ändern, glauben Vater und Mutter. Woher sie ihre Zuversicht nehmen, ist mir ein Rätsel. Ich blicke mich um. Der Marktplatz ist menschenleer, nur ein paar ältere Frauen mit Kopftüchern sitzen auf den himmelblauen Bänken, die die *Volksbank* vor Kurzem aufgestellt hat. Hier gehen keine Schafe einkaufen. Es gibt keine Straßenzüge voller Geschäfte.

»Sind die neu?«, fragt Schwester Lehmann und zeigt auf die Bänke. »Die alten waren doch in Ordnung. Ist das nicht Schleichwerbung?«

Ich zucke mit den Schultern. Als letztes Jahr in Geisrath

die Linie 66 von einem Tag auf den anderen in *Telekom-Express* umgetauft wurde, hat Sulamith sich das Gleiche gefragt. Obwohl sich außer der Anzeige vorn nichts geändert hatte, fühlte sich damit zu fahren plötzlich an, als wäre man gekauft worden.

Die Frauen auf den Bänken rauchen und betrachten uns misstrauisch. Vorhin im Saal meinte Bruder Radkau, dass die Menschen hier zwar Angst vor der Zukunft hätten, sich gleichzeitig jedoch danach sehnten, die Vergangenheit hinter sich zu lassen, und dass das gut sei, der richtige Zeitpunkt, um sie ins Licht zu führen. Er hat Prediger 9:11 vorgelesen: »*Ich wandte mich, um unter der Sonne zu sehen, dass nicht den Schnellen der Wettlauf gehört noch den Starken die Schlacht, noch auch den Weisen die Speise, noch auch den Verständigen der Reichtum, noch selbst denen, die Kenntnisse haben, die Gunst, denn Zeit und unvorhergesehenes Geschehen trifft sie alle.*« Mutter hat eifrig in ihr Notizbuch geschrieben. *Denn Zeit und unvorhergesehenes Geschehen trifft uns alle,* stand da in ihrer engen, spitzen Schrift auf den rosa Linien neben den Reihern im Schilf.

Ich sehe keine Sehnsucht in den Blicken der alten Frauen, aber was weiß ich schon von Peterswalde, nach wie vor fühlt es sich an wie Ausland.

»Am besten bilden wir Paare«, sagt Vater, »und verteilen uns dann.«

Wir haben erst wenige Gebietskarten, Schwester Radkau und Mutter zeichnen sie, aber es ist viel Arbeit, einen ganzen Ort zu kartieren und die Gebiete für den Haus-zu-Haus-Dienst zu bestimmen, auch wenn Peterswalde klein ist. Es wird noch dauern, bis jeder von uns ein eigenes Gebiet bekommt. Mutter tut sich mit Schwester Radkau zusammen, Vater mit Gabriel, Bruder Lehmann mit Bruder Radkau und Schwester Lehmann mit Bruder Wolf. Schwester Lehmann trägt ihr Neugeborenes im Tuch vor der Brust, die anderen Lehmannkinder sind nicht dabei.

Schwester Wolf humpelt auf mich zu.

»Wir beide?«, fragt sie. »Straßendienst vor dem neuen Supermarkt?«

Ihre Worte pappen an den Konsonanten zusammen.

»Gute Idee«, sagt Mutter.

Sie hält mir einen Stapel Zeitschriften hin, die ich in meine Diensttasche stecke.

»Geh danach bitte direkt nach Hause. Wenn ich noch nicht da bin, kannst du auch in den Saal kommen. Karin und ich wollen dort sauber machen.«

Langsam löst sich die Gruppe auf.

»Ich bin leider nicht mehr so gut zu Fuß«, sagt Schwester Wolf, nachdem wir uns von den anderen verabschiedet haben. Hinter der S-Bahn-Brücke bleibt sie stehen, hält sich am Geländer fest und atmet schwer, dann greift sie in ihre Diensttasche und holt ein Döschen mit lila Pillen hervor.

»Das ist eine sehr schöne Dose«, sage ich.

»Die ist noch von meiner Mutter«, sagt Schwester Wolf, »von denen kann ich dir leider keine anbieten. Sind fürs Herz.«

Sie nimmt eine der Pillen in den Mund und knackt sie mit den Vorderzähnen auf. Langsam laufen wir die Dorfstraße hinunter. Grimmig schaut Schwester Wolf auf die Straße, jeder Schritt scheint sie enorme Kraft zu kosten. Ich halte ihr meinen Arm hin.

»Nein«, bellt sie.

Ich atme tief durch. Dann eben nicht. Soll sie doch umkippen. Gleich am ersten Tag im Saal hat sie mir Befehle erteilt. Ich sollte vollgeschnaubte Taschentücher aufheben, die unter den mitgebrachten Stühlen lagen, dabei hatten die Lehmannkinder sie dort hingeworfen. Ich habe nichts gesagt, mich gebückt und die Taschentücher eingesammelt. Sie ist eine alte Frau, so werde ich wahrscheinlich auch einmal enden: ungerecht und gereizt, weil man nicht mehr so kann wie früher. Ich blicke sie von der Seite an. Sie war auch einmal jung. Warum fällt es so schwer, sich alte Leute als Jugendliche vorzustellen?

»Bist du hier groß geworden?«, frage ich.

»In Schlesien«, sagt sie und reibt sich den Bauch. »Gutes Essen.«

»Aber du lebst schon lange hier, und Großmutter war deine Freundin?«

»War meine gute Freundin, die Luise. Und du siehst ihr so ähnlich. Die Luise war aber nicht so still wie du. Wirst schon sehen im Paradies. Wenn ihr euch begegnet.«

Vor uns kommt der Supermarkt in Sicht. Schwester Wolf verlangsamt ihre Schritte.

»Schau dir das an«, sagt sie, »dadrin gibt es sechzehn verschiedene Sorten Seife zu kaufen, habe ich gehört. Und das soll das neue Paradies sein? Ist schon verrückt. Früher hatten alle Arbeit, aber zu kaufen gab es nichts. Heute gibt es alles zu kaufen, aber keiner hat Arbeit.«

Wir stapfen durch den Schneematsch, der an den Rändern des Parkplatzes liegt. Der Parkplatz ist tatsächlich so gut wie leer. Es dauert wohl, denke ich, bis dieser Supermarkt angenommen wird, es ist vielleicht so wie mit ausländischem Essen. Anfangs tun die Einheimischen sich schwer damit, aber schließlich essen sie es doch – Pizza und Kebap, bis sie irgendwann gar nichts anderes mehr essen wollen.

Vor dem Eingang des Supermarktes beziehen wir Position. Schwester Wolf lehnt sich gegen das Geländer, hinter dem die Einkaufswagen stehen, und fasst sich an die Brust.

»Das sind die letzten Tage«, sagt sie, »ich kann es spüren.«

»Willst du lieber nach Hause und dich hinlegen?«, frage ich vorsichtig.

Schwester Wolf schürzt die Lippen.

»Ich meine die große Drangsal«, sagt sie und zeigt auf den Supermarkt, »das hier, das ist ein Zeichen der letzten Tage. Du wirst schon sehen.«

Wie sie darauf kommt, keine Ahnung. Warum sollte ein Supermarkt ein Zeichen für die letzten Tage sein? Wir holen aus unseren Diensttaschen Zeitschriften und Traktate hervor, doch kaum ist alles vorbereitet, kommt ein Mann in einem grellfarbenen Kittel auf uns zu.

»Was machen Sie hier?«, fragt er.

»Wir verkündigen das Königreich Jehovas«, sagt Schwester Wolf.

»Sie können hier nicht stehen bleiben.«

»Warum?«

»Das verjagt die Kundschaft.«

»Kundschaft?«

Schwester Wolf schaut sich um.

»Welche Kundschaft?«

»Sie müssen gehen, bitte.«

»Und was, wenn nicht?«

Genau wie Mutter scheint es Schwester Wolf Spaß zu machen, gegenzuhalten.

»Dann hole ich den Geschäftsführer.«

»Na, dann mal los«, antwortet Schwester Wolf.

Der Mann im Kittel kehrt fluchend zurück in den Laden. Schwester Wolf legt den Kopf schief und kneift mir so fest in die Wange, dass es schmerzt.

»Ich lasse mich doch nicht verscheuchen, nachdem sie uns vierzig Jahre lang verfolgt haben. Von dem da erst recht nicht. Der war schon früher so ein Korrekter. Und jetzt? Wendehals!«

Schweigend halten wir unsere Zeitschriften hoch. In Geisrath haben die meisten Leute in der Fußgängerzone uns nicht groß beachtet. Freiwillig ist nie jemand auf uns zugekommen, nie hat mal jemand gefragt, wer wir seien und was wir eigentlich hier machten. Den meisten waren wir einfach egal, Kulisse für ihren Einkauf, so wie die Bettler vor den Geschäften. Hier ist es anders, viele Kunden machen zwar einen Bogen um uns, einige jedoch betrachten uns neugierig. Wir reichen ihnen Traktate. Nach kurzer Zeit schon kriecht mir die Kälte in die Beine. Ich trete unauffällig von einem Fuß auf den anderen. In Geisrath war es im Winter auch kalt, aber die Temperaturen fielen nie so tief wie hier in Peterswalde. Jeden Samstag standen Sulamith und ich vor dem *Kaufhof.* Der Wind pfiff unter unsere Röcke, wir kneteten uns die steifen Hände und warteten darauf, dass Mama dieses eine Wort sagte: »Kakao.«

Nach dem Dienst ging Mama immer mit uns zu *Fassbender,* damit wir uns aufwärmen konnten. Sicher gibt es hier im Supermarkt auch irgendwo eine Bäckerei mit Stehcafé, wo man einen heißen Becher Kakao trinken konnte.

»Kakao«, flüstere ich kaum hörbar, »Kakao.«

Schwester Wolf dreht sich zu mir.

»Hast du was gesagt?«

Ich schüttle den Kopf. Das Wort alleine wärmt nicht. An Schwester Wolfs Nasenspitze baumelt ein Tropfen, wie so oft bei alten Leuten.

»Kennst du einen See der Tränen?«, frage ich.

»See der Tränen? Ja, da haben sie Luises Asche verstreut.«

»Was? Ich dachte, ihre Asche liegt hier auf dem Friedhof.«

»Ein Teil davon wurde am See der Tränen verstreut.«

»Und wo ist dieser See?«

»Du warst doch damals auf der Beerdigung, oder?«, fragt Schwester Wolf.

»Ja.«

»Kannst du dich an den See nicht erinnern? Er liegt neben dem Lager. Wo sie gefangen war.«

»Ich glaube, da war ich nicht dabei.«

»Du warst noch jung«, sagt Schwester Wolf. »Vielleicht haben sie dich deswegen nicht mitgenommen.«

»Wahrscheinlich. Ich wusste bis vor Kurzem nicht, dass Großmutter in Gefangenschaft war. Mutter und Vater waren mit mir in der Gedenkstätte. Auf dem Weg nach Peterswalde haben wir dort gehalten, Mutter hat einen Kranz niedergelegt, aber einen See habe ich nicht gesehen.«

»Man sieht ihn nicht gleich«, sagt Schwester Wolf, »der See ist hinter den Baracken.«

»Gabriel hat mir erzählt, dass du auch in Gefangenschaft warst?«, frage ich vorsichtig.

»Ja«, sagt Schwester Wolf, »aber nicht dort, wo deine Großmutter war.«

»Es tut mir leid«, sage ich, »ich weiß, ihr habt viel durchmachen müssen. Schwester Werner aus unserer alten Versammlung hat manchmal davon geredet.«

Schwester Wolf lächelt.

»Dich muss das nicht traurig machen, Kind. Wir hatten Jehova, er war immer bei uns. Diese SS, das waren doch auch nur verlorene Schafe, in den Fängen Satans. Viele von ihnen haben sich später das Leben genommen«, sagt sie und hält einer jungen Frau, die an uns vorbeigeht, ein Traktat hin.

»Danke«, sagt die Frau und nimmt es, ohne stehen zu bleiben.

»Siehst du«, sagt Schwester Wolf, »das haben wir dort auch getan. In der Gefangenschaft. Das Königreich verkündet. Viele haben dort zu Jehova gefunden. Ich weiß, wie traurig die Luise und die Rosa, deine Urgroßmutter, am Anfang waren. Das hat Luise mir später erzählt. Kaum waren sie dort, kam der Brief.«

»Was für ein Brief?«

»Der Totenschein vom Milan. Deinem Urgroßvater. Die Schwestern im Lager haben sie getröstet. Sie haben ihnen von ihrer Seife abgegeben. Haben ihnen von der Offenbarung erzählt. Dass Jehova jede Träne von ihren Augen abwischen wird, dass sie ihren geliebten Milan wiedersehen werden, auch wenn er die Wahrheit in seinem Leben nie kennengelernt hat. So ist deine Großmutter zur Wahrheit gekommen.«

»Moment, die Schwestern im Lager haben Großmutter von der Wahrheit erzählt? War sie denn damals noch nicht in der Wahrheit?«

»Nein«, sagt Schwester Wolf, »sie hat sie erst im Lager kennengelernt.«

»Aber wieso ist sie denn dann überhaupt dorthin gekommen?«

»Na, weil sie rot war, wie die ganze Familie!«

Schwester Wolf lacht.

»Und wenn ich rot sage, dann meine ich das grellste Rot, das du dir nur vorstellen kannst. Richtig in den Augen hat das wehgetan.«

Atemwölkchen steigen ihr aus dem Mund, lösen sich auf. Ich starre auf den Parkplatz. Autos fahren vor. Milan, ich habe diesen Namen nie gehört. Milan und Rosa, ich sehe zwei feine Vögel mit breiten Flügeln vor mir, die Federn in der Farbe von zartrosa Zuckerwatte, wie Flamingos, nur ohne diesen Spazierstockschnabel.

»Wusstest du das alles nicht?«, fragt Schwester Wolf.

Ich schüttle den Kopf.

»Hat dir dein Vater nichts erzählt?«

»Nein.«

»Na ja«, sagt Schwester Wolf, »es war eine schwere Zeit für die ganze Familie. Hörte ja danach nicht auf. Andreas musste weg, weil sie ihn einziehen wollten. Und kaum war er weg, ist der Michael endgültig vom wahren Weg abgekommen.«

Schwester Wolf greift in ihre Diensttasche, holt weitere Traktate hervor und drückt sie an der Falz mit ihren Zähnen zusammen.

»Michael?«, frage ich vorsichtig.

Schwester Wolf nickt stumm.

»Weiß ja inzwischen der ganze Ort, was das für einer ist. Traurig. So traurig. Dein Onkel war früher ein ganz lieber Junge. Etwas verträumt für meinen Geschmack. Dass er so auf die schiefe Bahn geraten ist, tut immer noch weh.«

Mein Herz fängt an zu rasen.

»Wurde er ausgeschlossen?«

»Ja, ist schon ewig her. Ich konnte deinen Vater damals verstehen«, sagt Schwester Wolf, »die Flucht, meine ich. Er war so jung. Sprich mit ihm, er wird dir sicher alles erzählen.«

Ich schaue über den Parkplatz, fixiere einen der kahlen Bäume, die die Straße säumen. *Willst du ihr eigentlich von Michael erzählen?* Mutter hat nicht von einem Glaubensbruder gesprochen, mit dem sie mich verkuppeln will. Vaters Antwort, wie aus der Pistole geschossen. *Auf keinen Fall.* Sein Bruder. Mein Onkel. Michael. Onkel Michael. Da hängt es, am Eingang des Supermarktes, das Fahndungsplakat, direkt neben dem Mülleimer, die schmale Nase, die vollen Lippen, und auf einmal schäme ich mich dafür, dass ich es nicht gleich erraten habe und mich so leicht von Vater und Mutter habe belügen lassen. Fragen über Fragen stapeln sich in meinem Kopf wie Tetrisblöcke.

Nach und nach füllt sich der Parkplatz, Leute steigen aus den Autos, schauen andächtig an der Fassade des Gebäudes hoch und gehen an uns vorbei hinein. Ich verteile Traktate mit kalten Fingern, sie fühlen sich an wie aus Holz – Pinocchiohände, nur dass ich nicht die Lügnerin bin. Ein Schwindel überfällt mich, als hätte ich seit Tagen nichts gegessen. Jemand auf dem Parkplatz winkt mir zu und rennt dann los, eine schwarze Figur, schief und dünn wie ein runtergebranntes Streichholz, quer über den Parkplatz läuft sie, auf dem Rücken baumelt ein Gitarrenkoffer. Cola.

Außer Atem bleibt sie vor mir stehen.

»Petala! Was machst du denn hier?«

»Wir sind im Dienst. Willst du eine unserer Zeitschriften?«

»Grüß dich, mein Kind«, sagt Schwester Wolf.

Ich greife in meine Diensttasche und reiche ihr einen *Wachtturm*.

»Wollt ihr einkaufen?«

»Nein, nur mal sehen, ob das ein Ort ist, wo wir spielen können.«

»Spielen?«

»Wir machen Musik. *Pick pick, es regnet am Telefon.*«

»Wie bitte?«

»Pick, pick, es regnet am Telefon. Das ist ein Lied, das ist von mir«, sagt Cola, »aber gleich gibt es erst mal Essen. Bibereintopf.«

Sie streicht sich über den Bauch.

»Kannst mitessen, wenn du willst.«

Mein Magen grummelt. Immer, wenn ich Cola sehe, kriege ich Hunger. Hinter ihr kommt Piek auf uns zu, er hebt die Hand zum Gruß. Schwester Wolf will ihm gerade eine Zeitschrift geben, da taucht wieder der Mann im Kittel auf.

»Jetzt reicht es aber langsam«, sagt er und geht auf Piek zu. »Keine Hausierer, keine Straßenmusik.«

»Lassen Sie doch die Leute in Frieden«, ruft Schwester Wolf.

Der Mann im Kittel stemmt die Fäuste in die Hüften.

»Sie kriegen gleich Hausverbot, wenn Sie nicht endlich still sind.«

»Das hier«, sagt Schwester Wolf, »ist öffentlicher Grund. Wollten Sie nicht den Geschäftsführer holen?«

»Mache ich jetzt auch«, sagt der Mann.

»Na bestens«, ruft Schwester Wolf ihm hinterher, ganz blass ist sie auf einmal im Gesicht.

»Komm«, sagt Piek und zieht Cola in Richtung Straße.

»Tschüss«, ruft sie mir noch zu.

»Geht es dir gut?«, frage ich Schwester Wolf.

Schwester Wolf nickt.

»Woher kennst du Piek und die Kleine?«

»Wir sind uns zufällig im Dienst begegnet.«

»Piek ist ein Säufer. Unberechenbar. Sei vorsichtig.«

Sie fasst sich an die Brust und atmet schwer, sucht in ihrer Manteltasche nach dem Döschen, nimmt sich eine Pille und zerkaut sie.

»Der Arzt sagt immer, dass ich mich nicht aufregen darf.«

»Komm, ich bringe dich nach Hause«, sage ich.

»Nein«, sagt sie, »halt du hier die Stellung.«

»Bist du sicher?«

»Ja«, sagt sie und steckt ihre Mappe ein.

»Nachher denken sie noch, wir wären leicht zu vertreiben.«

Sie kneift mir noch einmal in die Wange, dann humpelt sie mit ihrer kaputten Hüfte über den Parkplatz.

Als sie nicht mehr zu sehen ist, packe ich meine Zeitschriftenmappe ein und betrete den Supermarkt. Ich laufe so lange die Gänge auf und ab, bis ich wieder etwas Wärme im Körper spüre. Michael. Der Name schießt mir immer wieder durch den Kopf wie ein Elektroschock. Ich fahre mit der nagelneuen Rolltreppe in die obere Etage. Der Supermarkt ist viel größer als der in Geisrath. Oben bei den Lebensmitteln gibt es sicher Probierstände. Tatsächlich bieten dort Damen mit schlecht sitzenden Frisuren Käse an. Sie sind froh, mich zu sehen, ich nehme von jeder Käsesorte etwas und stopfe Weißbrot hinterher. Ich laufe durch die Gänge und streiche über die Waren. *Haribo*, *Milka*, *Colgate*, *Perwoll* – hier riecht es wie zu Hause. Ich kaufe eine Tüte Gummibärchen, *Prinzenrolle* und eine Dose *Coca-Cola*, darüber wird Cola sich bestimmt freuen. Ich schaue auf die Uhr. Es ist noch genug Zeit. Mutter erwartet mich frühestens zum Abendbrot, und wenn sie Schwester Wolf begegnet ist und mich gesucht hat, kann ich immer noch sagen, ich hätte mich drinnen nur kurz aufgewärmt. Ich zahle, und ohne noch einmal auf das Fahndungsplakat zu schauen, verlasse ich den Supermarkt und renne über den Parkplatz. Ich schleiche hinter der Dorfstraße durch die Gärten am Flussufer, bis ich an der Holzbrücke ankomme. Als ich schon fast vor der Farm stehe, sehe ich Cola und Piek den schmalen Kiesweg entlanglaufen.

»Wo kommst du denn plötzlich her?«, fragt Cola.

Ich grinse.

»Hase und Igel.«

»Hast du doch Appetit bekommen?«, fragt Piek.

»Ich esse kein Fleisch«, sage ich.

»Dann gibt's eben Kartoffeln«, sagt Piek und mustert mich.

»Bist die Göre von Andreas, richtig?«

Ich nicke.

»Dein Vater ist ein Trottel vor dem Herrn. Wohnt ihr wieder in dem alten Haus?«

»Ja.«

Er nimmt seinen Zigarettenstummel aus dem Mund und wirft ihn auf den Boden.

»Was ist halb Schlange, halb Pfau und lebt im Rachen?«, fragt er.

»Weiß nicht«, sage ich.

»Macht nichts«, sagt Piek, »bist trotzdem eingeladen. Aber denk mal drüber nach.«

Er schubst Cola und mich auf das Grundstück, als wären wir zwei kleine Ziegen.

»Früher hat in eurem Haus eine alte Frau gewohnt«, sagt Cola, als wir über die verschneite Wiese laufen.

»Ja, meine Großmutter.«

»Sie war eine nette Dame. Sie war immer gut angezogen, sie hatte immer eine Brosche am Kragen. Darauf war eine Frau. Auf der Brosche. Sie ist ins Baldhaus gekommen, oder?«

»In was für ein Haus?«

»Ins Baldhaus. Wo die alten Leute hinkommen.«

»Ich rufe euch, wenn es Essen gibt«, sagt Piek und geht vor in Richtung Wohnhaus.

»Er mag keine Leute im Haus, wenn er kocht«, sagt Cola, »komm, wir gehen zu Tutzi.«

»Wer ist das?«

»Zeig ich dir.«

Sie läuft auf die Lichtung zu, die ich von ihrem Zimmer aus sehen konnte, und zeigt auf das kaputte Auto.

»Das ist die Tutzi. Die läuft nicht mehr gut, aber warm wird sie noch.«

Cola reißt die Tür auf, dreht den Schlüssel, der im Schloss steckt, und drückt auf einen Knopf. Ich klettere auf den Beifahrersitz. Angenehm warme Luft pustet mir ins Gesicht. Cola kramt im Handschuhfach.

»Ich habe mir eine Bibel besorgt, bei euch im Saal. Da war Licht. Da bin ich hin, da war eine Frau, die hat mir eine Bibel geschenkt, einfach so.«

Sie fischt zusammen mit der Bibel eine Flasche Schnaps heraus, nimmt einen Schluck und hält sie mir dann hin. Pechschwarz ist die Flüssigkeit, ich rieche daran, nippe vorsichtig. Es schmeckt nach Lakritz. Cola schlägt die Bibel auf und gleich wieder zu.

»Eins verstehe ich nicht. Wieso heißt es ›Testament‹? Ist Gott tot?«

»Nein«, sage ich, »Gott kann nicht sterben.«

Cola nimmt mir die Flasche ab und trinkt.

»Ein Testament«, sagt sie, »das macht man doch für nach dem Tod.«

»Ja. Stimmt. Aber Gott ist nicht tot. Er ist auch nie auf die Welt gekommen. Er war schon immer da.«

»Warum heißt es dann so?«

»Das hat nichts mit dem Tod zu tun«, sage ich.

Sie reicht mir die Flasche.

»Glaubt ihr an ein Leben nach dem Tod?«

»Nein«, sage ich und trinke wieder, »wir glauben nicht an unsterbliche Seelen.«

»Aber ich«, sagt Cola, »habe ich immer. Weil ich mich dran erinnern kann.«

»An was?«

»An davor. Ich war ganz alt, bevor ich auf die Welt kam. Ehrlich, ich kann mich dran erinnern. Ich bin sehr alt, ganz klein in Mutschs Bauch zusammengefaltet. Ich habe ein weißes Nachthemd an und eine weiße Mütze auf dem Kopf, wie sie die alten Leute beim Schlafen früher trugen. Ich halte die Hände, als würde ich einen Köpfer machen wollen. Wie ich dann rausgekommen bin, daran kann ich mich nicht erinnern, aber an alles davor, an die Stille und an das rote Licht, wie an heißen Sommertagen, wenn die Sonne auf die Augenlider scheint und du plötzlich verstehst, dass du innen rot bist und aus Fleisch, genau so eine Farbe hatte Mutschs Bauch.«

»Leben deine Eltern getrennt?«

»Kannst du so sagen.«

»Wo wohnt deine Mutter?«

»Keine Ahnung«, sagt Cola, »ich kann mich kaum an sie erinnern.«

»Das tut mir leid«, sage ich und nehme einen ordentlichen Schluck aus der Flasche. Michael, schießt es mir wieder durch den Kopf. Ich trinke.

»Ich war ein Einzelkind«, höre ich Vater sagen, »so wie du.«

Das Gesicht auf dem Fahndungsplakat, Vaters volle Lippen. Ich trinke wieder.

»Vorsicht«, sagt Cola, »der steigt schneller als jeder Drache.«

»Wieso?«

»Du bist gut. Der ist selbst gemacht«, sagt sie und nimmt mir die Flasche ab.

»Das mit dem Beten«, sagt sie, »das klappt bei mir nicht.«

»Was klappt nicht daran?«

»Na ja, ich habe es ausprobiert. Es funktioniert nicht.«

»Was genau?«

»Ich weiß nicht, was ich sagen soll.«

»Du sagst, was du willst. Was dir auf dem Herzen liegt, was du dir wünschst, wofür du dankbar bist. Versuch es einfach noch mal.«

Cola zieht die Beine hoch auf den Sitz.

»Vielleicht ist es wie Russisch. Wenn du es nicht von klein auf sprichst, dann lernst du es nie richtig.«

Ich will ihr gerade die Flasche abnehmen und wieder trinken, da hebt Cola die Hand.

»Piek ruft.«

Mir ist etwas flau im Magen, als ich aus dem alten Auto steige.

»Du bist eben doch ein Mädchen aus Püree«, sagt Cola und hakt sich bei mir unter. Gemeinsam laufen wir über die verschneite Wiese. Im Haus steht Piek mit hochgekrempelten Ärmeln in der Küche. Sein Oberkörper ist bis auf das letzte bisschen Haut voller Tattoos, ein Panzer aus Bildern und Wörtern, gemalt in einem Schwarz, das immer diesen leichten Grünstich hat.

»Hier«, sagt er zu Cola, »umrühren.«

Der strenge Geruch von Wild erfüllt das Haus. Ich setze mich auf einen der wackeligen Stühle, die Polster sind speckig und voller brauner Flecken. Cola kommt mit dem Topf ins Wohnzimmer, stellt ihn auf den Tisch, Piek holt Teller.

»Du zitterst ja«, sagt er, packt mich wie ein Kätzchen am Kragen und zieht mich vom Stuhl, schiebt mich zum Ofen und reibt mir kräftig die Arme. Ich schließe die Augen und stelle mir vor, ich wäre ein Streichholz, das jemand an einer rauen Fläche entzündet. Warm und wärmer wird mir.

»Besser?«

Ich nicke.

Cola hat währenddessen die Teller gefüllt, auf meinem liegt eine Portion Kartoffelstampf. Piek und Cola schaufeln Essen in sich hinein, als würde es die nächsten Wochen nichts mehr geben. Die Kartoffeln schmecken gut, das flaue Gefühl im Magen lässt langsam nach. Piek lehnt sich zurück und schiebt seinen Teller beiseite. Auch ich habe alles aufgegessen. Eine zufriedene Schwere, wie ich sie lange nicht mehr empfunden habe, breitet sich in mir aus.

»Bring mir die Klampfe«, sagt Piek. Der Ofen bullert, leise Gitarrentöne erklingen, dazu Pieks tiefe Stimme.

»Am Weg da steht ein alter Mann
und wartet auf die Straßenbahn
Sein Kopf ist schwer, sein Bauch so leer,
man sieht ihm an, er kann nicht mehr.«

Die Straßenbahn kommt, der Mann macht einen Schritt nach vorn, die Straßenbahn erfasst ihn. Die Menschen schreien, ein Polizist eilt herbei, und als er fragt, wie das passiert sei, weiß keiner eine Antwort, bis eine Frau nach vorn tritt und wiederholt, was der Mann geflüstert hat, bevor er sich vor die Bahn warf:

> »*Heimat komm heim,*
> *lass mich nicht allein.*
> *Heimat komm heim,*
> *ich bin dein Urgestein.*«

In der nächsten Strophe besingt Piek ein Häuschen, das von einem Mann bewohnt wird. Das Häuschen liebt den Mann und umgekehrt, aber der Mann ist arm und hat einen kranken Enkel, deswegen muss er es verkaufen. Das Haus erzählt, wie der neue Besitzer alle Bäume im Garten fällt, die Walnuss und die Kirsche, die Quitte und die Birne, und wie dann eines Tages jemand diesen neuen Besitzer tötet. Es ist der Enkel des alten Mannes, er kommt an einem warmen Sommertag in den Garten, er zieht ein Messer und sticht auf den neuen Besitzer ein, und als er mit dem blutigen Messer im Garten steht und sieht, was er angerichtet hat, fällt er auf die Knie und singt:

> »*Heimat komm heim,*
> *lass mich nicht allein.*
> *Heimat komm heim,*
> *ich bin dein Urgestein.*«

»Es hat schon wieder angefangen zu schneien«, sagt Cola.

»Verdammte Kälte«, flüstert Piek, »verdammte Dunkelheit.«

Langsam öffne ich die Augen. Cola steht am Fenster, Piek hat aufgehört zu singen. Ich schaue auf die Uhr.

»O nein«, sage ich, »ich muss sofort los!«

Hastig verabschiede ich mich.

Draußen nimmt die kalte Luft mir den Atem. Ich knöpfe den Mantel zu und verstecke mein Gesicht so gut es geht unter dem Schal. Endlos weit kommt mir die Strecke bis zum Tor vor. Sicher kriege ich zu Hause Ärger. Wenn ich Glück habe, ist Mutter noch mit Karin im Saal und putzt. Ich renne den Kiesweg entlang in Richtung Dorfstraße, aber ich sehe schon von Weitem, ich habe kein Glück, die Fenster des Saals sind dunkel, nur das Licht vom Bewegungsmelder brennt schon wieder. Ein leiser, hohler Husten dringt vom Parkplatz über das Wasser. Ich kneife die Augen zusammen, bleibe stehen und lausche. Ich schleiche in gebückter Haltung das letzte Stück des Kieswegs entlang und, so leise es geht, über die Brücke. Im Schatten der Mauer, die den Bürgersteig vom Parkplatz trennt, bleibe ich stehen. Wieder höre ich den hohlen, unterdrückten Husten. Es raschelt in den Sanddornbüschen, dann geht das Licht aus, und es wird ganz still. Eine Weile bleibe ich noch hinter der Mauer stehen, dann trete ich auf den Parkplatz. Der Bewegungsmelder lässt die Lichter aufleuchten. Hier ist niemand. Nur ein paar abgebrochene Zweige liegen auf dem Boden. Die Erde ist aufgewühlt. Ich blicke mich noch einmal um, aber da ist nichts. Die *Prinzenrolle* schaut aus meiner Diensttasche hervor, ich habe Colas Geschenke ganz vergessen, die Gummibärchen und die Coladose. Ich hole die Sachen heraus, lege sie in die Büsche und decke alles mit den Sanddornzweigen ab.

An großen Tagen schlagen schon frühmorgens Wellen ans Ufer und bringen Meerkohl und Kramben. An großen Tagen bringt das Meer auch Gigaalgen. Auch wenn es noch nie jemand mit eigenen Augen gesehen hat, erzählt man sich, dass sich in den großen Nächten Dutzende Gigaratten von den Wellen in die Bucht tragen lassen. Die Gigaratten paaren sich im Mondlicht, das wie Bleiglanz auf dem Strand liegt. Beim ersten Sonnenstrahl verschwinden sie, doch vorher werfen die Böcke ihre Schwänze ab. Sie sind grün wie Algen und innen hohl. Wir schneiden sie in schmale Ringe, wir formen Weizenbällchen – etwas Meerkohl und Wasser dazu, fertig ist die Friedhofssuppe.

Hinter dem Abandonith, wo früher die Fabriken standen, führt eine steile Straße auf die andere Seite der Insel. Dort werden in einer Felsengrube Wasser und Weizen verteilt. Man braucht eine Blase und die Säge in den Haaren. Die Büttnerin hält unsere Säge neben eine andere Säge, die sie in der Felsengrube aufbewahrt. Ist auf beiden Sägen die gleiche Anzahl Zähne zu sehen, füllt die Büttnerin die Blase und fragt nach einem Schuh. Genau einen Schuh voll Weizen bekommt jeder. Große Menschen haben große Schuhe und kleine Menschen kleine, der Schuh ist das Maß.

Kisten mit Süßwasser und Weizen werden abgeworfen, wir wissen nicht, von wem. Wer als Erstes das tiefe Brummen der Flieger hört, eilt hoch zum Abandonith und spielt auf einem hohlen Knochen das Riff, das Fletch vor langer Zeit für Kara Gyson auf dem Keyboard spielte. Wir hören das Brummen, wir sehen schwarze Punkte, die Nebeldecke über der Insel durchbrechen, und schwärmen aus. Die Kisten landen überall auf der Insel. Sie sind fest in schwarzes Leder gewickelt und mit Voodooflusenbändern verschnürt. Das Wasser trinken wir, den Weizen essen wir, und aus dem Leder schneidern wir unsere Kleidung. Die Voodooflusenbänder legen wir an heißen Tagen am Strand in die Sonne. Durch die Hitze wird das Band dehnbar wie Kaugummi. Wir ziehen die Bänder zu einer dünnen Haut auseinander und formen daraus die Blasen für das Wasser.

Wenn es keinen Weizen mehr gibt und die Kisten zu lange auf sich warten lassen, bricht die Zeit der Kekse an. Es ist keine süße Zeit. Unsere Kekse sind hart und salzig. Seit jeher sind Kekse das Essen der Soldaten, die Nahrung der Gefangenen und Geflüchteten, und genau wie im Krieg, im Gefängnis oder auf der Flucht sollen auch unsere Kekse Leben erhalten und nicht damit spielen. Ein süßer Keks will sich über das Leben lustig machen, er will sich durch den Zucker über den Hunger erheben. Ein süßer Keks ist daher immer eine Fälschung. Wir backen unsere Kekse nach Originalrezept: aus Staub, Salz und Verzweiflung.

11

Es ist Dienstwoche. Letzten Montag ist der Kreisaufseher eingetroffen, er und seine Frau übernachten bei uns im Gästezimmer. Dienstwoche heißt immer: doppelt so viele Zusammenkünfte und doppelt so viele Stunden im Predigtdienst. Schwester Radkau und Gabriel machen diesen Monat Hilfspionierdienst, mindestens sechzig Stunden müssen sie in den Dienst, das haben in unserer alten Versammlung auch viele in dem Monat getan, in den die Dienstwoche fiel, aber hier ist es etwas Besonderes. Die Brüder hatten noch nie eine Dienstwoche und auch noch nie Besuch von einem Kreisaufseher. Und dann hat auch noch die Adventszeit begonnen, in der wir an den Türen viel mehr Gesprächsstoff haben. Weihnachten und Jesus, das gehört für die Weltmenschen zusammen, obwohl es in Wirklichkeit nichts miteinander zu tun hat. Entweder wissen die Weltmenschen tatsächlich nicht, dass Weihnachten ein uralter heidnischer Brauch ist, oder – wahrscheinlicher – es ist ihnen egal.

Radkaus haben heute die ganze Versammlung eingeladen, um den Abschied von unserem Kreisaufseher zu feiern. Vater wird außerdem bekannt geben, dass Gabriel Dienstamtsgehilfe wird, noch ein Grund zum Feiern. Doch im Mittelpunkt der Aufmerksamkeit stehe ausnahmsweise einmal ich.

»So jung und schon ein erstes Heimbibelstudium«, sagt Schwester Morsch, die Frau des Kreisaufsehers. Ich sitze zwischen ihr und Mutter hinten im Auto, auf dem Schoß halte ich eine Auflaufform.

»Aus dir wird noch eine Ausnahmeverkündigerin werden. Willst du später auch auf die *Gileadschule*, so wie deine Eltern?«

Mutter platzt fast vor Stolz.

»*Gilead*«, sagt Bruder Morsch wehmütig, er sitzt vorn neben Vater. »Waren das Zeiten.«

»Die besten«, sagt Mutter.

Obwohl es in den letzten Tagen kaum geschneit hat, sind die Fußwege und Straßen mit einer dicken Eisschicht überzogen und so glatt, dass Vater nur im Schritttempo vorankommt. Ich schaue aus dem Fenster und genieße es, einmal nicht die Untheokratischste in der Versammlung zu sein. Als ich am Samstagabend heimkam, bohrte Mutter so lange, bis ich von der Farm erzählte, von Cola und Piek, wie sie am Supermarkt standen und mich zum Essen einluden. Auch dass ich schon einmal dort gewesen sei, sage ich, und mit Cola lange über das Paradies gesprochen hätte. Mutter war ganz aus dem Häuschen, und als sich dann auch noch herausstellte, dass sie es war, die Cola die Bibel geschenkt hatte, schimpfte sie kein bisschen mehr. Ich war so erleichtert, dass ich mich nicht mehr bemühte, irgendetwas klarzustellen. Sollen sie doch glauben, dass ich mit Cola die Bibel studiere. Dann komme ich wenigstens einmal die Woche offiziell raus aus dem Haus. Zumal es ja irgendwie stimmt. Wenn ich mir den Alkohol wegdenke, war das in der Tutzi Predigtdienst, zumindest informelles Zeugnis geben.

»Fahr langsamer«, sagt Mutter und beugt sich vor zu Vater. Er tritt vorsichtig auf die Bremse. Der Wagen schlittert leicht. Dass bald Weihnachten ist, ist hier in Peterswalde kaum zu bemerken. In Geisrath hingen die Straßen, die Häuser und die Geschäfte schon Anfang Dezember voller Lichterketten. In den Schaufenstern drängten sich Weihnachtsbäume, Christkinder und Nussknacker. Hier leuchtet es nirgends, nur an der S-Bahn-Brücke baumelt eine dünne Girlande.

»Endlich mal keine kitschigen Dekorationen«, sagt Mutter.

Bruder Morsch dreht sich zu uns um.

»Wollt ihr ein Weihnachtsgedicht hören?«

Er räuspert sich.

»Armer Tannenbaum, wie reich bist du geschmückt. Von deinem traurigen Ende sind wir alle entzückt. O, o Tannenbaum aus dem verschneiten Wald, unsere menschliche Wärme macht dich kalt!«

Mutter lacht und applaudiert. Morsch, sein Name ist Programm. Sein Alter, sein Humor, selbst sein Atem riecht so, wie er heißt. Wie anders war dagegen unser Kreisaufseher in Geisrath. Alle liebten Bruder Paulsen, vor allem wir Kinder. Er war das ganze Jahr über sonnengebräunt, man konnte kaum glauben, dass er jede Woche von Versammlung zu Versammlung tingelte und nicht von einer kanarischen Insel zur nächsten. Theokratische Witze waren sein Steckenpferd. Einmal hat er sich für seinen Vortrag *Fernsehen – ein guter Babysitter?* ausgedacht, wofür die Abkürzungen der Fernsehsender stehen könnten. *ARD* bedeutete »Ausschaltknopf rechtzeitig drücken«, *ZDF* »Zeugen dürfen frohlocken« und *RTL* »Regelmäßig Tagestext lesen«. Wir haben hier keinen Fernseher. Da, wo zu Hause der Fernseher stand, steht hier ein Kamin. Darin läuft jeden Tag dasselbe. Flammen.

»Könnten wir am Saal halten?«, frage ich, »ich muss auf die Toilette.«

»Wir sind doch gleich da«, sagt Vater.

»Ich muss aber dringend«, sage ich wieder.

»Du bist doch kein kleines Kind mehr«, sagt Mutter, »in zehn Minuten sind wir da.«

»Ich muss auch ständig auf die Toilette«, sagt Bruder Morsch. Ich weiß, würde ich am liebsten antworten, mindestens dreimal in der Nacht höre ich dich ins Bad schlurfen. Vater setzt den Blinker und fährt rechts ran.

»Beeil dich«, sagt Mutter.

Vater reicht mir den Schlüssel. Ich laufe an den Sanddornbüschen vorbei, kann aber nichts sehen. Ich schließe die Tür zum Saal auf, renne hoch zu den Toiletten und stelle mich an das kleine Fenster. Die Tüte ist weg. Käsebrote, zwei Bananen und etwas von Mutters Kartoffelsalat, den Vater so gern isst, habe ich zuletzt in den Büschen versteckt. Und eine Dose *Sinalco*. Wie in den Fresspaketen aus Selters. Die ganze Woche über habe ich Essen in den Sanddornbüschen versteckt, immer ist es mitgenommen worden.

»Na«, sagt Bruder Morsch, als ich wieder eingestiegen bin, »erleichtert?«

Mutter reicht mir die Auflaufform.

»Ja.«

Vater fährt im Schritttempo weiter, biegt ab in die Siedlung, in der auch Hanna wohnt. Er parkt den Wagen vor einem öden Mehrfamilienhaus, das die gleiche pockennarbige Fassade wie das Schulgebäude hat. Mutter klingelt, Schwester Radkau öffnet die Tür.

»Kommt herein«, sagt sie.

»Wunderschön«, ruft Mutter, als wir das Wohnzimmer betreten. Auch Schwester Morsch bewundert den gedeckten Tisch, den silbernen Kerzenständer in der Mitte. Gabriel begrüßt uns überschwänglich, seine Eltern sind sehr stolz auf ihn. Kein Wunder, schließlich wird er jetzt unser erster

Dienstamtsgehilfe. Doch auch Gabriel weiß, dass ich die Gewinnerin der Dienstwoche bin.

»Glückwunsch zu deinem Heimbibelstudium!«, sagt Bruder Radkau.

»Danke.«

Schwester Radkau berührt mich am Arm.

»Ich habe eine Kleinigkeit für dich«, sagt sie.

Sie führt mich zurück in den Flur und lehnt die Tür zum Wohnzimmer an.

»Ich stand selbst ein paarmal vor dem Tor der Farm, habe mich aber nicht hineingetraut. Weißt du, ich kenne wirklich fast alle Menschen in Peterswalde, aber mit den beiden hat niemand etwas zu tun, auch niemand aus der Welt. Piek ist ein harter Brocken. Die Kleine hat es sicher nicht leicht.«

Schwester Radkau schießen Tränen in die Augen.

»Es ist ein solches Glück, dass ihr hier seid. Ich wünsche dir ganz viel Erfolg und Jehovas Segen«, sagt sie, dann öffnet sie die oberste Schublade einer Kommode und drückt mir ein Stoffbündel in die Hand.

»Hier.«

Es sind bestickte Geschirrtücher, zusammengehalten von einem dunkelblauen Samtband.

»Ich habe sie alle selbst bestickt. Die Winter dauern hier so lange.«

Sie schaut mich erwartungsvoll an.

»Danke.«

»Ich weiß ja nicht, ob du schon für die Aussteuer sammelst. **Wenn nicht, dann** kannst du ja jetzt damit anfangen.«

Steif liegen die Geschirrtücher in meinen Händen.

»Danke«, sage ich noch mal.

Im Wohnzimmer haben sich derweil alle um Bruder Morsch versammelt, er hebt sein Glas.

»Auf unsere erste Dienstwoche.«

Alle klatschen. »Das Buffet ist eröffnet«, höre ich Schwester Radkau sagen. Ich halte immer noch die Geschirrtücher in der Hand. Etwas knistert darin. Ich löse das Samtband, mir fällt eine kleine Tüte mit kandierten Mandeln entgegen. Gabriel läuft um den Tisch, beäugt die einzelnen Schüsseln und häuft sich schließlich Mutters Endiviensalat auf den Teller. Er spießt ein Stück Orange auf und hält es misstrauisch in die Luft.

»Das ist eine Orange«, sage ich.

Er legt die Stirn in Falten.

»Ich weiß, was eine Orange ist. Ich wusste nur nicht, dass man Orangen im Salat isst.«

»Ich mache das immer so« sagt Mutter, »es gibt dem Salat eine gewisse Frische. Aber jeder, wie er will, Liebes. Du musst nichts essen, was du nicht magst.«

»Ich weiß, was Orangen sind«, sagt Gabriel wieder, »ihr habt uns manchmal welche mitgebracht. Ihr habt mir *Auf den großen Lehrer hören* mitgebracht. Das Buch. Und Orangen.«

Mutter lacht mich an.

»Das war, als sie das ganze Auto auseinandergenommen haben."

»Kannst du dich an die Schmuggelreisen erinnern?«, fragt Gabriel.

»Nein«, sage ich, dabei kann ich mich genau erinnern. An die Aufregung. Mutters Nervosität, die sich bei diesen Reisen auf mich übertrug.

Einmal, ich bin noch klein, stehen wir ewig lange an der Grenze. Irgendwann winkt ein Mann in Uniform uns auf den Seitenstreifen. Er trägt ein riesiges Maschinengewehr. Er spricht Deutsch. Er ist unfreundlich. Mama soll das Fenster herunterkurbeln. Dann befiehlt er ihr, auszusteigen und den

Kofferraum aufzumachen. Mama bleibt ganz ruhig. Der Mann mit dem Gewehr fragt, warum wir über die Grenze wollen.

»Wir fahren an die Ostsee«, sagt Mama. Es ist eine Lüge. Wir fahren nicht ans Meer, aber Mama darf lügen, wenn sie daran gehindert wird, die Wahrheit zu verbreiten. Unter den Teppichen, hinter den Armaturen, im Erste-Hilfe-Kasten, überall ist Literatur versteckt. Der Grenzbeamte lässt einen Hund um den Wagen laufen. Der Hund kann keine verbotenen Schriften aufspüren, Buchstaben riechen nicht. Ich beuge mich nach vorn zwischen die Vordersitze und hebe die Hand wie in der Schule.

»Wir sind nur Terroristen«, sage ich.

Der Mann mit dem Gewehr starrt mich an.

»Wir sind nur Terroristen«, sage ich wieder.

Hilflos lächelt Mama den Grenzbeamten an.

»Touristen«, sagt sie, »sie meint Touristen.«

Der Mann mit dem Gewehr starrt weiter, aber dann, von einer Sekunde auf die andere, fängt er laut an zu lachen. Mama lacht mit. Der Mann klopft auf das Dach unseres Wagens und gibt die Grenze frei.

Mutter setzt sich neben mich aufs Sofa.

»Hast du schon von Esthers Heimbibelstudium gehört?«, fragt sie Gabriel.

»Ja. Mit diesem Jungen von der Farm?«

»Dieser Junge ist ein Mädchen«, sage ich, »und sie ist meine Interessierte.«

»Weiß ich selber, aber aussehen tut sie wie ein Junge.«

»Sie war neulich im Saal«, sagt Mutter, »sie hat geklopft und nach einer Bibel gefragt, ist das nicht herzzerreißend?«

»Ich weiß nicht«, sagt Gabriel, »das sind richtige Asoziale.«

»Aber, aber«, sagt Mutter, »was soll denn das bedeuten?«

Gabriel kaut.

»Bummelantentum.«

»So etwas gibt es nicht«, sagt Mutter, »alle Menschen, die nicht im Licht der Wahrheit wandeln, sind verlorene Schafe. Lukas 10. Jeder hat Jesu Nächstenliebe verdient.«

Sie schaut auf meine leeren Hände, Schwester Radkaus Geschenk habe ich zwischen die Sofapolster gequetscht.

»Willst du nichts essen, Liebes?«, fragt sie.

»Keinen Hunger.«

»Warte, ich hole dir etwas.«

Wieder klingelt es an der Tür. Bruder Radkau führt die Lehmanns ins Wohnzimmer. Schwester Lehmann sieht müde aus, wie immer. Sie lässt sich neben mich auf das Sofa plumpsen, als wäre sie wochenlang marschiert. Daria und Matthias rennen zum Tisch und zeigen auf die vielen Schüsseln. Bruder Morsch will Matthias hochheben, lässt ihn jedoch gleich wieder auf den Boden sinken und fasst sich lachend ans Kreuz.

Bruder Paulsen konnte uns stundenlang herumtragen. Er liebte Kinder, vielleicht, weil er selber keine hatte. Er wusste, wie sehr sich die Zusammenkünfte für uns zogen, also gab er uns Kinderaufgaben. Einmal sollten wir unsere größten Helden aus dem Alten Testament malen. Wir saßen bei uns am Wohnzimmertisch, Sulamith malte Löwen mit dichten, roten Mähnen und den Propheten Daniel in einem langen Gewand, lachend zwischen den Tieren, denen er die Mähnen durchwuschelte. Tobias malte Abraham, daneben einen Scheiterhaufen, auf dem ein sehr dünner Isaak lag, Rebekka malte die Israeliten in der Wüste, eine Schar Strichmännchen, die Schneekristalle vom Boden auflasen und zu Riegeln verarbeiteten. *Mannaschnitte – das Pausenbrot für Israeliten!* schrieb Sulamith auf das Bild, als Rebekka kurz nicht hinsah. Ich wusste nicht, was ich malen sollte, ich hatte keinen Lieblingshelden. Mama drängte, also malte ich Jona mit Vollbart und miesepetrigem Gesicht, wie er an der Reling eines Schiffes stand, unter ihm im Wasser schwamm ein riesiger Fisch, der darauf wartete, dass er endlich über Bord geweht wurde.

»Willst du mein Zimmer sehen?«, fragt Gabriel.

Kurz zögere ich, aber letztendlich ist mir jede Abwechslung willkommen, also folge ich Gabriel in den Flur.

In den wesentlichen, das heißt, unbedeutenden Dingen unterscheiden sich Zeugenjungen nicht von Weltjungen. Gabriels Zimmer ist aufgeräumt, riecht aber trotzdem nach Schlaf, gezuckerten Getränken und dreckiger Wäsche.

Gegenüber vom Bett auf der Kommode stehen Fotos. Gabriel als Junge, vor ihm sitzt ein Hund. Ein anderes zeigt seine Mutter in den Bergen vor einem Gipfelkreuz als junge Frau, sie trägt einen Säugling und neben ihr steht ein Kleinkind.

»Das ist ein schönes Foto«, sage ich, »wer ist das Baby?«

»Das bin ich«, sagt Gabriel.

»Ach so, und das da?«

Ich zeige auf das Kleinkind.

»Das ist meine Schwester.«

»Du hast eine Schwester? Das wusste ich nicht.«

»Sie ist als Au-pair nach Irland gegangen. Das war vor zwei Jahren.«

Gabriel nimmt das Bild und betrachtet es.

»Ich habe schon länger nicht mehr mit ihr gesprochen. Sie geht nicht mehr zu den Zusammenkünften, hat sie uns letztes Jahr geschrieben.«

»Verstehe.«

»Ist besser so, sagt Vati. Ein klarer Schnitt.«

Gabriel stellt das Foto zurück.

»Hast du noch mehr Fotos?«, frage ich. »Ich meine, von früher.«

»Kinderfotos?«

»Ja«, sage ich, »alte Fotos von Peterswalde.«

»Glaube schon.«

Gabriel kramt in einem Regal herum, zieht ein blassblaues Album hervor und setzt sich neben mich aufs Bett, doch als er es aufschlägt, sehe ich, dass es tatsächlich nur Familienfotos sind.

»Habt ihr nie etwas mit der ganzen Versammlung unternommen?«, frage ich.

»Nein«, antwortet Gabriel, »das ging nicht. Das war viel zu gefährlich. Nur auf Hochzeiten und Beerdigungen haben wir uns gesehen.«

»Ich war neulich auf dem Friedhof«, sage ich, »am Grab meiner Großeltern. Kanntest du meinen Großvater?«

»Ein bisschen. Mein Vater hat im Sägewerk mit ihm gearbeitet. Er hat sein Leben lang dort gearbeitet, dein Großvater. Vor dem Krieg und danach auch. All die Jahre.«

»Weißt du, wo er sich aufhielt, als Großmutter im Lager gefangen war?«

»Er hat während des Krieges bei *Agfa* gearbeitet, das hat er mir mal erzählt. Er war ja Kommunist. Da haben sie ihn hingeschickt. Zwangsarbeit. Er kannte sich gut aus mit den Chemikalien zum Entwickeln. Er hat viel fotografiert. Auch den Betrieb. Habt ihr denn keine Fotos zu Hause?«

»Nein, wir haben fast gar nichts mehr von Großmutter oder Großvater.«

»Er war manchmal hier mit deiner Großmutter«, sagt Gabriel, »einmal haben sie erzählt, wie ganz früher, vor dem Krieg, im Sägewerk in der Pause mal für die Partei gesammelt wurde. Für die Nazis. Da haben deine Großeltern denen abgelaufene Lottoscheine statt Geld gegeben.«

Es klopft leise. Schwester Radkau steckt den Kopf herein.

»Esther, da ist jemand für dich an der Tür.«

»Für mich?«

»Ja, komm doch mal.«

Widerwillig stehe ich auf und folge Schwester Radkau in den Flur. Cola steht im Hauseingang, müde und mit verkrusteten Mundwinkeln. »Was machst du denn hier?«, frage ich. Hier, in dieser sauberen Umgebung, sieht sie noch schmutziger und runtergekommener aus als sonst.

»Tut mir leid, ich wusste nicht, wo ich sonst hinsollte. Euer Auto stand vor der Tür.«

»Was ist passiert?«

Mutter kommt in den Flur.

»Oh«, ruft sie und läuft Cola entgegen, »was für eine Überraschung!«

Schüchtern nimmt Cola Mutters Hand und lässt sich von ihr ins Wohnzimmer führen. Alle blicken auf, als sie sie sehen, ein kurzer Moment der Stille entsteht, dann geht Vater als Erster auf sie zu.

»Jetzt lerne ich dich endlich auch kennen«, sagt er.

Colas Hand verschwindet in seiner, ihr Arm ist so dünn, dass das Ellbogengelenk wie ein Knoten in einem Seil aussieht. Vater traut sich kaum zuzudrücken. Schnell lässt er los und steht ein wenig beschämt vor ihr, bis Bruder Morsch dazukommt und Cola begrüßt.

»Hast du Hunger?«, fragt Mutter sie.

Gabriel kommt zurück ins Wohnzimmer und bleibt wie angewurzelt stehen, als er Cola erblickt.

»Was macht die denn hier?«, raunt er seiner Mutter zu.

Ich ziehe Cola zum Sofa. Mit hängenden Schultern sitzt sie da.

»Ich wollte nicht stören«, flüstert sie, »es ist nur wegen Piek. Er hat schlechte Laune. So lange muss ich ihm aus dem Weg gehen.«

Mutter kommt mit einem voll beladenen Teller wieder.

»Hier«, sagt sie und reicht ihn Cola.

»Danke.«

»Du zitterst ja«, sagt Mutter, »ist dir kalt?«

»Geht schon.«

»Papperlapapp«, sagt Mutter, »willst du nach dem Essen baden?«

»Baden?«

Mutter dreht sich zu Schwester Radkau.

»Karin, darf Esthers Interessierte später ein Bad nehmen?«

»Ein Bad?«

»Ja«, sagt Mutter, »ihr habt doch eine Badewanne.«

»Ja, haben wir.«

»Das arme Ding ist ganz durchgefroren«, sagt Mutter.

»Sicher«, sagt Schwester Radkau, »warum nicht?«

Mutter beugt sich zu Cola hinunter.

»Iss tüchtig, Liebes. Und währenddessen lasse ich das Wasser ein.«

Ich folge Mutter.

»Was soll das?«, frage ich.

»Was denn?«

»Du kannst doch hier nicht fremden Leute ein Bad anbieten.«

»Ich dachte, sie wäre deine Freundin«, sagt Mutter, »schau sie dir an. Sie sieht ganz verwahrlost aus. Ich will ihr doch nur helfen.«

»Sie ist nicht verwahrlost.«

»Du hast doch gesehen, wie sie sich über den Vorschlag gefreut hat«, sagt Mutter und drängt mich ins Badezimmer.

»Was soll das? Ich will hier nicht baden!«

»Sei nicht albern.« Mutter lehnt die Tür an. »Ich muss dir noch etwas anderes sagen.«

»Was?«

Mutter lässt sich Zeit. Sie dreht den Hahn auf, sucht Badetücher heraus und lehnt sich schließlich gegen das Waschbecken.

»Lidia kommt zu Besuch.«

Mir stockt der Atem.

»An Weihnachten«, sagt Mutter. »Es geht ihr nicht gut, wie du dir denken kannst.«

»Das ist ja schon in einer Woche. Wo soll sie schlafen?«

»Bei uns natürlich.«

»Bei uns?«

»Ja«, sagt Mutter, »wo denn sonst? Ich glaube, sie kann Ablenkung gebrauchen, nach allem, was ihr zugestoßen ist.«

»Ihr zugestoßen? Soll das ein Witz sein?«

»Fang nicht wieder damit an«, sagt Mutter, »du weißt, wie ich darüber denke.«

»Was soll das denn bitte heißen?«

Mutter schließt die Tür.

»Es soll heißen, dass du nett zu Lidia bist und dich benehmen wirst. Sie hat sich nichts zuschulden kommen lassen, also hör endlich auf, dich wie ein kleines Kind aufzuführen.«

»Das kann nicht dein Ernst sein«, sage ich.

»Wie lange noch?«, fragt Mutter. »Wie lange willst du dich selbst noch quälen?«

»So lange, bis ich endlich die Wahrheit erfahre«, sage ich, »bis mir endlich jemand sagen kann, was eigentlich passiert ist!«

Mutter hebt die Augenbrauen.

»Woher sollen wir das wissen? Du bist diejenige, die dabei war.«

Ich kralle die Finger in das Handtuch hinter mir.

»Ich will nicht, dass Lidia kommt.«

»Sie kommt.«

»Ich kann das nicht«, sage ich, aber Mutter schüttelt nur verständnislos den Kopf.

»Schau nach vorn und tue Gutes. Dann wird es dir bald von ganz allein besser gehen.«

Mutter greift in eine Glasschale am Wannenrand und nimmt zwei Badekugeln heraus. Wie sie ihr aus der schmalen Hand ins warme Wasser gleiten, als wäre es eine Geste aus der Theokratischen Predigtdienstschule, die zu Mutters Text gehört. Auch dieses Haus ist eine Bühne für Mutter, hier, in diesem fremden Badezimmer, führt sie ihr Stück auf. *Alles wird wieder gut.* Jemand hat ihr gesagt, was sie tun soll, ein Mann mit einem Glas Martini in der Hand. Er hat Mutter von seinem Barhocker aus zugerufen, dass sie nach ihrem Text die Badekugeln sanft ins Wasser gleiten lassen soll, er war es auch, der ihnen eingeschärft hat, mir nichts von meinem Onkel zu verraten. *Bloß nicht, nachher will sie ihn suchen!*

»Glaub mir«, sagt Mutter, »es bringt nichts, zu versuchen, das Vergangene rückgängig zu machen.«

Es würde mich nicht wundern, diesen Mann zu sehen, wenn ich mich umdrehte. So vieles wäre plötzlich klar. Dieser Alltag in den immer gleichen Kulissen, Mutters Styroporgefühle, Sulamiths Verschwinden. Doch hinter mir sitzt kein Mann auf einem Barhocker mit einem Glas Martini in der Hand, hinter mir öffnet Cola die Tür. Tomatensoße hängt ihr im Mundwinkel.

12

Alle Kinder in unserer Versammlung freuten sich auf das Paradies, wie Weltkinder sich jedes Jahr auf den Weihnachtsmann freuten. Im Unterschied zu den Weltkindern, die genau wussten, wann Weihnachten war, wussten wir nicht, wann das Paradies kommen würde, nur, dass es nicht mehr lange dauern würde und dass, wenn es einmal da wäre, es mehr brächte als Stofftiere, Fahrräder und Legobaukästen. Auf uns wartete das größte und beste Geschenk: das ewige Leben.

Als wir noch klein waren, malten Sulamith und ich uns manchmal vor dem Schlafengehen aus, wie wir im Paradies wohl leben würden und was wir dort den ganzen Tag täten. Auf den Bildern unserer Literatur sah das Paradies immer aus wie eine Mischung aus Zoo und Gemüsegarten. In unserer Vorstellung räumten wir zunächst die Trümmer der alten Welt weg – Hochhäuser, Kirchen, Fußballstadien, die Pyramiden – und schütteten sie zu großen Haufen auf, die wir mit Blumen bepflanzten. Danach reinigten wir die Erde von weggeworfenen Kaugummi, alten Autoreifen und Zigarettenstummeln. In unserer Vorstellung legten wir anschließend überall Gärten an, bauten Obst und Gemüse an, päppelten Tiere mit Nuckelflaschen auf und wilderten sie in ihren ursprünglichen Habitaten aus, auch wenn diese auf anderen Erdteilen lagen. Unsere Eltern erlaubten uns, weit zu reisen, womöglich sogar allein, denn im Paradies musste niemand Angst haben, die Haustüren schlossen wir nachts nicht ab, es gab keine Gewalt, keine Krankheiten, keine Geldsorgen, keine Unfälle und keinen Tod. Es war nicht schwer, sich all das vorzustellen – die Tiere, die sauberen Flüsse, die saftigen Äpfel, die Gesundheit. Wenn nur die Sache mit der Ewigkeit nicht wäre. Uns kam sie verdammt lang vor. Was würden wir tun, wenn alles aufgeräumt wäre? Allein die vielen Zigarettenstummel aufzusammeln würde sicher eine Menge Zeit kosten, aber keine Ewigkeit. Nichts dauerte eine Ewigkeit. Meist endeten unsere nächtlichen Gespräche mit Schwindel. Erst als wir älter wurden, merkte ich, dass es nicht die Müdigkeit war, von der mir schwindelig wurde. Unsere Köpfe waren nicht dafür gemacht, sich die Ewigkeit vorzustellen.

Heimlich fragte ich mich, wer Harmagedon überleben würde und wer nicht. Eins war klar, ein bisschen Predigtdienst und Gebete würden nicht reichen. Wir alle mussten Jehova beweisen, dass wir es wert waren. Trotzdem, wir würden wahrscheinlich überleben, Rebekka, Tabea, Mischa, Tobias auch, auch wenn Sulamith meinte, sie könne gut auf ihn verzichten. Wer bestimmt nicht überleben würde – da war ich mir sicher –, war Rebekkas und Tabeas Bruder David. David ging schon lange nicht mehr in die Zusammenkünfte. Während Rebekka, Tabea und Schwester Albertz in der Theokratischen Predigtdienstschule saßen, fuhr er mit seiner frisierten Achtziger über die Dörfer. Einmal griff Bruder Schuster ihn sturzbetrunken an einer Tankstelle auf. Er meldete es nicht der Polizei, dann wäre David nicht nur die frisierte Achtziger, sondern auch seinen Führerschein los gewesen. David hatte sich, im Gegensatz zu Sulamith und mir, nie taufen lassen, deswegen durfte Bruder Schuster noch mit ihm sprechen, obwohl David die Zusammenkünfte nicht mehr besuchte und auch ansonsten ein sehr weltliches Leben führte.

Mit Rebekka und Tabea sprachen wir nicht über David. Der Schmerz, dass mit ihm genau das geschah, was alle befürchtet hatten, als er sich von der Wahrheit abgewandt hatte, war schon groß genug. Wir konnten nichts tun, außer für David zu beten. Das tat Schwester Albertz auch immer, wenn wir bei ihr zum Essen waren, jedes Mal schloss sie David in ihr Gebet mit ein. Die Angst um ihren Sohn war größer als die Scham, ihn vor uns im Gebet zu erwähnen.

Eines Tages, wir waren gerade aufs Gymnasium gewechselt, rückten Sulamith und ich am frühen Abend zu Hause im Wohnzimmer die Stühle für das Buchstudium zurecht. Mama und Lidia bereiteten in der Küche ein kaltes Abendessen zu, als es an der Tür klingelte. Es war noch über eine Stunde Zeit bis zum Buchstudium, wir erwarteten niemanden. Vor der Tür standen Tabea, Rebekka und Schwester Albertz, sie weinten. Schwester Albertz fiel Mama in die Arme. Es war ein Weinen, wie ich es noch nie gehört hatte, ein unendlicher Schmerz, der den Körper verlassen will, aber nicht kann. Stockend und unter Tränen erzählte Schwester Albertz, was geschehen war. David hatte mit dem Motorrad einen Unfall gehabt. Er war gegen die Leitplanke gefahren. Der Krankenwagen war zwar schnell da gewesen, doch die Verletzungen waren so schwer, dass er im Koma lag. Wir konnten es nicht fassen. David mit den stahlblauen Augen und der tiefen, angenehmen Stimme. David, der uns immer mit *Mentos* versorgt und der nach jeder Zusammenkunft als Erstes seine Krawatte gelockert hatte, würde vielleicht sterben.

Lidia setzte Kaffee auf, Mama holte Taschentücher. Stumm saßen wir am Küchentisch. Die Kaffeemaschine gab dieses eigentümliche, schlürfende Geräusch von sich. Rebekka und Tabea weinten leise. Schwester Albertz schnäuzte sich. Lidia stellte Tassen auf den Tisch, schenkte Kaffee ein, auch Sulamith und ich bekamen welchen.

»Mach dir keine Sorgen«, sagte Lidia und reichte Schwester Albertz den Zucker, »wenn er es nicht schafft, hat er die Auferstehungshoffnung.«

Schwester Albertz tupfte sich die Augen.

»Ich weiß.«

»Wäre vielleicht sogar besser«, sagte Lidia.

»Wie bitte?«

»Er würde am Tag von Harmagedon umkommen. Wenn David aber vorher stirbt, kannst du dir ganz sicher sein, dass ihr euch im Paradies wiederseht.«

Rebekka und Tabea starrten Lidia an.

Schwester Albertz stellte ihre Tasse ab.

»Das ist nicht dein Ernst.«

»Natürlich«, sagte Lidia, »das ist doch etwas Schönes.«

»Etwas Schönes? Mein Sohn liegt im Koma!«

Wieder brach Schwester Albertz in Tränen aus.

Mama seufzte.

»Lidia meint es doch nur als Trost«, sagte sie und schaute hilflos in die Runde. Tabea war auf ihrem Stuhl ganz klein geworden und wimmerte leise vor sich hin. Schwester Albertz nahm sie auf den Schoß, Tabea legte die dünnen Arme um ihren Hals.

»Wird David sterben?«, flüsterte sie.

»Nein«, sagte Schwester Albertz, »wird er nicht.«

Lidia sagte nichts mehr, sie saß da und trank in Ruhe ihren Kaffee. Sulamith und ich schauten uns an. Es stimmte, so seltsam es auch klang. David würde am Tag von Harmagedon sicher umkommen, doch würde er jetzt sterben, hätte er die

Auferstehungshoffnung. So deutlich wie Lidia hatten wir es noch von niemandem gehört, nicht einmal Mama oder Papa hatten je so gesprochen. Auch wenn wir die Auferstehungshoffnung hatten, war es traurig, wenn ein Angehöriger starb, der nicht mehr in der Wahrheit wandelte.

Mama nahm Schwester Albertz' Hand und drückte sie.

»Er wird wieder gesund, daran glaube ich ganz fest.«

Mama behielt recht. David wachte auf und erholte sich. Einige Monate später fuhr er schon wieder durch die Dörfer.

Ich beneidete David insgeheim um seine Sorglosigkeit. Wir anderen ließen uns und unser ganzes Leben von Harmagedon beherrschen. Das richtige Leben würde erst danach beginnen, und so lange galt es auszuharren. Alles, was wir taten, alles, was wir dachten, floss wie in der Schule in eine Art Endnote, in die Bewertung unseres Lebens ein und entschied darüber, ob wir es wert waren, im Paradies zu leben oder nicht. Die Ältesten führten Hirtenbesuche durch, sprachen öffentliche Zurechtweisungen aus und hielten Rechtskomitees ab, doch am Ende entschied Jehova. Vielleicht bekamen wir deswegen keine Informationen darüber, wie dieser letzte Tag genau ablaufen würde. Es würde in den letzten Tagen Kriege und Hungersnöte geben, das wussten wir, und auch, dass die *Vereinten Nationen* die Religionen zur Wahrung des Friedens verbieten würden. Aber letztendlich wusste nicht einmal die Weltzentrale in Brooklyn, wie alles genau ablaufen würde. Niemand wusste es, nicht einmal Papa. Niemand bereitete sich darauf vor, niemand spekulierte. Es war wie eine stillschweigende Übereinkunft: Was passieren würde, wenn Harmagedon käme, darüber redeten wir nicht – bis zu dem Tag, an dem die Lichter auftauchten.

Es war ein heißer Tag im April, kurz nachdem die Schule wieder angefangen hatte. Mama hatte Migräne und brauchte

Ruhe, also packten Sulamith und ich unsere Taschen und fuhren mit den Rädern über die Felder ins Freibad. Die Sonne brannte so heiß wie sonst nur im Hochsommer. Die Stadt hatte richtig entschieden, das Freibad vor der Saison zu eröffnen, die Schlange davor reichte bis zum Parkplatz. Wir zogen uns in den Umkleiden um und liefen anschließend am Schwimmbecken entlang über die Wiese.

»Sue!«, rief plötzlich jemand herüber.

Sulamith drehte sich um. Daniel kam auf uns zugeschwommen. Ich erkannte ihn nicht sofort, seine Haare waren dunkel vom Wasser. Er stieg aus dem Becken, tropfnass stand er vor uns. Seit unserem letzten Treffen auf den Feldern hatte ich ihn zwar in der Schule gesehen, aber immer nur von Weitem. Nach wie vor blieben er und Sulamith auf Abstand.

»Was macht ihr denn hier?«, fragte er und schlug sich gleich darauf gegen die Stirn.

»Sorry, dumme Frage.«

Sulamith betrachtete ihn von oben bis unten. Die nassen Haare, die feinen Wassertropfen, die von seinen Armen perlten.

Daniel lachte.

»Was schaust du so?«

»Sue«, rief ein Junge aus dem Wasser, »wie heißt deine Freundin?«

»Das ist Esther.«

»Schwester Esther«, lachte der Junge.

Ich merkte, wie ich rot wurde. Was sollte dieser Blödsinn?

»Wir liegen dahinten«, sagte Daniel und wies auf eine Kastanie. Einen Augenblick zögerte er noch, dann aber nahm er Sulamith an der Hand und ging mit ihr voran, als wäre es das Normalste der Welt.

Unentschlossen folgte ich den beiden schließlich mit etwas Abstand. Warum nahm er einfach ihre Hand? Und warum ließ sie das zu? Plötzlich packte mich jemand von hinten, meine Tasche fiel zu Boden, jemand zog mich zum Wasser, ich schrie, ich konnte das Gleichgewicht nicht mehr halten, dann fiel ich ins Becken. Daniels Freunde, die gerade eben noch im Wasser gewesen waren, standen am Beckenrand und lachten.

»Er war's«, sagte der eine und sprang zurück ins Wasser.

»Sorry! Ich konnte einfach nicht widerstehen«, sagte der andere und sprang kopfüber hinterher. Ich tauchte unter, stieß mich vom Grund ab, und als ich wieder hochkam, schlug ich dem Jungen, der mich gestoßen hatte, mitten ins Gesicht.

Er schrie auf.

»Sorry, ich konnte einfach nicht widerstehen«, murmelte ich und schwamm zurück zum Beckenrand.

Sulamith saß neben David unter der Kastanie.

»Warst du schon im Wasser?«, fragte sie.

»Sieht wohl so aus.«

Von Weitem sah ich den Jungen, der mich geschubst hatte, in der Bademeisterkabine verschwinden, der andere kam auf uns zu. Als er uns erreicht hatte, winkte er mir halb anerkennend, halb misstrauisch zu.

»Ich bin Jan, nicht zu verwechseln mit Chris! Der ist grad beim Sanitäter. Behauptet, seine Nase wäre gebrochen, aber keine Sorge, er übertreibt ganz sicher.«

»Was ist passiert?«, wollte Daniel wissen.

»Esther hat ihm eine geknallt«, sagte Jan.

Ich breitete mein Handtuch neben Sulamith aus.

»Er hat mich ins Wasser gestoßen.«

»Was? Wann denn?«

»Gerade eben.«

Sulamith kicherte.

Ich legte mich auf mein Handtuch und setzte die Sonnenbrille auf. Am Himmel zogen Wolken auf, doch ich war bester Laune. Neben mir redete Sulamith mit Jan. Seine Stimme war tief und ruhig. Ich blinzelte. Ich mochte seine dunklen Locken und die helle, sommersprossige Haut. Daniel fummelte an einem Kassettenrekorder herum, den er wegen der Hitze unter einem Handtuch versteckt hatte. Chris kam über die Wiese gelaufen.

»Na«, sagte Jan, »lebst du noch?«

»Haha, sehr witzig.«

»Also ja«, sagte Daniel.

»Weißt du eigentlich, wie gefährlich das ist?«, rief Chris in meine Richtung.

Ich rührte mich nicht.

»Ist dir wohl egal, was?«

»Bist doch selbst schuld«, sagte Jan.

Etwas Weiches landete auf meinem Bauch. Ich sprang auf, bereit, diesem Chris wieder eine zu scheuern, aber es war nur ein Federball, den Jan nach mir geworfen hatte. Er stand mit zwei Schlägern vor mir.

»Spielen wir eine Runde?«

Ich nahm einen der Schläger. Ich hatte noch nie mit einem Weltjungen außerhalb des Sportunterrichts Federball gespielt, ich hatte noch nie irgendwas außerhalb der Schule mit einem Weltjungen getan, schon gar nicht halb nackt im Badeanzug, doch da kam auch schon der Federball geflogen. Ich schaute mich verstohlen um. Was, wenn Tabea und Rebekka uns sahen? Aber was war schon schlimm daran? Es war doch nur ein Spiel, und ich liebte Federball. Wir spielten und spielten. Meistens gewann ich, jedenfalls musste Jan ganz schön rennen. Verschwitzt kam er irgendwann zu mir rüber.

»Ich ergebe mich. Wieso spielst du so gut?«

»Badminton-AG.«

»Ach so. Ich dachte schon, ich bin die totale Niete.«

»Bist du«, sagte ich und schmetterte ihm den nächsten Ball entgegen.

Jan ließ den Schläger fallen.

»Lässt du dich von einer Niete zum Eis einladen?«

»Klar.«

»*Balla Balla* oder *Bum Bum?*«, fragte er.

»Das mit der Kaugummikugel, nicht das mit dem Kaugummistab.«

»Also *Balla Balla*.«

Er lief über die Wiese zum Kiosk. Unter der Kastanie standen Sulamith und Daniel, sie schauten zum Himmel.

»Was ist los?«, fragte ich, als ich bei ihnen angelangt war.

»Wollen wir nicht mal ins Wasser? Mir ist total heiß.«

»Da oben«, sagte sie, »diese Lichter. Siehst du?«

Tatsächlich, da waren Lichter am bewölkten Himmel. Sie sahen aus wie Flecken, unscharf an den Rändern, wie Seifenblasen schillerten sie in den Farben des Regenbogens.

»Was ist das?«

»Keine Ahnung«, flüsterte Sulamith.

»Wahrscheinlich irgendein Wetterphänomen«, sagte Chris, der auf seinem Handtuch lag und auf einem *Game Boy* spielte.

Jan kam mit dem Eis zurück.

»Was gibt es denn zu gucken?«, fragte er.

»Da sind seltsame Lichter am Himmel.«

Wir schleckten Eis und blickten hoch. Mit der Zeit wurden die Lichter greller, die Konturen schärfer.

»Das ist gruselig«, sagte Sulamith.

»Na ja«, antwortete Jan, »gruselig?«

»Auf jeden Fall seltsam.«

Immer mehr Menschen blickten hoch zu den Lichtern. Ein älterer Mann mit Schnurrbart und viel Brusthaar holte sogar einen Camcorder heraus. Die nervige Tetrismusik von Chris' *Game Boy* hing in der Luft. Immer mehr Wolken zogen auf, das Wasser im Becken kräuselte sich. Mütter, die am Nichtschwimmerbecken saßen, riefen ihre Kinder aus dem Wasser. Eine von ihnen wickelte ihre Tochter in ein Handtuch. Das Kind fing an zu weinen, der lang gezogene Ton klang wie eine Sirene. Die Mutter kam auf uns zu.

»Sagen Sie irgendetwas im Radio?«, fragte sie. »Ihr habt doch eins mit.«

Daniel hockte sich vor den Rekorder und drehte am Regler herum, bis er einen Lokalsender gefunden hatte. Der Empfang war schlecht. Wortfetzen ertönten.

»Direkte Gefahr, so die Experten, gehe von den Lichtern nicht aus«, sagte eine Frauenstimme.

»Na, da habt ihr's«, rief Chris.

Sulamith hockte sich neben den Kassettenrekorder.

»Jetzt halt doch mal die Klappe«, murmelte sie.

Es werde ein heftiges Gewitter erwartet, sagte die Moderatorin noch, dann hörte man wieder nur Rauschen.

»Weltuntergang«, war kurz zu vernehmen, dann ein Lachen, bevor der Empfang wieder schlechter wurde.

Sulamith sprang auf. Ich rollte mein Handtuch zusammen, zog mir die kurze Hose und das T-Shirt über den Badeanzug.

»Fertig.«

Sulamith stand angezogen neben mir. Wir schauten zum Himmel. Die Lichter waren noch größer und heller geworden.

»Was ist denn mit euch plötzlich los?«, fragte Jan.

»Nichts«, sagte Sulamith, »wir müssen gehen.«

Chris blickte von seinem *Game Boy* auf.

»Habt ihr einen Geist gesehen?«

Daniel nahm Sulamith in den Arm.

»Was hast du?«, fragte er. »Du bist ja auf einmal ganz blass.«

»Nichts, ich will nach Hause.«

»Sie meinten, es ist harmlos«, sagte Daniel.

»Wir wollten doch noch mal ins Wasser«, sagte Jan, richtig enttäuscht sah er aus.

Ein erster Blitz zuckte am Himmel. Aus den Lautsprechern kam eine Durchsage. Die letzten Mutigen verließen das Becken. Ich stopfte mein Handtuch in den Beutel.

»Wenn ihr jetzt fahrt«, sagte Daniel, »dann kommt ihr mitten ins Gewitter.«

»Trotzdem«, sagte Sulamith.

»Na gut. Ruf an, wenn du zu Hause bist.«

Sulamith hastete zum Ausgang, ich lief ihr hinterher. Konnte es sein, dass es so weit war? Wir schlossen die Räder auf und fuhren los. Tiefe Wolken hingen über den Weizenfeldern. Erste Regentropfen klatschten auf unsere Arme. Der Wind wurde stärker und kälter. Wir traten, so fest es ging, in die Pedalen. Sulamith zeigte auf ein Bushäuschen, das an der Straße neben den Feldern stand. Wir bogen ab und radelten hinüber. Der Regen prasselte aufs Dach, es war so laut, dass man sich anschreien musste, um sich zu verstehen.

»Sieht echt aus wie der Weltuntergang«, brüllte ich und versuchte zu lächeln. Es blitzte und donnerte. Sulamith zitterte. Sie zerrte ihr Handtuch aus dem Rucksack und warf es sich um die Schultern. Auch mir war kalt, ich tat es ihr gleich. Sulamith wühlte weiter im Rucksack.

»Verdammt«, rief sie.

»Was?«

»Der Walkman. Ich kann ihn nicht finden.«

Sie kippte den Rucksack aus, der gesamte Inhalt purzelte auf die Bank und auf den nassen Boden. Tampons und das Daycahier, ihr Schlüssel und ihr Portemonnaie.

»Er ist weg«, rief sie.

»Du hast ihn sicher zu Hause vergessen.«

»Habe ich nicht!«

Über uns krachte es. Die Lichter schillerten und tanzten am dunklen Himmel, als würden sie sich über etwas freuen. Sulamith murmelte leise vor sich hin.

»Was machst du?«, schrie ich.

»Ich bete«, schrie Sulamith zurück, »dafür, dass dieses verdammte Königreich endlich kommt. Und zwar heute noch, selbst wenn ich es nicht überlebe. Hauptsache, es ist endlich vorbei!«

»Natürlich wirst du überleben!«, brüllte ich.

»Da bin ich nicht so sicher«, schrie Sulamith, »aber was soll's? Wenn ich heute sterben sollte, ist es eben so. Ich habe keine Angst vor dem Tod. Nur vor dem, was dazwischen ist, weißt du, vor diesem Mittelplatz zwischen Leben und Nirgendwo.«

»Hör endlich auf damit, du wirst nicht sterben!«

Sulamith nahm meine Hand.

»Hör zu, wenn heute Harmagedon kommt, dann will ich, dass du das hier weißt. Ich will begraben werden, nicht verbrannt, und zwar mit dem Kopf nach unten. Mit dem Kopf nach unten, und meine Füße sollen rausschauen, wie Blumen mit dicken Stängeln. Wie Blumen, an denen die Blüten schon verwelkt sind, nur die Blütenstempel sind noch da. Das sind meine Schuhe.«

»Spinnst du?«, schrie ich.

Sie lächelte.

»Das habe ich so mal in die Daycahiers geschrieben, weißt du nicht mehr?«

Es donnerte so laut, dass ich mir die Ohren zuhielt. Sulamith schloss die Augen, und bewegte wieder die Lippen. Ich überlegte auch zu beten, aber wie immer entschied ich mich dagegen. In verzweifelten Situationen hatte ich besonders schlechte Erfahrungen mit dem Beten gemacht. Dass ich einfach keine Antwort bekam, keinen Trost, ließ mich nur noch mutloser werden. Ich blickte auf meine Sandalen, sie waren schwer und nass. Mama und Papa machten sich bestimmt schon Sorgen. Was, wenn wir nicht rechtzeitig nach Hause kämen? Würden wir Harmagedon dann in einem Bushäuschen erleben?

Auf der Straße hupte es. Ein schwarzes Auto hielt vor uns, hupte wieder, die Fahrertür öffnete sich. Eine Frau unter einem riesigen Regenschirm stöckelte auf uns zu. Sie trug ein mit Pailletten besetztes Abendkleid und roch nach teurem Parfüm. Selbst bei der hohen Luftfeuchtigkeit saß ihre Frisur perfekt, das schaffte nicht einmal Mama.

»Erica!«, rief Sulamith.

»Ich habe mir Sorgen gemacht und bin ins Schwimmbad gefahren, um die Jungen abzuholen«, sagte die Frau.

Sie hatte einen amerikanischem Akzent, sie musste Daniels Mutter sein, es war Samstag, gleich würde sie in die Oper oder ins Theater gehen. Einfach so, an diesem Tag. Diese sorglosen Weltmenschen. Hoffentlich fiel ihr das Operndach noch während der Ouvertüre direkt auf ihre perfekte Frisur.

»Kommt«, sagte sie, »ich bringe euch nach Hause. Die Räder könnt ihr später holen.«

»Nein«, sagte Sulamith.

»Aber warum denn nicht? Eure Eltern machen sich bestimmt Sorgen.«

»Danke, Erica«, sagte Sulamith, »wir schaffen das schon.«

»Seid ihr sicher?«

»Ja.«

»Okay«, sagte Erica nach kurzem Zögern, »obwohl ich euch nicht gern hier stehen lasse.«

Sie spannte den Regenschirm wieder auf und lief zurück zum Auto, doch ehe der Wagen losfuhr, ging die Beifahrertür auf. Daniel stieg aus und kam auf uns zu.

»Das ist Wahnsinn, ihr müsst mitkommen.«

»Wir kommen schon klar«, sagte Sulamith, »der Walkman, hast du ihn gesehen, als ihr eure Sachen zusammengepackt habt?«

»Nein«, sagte Daniel, »hast du ihn verloren?«

»Ich muss ihn in der Eile im Schwimmbad liegen lassen haben.«

Daniel drückte sie an sich.

»Wollt ihr wirklich nicht, dass wir euch heimfahren?«

»Nein«, sagte Sulamith, »mach dir keine Sorgen.«

Sie umarmte ihn ein letztes Mal, dann lief Daniel zurück zum Wagen. Als das Auto wegfuhr, ließ Sulamith sich auf die Bank fallen und schloss die Augen. Ich schaute in den Regen, auf die nasse Straße, ich hörte die Wassermassen in den Gullys rauschen. Sulamith stieß mich an.

»Komm, es wird sowieso nicht besser.«

Wir stiegen wieder auf die Fahrräder. Der Regen peitschte uns ins Gesicht, wir stemmten uns gegen den Wind. Die bunten Lichter tanzten noch immer über uns, als würden sie uns verfolgen. Sie sahen am dunklen Himmel aus wie eine Halskette, eine mit viel zu großen, viel zu kostbaren Steinen. Wer soll so eine Kette tragen, dachte ich, an welchem Hals soll sie bloß hängen? So eine Kette könnte nur Gott tragen.

Weiter vorn tauchten die Dächer der Blumensiedlung auf.

»Vergiss nicht, was ich dir gesagt habe«, schrie Sulamith, als sie in den Narzissenweg bog, »mit den Füßen nach oben.

Dann ist es was Besonderes, verstehst du? Es soll etwas Besonderes sein.«

Schon von Weitem sah ich Papa auf der Veranda stehen und nach mir Ausschau halten. Mama kämpfte mit ihrem Südwester bekleidet in den Reben gegen den Wind und band mühsam die jungen Zweige hoch, die auf die Erde gedrückt worden waren. Sie hob den Arm und zeigte auf die Veranda zu Papa. Ich raste den Himbeerhang hinunter und ließ das Rad auf die schlammige Erde fallen. Papa fing mich auf. Meine Kleider waren klitschnass, ich zitterte, ich wusste nicht, ob vor Kälte oder vor Angst.

»Ist das jetzt das Ende?«, fragte ich.

»Wir wissen es nicht«, sagte Papa, »aber wir werden sicherheitshalber in den Saal fahren.«

»Was ist mit Lidia und Sulamith?«

»Es hat eine Telefonkette gegeben, sie werden von den Schusters abgeholt.«

»Warum nicht von uns?«

»So ist es organisiert worden, geh jetzt rauf und zieh dir etwas Trockenes an.«

Ich lief hoch in mein Zimmer und riss mir die Kleider vom Leib. Eine Weile stand ich splitternackt da, dann ging ich zum Kleiderschrank. Was sollte ich anziehen? Würde ich Wäsche zum Wechseln brauchen? Ich zog eine trockene Hose an und einen Pulli. Ich brauche eine Zahnbürste, oder? Würde ich eine Zahnbürste brauchen?

Auf dem Weg ins Bad sah ich, dass in Mamas und Papas Schlafzimmer die oberste Schublade der Kommode neben dem Fenster herausgezogen worden war. Als Kind hatte ich oft probiert, diese Schublade zu öffnen, doch sie war immer verschlossen gewesen. An ihr war ein Messingschild befestigt,

Harmagedon stand darauf. Auf dem Ehebett lagen drei Taschen aus Nylon, an jeder hing ein Namensschild: *Esther*, *Andreas* und *Elisabeth*. Ich hob meine Tasche an. Sie war ganz leicht, das hatte ich nicht erwartet. Ich zog den Reißverschluss auf und ließ den Inhalt auf das Bett purzeln. Ein Schlafanzug, ein Liederbuch, eine Kerze, Traubenzucker und zwei weiße Pillen, abgepackt in einem kleinen Tütchen, darauf ein Leukoplaststreifen. *Captagon* stand darauf in Mamas spitzer Handschrift.

»Pack das wieder ein, wir fahren gleich los.«

Mama lehnte am Türrahmen und blickte mich an.

»Waren diese Taschen all die Jahre in der Schublade?«, fragte ich.

Mama nickte. Ich hielt ihr die Tabletten hin.

»Wofür sind die?«

»Für nichts«, sagte Mama, »steck bitte alles wieder in die Tasche.«

»Muss ich nichts anderes mitnehmen?«

»Nein, mach dich fertig und komm dann runter.«

Ich stopfte alles in die Tasche zurück, nur die Tabletten steckte ich ein und lief runter. Auf der Terrasse neben der Liege stand ein halb volles Glas Orangensaft. Mama und Papa mussten von den Lichtern genauso überrascht worden sein wie wir. Mein Magen zog sich zusammen. Würden wir je hierher zurückkehren?

»Esther«, hörte ich Mama rufen, »hör auf zu träumen und komm endlich!«

Vor der Haustür stand der Wagen, Papa saß bereits am Steuer. Ich kletterte auf den Rücksitz.

»Hast du deinen Blutausweis dabei?«, fragte Papa.

Ich zog den Ausweis unter meinem Pullover hervor. Es regnete immer noch in Strömen. Ich wischte die beschlagene Fensterscheibe frei. Mama stieg ein, wir fuhren los. Die Straßen waren vollkommen leer. Kein Wunder. Kein normaler Mensch verließ bei diesem Wetter das Haus. Papa legte eine Kassette ein. Ich ließ den Kopf nach hinten fallen, Lied 12 tönte aus den Boxen.

Vollkommenes Leben auf Erden
Gott treuen Menschen verhieß.
Alle getröstet dann werden,
wohnen im Paradies!

Sich vorzustellen, dass die Welt untergeht, ist nicht einfach, selbst wenn man damit groß geworden ist. Alles erschien mir auf einmal so unwirklich. Das Unwetter, Mama und Papa, nicht mal ich selber fühlte mich mehr echt. War das vielleicht alles nur ein Traum? Diese Lichter, diese Eltern in diesem Wagen, dieses Mädchen? Papa fuhr immer schneller, ich konnte spüren, wie er beschleunigte, ich hörte das Quietschen der Scheibenwischer, die wie getrieben über die Windschutzscheibe jagten. Erst als wir uns dem Kreisverkehr näherten, von dem die Straße zum Königreichssaal abging, verlangsamte Papa das Tempo.

Beim Aussteigen drückte Mama mir zwei prall gefüllte Plastiktüten in die Arme. Ich wusste nicht, was darin war, aber als ich den Saal betrat, ahnte ich es. Die Brüder und Schwestern hatten alle Stühle an die Wände geschoben. Es sah aus wie in einer Turnhalle, die als Notunterkunft diente. Auf der freien Fläche in der Mitte lagen Decken, Windeln, Tupperdosen mit Essen, Kerzen und Medikamente. Rebekka und Tabea rannten auf mich zu und umarmten mich. Durch die Kleidung spürte ich ihre Herzen schlagen, sie rasten, genauso wie meines.

Tobias und Mischa trugen Wasserkanister herein und stellten sie in der Mitte ab. Auch sie umarmten mich. Mischa roch so stark nach *AXE*, dass ich zurückwich. Hatte er sich für diesen Tag etwa noch frisch gemacht?

»Wo ist Sulamith?«, fragte er.

Lidia saß gleich neben dem Eingang. Sie hatte sich eine Decke umgelegt und die Hände auf dem Schoß gefaltet, es sah aus, als würde sie beten.

»Sie muss hier irgendwo sein«, sagte Tobias, »wir sind zusammen hergefahren.«

Ich lief die Treppen hoch und schaute in die Toilettenkabinen.

»Sulamith?«

Nichts.

Ich lief nach draußen und blieb wie angewurzelt stehen. Gegenüber vom Saal stand der große schwarze Wagen. Erica saß am Steuer. Was machte sie hier? Ich lief zur Auffahrt. Es regnete immer noch, aber längst nicht mehr so stark. In der Dämmerung tastete ich mich an der Hauswand entlang. Da stand jemand neben den Büschen.

»Sulamith?«, rief ich.

»Gott«, flüsterte Sulamith, »schleich dich doch nicht so an.«

»Was machst du hier draußen? Und was macht Daniels Mutter hier? Der Wagen steht vor dem Saal.«

Sulamith hielt den Walkman hoch.

»Hast du ihn wiedergefunden?«

»Nein«, sagte sie.

»Bist du etwa allein zurück ins Schwimmbad?«

»Nein. Sie sind noch mal zurückgefahren, Erica und Daniel. Der Walkman lag in der Umkleidekabine.«

»Und dann?«

»Nichts. Ich bin mit Mamusch und den Schusters hierhergefahren.«

Im Gebüsch raschelte etwas. Daniel schob die Äste beiseite und zog im Gehen den Reißverschluss seiner Hose zu.

»Hallo«, sagte er verlegen.

Hatte er hinter unserer Anbetungsstätte in die Büsche gepinkelt?

»Ich gehe jetzt wohl besser, meine Mom wartet. Bist du sicher, dass du nicht mitkommen willst?«

Sulamith nickte. Er zog sich seine Jeansjacke aus, legte sie ihr über die Schultern und umarmte sie.

»Du kannst mich jederzeit anrufen«, flüsterte er, dann drehte er sich um und stapfte die Auffahrt hoch. Kurz darauf hörten wir den Wagen davonbrausen. Unentschlossen stand Sulamith mit dem Walkman in den Händen da.

»Du kannst ihn nicht mitnehmen. Wenn jemand das sieht, gibt es Riesenärger.«

»Weiß ich selber«, sagte sie und zog Daniels Jeansjacke wieder aus, dann wickelte sie den Walkman darin ein, stopfte das Paket ins Gebüsch und lief die Auffahrt hoch. Ich folgte ihr. Plötzlich blieb sie stehen und zeigte zum Himmel.

»Die Lichter sind weg.«

Tatsächlich, die Lichter waren verschwunden. Ein warmes Gefühl der Erleichterung breitete sich in mir aus. Vielleicht war es nur ein Fehlalarm gewesen. Vielleicht würden wir gleich wieder nach Hause fahren, zu Abend essen und morgen wieder in die Schule gehen. Sulamith drehte sich zu mir um. Alle Anspannung war aus ihrem Gesicht gewichen. Ich wollte gerade vor Freude jubeln, da ging es los – von einer Sekunde auf die andere, ohne Vorwarnung. Die Erde bebte. Die Autos bebten. Die Wände vom Königreichssaal bebten, selbst wir bebten. Sulamith schrie und rannte panisch die Auffahrt hoch. Neben mir polterte etwas zu Boden. Ich drückte mich gegen die Mauer. Steine, dachte ich, Jehova lässt Steine regnen. Aber es waren keine Steine, sondern Dachziegel. Massenweise knallten sie auf den Boden.

Durch die offenen Fenster des Saals drang Geschrei.

»Raus hier, raus hier!«

Getrappel, Hunderte Füße, die zum Ausgang rannten.

»Legt euch auf den Boden«, schrie jemand, »flach auf den Boden!«

Ich presste die Wangen auf den nassen Asphalt. Nicht alle würden überleben. Familien könnten auseinandergerissen werden. Stimmte es eigentlich, dass im Moment des Sterbens das ganze Leben wie ein Film vor dem inneren Auge vorbeizog? Und warum lief es dann bei mir genau andersherum ab? Ich sah nicht die Vergangenheit, ich sah die Zukunft, ich sah, wie ich ein Abiturzeugnis entgegennahm, sah das schummrige lila Licht beim Abiball, eine gedeckte Kaffeetafel, an ihr saß Sulamith mit einem Baby auf dem Schoß, es strampelte und hielt in seinen winzigen Händen einen weich gelutschten Keks.

Dann war es plötzlich vorbei. Der Boden bewegte sich nicht mehr. Das Geschrei wurde leiser, ich hörte Martinshörner, die näher kamen.

»Esther! Esther!«

»Hier«, wollte ich schreien, aber ein Hustenanfall hielt mich davon ab. Roter Schlamm klebte an meiner Kleidung. Jemand kam angelaufen. Papa. Er beugte sich zu mir herunter.

»Geht es dir gut?«

Auch seine Kleider waren verschmutzt, etwas Weißes klebte an seinem Hemdskragen, eine blutige Schramme lief ihm quer über das Gesicht. Er half mir auf, ich stolperte in seinen Armen die Auffahrt hoch. Dutzende Brüder standen verängstigt auf der Straße zusammen, viele weinten. Hinter einem Auto kroch Lidia hervor. Ihr Gesicht war verschmutzt, der Rock bis oben aufgerissen. Mühsam hielt sie den Stoff an der Seite zusammen und humpelte über die Straße. Sulamith saß auf dem Bürgersteig neben einer Laterne.

»Wo warst du?«, rief Lidia und lief auf sie zu.

Jemand packte mich an der Schulter. Es war Mama.

Sie hatte keinen einzigen Kratzer abbekommen, selbst ihre weiße Bluse war noch genauso sauber wie zuvor.

»Mein Kind«, rief sie und umarmte mich fest. »Ab jetzt bleibst du bei mir, hast du gehört?«

Ein Krankenwagen hielt vor dem Saal, zwei Sanitäter stiegen aus, einer von ihnen ging ins Gebäude und kam mit Tabea auf dem Arm zurück, sie hielt sich ein Tuch an die Stirn, es war blutverschmiert. Schwester Albertz lief weinend hinter ihnen her. Mama reichte mir eine Flasche Wasser. Ich trank gierig, ich sah einige Brüder in ihre Autos steigen und davonfahren. Tabea und Schwester Albertz kletterten aus dem Rettungswagen, Tabea mit einem riesigen Pflaster auf der Stirn, sie strich sich immer wieder darüber.

Ich reichte Mama die Flasche und wollte zu Sulamith gehen, doch Mama hielt mich fest.

»Keine Alleingänge mehr, hast du verstanden? Du bleibst bei mir.«

Der Rettungswagen fuhr davon. Schwester Albertz sprach mit Papa, dann zog sie Tabea und Rebekka in den Saal. Lidia und Sulamith folgten ihr. Die meisten kehrten nach und nach zurück, doch einige wenige Brüder blieben unentschlossen vor dem Saal stehen.

»Was ist los?«, fragte Mama, als Papa auf uns zukam.

»Einige haben Angst, wieder reinzugehen«, sagte Papa, »wegen der Einsturzgefahr.«

»Aber das ist absurd. Der Saal ist heute der einzig sichere Ort für uns.«

»Das war auch mein Argument«, sagte Papa, »wir haben

diesen Saal gemeinsam gebaut. Ich selbst habe das Gebet gesprochen, als wir darum baten, dass Jehova dieses Haus segnet. Er wird es nicht einstürzen lassen, niemals.«

Ich schaute hoch zu dem beschädigten Dach, von dem immer noch vereinzelt Ziegel fielen.

»Ich weiß, was du denkst«, sagte Papa und blickte mich an, »aber hab keine Angst. Wir werden die Tür nicht verschließen, wir können jederzeit raus.«

»Aber vielleicht wird Jehova die Tür verschließen«, sagte Mama.

»Und dann?«, fragte ich.

»Nichts dann«, sagte Mama.

»Was passiert dann mit den anderen?«

»Das überlassen wir Jehova«, sagte Papa, »geht jetzt rein und setzt euch auf eure Plätze.«

»Aber was ist mit den anderen?«

»Hast du schon vergessen, was heute für ein Tag ist?«, rief Mama und schüttelte mich. »Du kannst niemandem mehr helfen. Unsere Arbeit auf der Erde ist getan. Ab heute wird nicht mehr gerettet, ab heute wird gerichtet! Und wenn jemand vernichtet werden soll, dann wird diese Person vernichtet, egal, wie lieb wir sie haben.«

Auf dem Boden des Saals lagen zermatschte Bananen, zerbrochene Gläser und kaputte Joghurtbecher. Ich setzte mich auf einen Stuhl neben unsere Sachen, schloss die Augen und faltete die Hände, sodass es aussah, als würde ich beten. In dieser Haltung ließ man mich sicher für eine Weile in Ruhe. Es dröhnte in meinen Ohren. Ich musste an Jan denken, wie wir im Schwimmbad Federball gespielt hatten, an seine Sommersprossen, an das Eis, *Balla Balla,* der Geschmack von Erdbeer und Sahne. War das tatsächlich alles erst ein paar Stunden her? Ich blinzelte. Die Uhr über der Literaturtheke funktionierte nicht mehr. Dort, wo Tobias nach den Zusammenkünften Zeitschriften ausgab, standen nun die Ältesten zusammen und berieten sich. Schließlich betrat Bruder Schuster die Bühne und klopfte auf das Mikrofon.

»Liebe Brüder und Schwestern, wie viele von uns sich heute hier eingefunden haben, spricht dafür, dass wir unseren Glauben ernst nehmen. Derzeit versucht unser Dienstaufseher die Weltzentrale in Brooklyn zu erreichen. Wer nach Hause fahren möchte, der möge das tun, allerdings raten wir allen dazu, die Nacht hier zu verbringen. Wie es weitergeht, wissen wir derzeit nicht.«

Neben der Bühne erklangen Orgeltöne. Das ganze Orchester hatte sich dort eingefunden, Mischa schnallte sich gerade sein Akkordeon um. Lidia saß wieder, die Augen geschlossen, hinten am Eingang. Sulamith war nirgends zu sehen.

»Komm«, sagte Mama und zeigte auf die zertrampelten Joghurtbecher, »wir machen die Sauerei hier weg.«

Wir zogen uns im Obergeschoss die Kittel an, die wir trugen, wenn wir einmal im Monat den Saal reinigten, und nahmen Putzmittel und Lappen mit nach unten. Einige Schwestern taten es uns gleich. Begleitet vom Klang der Königreichslieder warfen wir die zermatschten Lebensmittel in Müllsäcke und schrubbten den Teppichboden, so gut es ging, sauber. Der Gestank vollgeschissener Windeln hing in der Luft. Ich schrubbte und schrubbte, an den meisten Stellen wurden die Flecken nur größer. Dieser Saal war eine Anbetungsstätte. Auf all das hier, auf gebrechliche Menschen, müde Kleinkinder und die Lagerung von Lebensmitteln war er nicht ausgerichtet. Ich schrubbte weiter, aber es war egal. Dieser Teppich musste rausgerissen werden, wenn all das hier vorbei war. Vorbei, was das genau bedeutete? Ich hatte keine Ahnung.

Eine Weile half ich noch beim Saubermachen, dann wurde

ich auf einmal unendlich müde. Ich setzte mich unten im Flur auf die Treppenstufen. In der Ferne hörte man immer noch die Martinshörner. *Vorbei.* War das hier alles erst der Anfang oder vielleicht doch nur ein Fehlalarm? Hatte Jehova den Eingang zum Saal vielleicht sogar schon verschlossen? Panisch sprang ich auf und rüttelte an der Klinke. Die Tür war offen. Warme, feuchte Luft drang herein, Vögel zwitscherten, obwohl es schon spät sein musste. Ich ging einmal um den Saal herum, an den Autos in der Auffahrt vorbei. Ich bückte mich, zog Daniels Jeansjacke aus dem Gebüsch und drückte sie an mein Gesicht. Der Geruch von Eisbonbons und frischer Dusche drang mir in die Nase. *Davidoff. Cool Water.* Der Walkman war trocken geblieben, ich stopfte mir einen der Kopfhörerstöpsel ins Ohr und drehte am Empfangsregler. Anfangs hörte ich nur Rauschen, dann eine leise Stimme.

»Das stärkste Beben in der Region seit 200 Jahren. Das ist wirklich unglaublich«, sagte der Moderator.

»Na ja, so unglaublich auch wieder nicht«, sagte eine junge Frauenstimme, »das Gebiet um den Niederrhein ist eines der aktivsten Erdbebengebiete Mitteleuropas.«

Hinter mir hörte ich Schritte. Ich sprang auf, Sulamith stand da. Stumm reichte ich ihr einen Kopfhörerstöpsel, sie hockte sich hin und zog Daniels Jacke an.

»... die genau durch die Region geht, eine Fuge zwischen den tektonischen Platten, und das führt in kleineren oder größeren Abständen immer wieder zu Erdbeben.«

»Erdbeben sind das eine«, sagte der Moderator, »doch Sie haben vorhin schon angedeutet, dass die Lichter, die heute am Himmel zu sehen waren, auch mit dem Beben zusammenhängen könnten.«

Die junge Frau räusperte sich.

»Ja, das ist richtig. Wir wissen noch nicht viel über dieses

Phänomen, beobachten es aber immer wieder vor Erdbeben auf der ganzen Welt, zum Teil sind diese Lichtphänomene dokumentiert, wie zum Beispiel beim Beben 1888 in Neuseeland.«

»Was hat es denn damit auf sich?«, fragte der Moderator.

»Wie gesagt, es ist nicht viel darüber bekannt. Man vermutet, dass es etwas mit dem Magnetfeld der Erde zu tun hat.«

Sulamith pulte sich ihren Stöpsel aus dem Ohr. Irgendetwas in uns stellte sich wieder auf null. Schweigend hockten wir nebeneinander.

»Ich bin so müde«, sagte Sulamith irgendwann.

Ich reichte ihr den Walkman.

»Ich auch, lass uns schlafen gehen.«

Sulamith schüttelte den Kopf.

»Nein, anders müde. So als hätte ich kein Bett, in dem ich mich ausruhen könnte. Unser Leben, immer steht so viel auf dem Spiel, ohne dass klar ist, ob es das wert ist. Warum müssen ausgerechnet wir die Wahrheit kennen? Sie ist wie ein Fluch, dabei soll sie doch frei machen.«

Sie suchte in meinem Blick nach einer Antwort, aber ich hatte keine.

»Ich will das nicht mehr«, flüsterte Sulamith, »ich will hier raus.«

In den Tannen, die hinter dem Saal wuchsen, zwitscherten noch immer die Vögel, so als wäre es früh am Morgen. Das Erdbeben musste sie ähnlich aus der Bahn geworfen haben wie uns.

»Und du?«

Ich saß da, regungslos, und starrte in die Dunkelheit.

»Sag was.«

»Ich weiß nicht«, flüsterte ich, »ich kann gerade nicht klar denken.«

Sulamith stand auf.

»Vielleicht sollten wir wirklich schlafen gehen.«

So unauffällig wie möglich schlichen wir uns zurück in den Saal. Mama stand mit dem Rücken zu uns und verteilte Tee. Ich lief zu unseren Plätzen, nahm meine Harmagedontasche und zwei Decken mit, dann liefen wir hoch in den kleinen Raum, den wir benutzten, wenn sich an den Freitagen die Versammlung für die Dienstaufgaben aufteilte. Vor dem Regal, in dem die Jahrbücher standen, lagen schon zwei Schlafsäcke. Rebekka richtete sich verschlafen auf, als wir das Licht anschalteten.

»Ist was passiert?«, fragte sie.

Tabea neben ihr rieb sich die Augen.

»Ist das Paradies schon da?«, piepste sie.

»Harmagedon kommt nicht«, sagte Sulamith.

Tabea schälte sich aus ihrem Schlafsack.

»Harmagedon kommt nicht?«

»Nee. Die Lichter hingen mit dem Erdbeben zusammen.«

Wir legten unsere Decken neben die Schlafsäcke. Sulamith beugte sich über Tabea.

»Hast du dich verletzt?«

»Ja«, sagte Tabea und strich sich über das Pflaster, »ist aber nur eine Platzwunde.«

»Woher wisst ihr das mit den Lichtern und dem Erdbeben?«, fragte Rebekka. »Haben die Ältesten das gesagt?«

»Nein. Das Radio.«

»Ich weiß nicht«, sagte Rebekka. »Das Radio. Die haben doch keine Ahnung, worum es wirklich geht.«

»Ist doch gut«, sagte Tabea, »ich will nicht, dass Harmagedon kommt. Ich meine, schon. Aber nicht heute.«

Ich holte die Kerze und die Streichhölzer aus der Harmagedontasche, zündete sie an und stellte sie zwischen uns auf den Boden. Sulamith knipste die Deckenlampe aus. Das Licht der Kerze warf unsere Schatten an die Wände.

»Gemütlich«, flüsterte Rebekka.

Wir kuschelten uns in die Decken. Wieder ging die Tür auf. Mischa und Tobias standen da, mit Schlafsäcken im Arm.

»Hier ist ja schon voll belegt«, rief Tobias und quetschte sich zwischen uns, »los, Platz da!«

»Pass doch auf«, zischte Sulamith, »die Kerze!«

Rebekka kicherte. Wir schoben die Decken näher ans Fenster. Tobias zeigte auf Sulamiths Rucksack.

»Ist da was zu essen drin?«

»Kannst du eigentlich immer nur ans Essen denken?«, sagte Sulamith. »Selbst wenn die Welt untergeht, hast du noch Hunger. Ist doch nicht normal.«

Rebekka kicherte wieder.

»Was denn?«, rief Tobias. »Es gab bei uns kein Abendbrot mehr! Und irgendein Idiot ist unten über unsere Palette Joghurt getrampelt.«

Sulamith kramte in ihrem Rucksack und holte ein *KitKat* heraus.

»Das war mein Harmagedonessen.«

»War?«, fragte Tobias.

»Im Radio sagen sie, Harmagedon kommt nicht«, murmelte Tabea.

Rebekka stellte eine *Prinzenrolle* und einen Karton *Capri-Sonne* in die Mitte. Tabea holte aus ihrer Tasche eine Tüte Salzstangen.

»Das war unser Harmagedonessen.«

Rebekka verteilte die *Capri-Sonnen*. Mischa legte eine Packung *Choco Crossies* neben die anderen Sachen.

»Hast du nichts dabei?«, fragte Tabea mich.

Ich schüttelte den Kopf.

Tobias griff nach meiner Harmagedontasche.

»Lass das«, rief ich und riss sie ihm aus der Hand.

»Ist ja schon gut.«

Er holte aus seinem Rucksack eine Zehnerpackung *Bifi* hervor und stopfte sich gleich zwei Würste auf einmal in den Mund. Ich starrte auf die Süßigkeiten und die Knabbereien auf dem Teppichboden. War ich tatsächlich die Einzige, die nichts zu essen mitbekommen hatte, sondern Tabletten, von denen ich nicht einmal wusste, wozu sie gut waren?

Sulamith seufzte.

»Jetzt habe ich wegen Harmagedon das *Glücksrad* verpasst.«

»Schaust du das immer noch?«, fragte Mischa.

»Ja. Ich mag diesen Moderator. Der mit den längeren Haaren, der ist süß.«

»Echt?«, sagte Mischa. »Der ist doch schon voll alt.«

Tobias zog schlürfend am Strohhalm und warf die leere Packung *Capri-Sonne* in Sulamiths Richtung.

»Du stehst wohl auf Männer mit langen Haaren und dicken Autos.«

»Dicke Autos? Wie kommst du darauf?«

»Dicke schwarze Autos.«

Tobias betonte jede Silbe.

»Blödsinn«, sagte Sulamith.

»Und wenn schon«, sagte Rebekka, »ich finde den auch süß.«

»Mich nervt immer die Frau, die die Buchstaben umdreht«, sagte Mischa, »wie heißt die noch mal?«

»Maren Gilzer.«

»Die ist so dumm«, sagte Rebekka.

»Gar nicht, die ist voll hübsch«, sagte Tobias mit vollem Mund, Krümel flogen durch die Gegend. »Aber lieber hätte ich das Auto, was man da gewinnen kann.«

»Ich auch«, sagte Mischa, »den *Seat Ibiza!*«

»Wofür? Im Paradies wird es doch keine Autos geben«,

sagte Tabea. Sie hatte sich wieder hingelegt und den Schlafsack bis zur Nasenspitze hochgezogen.

»Sicher gibt es da Autos, du Dummerchen«, antwortete Tobias kauend.

Mischa holte seinen Walkman heraus.

»Gib mal her«, sagte Tobias, »ist da ein Radio drin?«

Er nahm Mischa das Gerät aus der Hand und fummelte daran herum. Das Kassettendeck sprang auf. Tobias hielt Mischa lachend die Kassette hin.

»Kuschelrock 4?«

»Gib her«, rief Mischa mit knallroter Birne.

»Was denn?«, sagte Rebekka. »Ich mag die auch. Spiel mal *Listen to your heart*. Ist das dritte Lied auf der A-Seite.«

»Ja!«, sagte Sulamith. »Ich liebe *Listen to your heart*.«

Mischa riss Tobias den Walkman aus der Hand, steckte die Kassette ein und spulte. Rebekka griff nach einem der Ohrstöpsel.

»*I know there's something in the wake of your smile. I get a notion from the look in your eyes*«, sang sie.

Tabea kroch aus dem Schlafsack und nahm den anderen Ohrstöpsel.

»*Jodelidel piss of heaven, turns to Bac.*«

Tobias wuschelte Tabea durch die Haare.

»*Bac?* Was soll denn das heißen?«

»Na, das Deo aus der Werbung«, piepste Tabea.

Alle lachten.

»*Mein Bac, dein Bac, Bac ist für uns alle da!*«, riefen wir im Chor.

Wir aßen Kekse und spülten mit *Capri-Sonne* nach. Im Kerzenschein sahen unsere Schatten an den Wänden aus, als würden wir zu *Roxette* tanzen. Ich wusste nicht, ob ich vor Erleichterung lachen oder vor Entsetzen weinen sollte. Noch vor wenigen Stunden hatte die Erde gebebt und wir alle hatten um unser Leben gebangt. Ich blickte in die aufgekratzten, fröhlichen Gesichter meiner Freunde, wie sie in schlechtem Englisch den Refrain mitsangen. Selbst Sulamith, die es hasste zu singen, trällerte leise mit. Sie hatte den Kopf auf ihre Hände gestützt und schaute in die Kerze.

EXODUS

13

Auf dem Bahnsteig pfeift der Wind. Vater tritt von einem Fuß auf den anderen. Ich kann ihn stoßweise atmen hören, als würde er versuchen, einen Schmerz zu unterdrücken. Immer noch legt er sich oft abends nach dem Essen aufs Sofa, hält sich den Bauch und schließt die Augen. Peterswalde schlägt ihm auf den Magen, es ist so offensichtlich.

»Ist dir nicht kalt?«, fragt er.

»Bisschen«, sage ich.

Die Lippen zusammengepresst und mit gesenktem Kinn steht er da, ein Exot in zu rauer Umgebung.

»Hast dich wohl schon dran gewöhnt, was? In Geisrath waren die Winter viel milder.«

Wie so oft in letzter Zeit kann ich Vater kaum anschauen, also starre ich auf die Schienen. Kleine Mäuschen huschen zwischen Schotter und Kronkorken herum.

»Stell dich nicht so nah ans Gleisbett«, sagt Vater. »Hast du deinen Blutausweis dabei?«

Ich klopfe vorn auf meinen Mantel.

»Zeig her.«

Ich hole den Brustbeutel hervor und halte Vater die Vorderseite hin. Als er hinter der Klarsichthülle die durchgestrichene Blutkonserve sieht, entspannen sich seine Gesichtszüge.

»Freust du dich?«, fragt Vater.

»Worauf?«

»Auf Lidia.«

Ich weiß nicht, ob diese Frage ein Scherz oder vielleicht sogar eine Beleidigung sein soll. Beides ist untypisch für Vater, also hoffe ich darauf, dass es nur ein Versuch ist, unter all den losen Enden der letzten Monate zwei zu finden, die sich zusammenbinden lassen. In Zuversicht neu anknüpfen, so oder so ähnlich muss Vaters Strategie lauten. Ein guter Titel für den nächsten Sonntagsvortrag. Vielleicht sollte ich auch damit anfangen, Vater Vorträge zu schreiben, so wie Mutter es tut, wenn er auf Reisen ist und angeblich keine Zeit dafür hat.

Ein rotes Licht blinkt neben den Schranken, sie fahren langsam herunter, das feine Sirren der Gleise hängt in der Luft. Ein Zug taucht aus dem Nebel auf, fährt in den Bahnhof und kommt mit ohrenbetäubendem Lärm zum Stehen. Ganz hinten im letzten Waggon geht eine Tür auf, ein Schaffner stellt einen Koffer auf den Bahnsteig.

»Da ist sie«, sagt Vater.

Eine Frau steigt aus, klein und o-beinig, der Koffer reicht ihr bis über die Hüften. Lila Stoff blitzt unter ihrem dunklen Mantel hervor, auf ihre Schultern fällt dichtes blondes Haar. Sulamiths Haar. Lidia. Ein Stück Zuhause steht auf dem Bahnsteig, und irgendein altes Programm ruft Freude in mir ab, es fühlt sich falsch an, so wie Gänsehaut in der prallen Sonne, aber ich habe auch schon Gänsehaut in der prallen Sonne bekommen, im Sommer im Freibad. In Geisrath. Die Himbeeren. Sonne und Grün. Für einen Gänsehautmoment ist alles wieder da, eine heiß-kalte Fata Morgana. Lidia winkt, neben ihr poltert bockig der alte Koffer her, den sie auch immer in Soulac-sur-Mer dabeihatte. Noch immer fehlt eines der Räder, es ist schon vor Jahren abgegangen.

»Esther!«

Ihre Stimme hallt über den Bahnsteig, dieser maunzige Singsang mit dem Aussiedlerakzent, für den Sulamith sich so oft geschämt hat.

»Hilf ihr«, sagt Vater und schiebt mich in Lidias Richtung.

Als hätte sie Vater gehört, lässt Lidia den Koffer stehen und kommt auf ihren kurzen Beinen auf uns zugelaufen. Die Pfennigabsätze knallen wie kleine Hufe auf das Pflaster. Ich halte die Luft an und mache mich bereit, sie zu begrüßen, sie in den nächsten Tagen ständig um mich zu haben. Was gäbe ich für eine unsichtbare Rüstung, die mich gegen Lidia schützt, gegen die Traurigkeit, die sie verströmt und die Sulamiths Geist heraufbeschwört.

»Esther«, sagt sie und drückt mich fest an sich.

Ein schuppiger Ausschlag zieht sich von Lidias Nase bis zu ihrem Kinn. Ihre Augen sehen aus wie zwei rote Höhlen, die getuschten Wimpern geben ihnen Kontur, als ob Lidia damit den Eingang besser markieren wollte. Vater legt wie ein lieber Hund den Kopf schief und breitet seine Arme aus. Lidias Körper bebt, sie lässt sich von Vater auf eine Bank schieben, holt aus ihrer Manteltasche ein zerknülltes Taschentuch hervor. Helles Make-up bleibt am Stoff kleben, ein Abdruck wie ein fleischfarbener Schmetterling. Unter Tränen lächelt sie uns an. Sie sieht zwar immer noch mitgenommen aus, aber gleichzeitig so, als habe sie angefangen, sich selber notdürftig zu reparieren. Die Haare muss sie sich gefärbt haben, in Geisrath waren sie noch ganz grau, und selbst der Ausschlag im Gesicht wirkt wie eine Kruste, unter der etwas heilt. Trauern ist das erste Eingeständnis, unter neuen Vorzeichen weiterleben zu wollen, auch wenn es schwer ist.

»Ich freue mich so«, flüstert sie.

»Wir uns auch«, sagt Vater, »Elisabeth kocht zu Hause dein Lieblingsessen.«

»Rollbraten?«

Das R ihres Rollbratens röhrt über den Bahnsteig. Wie hat Sulamith einmal gesagt? Wenn Katzen solche Laute von sich geben, lässt du sie nicht noch in die warme Stube, sondern schmeißt sie raus. Halb kranke Frau, halb Königin lässt Lidia sich von Vater auf die Straße und dann in den Wagen helfen. Ich zerre den schweren Koffer hinter mir her, hieve das Ding auf den Rücksitz und klettere daneben. Vater fährt los. Der Geruch von milchsauer Vergorenem erfüllt den Wagen. Selbst nach Soulac-sur-Mer hat Lidia früher eingelegtes Gemüse mitgenommen. Vor nichts ekelte Sulamith sich mehr. Eher hätte sie wieder angefangen, Fleisch zu essen, als auch nur einen Bissen von Lidias selbstgemachtem Sauerkraut zu nehmen.

Mutter steht schon in der Tür, als Vater den Wagen vor dem Haus parkt, sie kommt uns entgegen und reißt die Beifahrertür auf. Wie ein kleines Kind wirft Lidia sich in ihre Arme. Eine Weile bleiben sie so stehen, Vater macht wieder sein Hundegesicht, so lange, bis allen zu kalt draußen wird.

»Was für ein großes Haus!«, sagt Lidia und blickt staunend an der Fassade hoch. »Und das gehört jetzt euch?«

»Ich bin hier aufgewachsen«, sagt Vater, »meine Mutter hat hier gelebt, bis sie krank wurde. Und bislang hat sich noch kein Vorbesitzer gemeldet.«

Lidia schnuppert, als sie im Wohnzimmer steht.

»Rollbraten.«

Mutter lacht.

»Du hättest dir nicht so viel Mühe machen müssen«, sagt Lidia.

»Keine Sorge, den habe ich nicht nur für dich gemacht. Wir bekommen heute Besuch. Zu deinen Ehren.«

»Komm«, sagt Vater und führt Lidia zurück in den Flur, »ich bringe dich nach oben in dein Zimmer.«

»Meine Güte, nur noch eine halbe Stunde«, sagt Mutter. Sie schiebt mir einen Stuhl hin und legt Orangen auf ein Brett.

»Hier. Schälen und die Spalten halbieren.«

Neben Mutter auf der Arbeitsplatte liegt das rot-weiße Küchengarn. Sulamith weinte früher jedes Mal, wenn Mutter das Rindfleisch auf dem Küchentisch auslegte, die Füllung verteilte und einschnürte, doch jedes Mal schüttelte Mutter nur den Kopf.

»Bei jeder Gelegenheit dreht dieses Mädchen den Wasserhahn auf.«

Mutter hantiert am Ofen herum. Ich nehme mir ein scharfes Messer und setze mich an den Küchentisch. Meine Handgelenke schmerzen. Dieses Monster von Koffer. Niemals ist das Gepäck für eine Woche. Was meinte Vater? Er bringe sie nach oben in ihr Zimmer. *Ihr* Zimmer. Wie lange hat Lidia vor zu bleiben? Ich schaue aus dem Fenster auf die gegenüberliegende Straßenseite.

»Wann, sagtest du, kommen die Gäste?«

»In einer halben Stunde«, antwortet Mutter, »warum?«

Vor der alten Fabrik steht Cola in ihrer viel zu großen Zirkusjacke. Die zerfransten Epauletten hängen traurig auf den schmalen Schultern, dazu trägt sie wieder die zerrissene Jeans und schwere Stiefel. Mutter hat Cola eingeladen.

»Niemand sollte an diesen Tagen allein sein«, meinte sie, dabei ist Cola auf der Farm doch gar nicht allein, aber Mutter hat schon recht. Wer will schon mit Piek Weihnachten feiern?

Ich öffne die Haustür und winke. Schüchtern und gleichzeitig erleichtert überquert Cola die Straße.

»Frohe Weihnachten«, sagt sie, »bin ich zu früh?«
Mutter kommt aus der Küche, sie wischt sich die Hände an der Schürze ab und umarmt Cola.
»Wie schön, dich wiederzusehen, Liebes.«
»Frohe Weihnachten«, sagt Cola wieder.
»Wir feiern doch kein Weihnachten, Liebes.«
»Ach ja. Ich habe trotzdem ein Geschenk dabei.«
»Wir schenken uns auch nichts«, sagt Mutter, »wenn du mir eine Freude machen möchtest, dann verrate mir doch endlich deinen richtigen Namen.«
Cola zögert.
»Ich wette, er ist sehr schön«, sagt Mutter.
»Marie.«
»Das ist ja wunderbar«, sagt Mutter, »ein Name aus der Bibel!«
Cola lächelte.
»Wie die Mutter Gottes, oder?«
»Jehova hat keine Mutter, Liebes. Er ist der Schöpfer der Welt.«
Cola holt ein Päckchen aus ihrer Jackentasche hervor.
»Für euch. Sumpfbiberfleisch.«
Mit spitzen Fingern nimmt Mutter das Geschenk entgegen und legt das blutgetränkte Päckchen in die Spüle.
»Das war aber nicht nötig.«
Marie. Marie heißt Cola also. Kein Wunder, dass sie diesen Namen nicht mag. Er passt kein Stück zu ihr. Er klingt so sauber und aufgeräumt, womöglich ist er aber auch nur ungewohnt. Ich fand es als Kind immer sonderbar, wie selbstverständlich die jungen Schwestern in der Versammlung nach ihrer Hochzeit ihren Namen ablegten. Plötzlich hießen sie wie ihre Ehemänner, doch nach kurzer Zeit hatte auch ich mich so sehr an den neuen Namen gewöhnt, dass ich den Mädchenna-

men der Schwestern vergaß. Wer weiß, vielleicht ist Cola gar nicht so wild und sonderbar, wie ich dachte, vielleicht steckt unter diesen schmutzigen Kleidern ein ganz normales, braves Mädchen.

»Komm«, sage ich, »wir gehen in mein Zimmer.«

Oben ist es eiskalt, das Feuer im Ofen ist wieder ausgegangen. Staunend schaut Cola sich um, streicht mit den Händen über den Schreibtisch.

»Wer ist das?«, fragt sie.

»Wer?«

»Die da«, sagt Cola und zeigt auf den Fotorahmen neben dem Nachttisch, »die mit den langen blonden Haaren, die Seifenblasen pustet.«

»Eine Freundin«, sage ich.

»Schönes Mädchen.«

Ich fummle am Ascherost herum. Cola hockt sich neben mich.

»Lass mich mal.«

Mit fachmännischem Griff stapelt sie Zeitung, Anmachholz und Briketts aufeinander. Innerhalb weniger Sekunden lodern die Flammen, dann setzt sie sich zu mir aufs Bett. Aus dem zerrissenen Stoff ihrer Jeans schauen raue Knie hervor. Irgendwas riecht streng, ich glaube, es sind ihre Socken.

»Schönes Zimmer«, sagt sie und wippt mit den Beinen, »du hast es gut.«

Ich weiß nicht, was ich antworten soll. Das ist nicht mein Zimmer, will ich sagen, diese Möbel und Stoffe, all das bedeutet mir nichts, also nicke ich nur stumm. Dieses seltsame Gesicht. Die Haare stehen ihr vom Kopf ab, ihre blauen Augen schauen mich erwartungsvoll an. Der Geruch der Socken hängt in der Luft. Vielleicht will sie frische Kleider? Aber das kann ich ihr nicht anbieten, ohne sie zu kränken. Plötzlich springt sie auf und starrt aufs Bett. Genau an der Stelle, auf der sie gesessen hat, ist ein runder Blutfleck.

»Nein.«

Sie fasst sich in den Schritt.

»Das auch noch. Die Kommunisten.«

Ich stehe auf und krame in meiner Nachttischschublade.

»Macht doch nichts. Hier.«

Cola greift nach dem Tampon.

»Hast du auch grad die Kommunisten?«, fragt sie.

»Nein.«

Cola fährt sich durch die Haare.

»Ich merke mir nie, wann sie kommen, das ist dann immer eine Sauerei. Ich vergesse es. Ich vergesse es, dass sie jeden Monat kommen.«

»Ist doch kein Problem«, sage ich, »das Bad ist gleich links.«

»Kommst du mit?«

»Auf die Toilette? Nein.«

Cola zögert.

»Das Bad ist links«, sage ich wieder.

Als sie fort ist, ziehe ich das Bett ab. Womöglich weiß sie nicht, wie sie einen Tampon benutzen muss, so etwas soll es geben, oder sie hat einfach nur Angst, allein auf die Toilette zu gehen, jedenfalls habe ich keine Ahnung, warum ich sonst mitkommen sollte. Ich hole einen frischen Bettbezug und Unterwäsche aus dem Kleiderschrank. Die Zirkusjacke hängt über dem Rattanstuhl. Ich schnuppere, sie riecht nach Rauch und Blutkleie. Ich ziehe sie mir über, rücke die Epauletten an den Schultern zurecht und fahre mir durch die Haare, bis sie wirr aussehen wie die von Cola. So also sähe ich aus, als Weltmädchen. Unten klingelt es.

»Willst du Wäsche zum Wechseln?«, frage ich, als Cola zurückkommt. Ich öffne den Kleiderschrank. Staunend schaut Cola auf die Röcke und Blazer.

»Willst du ein Kleid anziehen?«, frage ich.

»Darf ich?«

»Klar.«

Von unten höre ich Mutter nach mir rufen.

»Nimm dir einfach eins«, sage ich.

Im Flur stehen die Radkaus, Gabriel zieht sich gerade die Schuhe aus und schlüpft in ein Paar Hausschuhe, die Mutter ihm hinhält. Aus dem Wohnzimmer dringt Kinderlärm. Eine mir unbekannte Frau schält sich im Flur mühsam aus den Wintersachen.

»Lass dir helfen, Moni«, sagt Schwester Radkau und nimmt ihr den Mantel ab. Als die Frau endlich ohne Mütze, Schal und Mantel im Flur steht, erkenne ich die Kassiererin aus dem kleinen Laden am Bahnhof wieder. Scheu steht sie da und hält sich an ihrer Handtasche fest.

»Das ist meine alte Schulfreundin Moni«, sagt Schwester Radkau und nickt ihr aufmunternd zu, »ich habe ihr mit sechzehn das Beten beigebracht. Weißt du noch? Das war, als dein Vati so krank wurde.«

»Ja, heimlich auf der Mädchentoilette in der Pause«, antwortet Moni und lächelt schüchtern, »und heute lebt er immer noch.«

Ich folge den beiden ins Wohnzimmer, wo Mutter bereits alles hergerichtet hat. Sogar einen Tisch für die Kinder hat sie gedeckt, buntes Plastikgeschirr von *IKEA* steht darauf, die Lehmannkinder albern damit herum. Wieder klingelt es, Vater geht zur Tür. Mutter bindet sich ihre Schürze ab und fasst sich an die roten Wangen.

»Gehst du Lidia holen?«, fragt sie mich.

»Kannst du das nicht machen?«

»Nein«, sagt Mutter und ist schon wieder auf dem Weg in die Küche, »du siehst doch, was hier los ist.«

Die Lehmannkinder stürmen das Buffet. Vergeblich versuchen Bruder und Schwester Lehmann sie zurückzurufen, doch da nimmt auch Gabriel sich einen Teller, stellt sich hinter sie, und irgendwann stehen alle Brüder aus Peterswalde am Buffet Schlange, so als wären sie in der Betriebskantine von *Hollingstedt,* wo Sulamith und ich manchmal während der Dienstwoche aßen, wenn die Zubereitung der geistigen Speisen wichtiger war als die der leiblichen. Gabriel häuft sich Endiviensalat mit Orangen auf den Teller, er winkt mir mit der Gabel zu. Im Kamin prasselt das Feuer. Gäste zu bewirten beherrscht niemand so gut wie Mutter. Nie würde sie uns an Tagen wie diesen Würstchen und Kartoffelsalat vorsetzen, und nie werde ich Sulamiths ungläubiges Gesicht vergessen, als Jana und Kerstin uns einmal erzählten, dass es genau das an Weihnachten bei ihnen zu Hause zu essen gebe.

»Das kann doch wohl nicht wahr sein«, sagte Sulamith, »da wird wochenlang auf dieses Fest hingefiebert, und dann kriegt ihr nichts als Würstchen mit Kartoffelsalat, wie ich, wenn Mamusch Frühschicht hat und zu müde ist, was Richtiges zu kochen?«

Wenn schon keine Geschenke, dann zumindest gutes Essen, wenn schon ein heidnischer Feiertag, dann zumindest einer, den wir mit unseren Brüdern und Schwestern verbrachten. Letztes Jahr an Heiligabend, wo waren wir da? Bei Schusters. Es gab Raclette, wie immer an Weihnachten bei den Schusters, und wie immer konnten wir alle nicht genug bekommen von den kleinen silbernen Schäufelchen, die wir nach Lust und Laune belegen durften. Das ganze Haus roch nach Käse und nach Schwester Schusters berühmtem Gewürzkuchen, den sie mit literweise Rotwein zubereitete. Nach dem Essen, als die

Erwachsenen satt und träge vor dem Fernseher saßen und *Der lange Weg des Lukas B.* im *ZDF* schauten, schlich Tobias sich in die Küche und klaute die Rotweinflaschen aus dem Kühlschrank.

»Geht schon mal hoch, aber leise!«, flüsterte er.

Wir verschanzten uns auf dem Dachboden, ließen zwei noch fast volle Flaschen reihum gehen und spielten danach angeschwipst Flaschendrehen.

»Sag: Jesus ist ein schwuler Hurensohn«, rief Tobias, als die Flasche auf Mischa zeigte. Rebekka prustete los, ihre Lippen waren ganz blau vom Wein. Mischa war so betrunken, dass er kaum noch gerade sitzen konnte.

»Jesus ist ein schwuler Hurensohn«, lallte er.

Tobias schrie, Rebekka hielt sich den Bauch vor Lachen, Tabea sprang wie ein kleiner Teufel klatschend um uns herum, und da musste auch ich lachen, nur Sulamith saß da und fasste sich an den Kopf.

»Ihr seid solche Babys«, sagte sie.

Mutter kommt ins Wohnzimmer und stellt den noch dampfenden Rollbraten auf den Tisch. Alle klatschen. Lachend zerteilt Vater das Fleisch.

»Hast du Lidia Bescheid gegeben?«, fragt Mutter mich.

»Ja«, lüge ich.

Soll sie doch selber hochgehen. Soll Lidia ihr doch sagen, dass ich gar nicht Bescheid gegeben habe. Ich habe mir fest vorgenommen, sie, so gut es geht, zu ignorieren. Nicht ein Mal hat Lidia mit mir in Geisrath das Gespräch gesucht, nicht ein Mal hat sie ihren Namen ausgesprochen seit jener Nacht. Stattdessen hat sie sich hinter ihrer Trauer versteckt und mich immer wieder spüren lassen, dass alles anders gekommen wäre, wären wir an jenem Abend nicht zusammen gewesen, Sulamith und ich. Dabei ist es doch vielleicht ganz anders:

Vielleicht wäre alles anders gekommen, wenn Lidia nicht zu Hause gewesen wäre. Da geht schon die Wohnzimmertür auf, Lidia und Cola kommen herein. Cola ist kaum wiederzuerkennen. Sie hat sich ihre Haare nass zurückgekämmt, und statt ihrer zerrissenen Jeans hat sie das Kleid an, das Mutter letztes Jahr zum Gedächtnismahl für mich genäht hat, weiß mit blauer Borte, dazu passend trägt sie blaue Ballerinas. Meine Ballerinas. Marie, nicht Cola. Cola würde diese Schuhe nicht anziehen, da bin ich mir sicher, Cola würde auch dieses Kleid niemals anziehen. Marie ja. Auf einmal passt der Name, so schnell kann es gehen.

»Ja, ist das denn zu glauben«, bricht es aus Mutter heraus.

Cola dreht sich um die eigene Achse, bis der Rock fliegt.

»Du bist ja vollkommen verwandelt!«

Gabriel starrt Cola an. Ich setze mich aufs Sofa, spieße Orangen und Endivien mit der Gabel auf, kaue und schlucke, kaue und schlucke.

»Ist hier noch frei?«

Lidia steht vor mir. Sie hat ihr Make-up aufgefrischt, um den Ausschlag zu verdecken, was ihr kaum gelingt, doch genau wie ein abgedeckter Pickel sieht der Ausschlag unter der getönten Creme nicht mehr ganz so wund und schuppig aus wie noch am Bahnhof. Sie setzt sich neben mich aufs Sofa.

»Du hast ein bisschen zugenommen«, sagt sie, »steht dir gut. Hast du dich schon eingelebt? Freunde gefunden? Es ist einsam ohne euch. Alle vermissen euch. Ich soll dich grüßen von Tabea und Rebekka.«

Sie fährt sich durch die Haare, Partikel von Haarspray rieseln auf ihre Bluse.

»Ich habe etwas für dich«, sagt Lidia und rückt ein Stück heran, »ein Geschenk. Ich gebe es dir, wenn die Feiertage vorbei sind. Du wirst dich freuen, glaub mir.«

»Was für ein Geschenk?«
»Es wird dich freuen. Es ist ein Andenken.«
»Was denn für ein Andenken?«
»Wart's ab«, sagt Lidia.
»Ich will kein Andenken«, sage ich, meine Stimme klingt ganz heiser. Das Essen kommt mir hoch. Ich schlucke, schmecke die Säure von Orangen. Mutter trägt ein Tablett mit Bratäpfeln herein, in jedem steckt eine brennende Wunderkerze. Wieder klatschen alle. Das Gekreische der Lehmannkinder sirrt in meinen Ohren. Lidia steht auf und ruft »Bravo«, als wäre sie in der Oper. Und Cola? Steht mit Gabriel am Fenster, lacht und klatscht. Cola. Marie. Mir bricht der Schweiß aus. Wie heiße ich noch gleich? Für wenige Sekunden fällt mir mein eigener Name nicht mehr ein. Dann endlich, Esther, so heiße ich. Wie das siebzehnte Buch der Bibel, benannt nach der mutigen Esther, die eigentlich gar nicht Esther hieß, sondern Hadassa, und die die Juden in Medo-Persien vor der Vernichtung rettete. Ich, jemanden retten? Benommen stelle ich meinen Teller zur Seite, stehe auf und flüchte in mein Zimmer.

Draußen schneit es schon wieder, nur einzelne Fenster der Nachbarhäuser sind beleuchtet. Rauch hängt über den Dächern, Cola läuft neben mir.
»Petala, du musst nicht mit. Auf der Farm läuft nur das Übliche. Füttern und aufräumen.«
Sie trägt immer noch mein Kleid, darunter ihre Jeans und dazu die schweren Stiefel, und über das Kleid hat sie sich ihren Pullover und die Zirkusjacke gezogen, sodass sie wieder aussieht wie immer. Es ist klirrend kalt, doch ihr scheint die Kälte nichts auszumachen. Manchmal frage ich mich, ob Cola überhaupt irgendeine Witterung spürt oder ob sie aus demselben Material gemacht ist wie die Kälte selbst.

»Ist schon in Ordnung«, sage ich, »feiert ihr denn gar kein Weihnachten?«

»Nein«, brummt sie.

Irgendwo läuten Glocken. Mutter hat die Reste des Rollbratens in eine Tupperdose gepackt und sie uns mitgegeben, als Cola sagte, sie müsse langsam gehen. In Geisrath hätte ich nie an Weihnachten zu Weltmenschen gedurft, egal, ob es Interessierte waren oder nicht, aber in Geisrath hatte ich auch keine eigene Interessierte. In Geisrath hatte ich Sulamith, und vielleicht war das auch der Grund, warum ich mich nicht schon viel früher in der Versammlung wie eine Fremde gefühlt habe.

Einige wenige Menschen kommen uns entgegen, alle sind dick eingemummelt.

»Esther!«

Auf der gegenüberliegenden Straßenseite winkt jemand. Es ist Hanna. Ihre dunklen Haare schauen unter einer Pelzmütze hervor. Links von ihr läuft ein kräftiger Mann mit Vollbart, bestimmt zwei Meter groß, wie Goliath – fehlt nur noch die Philisterrüstung –, das muss Hannas Vater sein.

»Geht ihr auch in die Kirche?«, ruft sie mir zu.

Ich schüttle den Kopf.

»Wir feiern doch kein Weihnachten.«

Der Mann winkt.

»Ich bin Ernesto«, ruft er, »Hanna hat schon von dir erzählt. Komm uns doch mal besuchen. Hanna macht Tee, und ich backe Kuchen!«

»Ja«, rufe ich.

»Woher kennst du die denn?«, fragt Cola mich vorwurfsvoll, als wir in den Kiesweg biegen.

»Hanna? Aus der Schule.«

»Das ist eine Alligatorin.«

»Was soll das sein?«

»Ist früher jeden Tag vorbeigekommen, um mit mir in die Schule zu gehen. Hat Piek genervt, er soll zur Arbeit gehen. Und dann ist tatsächlich jemand gekommen, der Piek jeden Morgen zum Melken abgeholt hat.«

»Ich mag sie«, sage ich, »sie geht mit mir in eine Klasse.«

»Und der Mann heißt nicht Ernesto. Er heißt Ernst. Ganz normal«, sagt Cola, »nur, dass du es weißt.«

»Okay.«

Die Farm kommt in Sicht, Cola stemmt das Tor auf, Rauch steigt aus dem Schornstein des Wohnhauses. Neben dem Tor liegt ein Berg aus verrosteten Käfigen. Piek läuft über die verschneite Wiese, in seinem Mundwinkel hängt eine Zigarette, in den Händen hält er je zwei Käfige, sie sehen aus, als würden sie zu seinem Körper gehören. Er wirft sie auf den Berg. Wie hieß noch dieser Film, den Sulamith mit Daniel in der amerikanischen Siedlung gesehen hat? Es ging um einen Jungen, er hatte Scheren anstelle von Händen.

»Hast dich ja so rausgeputzt«, sagt er zu Cola, »wird dir nichts bringen. Kannst gleich zum Gehege, die Oktoberwürfe trennen.«

Er wirft ihr ein Paar grobe Handschuhe vor die Füße.

»Darf ich zuschauen?«, frage ich.

Piek lacht.

»Zuschauen gibt es nicht.«

Er greift nach einem Stab, der im Schnee steckt, und geht vor uns über die Wiese. Der Stab ist eher eine Art Werkzeug aus Eisen, das an einem Ende gespalten ist.

»Was ist das?«, frage ich.

»Das ist der Tröster.«

»Wofür ist das gut?«

Piek lacht dröhnend.

»Wirst du gleich sehen.«

Er geht am Gehege vorbei, dahinter liegen weitere Käfigreihen, die mir bei meinen Besuchen bisher nicht aufgefallen sind. In jedem Käfig steht eine Holzbox.

»Das ist das Wurfgehege«, sagt Piek und schließt das Tor auf, »siehst du die Kisten dort?«

Piek reicht Cola den Tröster, sie geht an uns vorbei und klopft mit dem Eisenstab auf die Box, bis kleine schwarze Tiere herauskommen. Sie sehen müde aus und ängstlich. Cola läuft hin und her, die kleinen Biber rennen weg. Piek packt mich am Arm und holt mich an seine Seite.

»Mach den Wasserzugang dicht«, ruft Piek Cola zu.

Cola bückt sich und legt einen Hebel um. Als sich ein Biber in einer Ecke verkriecht und an dem feinen Gitter kratzt, schleicht Cola sich an ihn heran und drückt ihm das gespaltene Ende des Stabes an den Hals. Der kleine Biber schreit, Piek schubst mich.

»Los«, sagt er, »rein da.«

»Nein.«

Piek schiebt mich in das Gehege.

»Du hilfst. Los, lass sie den Tröster halten.«

»Bitte nicht«, sage ich, aber es nützt nichts. Piek nimmt Cola den Stab an und drückt ihn mir in die Hände. Seine Pranken legen sich über meine. Durch den Tröster kann ich spüren, dass das kleine Herz des Bibers viel zu schnell schlägt. Piek hockt sich vor das Tier. Mit der einen Hand hält er den Schwanz fest, mit der anderen fährt er über das dichte Fell, zuerst am Rücken und dann am Bauch. Der kleine Biber hält ganz still, aber sein Herz schlägt immer noch so schnell wie vorher.

»Weibchen«, sagt Piek und holt aus der Seitentasche seiner Hose eine Schere heraus.

Der Biber schreit, als Piek die Vorderpfoten packt und in die Schwimmhäute ein Muster schneidet.

»Kannst loslassen«, sagt Piek, doch meine Hände sind wie festgewachsen.

Vorsichtig löst er meine Finger vom Tröster und reibt sie zwischen seinen Händen.

»Hast du gut gemacht«, sagt er.

Cola greift sich den Tröster und verschwindet im nächsten Gehege. Piek reibt noch immer meine Hände.

»Dein Vater ist ein Idiot vor dem Herrn«, sagt er.

»Ich weiß«, sage ich.

»Ach ja?«

»Ja. Hast du letztes Mal schon zu mir gesagt.«

»Habe ich? Na, stimmt ja auch. An einen Gott glauben, so ein Blödsinn. Glaubst du auch an einen Gott? Ich verrate dir was. Es gibt nicht nur einen Gott, sondern viele. Götter sind wie Ärzte, es gibt Spezialisten. Chirurgen und Anästhesisten. Es gibt einen Gott für die Liebe und einen für den Tod, es gibt einen Gott für die Spiele und einen fürs Brot.«

Piek kommt ganz nah an mich heran, sein Atem riecht, als hätte er saure Milch getrunken.

»Es gibt sogar einen Gott der Einsamkeit. Kennst du ihn? Wenn ja, dann töte ihn. Das ist ganz einfach. Götter sterben, wenn sie nicht angebetet werden.«

Endlich lässt er meine Hände los.

»Mach die letzten Tiere fertig«, ruft Piek Cola zu, »und dann füttern.«

Ohne sich noch einmal umzudrehen, stapft er zwischen den Wäscheleinen, die kreuz und quer über die Wiese gespannt sind, zurück zum Wohnhaus. Der Stoffbeutel mit der Tupperdose liegt im Schnee. Ich hebe ihn auf und überlege, mich einfach wegzuschleichen und nach Hause zu laufen. Verglichen mit der Farm kommt mir Großmutters Haus auf einmal doch wie eine Art Zuhause vor, Vater und Mutter doch auf eine Art wie Eltern.

»Fertig«, ruft Cola.

Sie hängt den Tröster an einen Haken neben dem Gehege. Ich folge ihr zur Futterküche. Der üble Geruch nach Blutkleie schlägt mir wieder entgegen, als sie die Tür öffnet.

»Ihr habt schöne Lieder«, sagt sie, »Elisabeth hat mir euer Liederbuch geschenkt.«

»Weiß nicht«, sage ich, »ich hasse es zu singen.«

»Warum denn das?«, fragt Cola ungläubig. »Musik ist doch das einzig Schöne auf der Welt. Im Heim war ich im Chor.«

»Du warst im Heim?«

Cola holt die Schüsseln aus dem Regal.

»Du weißt gar nicht, wie gut du es hast«, sagt sie, »diese Kleider, dieses saubere Zimmer.«

»Das ist doch nicht alles.«

»Das kann auch nur jemand sagen, der keine Ahnung hat, wie es ist, ohne all das zu leben.«

Sie wirft die Handschuhe neben die Spüle.

»Verdammt, jetzt habe ich das Buch vergessen.«

»Welches Buch?«

»Das Paradiesbuch. Elisabeth hat es mir rausgelegt. Ich meine, deine Mutter.«

Sie öffnet den alten Kühlschrank, zieht einen Plastikeimer heraus und klatscht Blutkleie in die Schüsseln, die auf der Arbeitsplatte stehen.

»Soll ich dir helfen?«, frage ich.

Cola schüttelt den Kopf, dann hält sie inne, legt den Finger auf den Mund und zeigt in Richtung Decke. Ich lausche. Ein feines, leises Kratzen ist zu hören. Cola weist auf den Hocker, auf dem ich sitze. Sie schnappt sich die Arbeitshandschuhe und steigt in Zeitlupe auf den Hocker, den ich ihr gereicht habe. Ihre Hand folgt dem Kratzen an der Decke, dann – ohne Vorwarnung – rammt sie die Faust in die von Spinnweben übersäten Styroporplatten. Es kracht. Ich schreie auf. Vor mir auf dem Boden liegt eine Ratte. Blitzschnell packt Cola sie am Schwanz und rennt nach draußen in die Kälte. Die Ratte schreit und windet sich. Den Arm weit von sich gestreckt bleibt Cola mitten auf der Wiese stehen. Ich kann nur noch ihren Schatten sehen, dann eine Flamme. Kurz darauf ertönt ein lang gezogener Schrei. Ich halte mir die Ohren zu. Die Ratte krümmt sich im Todeskampf, noch immer hält Cola sie am Schwanz in die Höhe. Als sie sich nicht mehr regt, wirft Cola die Ratte vor sich in den Schnee.

»Bist du verrückt geworden?«, stottere ich, als Cola auf mich zugestapft kommt.

»Das muss man machen«, sagt Cola und läuft an mir vorbei zur Spüle, »sonst kommen sie immer wieder, schicken Kundschafter vor, holen ihre Familien nach, fressen alles an, selbst die Bleirohre.«

Sie füllt ein Glas mit Wasser und trinkt gierig.

»Was glotzt du so? Siehst du, das meine ich! Du hast keine Ratten im Haus. Du hast Kleidung. Einen warmen Ofen und immer einen vollen Kühlschrank. Ekel muss man sich leisten können.«

»Das kommt dir nur so vor«, sage ich.

»Du bist so verwöhnt«, ruft sie, »richtig schlecht wird mir davon. Wie du deine Mutter anschaust, als wäre sie ein Monster und du ein entführtes Grafenkind.«

»Quatsch«, sage ich, aber sie hört nicht hin. Sie reißt sich ihre Zirkusjacke vom Körper, wirft sie achtlos auf den Boden und zieht sich das Kleid über den Kopf, die Hose hängt unter ihrem Hintern, ihr abgemagerter Körper kommt zum Vorschein, gelbliche Unterwäsche, Feinripp, viel zu groß, vielleicht von Piek, eine weiße Unterhose mit Eingriff und übersät mit Blutflecken. Der Tamponfaden hängt an einer Seite heraus.

»Hier«, sagt sie und schleudert mir mein Kleid entgegen, »und jetzt hau ab.«

Halb nackt steht sie da, dreht mir den Rücken zu und klatscht Blutkleie in die Schüsseln, dass es nur so spritzt.

»Hau ab!«, schreit sie.

Draußen auf der Wiese im Schnee liegt die tote Ratte. Ein schwarzer Brandfleck. Ich stopfe das Kleid in den Stoffbeutel. Wohin? Ich will nicht nach Hause, zu den Brüdern und ihren Bratäpfeln, zu ihrem nachgemachten Weihnachtsfest. Ich stemme das Tor auf, kein Mensch ist zu sehen. Hinter der Brücke biege ich ab zum Königreichssaal. Als ich die Sanddornbüsche erreiche, schaltet sich der Bewegungsmelder ein und flutet den Parkplatz mit kaltem Licht. Ich schiebe die Zweige beiseite, wieder ist die Tüte, die ich gestern nach der Zusammenkunft hier hingelegt habe, verschwunden. Ich nehme die Tupperdose aus dem Stoffbeutel und packe sie zwischen die Büsche. Ich trete näher. Da glänzt etwas! Ein silberner Ohrring, er hängt an einem der Zweige. Vorsichtig nehme ich ihn ab. Kalt liegt er in meiner Hand. Zwei schmale Ringe, am unteren hängt ein blauer Stein, das Silber am Rand ist angelaufen.

Das Licht auf dem Parkplatz erlischt, ich trete einen Schritt zurück, mein Herz fängt an zu rasen. Auf dem Bürgersteig vor dem Saal steht ein Mann. Er schaut mich an, sein Gesicht aber liegt im Dunkeln. Er wartet kurz, als würde er sich vergewissern wollen, dass ich ihn auch wirklich gesehen habe, dann setzt er sich in Bewegung und trabt die Dorfstraße hinunter.

Ich laufe los, die Stofftasche schlägt mir gegen die Beine,

doch immer wenn ich glaube, den Abstand zwischen mir und dem Mann verringert zu haben, läuft er schneller und entwischt mir wieder, immer darauf bedacht, dass ich ihn nicht aus den Augen verliere. Er läuft an Großmutters Haus vorbei, der *BMW* steht am Straßenrand, daneben das alte, braune Auto der Radkaus. Der Mann überquert die Straße und springt über das Gitter, läuft auf die verfallene Fabrik zu und verschwindet in der Dunkelheit. Ich klettere hinterher, reiße mir das Kleid auf, keine Ahnung, woran, ich höre nur das Ratschen des Stoffes.

Schwer atmend stehe ich vor dem Zaun, der die Fabrik umgibt. Wie ein Panther laufe ich daran entlang, auf der Suche nach einem Durchgang, bis ich irgendwann ein Loch entdecke, durch das ich mich hindurchzwänge. Ich renne einmal um das Gebäude herum. Auf der Rückseite steht eine Tür offen, es riecht nach schimmeligem Dämmmaterial und Chemikalien.

Vorsichtig betrete ich die Fabrik. Vereinzelt fällt Mondlicht durch das zerstörte Dach. Ein gigantischer Schuttberg türmt sich in der Mitte auf, hier muss einmal die Produktionshalle gewesen sein. Alte Maschinen stehen herum wie versteinerte Tiere. An der linken Seite der Halle blitzt eine Taschenlampe auf. Ich laufe weiter, Staub hängt in der Luft, ich muss niesen, wieder und wieder. Nach Atem ringend bleibe ich stehen und suche Halt an den Säulen, die das Hallendach stützen. Der Beton ist kalt wie ein Eisblock. Wieder blitzt Licht auf, in einem schmalen Gang, ich laufe hinein und betrete kurz darauf eine weitere Halle. Überall liegen Glasscherben auf dem Boden, dazwischen wachsen kleine Bäume. In einer Ecke sehe ich eine Treppe, die nach unten führt, von dort kommt das Licht. Ich durchquere die zweite Halle und steige dann Stufe um Stufe hinab. Warmes Kerzenlicht scheint mir entgegen. Ich stehe in einem kahlen Raum, in einer Ecke sitzt der Mann auf einer

Pritsche, über dem Kopf eine Kapuze, breitbeinig wie ein Kutscher, die Ellenbogen auf den Oberschenkeln, das Gesicht abgewandt. Neben ihm steht ein Campingheizer, er glüht wie das Innere eines Toasters.

»Machst du die Tür hinter dir zu? Zieht wie Hulle«, sagt er.

Ich zögere, dann schließe ich die Tür. In der Mitte des Raumes steht ein Tisch, darauf der Deckel einer alten Blechdose voller Zigarettenkippen. Der Ohrring brennt in meiner Faust. Langsam dreht der Mann den Kopf und nimmt die Kapuze ab. Seine Haare kommen zum Vorschein, sein Pony ist ganz gerade, wie der von Prinz Eisenherz in den Comics, die Sulamith manchmal in der Stadtbücherei gelesen hat, aber Prinz Eisenherz hatte nicht so ein eingefallenes, unrasiertes Gesicht. Prinz Eisenherz hatte auch nicht Papas Augen, so wie der Mann, der mir hier unten gegenübersitzt, der Mann von den Fahndungsplakaten mit den vollen Lippen, die aber anders als bei Papas rau und gelblich aussehen.

»Onkel Michael«, höre ich mich sagen.

»Na ja, Michael. So nennt mich niemand. Einfach Micki.«

Der Mann auf der Pritsche lächelt schief.

»Du bist die Kleine von Andy und Elli?«

Andy und Elli, damit meint er wohl Vater und Mutter. Klingt nach netten jungen Leuten, die immer fröhlich sind.

»Setz dich doch«, sagt er und schiebt mir einen Stuhl hin. Meine Beine zittern, als hätten sie Tausende von Kilometern zurückgelegt. Onkel Micki holt zwei Gläser und dann eine Flasche Schnaps unter der Pritsche hervor.

Der Schnaps hat die gleiche Farbe wie der, den Cola im Handschuhfach des Autos auf der Farm versteckt hat. Er füllt die Gläser und reicht mir eins.

»Auf die Familie.«

Ich hebe mein Glas und nippe. Strenger Lakritzgeschmack

rinnt mir die Kehle herunter, brennt im Magen. Ich öffne meine Faust, in der der Ohrring liegt.

»Der ist für dich«, sagt Onkel Micki.

Er setzt sich neben mich auf einen wackeligen Stuhl und gießt nach. »Als Dankeschön. Hast du Ohrlöcher?«

»Nein«, sage ich.

»Kann ich dir stechen. Gar kein Problem.«

Onkel Micki grinst mich an.

»Ich habe dich gesehen, draußen auf den Feldern zwischen den Vogelscheuchen bist du rumgeirrt.«

Ich drehe das Glas in meinen Händen.

»Jetzt schau mich nicht so versteinert an, Engelchen.«

»Entschuldige«, sage ich, »du siehst ihm nur so ähnlich.«

»Deinem Vater? Sie haben dir nie von mir erzählt, was?«

»Nein.«

Ich greife in meine Manteltasche, seit Wochen trage ich die Karten aus dem Kleiderschrank und das Fahndungsbild mit mir herum, ich breite alles auf dem Tisch aus.

»Du hast sie gefunden«, flüstert er und streicht über die Karten.

»Sie steckten unter den Einlegeböden von meinem Kleiderschrank.«

»Die hat Nadja gemalt. Sie hat sie sich ausgedacht, diese Insel. Wo alles früher einmal schön war.«

Er hustet und zeigt auf die Fläche in Herzform.

»Hier ist die Bucht, da kommst du an, und hier geht ein Weg hoch zum Wahrzeichen. Die Bewohner können nicht weg von dort, sie haben nichts, und es kommt auch niemand zu Besuch.«

Er zeigt auf die Kinder, die in einem kleinen Boot vor der Bucht sitzen.

»Das sind dein Vater und ich, und das ist Nadja. Wir drei können die Insel bereisen. Und Kralle.«

Er tippt auf die Katze auf Vaters Schoß.

»Die hat dein Vater geliebt, genau wie Nadja. Sie ist mit ihren Eltern weg, noch bevor sie die Mauer gebaut haben. Hat Andy sehr traurig gemacht.«

Ich kann mich nicht sattsehen an Onkel Mickies Anblick. So würde Vater aussehen, wäre er in der Welt geboren und hier in Peterswalde geblieben, die vom Rauchen gelben Fingernägel, die kaputte Stimme, die lustigen Augen und die vielen Lachfalten um den Mund.

»Warum haben sie mir nie von dir erzählt?«, frage ich. »Das verstehe ich nicht.«

»Kannst du dir doch denken«, sagt Onkel Micki. »Ich bin abtrünnig. Und solange ich nicht umkehre, ist es für sie, als wäre ich tot.«

»Trotzdem. Sie haben nicht einmal gesagt, dass es dich gibt.«

»Für sie gibt es mich ja auch nicht.«

»Du hättest doch als schlechtes Beispiel dienen können«, sage ich.

Onkel Micki grinst.

»Stimmt eigentlich. Ich habe auch wirklich nur Mist gebaut. Deiner Großmutter habe ich das Herz gebrochen. Sie hat trotzdem weiter mit mir Kontakt gehabt, hat mir Fresspakete geschickt. Immer wenn ich zu Hause war, hat sie meine Wäsche gewaschen, mir Essen gekocht, dabei hatte sie schon genug Probleme. Die Behörden hatten sie ja im Visier wegen ihrem Glauben, aber das war ihr egal. Dass dein Vater weg ist, war schlimm für sie. Hätte sie nie gesagt, war aber so.«

Onkel Micki holt eine Packung *Camel* aus seiner Lederjacke und greift wieder nach der Schnapsflasche.

»Auch noch einen?«

»Bitte.«

Er gießt ein, wir stoßen an. Ich trinke. Unglaublich, dass

wir uns auf einmal hier gegenübersitzen in diesem dunklen, kalten Raum, Schnaps trinken und über Großmutter reden, es ist wie ein Wunder. Ich habe so viele Fragen, dass ich nicht weiß, wo ich anfangen soll.

»Lebst du hier unten?«

»Nein«, sagt Onkel Micki und zündet sich eine Zigarette an, »ich lebe nirgends, ich verstecke mich. Das ist kein Leben. Aber ich gehe nicht noch einmal ins Gefängnis.«

»Was hast du eigentlich getan?«

Onkel Micki schaut mich fragend an.

»Warum fahnden sie nach dir?«

»Ach so, das. Ich habe niemandem wehgetan, falls dir das Sorgen macht. Ich bin ganz höflich gewesen, die Dame hinter dem Tresen sah zwar nicht glücklich aus, aber das Geld hat sie mir trotzdem rübergereicht. Piek musste natürlich laut werden, der alte Rüpel.«

»Du hast mit Piek eine Bank ausgeraubt?«

Onkel Micki hebt das Glas.

»Engelchen«, sagt er und trinkt, »was denkst du denn von mir? Keine Bank. Nur eine alte Tankstelle. Und wäre Piek ein Gentleman gewesen wie ich, hätten sie uns auch nicht gekriegt.«

»Woher kennst du Piek?«

»Na, von hier. Und später waren wir zusammen bei den Bausoldaten.«

»Und was ist dann passiert?«

»Sie haben mich rausgelassen, als die Mauer gefallen ist. Die hatten ja kaum noch Personal, da mussten sie ein paar von uns loswerden. Außerdem haben die im Gefängnis auch Revolution gemacht. War ordentlich was los.«

»Und dann?«

»Dann was?«

»Warum fahnden sie jetzt nach dir?«

»Ach, nur eine Kleinigkeit. Brauchst keine Angst zu haben vor deinem Onkel.«

»Habe ich gar nicht.«

»Und auf deinen Vater solltest du nicht böse sein, nur weil er dir von mir nichts erzählt hat. Er hat es auch nicht immer leicht gehabt.«

»Wieso seid ihr nicht alle gemeinsam fortgegangen?«

»Wollten wir ja, dein Vater und ich. Als wir zur Armee sollten, haben wir beschlossen, abzuhauen.«

»Und was ist schiefgegangen?«

Onkel Micki schaut auf den Boden.

»Nichts. Ich bin nicht zum Treffpunkt gekommen. Andy hat sich so gefreut, drüben wieder zu einer Versammlung zu gehören. Das Königreich zu verkünden. Ich wollte das nicht. Dieses ganze Bibeldings, weiß auch nicht. War nie meins. Wenn ich gebetet habe, kam ich mir immer blöd dabei vor. Ich bin dann zu den Bausoldaten, und danach habe ich mir die Haare wachsen lassen und einen Schnurrbart wie Frank Zappa.«

»Und Großmutter? Wollte sie nicht weg?«

»Nein«, sagt Onkel Micki, »sie wollte da sterben, wo sie ihr ganzes Leben verbracht hat.«

Er drückt die Zigarette in der Blechdose aus und lächelt mich an.

»Musst du jetzt erst einmal alles verdauen, Engelchen.«

Ich nicke.

»Du erzählst ihnen doch nichts, oder?«, fragt er.

»Blödsinn, natürlich nicht.«

Er streicht mir über die Wange. Seine Hände sind ganz rau, wie Hundepfoten.

»Siehst ganz anders aus als diese Brüder und Schwestern. Hast keine Jehovamuskeln.«

Onkel Micki zieht die Mundwinkel hoch.

»Dieses Lächeln, das sie alle im Gesicht tragen, so als hätten sie im Lotto gewonnen«, sagt er und greift nach den Gläsern.

»Jetzt gehst du besser, Engelchen. Ist zu kalt hier unten. Und zu gefährlich.«

Er stellt die Flasche und die Gläser wieder unter die Pritsche.

Ich stehe auf. »Das mit den Buchstaben vor dem Saal, das warst du, oder?«

Onkel Micki rückt die Pritsche von der Wand weg.

»Richtig. Hat dein Vater es gesehen?«

»Alle haben es gesehen.«

»Und ich habe dich gesehen«, sagt Onkel Micki, »als du draußen in der Kälte standst und in den Himmel gestarrt hast. Kurz dachte ich, gleich steigst du auf, wie Jesus.«

Wieder streicht er mir über die Wange.

»Dein Vater soll bloß nicht denken, dass ich nicht da bin, auch wenn er so tut, als ob. Ich habe nichts vergessen, vor allem unsere Kindheit nicht. Nadja und ihre Geschichten. Eine Weile habe ich mich in ihrem alten Haus versteckt, doch als ihr hergezogen seid, wurde das zu gefährlich. Hier unten ist es manchmal hart, nur mit dieser Campingkohleheizung.«

»Ich lege dir wieder Selterspakete in die Büsche. Und Handwärmer. Ich habe zwei für den Predigtdienst, aber das will ich eh nicht mehr machen. Brauchst du sonst etwas?«

Er fährt sich über die Bartstoppeln.

»Vielleicht einen Rasierer?«

»Kein Problem!«

»Versteck ihn im Gartenschuppen«, sagt Onkel Micki, »da steht ein alter Schuhkarton, da kannst du ihn reinlegen.«

Ich zeige auf die Landkarten.

»Darf ich die wieder mitnehmen?«

»Natürlich«, sagt er, dann löst sich ein Gitter von der Wand, hinter dem eine Öffnung zum Vorschein kommt.

»Da geht es raus?«, frage ich.

»Zauberei«, sagt Onkel Micki und macht eine einladende Geste in Richtung Loch. Ein breiter Lüftungsschacht führt nach draußen.

»Du musst nur da hoch«, sagt Onkel Micki, »dann stehst du wieder auf dem Hof.«

»Ich komme wieder, sobald es geht«, sage ich.

»Nein«, sagt Onkel Micki, »besser nicht.«

»Aber du musst doch versorgt werden.«

»Mach dir nicht so viele Sorgen«, sagt er und drückt mich fest.

»Auf Wiedersehen, Engelchen.«

»Auf Wiedersehen.«

Ich krieche durch das Loch, stemme mich hoch und befinde mich wenige Sekunden später wieder vor der Fabrik. Eine Weile bleibe ich dort stehen, fahre mir mit den Händen durchs Gesicht, es fühlt sich seltsam unecht an, vielleicht, weil es voller Spinnweben ist.

»Ich habe einen Onkel.«

Es klingt seltsam, vielleicht auch nur, weil ich es zu mir selber sage. Wem soll ich auch davon erzählen? Sulamith, aber Sulamith ist nicht mehr da. Weniger als hundert Meter von mir entfernt steht unser Haus, ich kann von hier aus das Licht in der Küche brennen sehen. Gleich werde ich die Straße überqueren, ich werde auf Vater und Mutter stoßen, Mutter wird in der Küche stehen und die Reste unseres Weihnachtsessens in den Kühlschrank packen, vielleicht wird sie mir einen kalten Bratapfel anbieten. Eine Weile bleibe ich noch so hocken und schaue in den dunklen Himmel. Heute sind keine Sterne zu sehen, nur ein stumpfes Schwarz schweigt mich von oben an.

»Ich habe einen Onkel«, flüstere ich wieder.

14

Am Morgen nach dem Erdbeben wurden wir von Martinshörnern geweckt. Ich schreckte auf, zuerst wusste ich nicht, wo ich war. Die Sirenen schienen direkt vor dem Fenster zu heulen, dann polterte jemand unten gegen die Tür.

»Aufmachen!«

Mein Rücken schmerzte vom Schlafen auf dem harten Boden.

»Was ist los?«, jammerte Tabea hinter mir. »Kommt Harmagedon doch?«

Sie saß in einem *Regina-Regenbogen*-Schlafanzug neben Rebekka. Mischa und Tobias schliefen immer noch. Sulamith neben mir hatte die Hände hinter dem Kopf verschränkt und starrte an die Decke. Überall lagen leere Plastikverpackungen herum.

Harmagedon. Das Erdbeben. Kein Harmagedon. Alles fiel mir plötzlich wieder ein. Ich lief zum Fenster. Ein Feuerwehrauto stand vor dem Königreichssaal.

»Was ist mit Harmagedon?«, fragte Tabea.

»Halt die Klappe«, sagte Rebekka.

Blass und erschöpft sah sie aus, genau wie Sulamith, die nach der Packung Prinzenrolle griff und sich den letzten Keks nahm. Hinter uns gähnte Mischa.

»Was ist los?«, murmelte er. »Wo sind wir?«

Auch Tobias wachte endlich auf. Verschlafen standen wir nebeneinander in unsere Decken gehüllt am Fenster und blickten nach draußen. Die Tür hatte Jehova über Nacht jedenfalls nicht verschlossen, denn Papa und Bruder Schuster unterhielten sich draußen mit einem Feuerwehrmann. Misstrauisch blickte der auf die Fassade, während Papa und Bruder Schuster auf ihn einredeten. Schließlich nickte der Feuerwehrmann, stieg wieder in den roten Wagen und fuhr davon. Es klopfte, Mama betrat den Raum.

»Wie sieht es denn hier aus?«, rief sie und zeigte auf den Müll am Boden. »Das ist doch hier kein Ferienlager! Räumt auf und kommt dann runter.«

Schweigend packten wir zusammen, entsorgten den Müll unten an der Auffahrt und verstauten unsere Sachen im Auto.

»Wo fahren wir hin?«, fragte ich, als Mama uns bat einzusteigen.

»Nach Hause«, antwortete Mama, »wohin denn sonst?«

Wir fuhren los, zuerst in die Blumensiedlung, wo wir Sulamith und Lidia absetzten, und dann weiter Richtung Himbeerhof. In der Nacht war so viel Regen gefallen, dass die Sieg über das Ufer getreten war. Die Auen waren überschwemmt.

»Ein Glück«, murmelte Mama, als wir die Straße zu unserem Haus hinunterfuhren und der Himbeerhof in Sicht kam, »die Reben sind kaum beschädigt.«

Ich ging sofort in mein Zimmer, von dem ich die Nacht zuvor noch geglaubt hatte, es vielleicht nie wiederzusehen. Mama nahm mir die Harmagedontasche ab, legte sie zusammen mit den beiden anderen zurück in die Kommode und verschloss sie, als wäre nichts gewesen. Ich legte mich ins Bett und verschlief den Tag.

Am Abend hörte ich, wie Papa in seinem Arbeitszimmer

telefonierte, und erfuhr, dass wir die einzige Versammlung im Kreis waren, die beim Anblick der Lichter in den Königreichssaal geflohen war. In den Nachbarversammlungen war kein Alarm ausgelöst worden. Wie konnte das sein? Harmagedon würde doch überall auf der Welt gleichzeitig losgehen. Warum hatte Papa nicht mit Selters telefoniert, bevor er die Brüder informiert hatte? Es müsste doch eine Abmachung, irgendein Zeichen geben, das für alle galt.

Mama schmunzelte nur, als ich sie darauf ansprach.

»Mach dir um so was keine Gedanken. Der treue und verständige Sklave ist ein guter Hirte. Dein Vater hat sich geirrt, aber er hat es ja nur gut gemeint«, sagte sie. »Sieh es einfach als eine Übung für den Ernstfall. Jetzt bist du viel besser vorbereitet, nicht wahr?«

Sogar in die Zeitung schafften wir es. *Sekte schließt sich in Gotteshaus ein*, lautete am nächsten Morgen die Überschrift im Geisrather *Extrablatt*. Jana und Kerstin schienen den Artikel gelesen zu haben, am nächsten Tag in der Schule redeten sie jedenfalls kaum mit uns. Auch Sulamith sprach nicht mit mir über das Erdbeben. Papa würde bei der nächsten Zusammenkunft sicher kurz über seinen Irrtum sprechen, dachte ich, doch alles lief ab wie immer. Der Saal war wieder hergerichtet worden, nur die Flecken auf dem Teppich erinnerten noch an den Tag.

Eine Woche nach dem Erdbeben nahm Papa mich am Nachmittag zur Seite. Sulamith und ich saßen in der Küche, machten Hausaufgaben und wollten danach eigentlich ins Freibad fahren.

»Ich muss mit dir reden«, sagte Papa, als er die Küche betrat, »unter vier Augen.«

Ich ging fest davon aus, dass er mit mir über das Erdbeben sprechen wollte. Sicher hatte er bemerkt, wie sehr uns dieses

Ereignis verunsichert hatte. Zumindest mir, dachte ich, seiner Tochter, wollte er erklären, wie es dazu gekommen war, sich vielleicht sogar entschuldigen. Er schloss die Tür zu seinem Arbeitszimmer und blickte mich ernst an.

»Hast du mir etwas zu sagen?«, fragte er.

Ich war so verdutzt, dass ich vergaß, zu antworten.

»Hast du mir etwas zu sagen?«, fragte er wieder.

»Nein. Wieso?«

Er ließ sich auf seinen Bürosessel sinken und rieb sich das Gesicht.

»Sulamith hat Verkehr mit einem Weltjungen. Was weißt du darüber?«

»Nichts«, stotterte ich, ohne zu bemerken, dass ich Sulamith dadurch schon halb verraten hatte. Papa wollte alles wissen. Alles, was Sulamith mir über Daniel erzählt hatte. Wie sie sich kennengelernt hatten, ob sie sich regelmäßig sahen, ob sie ein Paar waren, ob sie sich schon geküsst hatten oder womöglich sogar Hurerei begangen hatten.

»Nein«, sagte ich.

»Nein.«

»Weiß ich nicht.«

»Keine Ahnung?«

»Nein.«

Als er mit mir fertig war, rief er Sulamith zu sich. Hochrot im Gesicht kam sie anschließend aus dem Arbeitszimmer.

»Ich habe nichts verraten«, flüsterte ich ihr zu. Sie blickte mich nicht einmal an. Sie packte ihre Schulsachen zusammen und verließ ohne Abschied das Haus.

»Lass mich bitte in Ruhe«, sagte Sulamith immer, wenn ich sie in der Schule sah und ihr zum hundertsten Mal versicherte, nichts verraten zu haben. Erst Tage später, als sie mir in der großen Pause das Daycahier reichte, begriff ich, dass sie gar nicht sauer auf mich war. Das Gespräch mit Papa hatte ihr so sehr zugesetzt, dass sie nicht mit mir darüber reden konnte.

Er wollte wissen, wo Daniel mich angefasst hat. Wo genau, wie genau und wie lange. Ist er dir unter dein Oberteil gegangen, hat er deine Brüste gestreichelt, hat er mich gefragt. Und weißt du, was das Schlimmste ist? Ich habe es ihm auch noch gesagt. Ich saß da wie gelähmt, ich habe mich gefühlt wie eine Vierjährige. Wenn du jemanden von klein auf kennst und der sich immer wie dein Vater aufgeführt hat, dann gibt es einen Teil in dir, der glaubt, dass dieser Mann das Recht hat, alles über dich zu wissen und über dein Handeln zu urteilen. Ich fühle mich so schäbig, weiß nicht, vielleicht ja auch wegen Daniel und allem, keine Ahnung. Ich bin so was von durcheinander, ich schäme mich entsetzlich. Bitte streiche das hier alles mit Edding durch, nachdem du es gelesen hast!

Ich hatte keinen Edding, ich übermalte die Zeilen mit meinem dicksten schwarzen Filzer. Die ölige Tinte des Kugelschreibers war zwar immer noch zu erkennen, aber man konnte nichts mehr entziffern. Ich starrte auf die Seite. Was dort eben noch gestanden hatte, war für mich unvorstellbar. Sulamith, die sich von einem Jungen anfassen ließ, Papa, der genau wissen wollte, was zwischen den beiden lief. Mir wurde schlecht.

Lidia achtete penibel darauf, dass Sulamith regelmäßig mit in die Zusammenkünfte kam, doch sie wirkte abwesend und meldete sich kaum noch. Je schweigsamer sie wurde, desto voller wurden die Daycahiers. Manchmal setzte sie sich auf ihren Platz, kritzelte vor sich hin, redete mit niemandem und reichte mir nach der Zusammenkunft ohne Kommentar das Heft, in dem dann seitenlange Abhandlungen über widersprüchliche Aussagen der Bibel standen. Einmal klebte im Daycahier eine

Seite unserer alten Bibel, auf der eine Landkarte zu sehen war, in der die Reisen des Apostel Paulus eingezeichnet waren. Genau in die Mitte hatte Sulamith einen roten Kreis um ein seltsames Tier gemalt, das im Norden Afrikas stand. Ich kannte die Landkarte, aber das Tier war mir nie aufgefallen. *Was macht ein Dinosaurier in der Bibel?* stand neben der Landkarte. Sulamith hatte recht, das Tier sah aus wie ein Dinosaurier. Warum hatte ich ihn nie bemerkt? Manchmal schrieb sie auch über Begebenheiten, die Jahre zurücklagen.

Siegfried und Roy, weißt du noch? Die Zauberer mit den weißen Tigern. Sie sind gar keine Brüder, sondern ein Liebespaar, das habe ich neulich beim Friseur in irgendeiner Zeitschrift gelesen. Wieso haben sie uns damals in eine solche Show gehen lassen? Das muss Elisabeth doch gewusst haben. Ich verstehe das nicht. Männer, die bei Männern liegen, haben doch angeblich keinen Platz im Königreich Gottes. Ich finde das eh albern, aber wieso darf deine Mutter das Wort des Apostel Paulus missachten, und ich werde, wenn ich Fragen habe, als Verleumderin hingestellt?

Sulamith schrieb und klebte und malte ins Daycahier. Auf eine Seite malte sie Löwen in einer Grube, dazwischen saß zusammengekauert ein Mädchen. *Sulamith in der Löwengrube* stand darüber, und oben am Rand saß ein Schatten, der ihr die Hand hinstreckte, sie aber nicht erreichte. Sie malte die Wohnung im Narzissenweg. Die Türen waren alle ausgehängt. Lidia saß dort, inmitten tellergroßer Puzzleteile. Es sah zum Fürchten aus, vielleicht malte ich deswegen so viele Smileys darunter, denn mich verstörten diese Zeichnungen, diese Landkarten mit Dinosauriern, diese Erkenntnisse über Siegfried, Roy und den Apostel Paulus.

Anders als Sulamith habe ich die Menschen aus der Bibel nie so nah an mich herangelassen. Auch wenn ich gelernt hatte, dass all diese Geschichten wahr waren, ließen sie mich völlig kalt. Das Schicksal dieser Leute war mir vollkommen egal. Was für mich zählte, waren die Anweisungen von Mama und Papa, welche Konsequenzen es hatte, wenn ich nicht gehorchte. Mutters scharfe Stimme, Papas bohrender Blick, die Brüder und Schwestern, die nur darauf warteten, jemanden an die Ältesten zu verpetzen. Wenn ich die Bibel aufschlug und über Moses, Kain und Abel, Petrus und Johannes las, dachte ich nicht an echte Menschen. Sie waren mir nicht nah. Nah waren mir Sulamith, Rebekka, Tabea, Mischa und Tobias. Mit ihnen war ich groß geworden, allein der Gedanke, sie zu verlieren, machte mir solche Angst, dass ich eigentlich gar keinen Gott gebraucht hätte, der mich in Schach hielt.

Sulamith hatte immer an diesen Gott glauben wollen, sie hatte zu ihm eine Verbindung finden wollen. Vielleicht stellte sie deswegen von Anfang an viel zu viele Fragen. Warum war Josef so gemein zu seinem Bruder Benjamin, der ihm doch nichts getan hatte? Warum protestierte Jakob nicht, als Laban ihm nach sieben Jahren Schufterei die falsche Frau zur Ehe gab? Und überhaupt, wieso übergaben Männer ihre Töchter zur Ehe, als wären sie irgendwelche Gegenstände? Warum quälte Gott Hiob, nur um eine Wette gegen Satan zu gewinnen? Dass Hiob für seine Standhaftigkeit von Gott belohnt wurde, dass er neue Frauen bekam und neue Kinder, ließ Sulamith nicht gelten.

»Familie und Kinder kann man nicht einfach ersetzen, auch wenn die Menschen damals ein anderes Verhältnis zu Frauen und Kindern hatten«, sagte sie, »Hiob soll uns doch heute, in der Gegenwart als Beispiel dienen, oder nicht?«

Ich verstand Sulamith nicht. Was hatten wir mit einem pockennarbigen, von Lepra zerfressenen Mann gemeinsam?

Zwei Wochen nach dem Erdbeben machten wir mit *Silas Reisen* einen Tagesausflug. Papa war mit der Auszählung der Dienstzettel beschäftigt. Mama hielt sich den Samstag prinzipiell für den Predigtdienst frei und bestand darauf, dass ich mit Lidia am Ausflug teilnahm. Wir trafen uns vor dem Saal. Mischa und Tobias saßen schon im Bus, wir anderen wollten gerade einsteigen, als Sulamith auf ihrem Fahrrad die steile Straße heraufgestrampelt kam.

»Nehmt mich mit«, rief sie außer Atem.

Rebekka und Tabea liefen ihr entgegen und umarmten sie. Mischa platzte fast vor Freude, als er sie einsteigen sah, nur Tobias blieb auf Abstand.

»Ich wollte schon immer mal nach Idar-Oberstein«, sagte Sulamith, »wegen der Edelsteine.«

Tobias nahm sich eine Cola aus der Getränketruhe zu seinen Füßen.

»Wer's glaubt«, murmelte er.

Mischa lächelte schüchtern.

»Schön, dich zu sehen.«

»Danke«, sagte Sulamith und ließ sich drücken.

Wir gingen bis zur letzten Reihe durch.

»Was ist mit Lidia?«, fragte ich.

»Es geht ihr mal wieder nicht gut.«

Rebekka und Tabea setzten sich neben uns.

»Was hat sie denn?«, fragte Tabea.

»Nichts Schlimmes.«

Sulamith wartete, bis Rebekka von Tabea abgelenkt wurde, dann rückte sie ein Stück näher an mich heran.

»Ist alles in Ordnung?«, flüsterte ich.

»Gar nichts ist in Ordnung«, flüsterte Sulamith, »sie hat ein

T-Shirt von Daniel gefunden mit Totenköpfen drauf. Das Shirt ist von so einer Skateboardfirma. Einfach nur Totenköpfe, was ist daran so schlimm? Aber Mamusch sagt, ich hätte uns den Teufel ins Haus geholt. Sie sagt, ich sei schuld, wenn sie wieder ins Krankenhaus müsse, weil ich sie so unglücklich mache.«

»So ein Quatsch«, sagte ich.

Sulamith lehnte ihren Kopf an die Fensterscheibe und schloss die Augen.

»Sie hat recht. Bald ist es wieder so weit«, sagte sie leise, »ich spüre es. Tatütataa.«

Ich wusste nicht, was ich antworten sollte. Es war mir lange schwergefallen zu glauben, dass Lidia einfach nur krank war. Ich wusste, ihre Krankheit verlief zyklisch, die Schübe kündigten sich an, aber selten bekam ich die Vorzeichen mit. An manchen Wochenenden befahlen Mama und Papa uns, bei Lidia zu bleiben, damit sie nicht so viel allein war. Die Wohnung umgab etwas Dunkles und Trauriges. Das Essen schmeckte nicht. Fettaugen schwammen auf den gehaltvollen Eintöpfen, die Lidia sommers wie winters auftischte. Ständig stieß man sich an einem scharfkantigen Möbelstück. Zerkratzten wir aus Versehen etwas, einen Spiegel oder eine Schrankwand, beklebte Lidia die Stellen mit Harlekins oder *Sarah-Kay*-Mädchen, die sie aus Werbeprospekten ausschnitt. Wenn Lidia auf dem Sofa eingedöst und es draußen warm genug war, stiegen wir nach dem Essen manchmal aufs Flachdach. Irgendjemand im Haus knackte immer wieder das Schloss der Tür, durch die man nach draußen gelangte. Auf dem Dach standen ein Grill und Gartenstühle, sogar ein Bobbycar fanden wir dort einmal. Warum jemand seine Kinder im einundzwanzigsten Stockwerk ohne Absperrung Bobbycar fahren ließ, war uns ein Rätsel. Wir aßen unsere gemischten Tüten von *Gretchens Teestübchen*, saure Zungen und Zuckerpuder-Ufos, piddelten an der

Dachpappe herum oder schauten einfach nur in den pinken Himmel.

Die Fahrt nach Idar-Oberstein dauerte nicht lange. Bereits nach einer Stunde lenkte Bruder Reinhardt den Bus auf einen Parkplatz in der Nähe des Stadtzentrums. Ungefähr zwei Dutzend Brüder und Schwestern aus unserer und der Versammlung des Nachbarortes stiegen aus, viele kannte ich nicht. Wir machten mit Mischas Vater eine Rückfahrtzeit aus und durften uns dann frei in der Stadt bewegen. Die Mittagssonne brannte.

»Wie niedlich«, sagte Rebekka, als wir das Stadtzentrum erreichten, »die vielen alten Häuschen!«

Überall wurden Edelsteine verkauft. Auf dem Marktplatz standen sie in Säcken vor den Ständen und glänzten in allen Farben. Tabea steckte ihre Hand tief in einen Sack voller himmelblauer Steine. Am Tag zuvor musste auf dem Marktplatz ein Fest gefeiert worden sein, vereinzelt lagen Flyer auf dem Boden. Sulamith hob einen auf. Auf dem Flyer waren zwei Frauen in Hexenkostümen zu sehen, sie ritten auf Reisigbesen.

»Was willst du damit?«, fragte Mischa.

»Nichts«, sagte Sulamith.

Tobias blickte ihr über die Schulter.

»*Walpurgisnacht für Frauen*«, las er laut vor. »*Wir erobern uns die Nacht zurück. Nachtdemonstration. Treffpunkt bei Einbruch der Dunkelheit.*«

Tobias prustete los.

»Was ist denn das für ein Blödsinn?«

»Du bist so was von dumm«, sagte Sulamith und wandte sich ab.

»Sei doch nicht immer gleich beleidigt«, rief Rebekka, aber da rannte Sulamith schon über den Marktplatz davon. Tobias zuckte nur mit den Schultern.

»Idiot«, zischte ich und folgte Sulamith.

Wir liefen durch die schmalen Seitengassen, in denen sich Juweliere und Goldschmiede an Krimskrams-Läden reihten, die Figuren aus geschliffenen Edelsteinen verkauften. Dazwischen boten Imbisse Spießbraten an. Sulamith hielt sich die Nase zu.

»Hier stinkt es nach verbrannten Leichen.«

Tatsächlich dünstete jeder Imbiss den fettigen Bratengeruch aus. Die schmalen Gassen waren voller Menschen, die meisten schienen Touristen zu sein. Eine Weile betrachteten wir die Auslagen in den Geschäften, passierten die Spießbratereien *Drei Schweinchen* und *Zum alten Goten* und liefen dann in eine ruhige Straße, die, vielleicht weil das traditionelle Kopfsteinpflaster fehlte, menschenleer war. Nur ein Geschäft gab es hier, auch davor standen große Säcke mit Edelsteinen, die in allen Farben glänzten und schillerten. Im Schaufenster hing eine Schaukel, auf ihr saß eine Puppe in einer Rüstung aus blauen Steinen, auf dem Kopf trug sie einen mit Edelsteinen besetzten Bürstenhelm.

»Schau mal, da sitzt eine Philisterin auf einer Schaukel.«

Sulamith grinste.

Ich betrat den Laden. Es roch nach Räucherstäbchen und Patschuli. Eine Frau begrüßte mich freundlich. Sie trug ein grob gewebtes lila Leinenkleid und um den Hals jede Menge Ketten. Draußen inspizierte Sulamith einen Korb mit den gleichen blauen Steinen, die die Puppe trug.

»Wie heißen diese blauen Steine?«, fragte ich und zeigte auf die Puppe im Schaufenster.

»Das ist Lapislazuli«, sagte die Verkäuferin.

»Aha.«

»Schon im alten Ägypten wurde er den Pharaonen ins Grab gelegt.«

»Und warum?«

»Der Lapislazuli verspricht seinem Träger Glück und Heilung. Er wird auch ›Wahrheitsstein‹ genannt. Er soll uns dabei helfen herauszufinden, wer wir wirklich sind, was unsere persönliche Wahrheit ist.«

Sie griff nach einer Kette und hielt sie mir an den Hals. Sulamith stand noch immer draußen vor den Säcken.

»Ich würde gern eine Kette kaufen«, sagte ich.

Die Verkäuferin folgte meinem Blick.

»Ist es ein Geschenk?«

Sie legte einige Ketten vor mir auf einer Glasvitrine aus, ich entschied mich für eine mit runden Steinen.

»Soll ich sie dir einpacken?«, fragte die Verkäuferin.

»Nein, danke.«

Ich bezahlte und ließ die Kette in meine Hosentasche gleiten. Es sollte eine Überraschung sein. Ich würde die Kette Sulamith im richtigen Moment umlegen, so, wie ich es oft in Liebesfilmen gesehen hatte, ich würde sie ihr ganz unerwartet von hinten um den Hals legen, dachte ich, doch als ich vor die Tür trat, war Sulamith nicht mehr da. Ich drängte mich an den Eis schleckenden Touristen vorbei in Richtung Marktplatz, aber als ich sie dort nirgends entdeckte, lief ich wieder die Gasse hinunter, diesmal in die andere Richtung. Ich blickte in die Schaufenster der kleinen Läden, vergeblich. Sicher war sie zurück zu den anderen gelaufen. Ich kehrte um und ging in die Fußgängerzone, die zum Parkplatz führte. Mischa und die anderen standen vor einem Spießbraten-Imbiss, sie hielten Baguettes in den Händen, aus denen in Ketchup und Senf getränkte Fleischlappen hingen. Tabeas Gesicht war fettverschmiert, Rebekka reichte ihr eine Serviette.

»Habt ihr Sulamith gesehen?«, fragte ich.

»Sie ist doch mit dir los«, antwortete Rebekka.

»Ich bin in einen Laden gegangen und habe etwas gekauft, doch als ich wieder rauskam, war sie weg.«

Tobias grinste.

»Wieso wundert mich das jetzt nicht?«, sagte er mit vollem Mund.

»Sie wird schon wieder auftauchen«, meinte Rebekka.

Ich drehte mich auf dem Absatz um und ging zurück zum Laden. Ich lief noch einmal die kleinen Gassen um den Marktplatz herum ab. Sulamith war nirgends zu finden. Die Sonne knallte, mein Gesicht war ganz heiß, ich hatte Durst. Hinter den alten Häusern plätscherte ein Bach. Wo war sie nur? Ich lief den Bach entlang, bis ich an eine große Straße kam. Lastwagen fuhren an mir vorbei. Ich brüllte so laut ich konnte. Mein Schrei ging im Lärm der schweren Wagen unter, ich holte die Kette hervor, doch ich brachte es nicht übers Herz, sie in den Bach zu werfen. Vielleicht hatte Sulamith sich verlaufen. In einer Stunde würde der Bus wieder abfahren. Ich irrte noch ein wenig durch die Stadt und ging dann zurück zum Parkplatz. Bruder Reinhardt schloss gerade den Bus auf, einige Brüder und Schwestern stiegen bereits ein. Rebekka, Tabea, Mischa und Tobias standen davor.

»Ist sie hier?«, fragte ich, als ich sie erreichte.

Tobias grinste wieder.

»Mischa hat sie gefunden.«

»Wo ist sie?«

»Bei ihrem Loverboy«, rief Tobias, »mit dem hat sie sich anscheinend hier verabredet. Romantischer Ausflug zu zweit.«

»So ein Blödsinn. Was soll das?«

»Mischa hat sogar gesehen, wie sie sich abgeknutscht haben«, sagte Tabea, »mitten auf der Straße. Und dann sind sie zusammen in ein Hotel gegangen.«

»Halt die Klappe«, zischte Mischa.

Ich packte ihn am Arm.

»Stimmt das?«

»Ich bin nach dem Essen hierher«, sagte Mischa zögernd, »ich hatte mein Geld im Bus vergessen. Da habe ich sie gesehen. Sie stand vor einem Hotel. Nicht weit von hier. Mit einem Jungen. Sie haben sich umarmt und geküsst. Dann ist sie mit ihm in das Hotel gegangen.«

»Das ist doch Quatsch«, sagte ich.

»Ist es nicht«, sagte Tobias, »du willst es nur nicht glauben.«

Er stieß Mischa an, der auf den Boden schaute.

»Und du hast ihr auch noch Schmuck gekauft. Tja, Bruder, die Ohrringe musst du wohl einer anderen schenken.«

Mischa packte ihn am Kragen.

»Reg dich ab«, sagte Tobias, »wegen so einer willst du dich mit deinem besten Freund schlagen?«

Von Weitem sah ich Sulamith über die Straße rennen. Mischa ließ Tobias los.

»Wo warst du?«, fragte er, als sie schwer atmend vor uns stand.

»Habe mich verlaufen«, sagte sie.

Tobias lachte.

»Mit deinem Lover im Hotel eine Nummer geschoben, was?«

Ohne eine Antwort abzuwarten, stieg er in den Bus, die anderen folgten ihm. Durch die Fenster sah ich sie alle zusammen nach hinten durchgehen. Sprachlos schaute Sulamith ihnen hinterher, stieg dann in den Bus und setzte sich nach vorn in die erste Reihe. Als ich an ihr vorbeiging, hielt sie mich fest.

»Bitte«, sagte sie, »bleib hier bei mir.«

Widerwillig ließ ich mich auf den Platz neben sie fallen.

»Ich kann dir das erklären.«

Der Bus fuhr los.

»Wart ihr wirklich in einem Hotel?«, fragte ich.

»Also ja, doch, aber nicht, wie du denkst«, flüsterte sie, »da war eine Protestveranstaltung. Siegfried und Roy hatten eine Show mit den Tigern. Daniel ist mit dem Zug gekommen, wir haben uns dort getroffen, weil wir demonstrieren wollten. Woher weiß Tobias das überhaupt?«

»Mischa, er hat gesehen, wie ihr euch abgeknutscht habt.«

Sulamith verdrehte die Augen.

»Mein Gott, der Typ geht mir so was von auf die Nerven.«

»Stimmt es denn?«, fragte ich.

Sulamith hielt sich die Hand vor den Mund, aber ihre Augen glänzten.

»Das ist nicht lustig«, flüsterte ich, »wenn das rauskommt, kriegst du keinen Hirtenbesuch, sondern gleich ein Rechtskomitee. Warum hast du mir nichts gesagt?«

»Ich wollte dich nicht mit reinziehen. Du musstest wegen mir sowieso schon genug ertragen in den letzten Monaten.«

Sie nahm meine Hand.

»Bist du noch böse auf mich?«

Nein, wollte ich sagen, ich habe nur Angst, dich zu verlieren.

»Nein«, sagte ich, »ich hatte nur Angst, dass du verloren gehen könntest.«

»So schnell gehe ich nicht verloren«, sagte sie und streichelte meine Hand. Draußen flogen Weinberge vorbei, sie sahen gelb aus, als hätten sie zu wenig Wasser bekommen. Die Sonne brannte immer noch, ich zog die Vorhänge zu und schloss die Augen. Hinten hörte ich die anderen lachen. Mein Magen schmerzte. Tobias würde alles seinem Vater erzählen. Bruder Schuster würde mit Mischa reden, und Mischa würde ihm alles verraten, allein schon, um Daniel eins auszuwischen. An Sulamith würde er dabei keine Sekunde denken. Sein wütender Blick, als sie zum Bus gelaufen war, so als wäre sie ihm irgendeine Erklärung schuldig, seine bebenden Jungslippen, seine pubertäre Feigheit, die ihm verbat, ihr einfach zu sagen, wie sehr er sie liebte.

Sulamith hielt noch immer meine Hand.

»Schläfst du heute bei mir?«, fragte sie.

»Ich weiß nicht.«

»Bitte.«

Als uns der Bus am Königreichssaal absetzte, wartete Mama schon auf uns. Tobias und die anderen waren hinten ausgestiegen, ohne sich von uns zu verabschieden. Ich fühlte mich erschöpft, meine Glieder waren bleischwer. Das Herumirren in der Stadt, die Wut und die Sorge um Sulamith hatten mich völlig ausgelaugt.

Mama trug ihre Arbeitskleidung, nach dem Predigtdienst hatte sie sich also noch um die Himbeeren gekümmert. Wo nahm sie nur all die Energie her?

»Na«, fragte sie, »war es schön?«

Sie umarmte erst mich, dann Sulamith.

»Wie gut und lieblich es ist, wenn Brüder in Einheit beisammen wohnen«, sagte sie, »Psalm 133:1.«

Sulamith lächelte.

»Habt ihr Hunger?«, fragte Mama. »Ich kann uns was kochen, und später gibt es Popcorn. Heute läuft *Wetten dass ..?*, was meint ihr?«

»Ich wollte eigentlich fragen, ob wir bei Sulamith schlafen können.«

Mama kramte nach dem Autoschlüssel.

»Ich weiß nicht, Lidia geht es nicht gut. Sie braucht Ruhe.«

»Deswegen«, sagte Sulamith, »ich will sie nicht allein lassen. Und sicher würde sie sich freuen, Esther zu sehen.«

Mama schaute Sulamith durchdringend an.

»Also gut. Aber passt auf, dass Lidia sich schont, versprecht ihr mir das?«

»Versprochen.«

Wir stiegen ins Auto, Mama fuhr uns in die Blumensiedlung.

»Erschrick dich bitte nicht«, sagte Sulamith noch, bevor wir die Wohnung betraten.

»Erschrecken, wieso?«

»Du wirst schon sehen.«

Sulamith schloss die Tür auf. Sie hatte keine Karikaturen ins Daycahier gezeichnet, sondern die Realität. Lidia hatte alle Türen in der Wohnung ausgehängt. Sulamiths Zimmertür, die Wohnzimmertür, die Flurtür, selbst die Tür zum Badezimmer hatte sie abmontiert und hochkant in die Badewanne gestellt. Am Grund der Kloschüssel lagen verbrannte Streichhölzer, auf den Fliesen daneben angebrannter Stoff.

»Daniels Shirt.«

Sprachlos stand ich neben Sulamith, die vor mir hockte und das kaputte T-Shirt in die Höhe hielt. *Metallica* stand darauf, man konnte gerade noch die Totenköpfe erkennen.

»Ich dachte, es wäre ein Witz«, sagte ich, »das mit den Türen.«

»Ist es ja auch«, sagte Sulamith und stopfte das T-Shirt in den Mülleimer unter dem Waschbecken, »wo steckt sie denn?«

Sie lief in ihr Zimmer. Lidia war offenbar nicht zu Hause.

»O nein«, hörte ich Sulamith rufen, »das gibt's doch nicht!«

Das Zimmer war vollkommen verwüstet. Alle Schubladen waren aufgerissen, alle Kleider, Bücher, Schallplatten herausgezogen worden, als hätte ein Einbrecher gewütet. Selbst das Bett war durchsucht worden, die Bettdecke und das Kopfkissen lagen auf dem Boden, das Bettlaken war abgezogen und die Matratze lag schief. Es roch so stark nach Patschuli, dass ich mir die Nase zuhalten musste.

»Vorsicht«, sagte Sulamith und sammelte vor mir Scherben einer zerbrochenen Flasche auf, »tritt nicht hinein.«

Ich ging zur Balkontür und öffnete sie, da sah ich es: Eine schmale Birke lehnte an der Balkonbrüstung, in ihrer Krone hing ein Herz, auf dem *Sulamith* stand.

»Er hat dir einen Maibaum hingestellt«, flüsterte ich.

Sulamith betrat den Balkon.

»Den habe ich heute Morgen in der Eile gar nicht gesehen. Wie hat er ihn nur hier hochbekommen?«

Tränen schossen ihr in die Augen.

»Er muss aufs Dach gestiegen und ihn von dort runtergelassen haben«, sagte ich.

»Dieser Idiot. Er kapiert einfach nicht, dass das nur Ärger gibt.«

Zärtlich strich sie über die feinen Birkenblätter, dann lief sie zurück ins Zimmer und blickte unters Bett.

»Daniels Jacke und der Walkman sind weg«, rief sie.

Wir hörten, wie die Wohnungstür aufgeschlossen wurde.

»Da kommt sie!«

Sulamith eilte ins Wohnzimmer, Lidia stand mit Tüten beladen stumm da.

»Was hattest du in meinem Zimmer zu suchen?«, rief Sulamith. »Wo sind meine Sachen?«

Lidia antwortete nicht, sie packte Lebensmittel aus und räumte sie in den Kühlschrank.

»Ich will sofort meine Sachen wiederhaben!«, rief Sulamith.

Lidia hob den Kopf, abgekämpft sah sie aus und müde.

»Du triffst dich immer noch mit diesem Jungen«, sagte sie, »du verhöhnst Jehova mit deinen Lügen, deinem Doppelleben.«

»Jehova hier, Jehova da«, rief Sulamith, »ich kann es langsam nicht mehr hören! Ist das dein einziges Argument?«

Ganz langsam stellte Lidia den Sack Kartoffeln auf die

Arbeitsplatte, dann holte sie ohne Vorwarnung aus und gab Sulamith eine kräftige Ohrfeige. Ich zuckte zusammen. Mit geweiteten Augen und knallroter Wange stand Sulamith da, starrte Lidia an und rannte schließlich in ihr Zimmer. Lidia schloss die Kühlschranktür, drehte sich um und ging schwer atmend an mir vorbei in Richtung Bad.

Sulamith saß auf dem Bett und hielt sich die Wange, als ich zu ihr ins Zimmer schlich.

Ich wollte die Tür hinter mir schließen, aber da war keine.

»Geht es dir gut?«, flüsterte ich. »Hat sie dir wehgetan?«

»Geht gleich wieder.«

Draußen dämmerte es. Durch die geöffnete Balkontür drang warme Luft, der Geruch von Olivenöl und Fisch mischte sich mit dem des Patchuli. Die Vögel zwitscherten, im Hinterhof auf dem Bolzplatz schrien die Jungs sich auf Türkisch und Polnisch Schimpfworte zu. Ich fing an aufzuräumen. Ich stellte die Platten und Bücher zurück in die Regale, hob die Kleidungsstücke vom Boden auf, faltete sie zusammen.

»Lass das«, sagte Sulamith, »das hilft doch auch nichts.«

Ich setzte mich zu ihr aufs Bett.

»Was willst du jetzt machen?«

»Ich muss raus hier«, flüsterte sie, »ich halte das nicht mehr aus.«

»Wollen wir ein bisschen spazieren gehen?«

»Nein«, zischte sie und tippte mir gegen die Stirn, »hältst du das alles deswegen so gut aus, weil du dich immer ein bisschen dumm stellst?«

»Was meinst du?«

»Das meine ich«, flüsterte sie, »genau das! Ich will nicht spazieren gehen! Ich will raus. Aus dieser Wohnung, aus diesem Leben, aus diesem Satan-Jehova-Drama. Kapiert?«

»Ja«, flüsterte ich, »kapiert.«

Sie kramte in ihrer Tasche und fischte eine Tüte Gummibärchen heraus.

»Komm, lass uns aufs Dach gehen.«

Lidia beachtete uns nicht, als wir an ihr vorbeiliefen. Sie saß am Küchentisch, tief über eine Tasse Kaffee gebeugt. Wir schlossen die Wohnungstür hinter uns und liefen zum Dach hoch. Dort oben war niemand außer uns. Wir hockten uns auf die von der Sonne noch warme Dachpappe. Sulamith riss die Gummibärchentüte auf und hielt sie mir hin. Ich nahm mir die gelben, die Sulamith nicht mochte.

»Gummibärchen sind nicht vegetarisch, hat Daniel mir neulich erzählt.«

Sulamith grinste.

»Ich habe so getan, als hätte ich das nicht gewusst. Wie soll man ohne Gummibärchen leben?«

Sie lief auf allen vieren auf die Dachkante zu.

»Pass auf«, rief ich.

»Ja, ja. Ich frage mich nur, wie Daniel den Baum da runterbekommen hat. Dieser Irre.«

Ihre Worte klangen liebevoll.

»Entschuldige«, sagte sie, als sie sich wieder neben mich setzte, »wegen eben. Ich verstehe nur nicht, wie du das alles aushältst. Paradies, Satan, Auferstehungshoffnung. Wer soll denn so einen Stuss glauben? Glaubst du noch daran?«

Ich griff in die Gummibärchentüte und suchte nach gelben Bärchen.

»Sag doch mal, glaubst du daran?«

»Keine Ahnung.«

»Keine Ahnung? Du musst dir doch Gedanken darüber gemacht haben. Du bist doch kein Kind mehr.«

»Habe ich aber nicht.«

»Ich schon.«

Sulamith nahm sich grüne und rote Gummibärchen.

»Es ist Stuss«, sagte sie und kaute, »und du wirst auch noch daraufkommen. Alle aus der Versammlung würden daraufkommen, wenn sie mal ein bisschen überlegen würden. Tun sie aber nicht. Weil das unbequem ist, weil sie dann einsam wären und bei null anfangen müssten.«

»Vielleicht«, antwortete ich, »aber was ist so schlimm daran, nicht einsam sein zu wollen?«

»Weil es nicht die Wahrheit ist, deswegen. Willst du dein Leben einer Lüge widmen? Alles dem Glauben unterordnen? Irgendeinen Idioten wie Tobias oder Mischa heiraten und dir von so einem Trottel sagen lassen, was du zu tun und zu lassen hast? Ich nicht!«

»Du kannst nicht einfach raus«, rief ich, »das ist zu gefährlich. Du kennst niemanden da draußen. Gut, Daniel, aber mal ehrlich. Was, wenn ihr euch trennt?«

»Niemals.«

»Sei doch nicht so naiv«, sagte ich, »wenn du wegwillst, musst du das richtig planen, sonst dauert es nicht lange, bis du wieder angekrochen kommst. Du bist noch minderjährig! Wo willst du hin?«

»Keine Ahnung, ins Siebengebirge! So wie Schneewittchen. Oder zum Jugendamt.«

Sie grinste.

»Heutzutage wäre Schneewittchen sicher zum Jugendamt gegangen.«

»Das ist nicht lustig«, sagte ich, »Lidia würde es nie erlauben, dass du auszieht.«

»Ich weiß, aber wenn wir uns immer nur Sorgen um die Zukunft machen, wenn wir immer nur nachdenken, statt zu handeln, bleibt alles, wie es ist.«

Sie griff wieder in die Gummibärchentüte.

»Ich sage dir, sobald ich achtzehn bin, bin ich weg hier. Sofort. Dann bewerbe ich mich beim *Glücksrad,* gewinne den *Seat Ibiza* und haue ab. Nach Spanien. Oder noch weiter weg. Nach Marokko. Dann schlafe ich immer am Strand und suche mir eine schöne Arbeit. Was mit Pferden.«

»Nimmst du mich mit?«, fragte ich.

»Du hast doch Angst vor Pferden.«

»Ich mache etwas anderes. Ich verkaufe Schmuck am Strand.«

»Schmuck?«

»Ja. Aus Strandgut.«

»Gute Idee«, sagte Sulamith, »du machst Schmuck, und ich pflege Pferde.«

Sie rückte ein bisschen näher an mich heran.

»Ernsthaft«, sagte sie, »ich will dieses Leben nicht mehr. Ich will frei sein. Und du auch, das weiß ich.«

»Wir kennen die Welt da draußen nicht«, sagte ich, »vielleicht ist sie wirklich so schlimm, wissen wir es? Vielleicht zeigt sich das erst, wenn der treue und verständige Sklave seine schützende Hand nicht mehr über dich hält.«

»Meine Güte, Esther«, sagte Sulamith und schüttelte den Kopf, »du klingst wie deine Mutter. Der treue und verständige Sklave, das ist doch alles totaler Blödsinn!«

»Dann eben Jehova. Ich meine, Gott. Er wird dich da draußen nicht beschützen!«

Sulamith grinste.

»Du meinst James Bond?«

»Hör auf.«

Sulamith drückte meine Hand.

»Ich brauche keinen Gott, der mich beschützt. Ich brauche Freunde und Freiheit im Leben. Dich brauche ich und Daniel.«

»Aber Daniel kennst du doch kaum!«

»Fängst du schon wieder damit an? Ich kenne ihn.«

»Wenn du meinst.«

»Du verstehst das nicht, aber du wirst es verstehen. Sobald du einen Jungen triffst. Einen, bei dem du sofort denkst: Ich kenne dich.«

»Ich will keinen Jungen kennenlernen«, flüsterte ich.

Schweigend blickten wir in den pinken Abendhimmel. Die Jungs spielten im Hof immer noch Fußball, ihre Körper sahen von hier oben winzig aus, ihre Stimmen klangen ganz dünn, kleine Kinder, die es zu beschützen galt. So oder so ähnlich musste der Ausblick von Jehovas Thron sein, wie zerbrechlich und unschuldig musste seine Schöpfung wirken, wenn die spielenden Jungs im Hof für uns schon wie Lego aussahen? Ein seltsamer Gott, dachte ich, der sich von winzigen Legomännchen herausgefordert fühlt.

»Willst du denn auch raus?«, fragte Sulamith.

Ich konnte mir ein Leben in der Welt nicht vorstellen, aber ein Leben ohne Sulamith konnte ich mir auch nicht vorstellen. Am allerwenigsten konnte ich mir jedoch ein Leben ohne Jehova vorstellen, auch wenn mir inzwischen klar war, dass dieser Gott ein Tyrann sein musste, ein Wesen ohne Güte und Selbstbewusstsein. Neulich hatte ich mir auf dem Schulweg in *Gretchens Teestübchen* die Zeitungen angeschaut. *Ehemann prügelt Frau krankenhausreif – sie verteidigt ihn* stand auf der Titelseite des *Geisrather Extrablattes*. *Mädchen kommt nicht von Gott los, obwohl er ihr Leben zerstört* – so hätte meine Schlagzeile gelautet, nur dass ich es nie in die Schlagzeilen schaffte. Die Menschen, egal, ob in der Welt oder in der Wahrheit, interessierten sich nicht für Gott, aber noch weniger interessierten sie sich für Mädchen.

»Mir ist kalt«, sagte ich.

Eine Weile starrten wir noch in den Himmel, der langsam die Farbe blauer Flecken annahm, dann stand Sulamith auf, und ich stieg hinter ihr die Treppe hinunter.

»Hoffentlich schläft sie schon«, sagte Sulamith, als sie die Tür aufschloss.

Wir betraten das Wohnzimmer. Scherben lagen auf dem Teppichboden, dazwischen Lidia, ihr Gesicht, ihr ganzer Körper zuckte, wie ein Fisch an Land. Ich schrie. Sulamith beugte sich über ihre Mutter.

»Ruf einen Krankenwagen«, rief sie mir zu.

Ich lief in den Flur zum Telefon. Sulamith blieb ganz ruhig. Sie legte Lidia ein Kissen unter den Kopf und sprach ihr beruhigend zu. Ich wählte die Nummer vom Notruf. Eine Frau hob ab, stotternd schilderte ich ihr die Lage. Die Frau blieb ganz ruhig, genau wie Sulamith, sie stellte mir präzise Fragen: Straße, Hausnummer, Stockwerk. Meine Stimmbänder vibrierten, aber es war, als würde jemand anderes sprechen. Ich fühlte mich weit weg, wie oben auf dem Dach, ein Luftballon, der mir selbst aus der Hand geglitten war.

Ich drückte den Hörer so fest ans Ohr, dass es schmerzte, starrte auf Sulamith, die im Schneidersitz neben Lidia auf dem Teppichboden hockte und ihren Arm streichelte. Wie oft sie ihre Mutter wohl schon so auf dem Boden hatte liegen sehen, während ich wenige Hundert Meter entfernt friedlich in meinem Bett schlief?

»Wir sind gleich da.«

Ich hörte es in der Leitung klicken, die Frau vom Notruf hatte eingehängt. Ohne zu überlegen, wählte ich die Nummer vom Himbeerhof. Mama hob ab, stockend erzählte ich ihr, was passiert war. Nachdem ich aufgelegt hatte, stand ich wie angewurzelt im Flur. Sulamith hockte noch immer neben Lidia. Irgendwann klingelte es, ich drückte auf den Türöffner. Der Notarzt kam gemeinsam mit zwei Sanitätern.

»Warum nehmen sie nicht den Aufzug?«, fragte ich, nachdem sie Lidia auf eine Trage gehoben, die Wohnung verlassen und die Treppe hinuntergelaufen waren.

»Weil die Trage da nicht reinpasst«, sagte Sulamith.

Es klingelte wieder, ich nahm den Hörer der Sprechanlage ab. Es war Mama.

»Geht nach Hause. Ich stehe hier unten am Rettungswagen, ich fahre mit Lidia ins Krankenhaus und komme nach, sobald ich kann.«

Während Sulamith ihre Sachen packte, saß ich im Wohnzimmer und wusste nicht, wohin mit mir. Sulamith lief ins Bad und kam mit ihrer Zahnbürste zurück, dabei hatte sie doch eine Zahnbürste bei uns. Kurz darauf hörte ich sie im Flur leise telefonieren, aber ich traute mich nicht zu fragen, mit wem, ich konnte es mir eh denken. Daniel. Wir verließen die Wohnung und warteten auf den Aufzug. Sulamith stand da mit ihrem prall gefüllten Rucksack und wischte sich eine Träne aus dem Augenwinkel. Ich griff nach ihrer Hand.

»Mir geht es gut«, sagte sie und zog die Hand weg, »mach dir keine Sorgen. Mamusch wird wieder.«

Schweigend fuhren wir nach unten.

Lidias Anblick, die Sanitäter, die ausgehängten Türen, die Scherben – war das Sulamiths Leben? Ich hatte mir nie Gedanken gemacht, was der Alltag mit einer schwerkranken Mutter bedeutete. Sulamith war meine beste Freundin, aber als wir da dicht beieinander im Aufzug standen, wurde mir plötzlich klar, dass ich keine Ahnung hatte, wer sie wirklich war, und wie ihr Leben all die Jahre tatsächlich ausgesehen hatte.

Als wir unten angelangt waren, griff Sulamith unter ihre Bluse und zerrte ihren Blutausweis hervor. *Kein Fleisch,* stand da noch immer in ungelenker blauer Schrift neben der durchgestrichenen Blutkonserve.

»Blödes Ding«, murmelte sie, riss sich den Ausweis vom Hals und warf ihn in eine der Mülltonnen, die neben den Briefkästen standen.

Zu Hause erwartete uns Papa. Er trug seinen Hausmantel und nahm Sulamith fest in den Arm. Er erwähnte ihre Fehltritte mit keinem Wort, er holte Bettdecken aus meinem Zimmer, legte sie aufs Sofa und schaltete den Fernseher an, dann ging er in die Küche und kam kurz darauf mit zwei Schüsseln Popcorn und einer Flasche Cola wieder. Im Fernsehen lief *Wetten dass ..?*, live aus Palma de Mallorca. Thomas Gottschalk saß mit einer Samtschleife um den Hals auf dem runden Sofa und bot seinen Gästen Gummibärchen an, flitzte für die Wetten durchs Studio und umarmte Popstars. Papa saß in seinem Sessel und las im Korintherbrief. Seitdem Thomas Gottschalk *Wetten dass ..?* moderierte, hatten Mama und Papa das Interesse an der Show verloren. Vor allem Mama mochte den Neuen nicht, diesen feisten Moderator in seiner übertriebenen Garderobe, der den weiblichen Gästen ständig anzügliche Komplimente machte.

Draußen brummte ein Wagen, Mama schloss die Tür auf.

»Es ist alles so weit in Ordnung«, sagte sie und gab Sulamith einen Kuss aufs Haar, dann streifte sie sich ihre Schuhe ab und setzte sich neben uns, so als wäre sie auch einfach nur ein Popcorn mampfendes, Cola liebendes Mädchen, eine unserer Freundinnen, und das hier eine Pyjamaparty.

Es war schon spät, gerade lief die Saalwette, als es an der Tür klingelte.

»Wer mag das sein?«, fragte Papa.

Er band sich seinen Hausmantel zu und suchte seine Pantoffeln, aber Sulamith war schneller. Sie sprang auf, schnappte sich ihren prall gefüllten Rucksack und lief zur Tür. Ich rannte ihr hinterher. Da standen Daniel, seine Mutter und ein Mann, der Daniels Vater sein musste, denn er hatte die gleichen Kohlestrichaugen und ebenso langes Haar, das jedoch schon grau und schütter war. Sulamith stellte sich wie ein kleines Mädchen hinter Erica.

»Geht schon ins Auto«, flüsterte sie Sulamith zu.

Ohne mich noch einmal anzuschauen, sprang Sulamith von der Veranda. Hand in Hand rannte sie mit Daniel den Himbeerhang hoch, ihr Rucksack flog hin und her, sie drehte sich nicht einmal mehr um. Oben öffnete Daniel die Wagentür, ließ zuerst Sulamith einsteigen und folgte ihr dann.

»Was geht hier vor?«, rief Mama und trat auf die Veranda.

»Wir werden Sulamith jetzt mitnehmen«, sagte Erica. »Sie fühlt sich nicht sicher bei Ihnen.«

Mama lachte und trat einen Schritt nach vorn.

»Wer sind Sie überhaupt?«

Papa schob mich zurück in den Flur.

»Geh rein«, sagte er, »sofort.«

Ich wehrte mich, aber es half nichts, Papa drängte mich ins Haus und schloss von außen ab. Ich hämmerte gegen die Tür, von draußen drangen Stimmen herein.

»Nein«, rief Mama immer wieder.

Dann sagte jemand »Jugendamt«. Es klang nach einem Ende. *Jugendamt.* Vorbei. Ich rannte hoch in mein Zimmer. Unten knallte die Haustür zu. Ich blickte dem Auto hinterher, bis es hinter dem Geräteschuppen auf der Schnellstraße verschwand.

15

Schwester Wolf hat recht behalten. Es sind zwar immer noch kaum junge Leute in unserer Versammlung, aber wir wachsen. Die hundert Stühle füllen sich langsam, nicht nur mit Interessierten, auch mit Brüdern und Schwestern aus der Umgebung. Sie kommen mit ihren Kindern zum ersten richtigen Königreichssaal in der Gegend, auch wenn der Weg weit ist.

Ich gebe diesen Leuten bei den Zusammenkünften die Hand, aber ihre Namen und Gesichter merke ich mir nicht mehr. Obwohl sie meine Brüder und Schwestern sind – sein sollen –, bleiben sie mir fremd. Es fällt mir inzwischen schwer, sie auseinanderzuhalten: die Schwestern in ihren Röcken und Kleidern, die bis über die Knie reichen, die Männer in ihren billigen Anzügen, alle mit diesem Lächeln auf den Lippen, so als wären sie die größten Glückspilze der Welt. Dieses gemeinsame Glück, es nimmt ihnen das Persönliche. Wieso ist mir das nicht schon früher aufgefallen? Wie hat Onkel Micki gesagt? Jehovamuskeln. Nur die Interessierten stechen heraus, wenn sie oben an der Garderobe ihre dicken Skijacken aufhängen, auf den nagelneuen Stühlen hocken und mit unsicheren Mienen ihre Pulliärmel über die tätowierten Unterarme ziehen.

Inzwischen ist die Versammlung groß genug, um sich für

das wöchentliche Buchstudium in kleine Gruppen aufzuteilen. Eine davon trifft sich bei uns zu Hause.

Mutter und ich schieben im Wohnzimmer die Sessel und Stühle zurecht, sodass sie eine Art Kreis bilden. Alle sollen sich anblicken können. Vater kommt ins Wohnzimmer, sein Hemd ist offen.

»Hat jemand meinen Rasierer gesehen?«, fragt er.

»Nein«, sagt Mutter.

»Bist du sicher?«

»Schatz, was soll ich denn mit deinem Rasierer anfangen?«

»Kann doch nicht einfach weg sein«, murmelt er und läuft zurück nach oben.

Cola sitzt mit angezogenen Beinen auf dem Sofa und hat sich ins Paradiesbuch vertieft. Sie trägt wieder eines meiner Kleider, den Pony hat sie sich zur Seite gekämmt.

»Na«, sagt Mutter, »gefällt dir das Buch?«

»Ja«, sagt sie, »ich freue mich schon auf das Buchstudium.«

»Das Paradiesbuch lesen wir heute aber nicht«, sagt Mutter, »das ist nur für das persönliche Heimbibelstudium.«

»Elisabeth«, ruft Vater von oben, »ich kann den Rasierer einfach nicht finden!«

»Ich komme!«, ruft Mutter.

Cola schaut mich an. Ihr Blick ist unterwürfig, ich kann ihn kaum ertragen. Am Tag nach unserem Streit hat sie bei uns vor der Tür gestanden und sich für die Rattenverbrennung entschuldigt. Als sie bemerkte, dass ich gar nicht sauer auf sie war, fing sie so stark zu zittern an, dass ich mir Sorgen machte. Vielleicht hat sie so etwas Ähnliches wie Lidia, habe ich gedacht und sie hereingebeten, aber es ist wohl nur die Erleichterung gewesen. Mutter und Lidia saßen in der Küche. Lidia hat Suppe aufgewärmt und Cola einen Teller hingestellt und sich von der Farm erzählen lassen, von Piek und der harten Arbeit.

Schließlich hat sie Cola noch eine Scheibe Brot gegeben, mit ordentlich Leberwurst und eingemachten Gurken darauf.

Zehn Gläser von Lidias Eingemachtem stehen in unserem Kühlschrank, angeblich ein Gastgeschenk, dabei ist es offensichtlich, dass Lidia bleiben will, denn von uns isst niemand so etwas. Cola aber hat gleich ein ganzes Glas weggefuttert. Seitdem ist sie fast jeden Tag zum Essen hier und hat nicht eine Zusammenkunft verpasst.

»Was ist ein Heimbibelstudium?«, fragt Cola.

»Bei einem Heimbibelstudium trifft man sich nur zu zweit«, sage ich, »heute ist Buchstudium. Da lesen wir *Der größte Mensch, der je lebte*.«

»Wer war das?«, fragt Cola.

»Das war Jesus.«

»Und danach?«

»Danach was?«

»Was lesen wir danach?«

»Nichts. Das Buchstudium geht nur eine Stunde«, antworte ich.

»Ich meine, wenn wir das Buch fertig gelesen haben«, sagt Cola.

»Ach so. Dann studieren wir ein neues Buch.«

»Und wer bestimmt das?«

»Das bestimmt der treue und verständige Sklave.«

»Wer ist denn das?«

»Das ist die leitende Körperschaft in Brooklyn. Die sind der göttliche Kanal.«

Colas Augen weiten sich.

»Sie sprechen mit Jehova?«

»Nein, sie bekommen nur neues Licht von ihm.«

»Wie geht das?«

»Keine Ahnung, gute Frage.«

Vor dem Haus hupt ein Wagen. Mutter kommt die Treppen herunter und öffnet die Tür.

»Da seid ihr ja«, ruft sie.

Gabriel steigt aus dem BMW. Stolz lässt er den Schlüssel um seinen Zeigefinger wirbeln und öffnet wie ein Chauffeur die hintere Tür. Die Frau aus der Hochhaussiedlung steigt aus. Doreen. Sie lässt sich bereitwillig von Mutter in die Arme schließen und ins Haus führen. Mutter hat wie immer nicht lockergelassen, sie hat Doreen unendlich viele Rückbesuche abgestattet, ihr immer wieder unsere Zeitschriften mitgebracht, ihr im Haushalt geholfen. Irgendwann hat Doreen sich in Mutters Beisein sogar getraut, bei ihrem Freund, dem Koch in dem Hotel im Süden, anzurufen, und danach war Doreen so erleichtert und so dankbar, dass sie zugesagt hat, zum Buchstudium zu kommen. Jetzt ist sie hier, doch noch hat Mutter nicht gewonnen.

»Setz dich neben sie«, flüstert sie mir im Vorbeigehen zu. Ich lasse mich neben Doreen auf das Zweiersofa sinken.

Lidia betritt das Wohnzimmer. Unter dem Arm trägt sie *Der größte Mensch, der je lebte* und ihre Bibel. Mutter weist Lidia einen Platz neben Cola auf dem anderen Sofa zu. Wie immer, wenn Lidia sitzt, erreichen ihre Füße den Boden kaum. Ihre kurzen Waden hängen in der Luft. Wie seltsam Sulamiths lange Beine daneben immer aussahen. Das Sofa, Lidia. Kurz kann ich mir vorstellen, wieder zu Hause zu sein. Gleich wird Sulamith hereinkommen, ihren Kaugummi in ein gelbes *Juicy-Fruit*-Papier spucken und sich gelangweilt neben ihre Mutter setzen. Statt Sulamith kommen jedoch die Radkaus herein, ihnen folgt Moni, die Frau aus dem Supermarkt. Moni lernt sehr schnell, sie hat sich heute schon anbetungswürdig angezogen, aus ihr könnte bald eine Schwester werden. Freundlich begrüßen die Radkaus Cola, Lidia und Doreen.

Doreen nickt ihnen nur kurz zu und nestelt dann wieder an ihren Leggings herum. Trotzig blickt sie sich um, die vielen Fremden verunsichern sie, und dass ich keinen Ton sage, macht die Sache nicht besser. Vater kommt herein. Er fährt sich übers Kinn und setzt sich neben Mutter. Er sieht irgendwie seltsam aus. Unrasiert. Ich muss grinsen. Kein Wunder, der Rasierer liegt im Gartenschuppen, in der Kiste mit dem Schuhputzzeug, Onkel Micki hat ihn noch nicht abgeholt.

»Komm nicht wieder«, meinte er. Ich bin trotzdem noch mal hingegangen, ich konnte nicht anders. Ich hatte Butterbrote dabei und meine beiden Handwärmer. Ich bin auf dem Boden hinter dem Zaun herumgekrochen, ich habe jeden Kellerschacht inspiziert, aber in keinem konnte ich Licht sehen oder etwas hören.

Die Brüder senken die Köpfe, Vater spricht das Gebet. *Herr Jehova, der du thronst in den Himmeln*, seit sechzehn Jahren höre ich das mindestens dreimal am Tag, wie einen vertrauten Jingle im Radio. Gabriels Augen sind zusammengekniffen, die Hände ineinander verkeilt, als wären sie aus Holz, fehlen nur noch die Fäden, dann wäre er eine schöne Marionette. Ich lasse die Augen offen, merkt ja keiner, außer Mutters Interessierter neben mir. Die Arme vor der Brust schaut sie sich alle im Stuhlkreis nacheinander an, bis sie bei mir landet.

»Was machst du eigentlich hier, und welche Rolle spielst du?«, fragt ihr Blick.

»Amen«, murmele ich.

Gabriel liest den ersten Absatz vor. Aufmerksam hört Cola zu, sie folgt dem Text und spricht ihn lautlos nach. Vater stellt die dazugehörige Frage, einige melden sich, Vater nimmt jemanden dran. Lesen, fragen und antworten. Lesen, fragen und antworten. Kein Wunder, dass Sulamith irgendwann genug hatte. Jehovamuskeln, sie hätte dieses Wort geliebt. Auf dem Esstisch steht ein Korb mit Äpfeln. Aus Langeweile zähle ich sie durch. Sulamiths Haare kitzeln mich.

»Weißt du noch«, flüstert sie, »die Äpfel?«

Natürlich weiß ich es noch. Wir waren vielleicht zehn Jahre alt. Sulamith hatte von ihrem Taschengeld eine Tüte Äpfel gekauft. Sie bat Mama um einen Korb, füllte die Äpfel hinein, stellte sie auf den Wohnzimmertisch und legte unter die gesunden Äpfel einen faulen. Mama wollte wissen, was das mit den Äpfeln sollte.

»Was soll das mit den Äpfeln?«, fragte sie Sulamith.

»Ist ein Experiment«, sagte Sulamith, »es geht um den Apostel Paulus.«

Mama verstand nicht.

»Ich will herausfinden, ob ein brauner Apfel tatsächlich einen ganzen Korb gesunder Äpfel faul werden lässt. So steht es doch im Korintherbrief.«

Mutter schürzte die Lippen. Zwei Wochen später trug Sulamith den Korb ins Wohnzimmer und zeigte ihn Mama und Papa. Der faule Apfel war noch etwas fauler geworden, die gesunden Äpfel waren aber immer noch gesund.

»Warum?«, fragte Sulamith. »Warum sind die gesunden Äpfel nicht faul?«

Papa hob die Augenbrauen, neugierig griff er nach einem.

»Warum legt der Apostel Paulus falsch Zeugnis gegenüber seinen Nächsten ab?«, fragte Sulamith.

Mama schnappte nach Luft.

»Das tut der Apostel Paulus nicht«, sagte sie, »wahrscheinlich hast du einen Fehler gemacht. Wahrscheinlich ist dein Apfel gar nicht richtig faul gewesen.«

Sulamith funkelte Mama an.

»War er. Richtig faul und die anderen nicht.«

»Was soll das Theater«, antwortete Mama, »wieso stellst du unsere geistige Speise, das Wort des Apostel Paulus, auf die Probe? Wir sind hier doch nicht im Chemieunterricht. Deine Mutter liegt im Krankenhaus und du hast nichts Besseres im Sinn, als mit Essen zu spielen und den Apostel Paulus zu beleidigen?«

Sulamiths Unterlippe zitterte.

Papa legte den Apfel zurück in den Korb.

»Elisabeth, bitte.«

Mama hörte nicht hin, sie griff nach dem Korb, aber Sulamith ließ sie nicht, sie legte die Arme über ihn wie eine Glucke.

Ich zähle sieben Äpfel im Korb. Gabriels monotone Stimme erfüllt den Raum. Ich zähle wieder sieben Äpfel im Korb. Ich zähle die Spitzen des Zackenmusters vor mir auf dem Teppich, obwohl ich das Ergebnis schon kenne. Vierundsechzig.

»Wie denkt Jesus über die Leiden, die ihm bevorstehen, und den Tod, der ihn erwartet?«, fragt Vater in die Runde.

Cola hebt zögernd den Arm.

»Ja«, sagt Vater, »Marie?«

»Jesus ist mit der gesamten Vorkehrung einverstanden«, liest Cola vor, ihr Finger gleitet über das Papier, »die auch seinen Opfertod einschließt.«

»Richtig«, sagt Vater.

Stolz blickt Cola in die Runde, Lidia streicht ihr über den Kopf. Gabriel beginnt wieder zu lesen. Weicher Flaum wächst über seiner Oberlippe. Haare im Gesicht, was für eine seltsame Angelegenheit. Ich schaue raus in den Garten und strenge meine Augen an, aber es ist schon viel zu dunkel, um jemanden zum Schuppen schleichen sehen zu können.

Endlich klappt Vater sein Buch zu. Wieder senken alle ihre Köpfe und beten.

»Bleibst du zum Abendessen?«, fragt Lidia Cola, als wir

nach dem Gebet gemeinsam die Möbel zurück an ihren Platz stellen.

»Wenn ich darf.«

»Aber natürlich darfst du«, sagt Lidia, »du bist in diesem Haus immer willkommen.«

Ich halte inne und starre aus dem Fenster. Draußen im Garten blitzt ein Licht auf, ganz hinten bei der Tanne neben dem Zaun. Vorsichtig schaue ich mich um. Mutter steht mit Doreen im Flur und hilft ihr in den Mantel, Vater begleitet die Radkaus nach draußen. Vorsichtig öffne ich die Terrassentür und laufe hinaus.

»Hallo?«, flüstere ich.

Ich falle in der Dunkelheit fast in den Teich.

»Hallo?«

Ich lausche, aber es bleibt totenstill. Hinter mir raschelt es, ich drehe mich um, aber da ist niemand. Ich gehe zum Schuppen und öffne die Tür. Der Deckel des Schuhkartons steht offen. Der Rasierer ist weg, die Handwärmer auch, nur das Salzgebäck liegt noch da. Im Karton liegt ein Zettel.

Engelchen, besten Dank für den Rasierer! Oben auf dem Speicher steht ein Wäschekorb mit schwarzen Kleidern darin. Kostüme. Such das größte raus und versteck es im Karton. Nimm dir auch eins und komm an Silvester ins Megafauna. Es umarmt dich dein Freund und Onkel Micki.

»Esther!«, ruft Mutter.

Ich falte den Zettel zusammen und stecke ihn in den Bund meiner Nylonstrumpfhose. »Ich komme!«

Mutter steht auf der Terrasse und hält nach mir Ausschau.

»Was hast du dort draußen in der Kälte gemacht?«

»Da waren Rehe am Teich, aber sie sind schon wieder weg.«

»Was hast du im Schuppen gemacht?«, fragt sie. »Ich habe dort Licht gesehen.«

»Ich habe Werkzeug gesucht und den Rehen die Eisdecke aufgeschlagen, falls sie noch mal in der Nacht herkommen.«

Mutter blickt mich aus ihren Katzenaugen an. Ich versuche ein möglichst dummes Gesicht zu machen, dummen Gesichtern glaubt Mutter, dann dränge ich mich an ihr vorbei ins Haus.

»Esther?«

Lidia steht im Flur.

»Ich wollte dir doch noch dein Geschenk geben.«

Sie nimmt mich am Arm und führt mich die Treppen hinauf, als wäre ich ein Geburtstagskind, dem man die Augen verbunden hat, damit die Überraschung gelingt.

Sie führt mich in ihr Zimmer, geht zur Kommode, holt eine Plastiktüte hervor und drückt sie mir in die Hand. Ich öffne die Tüte. Der Duft von Eisbonbons und frischer Dusche strömt mir entgegen. *Cool Water.* Daniels Jeansjacke, ich ziehe sie heraus, darin eingewickelt ist Sulamiths Walkman. Sogar eine Kassette steckt noch im Kassettendeck. Meine Finger krallen sich um das Gehäuse. Plötzlich ist alles wieder da. Die feuchte Luft am Abend nach dem Rechtskomitee, der Schwindel, Sulamiths Lachen, als sie mir den Stapel mit den Daycahiers reicht.

»Du musst es ja nicht deinem Vater erzählen«, sagt Lidia, »Sulamith hat den Walkman aus dem Müll geholt und versteckt.«

»Nein«, sage ich, »das war ich. Ich habe ihn aus dem Müll geholt.«

Lidia verzieht das Gesicht.

»Du? Das war nicht richtig. Der Walkman war ein Geburtstagsgeschenk.«

»Er gehörte Sulamith.«

Lidia lächelt.

»Es hätte sie gefreut, dass du das bekommst.«

»Woher willst du denn wissen, was sie gefreut hätte?«, sage ich. »Du hast ihre Wünsche doch nie ernst genommen!«

»Das stimmt nicht«, sagt Lidia, »sie wurde zu einer Feindin Gottes.«

»Du hättest sie gehen lassen sollen, schon viel früher, bevor alles eskalierte. Du wusstest, dass sie Zweifel hatte, dass sie unglücklich war. Wieso hast du es ihr so schwer gemacht?«

»Sie war meine Tochter. Du hast doch keine Ahnung, was es bedeutet, Mutter zu sein. Ich wollte sie bei mir im Paradies haben, ich konnte sie doch nicht einfach so ziehen lassen.«

»Du hast alles noch schwerer für sie gemacht«, rufe ich. »Ich weiß, dass sie versucht hat, ihren Vater zu finden. Warum hast du ihr nie von ihm erzählt?«

Lidia lacht bitter.

»Der Mann, der nie für sie da war?«

»Weiß er von ihr?«

»Hör auf«, sagt Lidia.

»Weiß er, was passiert ist?«

Sie setzt sich aufs Bett und streift die Schuhe ab.

»Hör auf«, sagt sie wieder.

»Was ist in der Nacht passiert?«

»Das weiß ich nicht.«

»Ich glaube dir kein Wort!«

»Es war ein Unfall, sagt die Polizei.«

»Was sagt die Polizei?«

Lidia schlägt die Hände vors Gesicht.

»Ich kann das nicht«, flüstert sie.

Ich schleudere die Plastiktüte aufs Bett.

»Du kommst hierher und tust so, als wäre alles in Ordnung.

Schlimmer noch! Du schenkst mir ihre Sachen. Als Andenken! Sie war meine beste und einzige Freundin. Ich brauche keine Souvenirs. Ich will endlich die Wahrheit erfahren! Was ist passiert in dieser Nacht?«

Lidia presst die Lippen aufeinander.

»Was hast du ihr getan?«

»Ich?« Lidia schaut mich ungläubig an. »Du warst doch mit ihr zusammen an dem Abend!«

Ich presse die Lippen zusammen, um nicht laut loszuschreien.

»Was ist passiert, als sie nach dem Rechtskomitee bei dir war? Hattet ihr Streit? Warum wollte die Polizei mit dir sprechen?«

»Das weißt du doch! Sie haben auch mit dir gesprochen.«

»Was wollten sie von dir? Ich habe ein Recht zu erfahren, was passiert ist!«

Mit hängenden Schultern sitzt Lidia auf dem Gästebett, schaut auf ihre Fußspitzen und zieht wie ein kleines Kind die Nase hoch. Ich drehe mich um, laufe in mein Zimmer und knalle die Tür zu. Am liebsten würde ich laut schreien. Ich hätte es viel früher tun sollen. Schreien. Reden. Diese Polizistin mit ihren warmen Händen, ich will sie anrufen und ihr alles sagen. Ich will ihr von David erzählen, von seinem Unfall, von der Auferstehungshoffnung. Ich will ihr von den ausgehängten Türen erzählen, von Daniels verkokeltem T-Shirt im Bad, von Lidias Besessenheit. Ich lege den Walkman in die Nachttischschublade, suche in meinem Rucksack nach meiner Geldbörse, fische die Visitenkarte heraus, die die Polizistin mir damals gegeben hat.

Es klopft.

»Herein?«

Es ist Vater. Er steht da, noch immer im Anzug, mit gelockerter Krawatte.

»Kann ich kurz mit dir reden?«

Ohne eine Antwort abzuwarten, setzt er sich aufs Bett. Er blickt mich nicht an, wippt mit dem Fuß, und dann – einundzwanzig, zweiundzwanzig – hebt er seinen Blick und fixiert mich. Ob er diese Gesten auf der *Gileadschule* gelernt hat? In irgendeinem Fortgeschrittenenkurs, in dem zukünftigen Leitern der Herde gezeigt wurde, wie sie sich die harten Brocken vornehmen müssen, die widerspenstigen Schafe, die die falschen Fragen stellen und sich und andere von der Herde entfernen?

»Lidia sitzt unten und weint.«

»Ich habe ihr nur ein paar Fragen gestellt«, sage ich.

Vater hebt beschwichtigend die Hand.

»Ich mache dir auch keine Vorwürfe. Du möchtest wissen, was passiert ist, und das ist dein gutes Recht«, sagt Vater, »aber wir wissen es nicht und werden es wahrscheinlich nie erfahren.«

»Weiß die Polizei, dass Lidia bei uns ist?«

»Ja«, antwortet Vater, »sie wissen es. Ich möchte, dass du Lidia in Zukunft in Ruhe lässt, damit die Wunden endlich heilen können. Verstanden?«

Wie er da sitzt, die Ellenbogen auf die Oberschenkel gestützt, die Fingerkuppen aneinandergelegt. Mindestens sechs der sieben Früchte des Geistes versucht er zu verkörpern: Friede, Freundlichkeit, Güte, Glauben, Milde, Selbstbeherrschung.

»Hast du mich verstanden?«, fragt Vater wieder.

»Ja.«

Hat er mit diesem Ton und mit diesem Gesichtsausdruck auch Sulamith im Komitee befragt? Hat er ihr mit dieser milden Stimme Daniels Briefe vorgelesen, mit diesem selbstbeherrschten Blick die Daycahiers durchgeblättert und sie dann eiskalt der Gemeinschaft entzogen? Cola öffnet in Mutters Bademantel die Tür.

»Störe ich?«, fragt sie und bleibt im Türrahmen stehen. Vater lächelt schon wieder.

»Nein«, sagt er und steht auf. Im Vorbeigehen fährt er ihr über die nassen Haare.

»Weißt du, wo meine Anziehsachen sind?«, fragt Cola, als er weg ist.

»Keine Ahnung.«

»Und das Kleid?«

»Keine Ahnung.«

Ratlos steht sie vor mir.

»Und was ziehe ich jetzt an?«

»Ich habe was für dich«, sage ich, »warte.«

Ich öffne den Kleiderschrank und wühle darin herum. Eine Jeanshose, ich lege sie aufs Bett. Socken, ich lege sie aufs Bett. Unterwäsche, ich lege sie aufs Bett. Ein blauer Pullover von *Fruit of the Loom*. Ich lege ihn aufs Bett. Ein T-Shirt, es ist mit vielen kleinen Wassermelonen bedruckt, ich lege es aufs Bett.

»Wie schön«, ruft Cola und befühlt das T-Shirt, »darf ich das anziehen?«

»Du kannst das alles haben«, sage ich.

»Ehrlich?«

»Ehrlich.«

Ich nehme die kleine Flasche aus dem Nachttischschrank und öffne sie. Schnell verbreitet sich der Duft im Raum, es riecht verboten und geheimnisvoll, nach dunklen Höhlen, wie das Gegenteil von Gott.

»Hier«, sage ich.

Cola schnuppert.

»Was ist das?«

Ich tupfe ihr Öl hinter die Ohren.

Cola weicht zurück.

»Lass das«, sagt sie, aber es ist zu spät. Ich öffne die Zimmertür. Sulamith, sie soll das ganze Haus durchströmen, wenn sich schon keiner an sie erinnern will, soll zumindest die Schweigsamkeit nach ihr riechen, sich mit dem Gestank von Kohle und Putzpulver vermischen, mit dem fleischigen Geruch von Lidias Suppen, die sie hier mit so großer Freude auftischt.

Als Cola und ich das Wohnzimmer betreten, hält Lidia die Luft an. Vater runzelt die Stirn.

»Was ist das für ein Gestank?«, sagt er und geht zum Fenster.

»Damit balsamieren sie in Indien die Toten ein«, sage ich, und dann setze ich mich auf meinen Platz, schaufle Kartoffeln und Grünkohl auf meinen Teller und fange an zu essen. Mutter kommt herein, sie schnappt nach Luft, sagt aber keinen Ton. Cola blickt sich verstohlen um. Mutter setzt sich, ihre Lippen sind schmal wie zwei Schnüre, daneben Lidia, das Gesicht gesenkt, und mir gegenüber Vater, der mich über seinen Brillenrand hinweg anschaut und nicht versteht, was los ist, weil er sich nie für Kleider oder Mädchen oder Duftöl interessiert hat, nicht für Sulamith und mich, weil er so was wie blind und taub zugleich ist, so wie alle Männer, wenn es um Mädchen geht.

Im Hafen von Prisma schaukeln wenige kleine Boote. Die Erdärzte und Tiermilderer kehren nach langen Nächten in der Gaststätte mit den gekreuzten Sägen ein. Ein Erdarzt sitzt an einem Tisch, vor ihm steht ein Glas Isotinte. Als die Kellnerin Friedhofssuppe bringt, zieht er sich eine Säge aus den Haaren, spießt die Weizenbällchen damit auf und schlürft. Die ganze Nacht war er unterwegs, fuhr von einem See zum nächsten, durch die schmalen Wasserschluchten. Mit einem Strauß Pilotengras vor der Brust hat er sich orientiert, hat sich die kümmerliche Vegetation angeschaut, er hat die Häute falscher Kobras gesehen und Jobrax ausgelegt. Er hat Flurnudeln gesehen, die gelernt haben, im Salz zu überleben, indem sie das Salz wie eine Hornhaut am Körper tragen, die sie vor dem Austrocknen schützt.

Jetzt sitzt er vor seiner Isotinte, pechschwarz die Flüssigkeit. »Tri« heißt drei und »ink« heißt Tinte, also trink! steht über dem Tresen. Wo ist das Kind, fragt sich der Erdarzt, er ist jedoch höflich genug, die Kellnerin nicht darauf anzusprechen. Der Erdarzt ist müde. Vielleicht hat er gesehen, wie eine Salzscholle aufs Meer getrieben ist, vielleicht ist er auch einfach nur müde, weil er frühmorgens schon im großen See von Prisma tauchen war. Am Grund schwimmen Schatten umher. Einige glauben, dass die Schatten Wasservampire seien, Wächter der Pertosphäre, die dafür sorgen, dass sie stabil bleibt und nichts nach Kara Gyson dringt, das die Pertosphäre aus dem Gleichgewicht bringen könnte. Einige glauben, dass man die Wasservampire fangen könne, so wie früher Fische. Etwas, das sich bewegt, muss doch lebendig sein, so hoffen viele, aber bisher hat noch kein Erdarzt oder Tiermilderer einen Schatten gefangen. Vielleicht sind die Schatten auch nur Einbildungen, wie so vieles. Die Pertosphäre weicht die Zeiten auf und wäscht die dünne Schicht dazwischen wie mit Seife einfach weg. Wünsche und Erinnerungen, Zukunft und Vergangenheit, alles soll aufweichen, wegfließen und zur Einbildung geraten.

Der Erdarzt schiebt die leere Suppenschüssel von sich. Er glaubt nicht an Wasservampire, er glaubt an gar nichts. Er träumt vom Riff der Lederkisten, von Schiffen im Hafen von Prisma, von im Abendrot leuchtenden Hexensteinen, von der Musik weltberühmter Keyboarder auf der Felsenbühne. Lol Tolhurst, Anne Clark, Magne Furuholmen, Fletch. Als das Salz kam und keine Rettung, kamen auch sie nie wieder. Der Erdarzt versteht das. Wer will schon, dass Popstars versalzen? Doch seine Wehmut bleibt. Solange unsere Seelen nicht versalzen, flüstert er kaum hörbar, setzt das Glas an und trinkt.

16

»Ist der neu?«, fragt Cola.

Auf meinem Schoß liegt Sulamiths Walkman. Wir sitzen nebeneinander auf dem Rücksitz des *BMW*, Cola in Strümpfen, die Beine angezogen, darüber mein alter Wintermantel, den Mutter ihr vermacht hat. Mutter und Lidia sind noch im Saal, die Ältesten haben heute nach der Zusammenkunft eine Besprechung, ich habe keine Lust gehabt, drinnen zu warten, also habe ich Vater abgepasst und ihn nach dem Autoschlüssel gefragt.

Ich streiche über den Walkman.

»Der gehörte einer Freundin. Aus Geisrath.«

»Dem Mädchen auf dem Foto, die mit den Seifenblasen?«

Ich nicke.

»Lidia hat ihn mir mitgebracht.«

»Das ist aber nett von ihr«, sagt Cola.

Ich halte Cola einen Kopfhörerstöpsel hin.

»Willst du auch?«

Cola rückt näher an mich heran und stopft sich den Stöpsel ins Ohr. Die letzten Tage hat sie bei uns verbracht, zur Farm ist sie nicht mehr gegangen. Unter ihrem Mantel blitzt ihr neues Kleid hervor. Mutter hat es für sie genäht. Cola stand vor dem großen Spiegel in Mutters Nähzimmer, genau wie ich früher, Mutter vor ihr auf den Knien, den Mund voller Stecknadeln.

»Du musst doch ein eigenes Kleid für die Zusammenkünfte haben«, hat Mutter gesagt.

Cola hat brav die Arme ausgestreckt und still gehalten, während Mutter den Stoff abgesteckt hat und Lidia unten in der Küche Dampfnudeln gekocht hat. Lidia kocht hier in einer Tour, dauernd steht sie am Herd, brät, schmort und dünstet. Sie bindet sich Lappen um die Füße und läuft damit durchs Haus, um die Dielen zu polieren. Mutter betont ständig, dass das nicht nötig sei, aber ich kann ihr ansehen, wie richtig sie es findet, dass Lidia sich im Haushalt nützlich macht, nicht, weil sie sich ihren Aufenthalt hier verdienen soll, sondern weil es Lidia guttut.

Als das Kleid abgesteckt war, haben wir zusammen Dampfnudeln gegessen. Ich habe brav den Kloß heruntergewürgt und abgewartet, irgendwie ahnte ich, dass noch etwas kommen würde. Als alle Klöße aufgegessen waren und Cola auch das letzte bisschen Pflaumensoße aus der Schüssel geleckt hatte, sagte Mutter, dass sie ihr Nähzimmer ausräumen und Lidia die Mansarde bekommen würde.

»Lidia wird ab jetzt bei uns wohnen«, hat sie gesagt.

Vater hat geklatscht, so als hätte Lidia etwas irre Tapferes vollbracht. Lidia blickte mit kleinen wässrigen Augen in die Runde. Nach dem Essen nähte Mutter das Kleid fertig, Cola zog es gleich an. Mutter stand hinter ihr, als Cola sich mit Tränen in den Augen vor dem Spiegel drehte.

»Wenn du willst, kannst du das Gästezimmer beziehen, jetzt, wo Lidia die Mansarde bekommt«, sagte Mutter.

Cola schrie und rannte vor Freude um den Nähtisch.

Am Abend gab es Popcorn, so wie früher, nur dass wir nicht *Wetten dass ..?* sahen, sondern in die Flammen des Kamins schauten. Mutter hat Geschichten aus ihrer Kindheit erzählt. Vom Rhein und von den nassen Auen und den vielen Fröschen und Schlangen, die es damals dort gegeben habe. Sie erzählte, dass sie als Kind einmal beobachtet habe, wie sich zwei Nonnen aus dem Karmeliterkloster stritten. Wie die eine der anderen die Nase abbiss und wie die Nonne dann ihre halbe Nase aufhob und der Dorfarzt sie tatsächlich wieder annähte und die Nonne anschließend eine viel schönere Nase hatte als vorher. Nonne, das Wort klang sonderbar aus Mutters Mund. Alle haben gelacht bei der Geschichte, nur ich habe dagesessen mit verschränkten Armen, ohne die Miene zu verziehen, wie eine schrullige, übel gelaunte Tante, an die man sich gewöhnt hat, der aber keine große Beachtung mehr geschenkt wird, und zum ersten Mal habe ich gedacht, dass Vater und Mutter vielleicht froh wären, wenn ich ihnen sagen würde, dass ich nicht mehr in die Versammlung gehen wolle, dass sie vielleicht sogar damit rechnen und nur darauf warten, dass ich es endlich ausspreche, weil sie mit meinem Zimmer auch schon irgendwelche Pläne haben.

Ich drehe die Heizung an. Vereinzelt laufen immer wieder Gestalten am *BMW* vorbei in Richtung S-Bahn. Viele von ihnen sind verkleidet. Immer wieder gehen Feuerwerkskörper hoch und beleuchten den Himmel.

»Wollen die Verkleideten alle ins *Megafauna*?«, frage ich.

»Ja«, sagt Cola, »die machen am Jahresende immer eine große Kostümparty.«

Sie zeigt auf den Kopfhörerstöpsel in ihrem Ohr.

»Was ist das für Musik?«

»Das sind alles Lieder, die beim *Grand Prix d'Eurovision* gewonnen haben.«

»Aha. Und dieses Lied, ist das Französisch? Verstehst du, was die Frau singt?«

»Nur einzelne Wörter.«

Cola hört aufmerksam zu, so als könnte sie allein dadurch die Liedzeilen verstehen. Draußen läuft wieder eine Gruppe Verkleideter vorbei. Eine Frau mit *Mickimaus*-Ohren und Netzstrumpfhosen, neben ihr zwei Männer, die Zorromasken tragen. Cola sitzt schweigend am Fenster.

»Vermisst du die Farm?«, frage ich.

»Nein. Was soll ich da vermissen? Vermisst du dein Zuhause?«

Ich nicke.

»Deine Freundin mit den Seifenblasen, oder?«

»Ja.«

»Sie kommt dich sicher bald besuchen, wenn es wärmer wird.«

»Nein«, sage ich.

»Doch, bestimmt«, sagt Cola.

»Bestimmt nicht.«

»Warum denn nicht?«

»Weil sie tot ist.«

Ungläubig starrt Cola mich an.

»Das tut mir leid«, stottert sie.

Wie abgemacht habe ich das Kostüm für Onkel Micki in den Gartenschuppen gelegt, zusammen mit der Hälfte meiner Ersparnisse. Ich bin mir ziemlich sicher, dass es ein Fledermauskostüm ist. Warum davon fünf Stück oben auf dem Dachboden liegen, weiß ich nicht. Ich habe mir eines der kleineren genommen, hatte aber noch keine Gelegenheit, es anzuprobieren.

Vater, Mutter und Lidia kommen über den Parkplatz gelaufen. Mutter öffnet die Beifahrertür. Ich schließe die Augen.

»Mir ist nicht gut.«

Mutter befühlt meine Stirn.

»Fieber hast du aber keins.«

»Mir ist übel.«

»Du hast vielleicht einfach Hunger«, sagt Lidia und quetscht sich hinten ins Auto neben Cola. »Gleich gibt es Suppe.«

Vater fährt los. Kaum sind wir zu Hause, geht Lidia in die Küche und fängt an zu kochen. Ich lege mich ins Bett. Fröhliche Stimmen dringen zu mir hoch, das Radio läuft. Mutter klopft und betritt mein Zimmer. Sie setzt sich auf meine Bettkante und befühlt mein Gesicht. Ihre Hand ist kühl und weich.

»Fieber hast du keins«, sagt sie wieder. Ich betrachte ihr Gesicht. Ihre dunkelblonden Haare, die bis zu den Ohren reichen, ihre klugen Katzenaugen mit den kleinen Pupillen, den energischen Mund.

Was wäre wohl passiert, wenn Vater nie von hier geflohen wäre?, will ich fragen. Hättest du dann Jehova und die Wahrheit überhaupt kennengelernt? Hättest du dann für mich Ostereier versteckt und mit mir gemeinsam einen Weihnachtsbaum geschmückt?

Sicher nicht, denn ohne Vater würde es mich gar nicht geben. Ohne Jehova, ohne Mutter in der Wahrheit wäre ich gar nicht auf der Welt und Sulamith womöglich noch am Leben.

»Ruh dich aus, Liebes«, sagt Mutter und gibt mir einen Kuss auf die Wange.

Keine Ahnung, warum, es fühlt sich an wie ein Abschied. Unten klappert Geschirr. Ich stehe auf, öffne leise die Tür, schleiche über den Flur und hocke mich auf den Treppenabsatz. Vaters Stimme dringt nach oben, er spricht gerade das Gebet.

»Amen«, sagt Cola.

Sie kann sich nicht satthören an diesem Wort, sie liebt es, am Ende *Amen* sagen zu dürfen.

»Du siehst ganz verwandelt aus in dem Kleid«, sagt Mutter zu Cola, »ich glaube, ich nähe dir noch eins. Für die Schule.«

»In die Schule muss ich nicht mehr. Außerdem wimmelt es da nur so von Alligatoren.«

»Es gibt keine Agitatoren mehr.«

Anders als ich weiß Mutter sofort, was Gabriel und Cola mit den Krokodilen meinen.

Draußen geht wieder eine Rakete hoch.

»Schmeckt es dir?«, fragt Lidia.

»Ja«, sagt Cola, »sehr.«

»Kein Wunder«, sagt Lidia, »ich komme aus dem Land der Suppen.«

Ich schleiche zurück in mein Zimmer und öffne das Fenster. Die Luft ist erfüllt vom Qualm der Knaller. Sie fliegen jaulend nach oben. Wenn Sulamith das sehen könnte. Jahr um Jahr saßen wir an Silvester auf ihrem Balkon, manchmal auch auf dem Dach und schauten uns das Feuerwerk an. Das Knallen von Sektkorken, Sulamith neben mir, die Lichter am Himmel jagten über ihr Gesicht und spiegelten sich in ihren Pupillen.

Ich schließe das Fenster, zerre das zweite Kostüm unter meiner Matratze hervor und probiere es an. Die Hosenbeine sind etwas zu lang, ich stopfe sie in meine Socken. Die Kapuze ist zu groß, gut so. Ich ziehe sie mir tief ins Gesicht und fädele meine Finger durch die kleinen Schlaufen am Ende der Flügel. *Booya*. Ich sehe tatsächlich aus wie eine Fledermaus, wie eine faltige, unterernährte Fledermaus, die schon lange nicht mehr geflogen ist.

Cola kommt herein.

»Wie siehst du denn aus?«, ruft sie.

»Psst«, zische ich, »mach die Tür zu.«

Cola hält sich die Hand vor den Mund und kichert, doch dann weiten sich ihre Augen.

»Willst du etwa ins *Megafauna*?«

Ich lege mich mit dem Kostüm ins Bett und ziehe die Kapuze runter.

»Ich dachte, wir feiern kein Silvester.«

»Ich will nicht feiern, ich muss dort jemanden treffen«, sage ich.

»Wen denn?«, fragt Cola.

»Das erzähle ich dir ein andermal. Ich bleibe nicht lange weg.«

»Du kannst nicht gehen. Was ist, wenn sie es merken?«

»Die merken das nicht. Ich warte, bis sie schlafen gegangen sind, dann schleiche ich mich raus.«

»Und was, wenn sie es doch merken? Dann kriegst du voll Ärger. Und ich auch.«

»Jetzt stell dich nicht so an«, sage ich, »du musst gar nichts machen.«

»Ich weiß nicht. Elisabeth will doch bestimmt noch mal nach dir sehen?«

»Will sie nicht, glaub mir.«

»Und wenn doch, wenn sie das Licht anmacht?«

»Meine Güte, dann stellst du dich halt dumm.«

»Du wirst solchen Ärger kriegen«, sagt Cola, dann steht sie auf und geht ins Bad.

Ich stelle mich wieder vor den Spiegel und drehe mich im Kreis. Zum ersten Mal in meinem Leben bin ich verkleidet. Als Fledermaus. Ich bin so glücklich, ich brauche mich gar nicht wegzuschleichen, ich fliege einfach ins *Megafauna*.

Cola steckt den Kopf in die Tür, Zahnpasta klebt an ihrem Mund.

»Sie spielen unten Mühle«, brummt sie und geht gleich wieder. Ich lege mich im Fledermauskostüm ins Bett und lösche das Licht. Ich klemme mir das Kopfkissen in den Nacken. Draußen gehen immer wieder Böller hoch. Endlich kommen

Vater und Mutter die Treppe herauf und gehen ins Bad. Lidia steigt hoch in die Mansarde, ich höre über mir die Dielen knarzen. Noch eine ganze Weile bleibe ich im Fledermauskostüm unter der Decke liegen und lausche, dann stehe ich auf und schlüpfe aus dem Zimmer. Die Tür zum Schlafzimmer ist zu, auf Socken schleiche ich die Treppen hinunter, schlüpfe in meine Stiefel und renne raus, renne die Dorfstraße entlang. Die Luft ist kalt und riecht nach Rauch. Meine Flügel flattern im Wind, ich bin so glücklich, dass ich kurz tatsächlich glaube abzuheben. Vielleicht ist es etwas Natürliches, dass die Menschen sich verkleiden wollen. Zumindest fühlt sich diese Verkleidung auf meiner Haut an, wie sich das Gras auf dem Venusberg für die Kaninchen angefühlt haben muss, als sie es zum ersten Mal in ihrem Leben unter den Pfoten spüren durften. Ich renne und schaue hoch in den Himmel. Was auch immer das Universum für uns Menschen nach unserem Tod bereithält – ich hoffe, Sulamith kann sehen, wie ich als Fledermaus durch Peterswalde fliege.

Vor dem *Megafauna* steht eine Traube Menschen. Die Schrift über der Tür leuchtet pink. Es zischt und sirrt. Ein paar Vampire zünden Böller. Sie machen große Augen, als sie mich sehen, sie zeigen ihre Zähne und verbeugen sich. Ich grinse, ziehe mir meine Kapuze über und mische mich unter die Leute. Der Mann, den ich am ersten Schultag sah, als er etwas in den gefrorenen Schnee meißelte, ist da. Wie hieß er noch gleich? Tetzmann, aber er hat sich nicht verkleidet, er hat bloß den Mantelkragen hochgeschlagen, raucht und trinkt. Onkel Micki kann ich nirgends entdecken, jedenfalls sehe ich kein zweites Fledermauskostüm. Die Mickymaus und die Zorros stehen vor dem Eingang. Im *Megafauna* ist es so voll, dass die Luft an den Fensterscheiben kondensiert. In dicken Schlieren läuft Wasser das Glas hinunter. Hinter einem Tresen steht eine Frau mit toupierten blonden Haaren, sie trägt ein blau-weiß gepunktetes Flamencokleid und gießt in eine Reihe Gläser Schnaps ein. Ein Mädchen in einem Rotkäppchenkostüm kommt auf mich zu. Es ist Hanna. Stirnrunzelnd bleibt sie vor mir stehen.

»Esther?«

»Bin ich so leicht zu erkennen?«

»Nein«, sagt Hanna. »Nur, wenn man nach dir Ausschau hält. Ich habe gehofft, dass du kommst.«

»Ach ja, warum?«

Sie greift nach meinen Armen und schüttelt sie, sodass die Fledermausflügel flattern.

»Esther reimt sich auf Silvester, deswegen. Hast du endlich *Zwei Rosen* gelesen?«

»Nee, immer noch nicht.«

Auf der Tanzfläche drehen sich eine Nonne und ein Mönch im Kreis zu dem Schlager, der aus den Boxen schallt. Nicole. *Ein bisschen Frieden.* Das Lied ist auf Daniels Grand-Prix-Mix drauf. Abgesehen davon, mit Schlagern kenne ich mich aus, Schlager durften wir in der Wahrheit immer hören, egal, wie leidenschaftlich die unverheiratete Liebe besungen wurde, und egal, wie unsittlich der Lebenswandel mancher Schlagerstars war.

»Nicht hinschauen«, sagt Hanna, »sonst fühlen sie sich noch bestätigt.«

»Wer?«

»Na, die da.«

Sie zeigt auf die Nonne und den Mönch auf der Tanzfläche.

»Meine Eltern.«

Der Mönch winkt mir zu, erst jetzt erkenne ich Ernesto.

»Komm«, sagt Hanna, »ich spendiere uns was.«

Wir drängeln uns durch zur Theke.

»Wo ist eigentlich deine Freundin?«, fragt Hanna.

»Cola? Zu Hause.«

»Wohnt sie jetzt bei euch?«

»Ich glaube, ja.«

»Ihr habt sie da voll reingesaugt«, sagt Hanna, »finde ich nicht gut. Jeder soll glauben, was er will. Ich dränge dir doch auch nichts auf.«

»Na ja«, sage ich. »*Zwei Rosen.*«

»Haha.«

Ich grinse.

»Mal ehrlich«, sagt Hanna, »du hast sie doch angeschleppt.«

»Habe ich nicht. Sie war interessiert. Und sie hasst das Leben auf der Farm.«

»Kein Wunder. Was meinst du, wie oft ich da hin bin, um sie vor der Schule abzuholen. Gruseliger Ort.«

»Ach ja«, sage ich, »du bist die Alligatorin.«

Hanna boxt mir gegen die Schulter.

Sie beugt sich über die Theke und bestellt. Ich ziehe mir die Kapuze tiefer ins Gesicht und lasse den Blick durch den Raum schweifen. Onkel Micki sehe ich nirgends. Hanna hält mir ein dunkelblaues Getränk hin. Es schmeckt süß und alkoholisch.

»Cola ist sonderbar«, sagt Hanna, »schon allein der Name. Sie ist wie ein Kind, aber trotzdem irgendwie brutal.«

»Ja«, sage ich, »neulich hatte sie die Kommunisten.«

Hanna runzelt die Stirn.

»Die was?«

»Ihre Tage. Die Kommunisten, meinte sie. Sagt ihr das hier nicht so?«

Hanna lacht laut los.

»Nee.«

»Ach so. Na, jedenfalls wollte sie einen Tampon haben. Und dann hat sie mich gefragt, ob ich mit auf die Toilette komme.«

»Vielleicht wollte sie Blutsschwesternschaft schließen.«
»Wie das denn?«
»Na, mit den Tampons. Sie hätte dir ihren gegeben und du ihr deinen.«
»Quatsch.«
»Doch.«
»Hä? Aber ich hatte ja gar nicht meine Tage.«
»Ach so«, sagt Hanna, »na dann.«
»Macht ihr das hier so?«
»Ja.«
»Nicht im Ernst? Ich meine, das ist doch gefährlich.«
»Ja, deswegen machen wir es. Nervenkitzel.«
»Hast du das schon mal gemacht?«
Hanna nippt an ihrem Getränk.
»Oft.«
Ein schrilles Klingeln ertönt von der Bühne, es mischt sich mit einem Trompetenton. Ich recke den Hals. Der Raum verdunkelt sich, dann wird die Bühne in ein irres, pinkes Licht getaucht. Drei Gestalten treten auf. Ein Mann in lila Jogginghose, breitbeinig steht er da in ausgelatschten, dreckigen Turnschuhen, an die er sich Flaschenöffner gebunden hat, die klimpern und rasseln, wenn er aufstampft. In den Händen hält er einen Pappteller, an dem kleine Glöckchen hängen, wie bei einem Tamburin. Neben ihm steht eine Frau. Sie trägt ein pechschwarzes glänzendes Dirndl aus Leder, dazu schwere Stiefel und ein Nietenhalsband. Ihr Gesicht ist ganz weiß geschminkt, es wird umrahmt von dunklem, dichtem Haar, die Hände stecken in abgeschnittenen Lederhandschuhen. Mit zwei kleinen Stöcken klopft sie auf ein Instrument vor sich, es klingt wie ein Glockenspiel, und als ich mich auf die Zehenspitzen stelle, sehe ich, dass die Beschläge Schraubenschlüssel sind, auf der einen Seite die ganz langen und auf der anderen die kurzen,

dünnen. Die Frau schaut kaum auf, haut im Takt des Papptellertamburins auf ihr Schraubenschlüsselglockenspiel. Ein zweiter Mann steht neben ihr, er hat einen grauen Anzug an, so als wäre er direkt von der Arbeit hierhergekommen, alles an ihm ist groß und klobig, nur die Flöte nicht, die er spielt. Es ist ein feines graues Rohr aus Kunststoff.

Die Frau auf der Bühne beginnt zu singen. Nebel schießt aus einer Maschine neben der Bühne, es riecht nach braver Chemikalie und Kellermief. Am Tresen flüstert Ernesto der Nonne etwas ins Ohr, sie wirft den Kopf zurück und lacht. Hanna stößt mich an.

»Nicht hinschauen.«

»Warum denn?«

»Weil es peinlich ist, wie gern sie sich nach all den Jahren immer noch haben.«

Sie prostet mir zu.

»Ich mache nur Spaß. Ich finde es natürlich gut.«

»Ihr macht das nicht wirklich, oder?«

»Was?«

Ich stelle mein Glas ab, der Alkohol steigt mir schon in den Kopf.

»Das mit den Tampons.«

»Doch, klar«, sagt Hanna und schaut mich ernst an, dann aber lacht sie los und kann gar nicht mehr aufhören.

»Natürlich nicht! So was kannst auch nur du glauben!«

Ich lasse meinen Blick durch den Raum schweifen, atme den Zigarettenqualm ein, lausche dem befreiten Lachen der Leute, dem betrunkenen Raunen, dem Gesang der Frau im Lederdirndl. Wann war ich je der Welt so nah? Ich drehe mich um, wie ich es früher manchmal getan habe, wenn wir mit Mama einen Disneyfilm im Kino schauen durften. Gebannt blicken die Menschen zur Bühne, manche haben die Augen geschlossen und wiegen sich im Takt der Musik, andere halten ihre Getränke hoch und grölen das Lied wie im Fußballstadion mit.

»Nicht weinen,
wir müssen niemand anders sein.
Nicht trauern,
wir brauchen keinen Wanderreim,
egal was Wahrheit, egal was Schein.

Heimat komm heim,
lass mich nicht allein,
Heimat komm heim,
ich bin dein Urgestein.«

Ich weiß nicht, wie lange ich da neben Hanna stehe, wie immer vergeht das Glück viel schneller als das Unglück. Wieder drehe ich mich um, noch einmal will ich in die glücklichen Gesichter der Gäste sehen, da entdecke ich ganz hinten in der Ecke eine Fledermaus. Sie hockt neben dem großen Fenster. Die Kapuze hat sie sich tief ins Gesicht gezogen. Sie starrt zu mir herüber, und als sie sicher ist, dass ich sie gesehen habe, springt sie auf und verschwindet in der Menge. So schnell ich kann, dränge ich mich nach hinten durch. Die Fledermaus läuft in Richtung Theke, an irgendetwas bleibt mein rechter Flügel hängen.

»Pass doch auf«, schreit eine Frau, ihre Perücke fällt zu Boden.

Ich beachte sie nicht, renne weiter und trete dabei jedem Zweiten auf die Füße. Die Fledermaus verschwindet hinter dem Vorhang neben der Bar, dort geht es zu den Toiletten. Ich laufe den schmalen Gang entlang, ich reiße erst die Tür zum Herrenklo auf, dann die zum Damenklo, nichts. Eine Treppe führt in den Keller. Ich nehme zwei Stufen auf einmal, drücke die Tür auf, an der *Privat* steht. Ein dunkler Raum, genau in der Mitte brennt ein Teelicht. Ich taste nach dem Lichtschalter, fasse in ein Loch in der Wand mit losen Kabeln. Schließlich finde ich den Schalter doch, eine Neonröhre flackert auf. An den Seiten stehen durchgesessene Sofas mit aufgeplatzten Polstern, davor Dutzende Barhocker, alle irgendwie lädiert, es fehlt ihnen ein Bein, oder das Holz der Sitzfläche ist zersplittert. Hinten steht ein winziges Fenster offen, kalte Luft und der Geruch von Feuerwerksraketen dringen herein. Neben dem Teelicht auf einem kaputten Wohnzimmertisch liegen ein Zettel und ein kleines Säckchen aus Samt.

Engelchen, ich hätte dich gern gesprochen, aber das wäre zu riskant. Das hier ist für dich. Sie ist von deiner Großmutter. Pass gut darauf auf, sie ist aus Brot. Eine Schwester im Lager hat einen Teil der winzigen Ration, die sie dort bekam, aufgehoben und sie daraus geknetet. Deine Großmutter hat sie zur Taufe geschenkt bekommen. Schwestern des Regenbogenbundes, *so nannten sie sich. Nach dem Regenbogenbund. Deshalb die Taube. Das erzähle ich dir alles mal in Ruhe. Ich muss jetzt weg. Weit weg. Irgendwo in den Süden. Da steche ich dir dann Ohrlöcher. Es umarmt dich dein Freund und Onkel Micki.*

Vorsichtig öffne ich das Samtsäckchen. Eine winzige Taube liegt darin, sie ist weiß angemalt, nur der Schnabel ist dunkel, darin trägt sie einen Zweig, so wie die Taube, die Noah vom Berg Ararat als Kundschafterin ausschickte, um zu sehen, ob das Wasser schon wieder so weit zurückgegangen war, dass er und seine Familie die Arche verlassen konnten. *Meinen Regenbogen habe ich in die Wolken gesetzt und er soll als Zeichen des Bundes dienen zwischen mir und der Erde.* Moses 9:13. Klein und friedlich liegt die Taube in meiner Hand. All die Jahre, all das Leid haben ihr nichts anhaben können.

Draußen knallen immer mehr Feuerwerksraketen, es muss gleich Mitternacht sein. Ich wische mir mit einem Fledermausärmel über die Augen, lege die Taube zurück ins Säckchen und stecke Onkel Mickis Brief ein, dann klettere ich aufs Sofa und schließe das Fenster.

Oben ist die Bar bis auf ein paar Betrunkene leer, die anderen haben sich draußen versammelt. Durch das Fenster sehe ich Hannas rote Kappe leuchten. Als ich in die kalte Nacht laufe, winkt sie mir zu. Um uns herum zählen die Leute von zehn zurück. Überall zischt und sirrt es, Sektflaschen werden aufgemacht, Raketen gezündet. Ein Mönch rast hin und her, reißt sich seine am Saum brennende Kutte vom Leib.

»Verdammte Polenböller!«, schreit Ernesto.

Eine Nonne läuft ihm hinterher und tritt auf das am Boden liegende Kostüm.

»Frohes neues Jahr«, brüllt Hanna und umarmt mich.

»Frohes neues Jahr«, sage ich.

Es sind drei ganz normale Wörter, nichts passiert. Meine Lippen gehen nicht in Flammen auf, ich bekomme nicht einmal ein schlechtes Gewissen. Am Himmel verglüht Rakete um Rakete. Das Samtsäckchen liegt in meiner Hand, es fühlt sich an, als würde auch die Taube darin glühen. Warum nahm Großmutter nur all das Leid auf sich, und woher die Kraft, es auszuhalten? Und wieso fühlt Jehova sich in meinem Leben an wie ein bleiernes Gewicht, das mich immer tiefer nach unten zieht, während dieses alte Kostüm mich abheben lässt? Wieso musste Sulamith sterben? Das Licht, es hat seinen Teil zu allem beigetragen. Nicht nur die Lichter am Himmel vor dem Erdbeben oder das Licht der Sonne an einem heißen Sommertag im Freibad. Auch Menschen können schönes Licht machen. Martinslaternen und Silvesterraketen. Wie sie sich in Sulamiths Pupillen spiegelten. *Boom Boom Boom.* Es waren auch Sulamiths Lichter, sie sehnte sich mehr nach ihnen als nach dem Paradies.

Wildfremde Menschen umarmen mich, ein bisschen ist es wie auf dem Kongress, nur mit Alkohol und ohne Gott. Keine Gebete, sondern Polenböller. Keine Königreichslieder, sondern Schlager. Keine Ewigkeit, sondern Momente, die sich aneinanderreihen. Ist das die Welt?

17

Ohne Sulamith war mein Leben still. Als ob man durch einen Wald ginge und nirgendwo Vögel zwitscherten, ein Wald, in dem nichts blühte und nicht mal die Äste knackten, wenn man auf sie trat.

Sie kam nicht mehr zum Samstagstreffpunkt und nicht mehr zu den Zusammenkünften. Nicht einmal in die Schule ging sie noch, nachdem sie zu Daniel ins Auto gestiegen war. Mama und Papa erzählten Lidia nichts, so eine Nachricht hätte nur dafür gesorgt, dass es ihr schlechter ging, sie sollte sich in Ruhe erholen können, zumal Mama und Papa hofften, eine einstweilige Vormundschaft für Sulamith erwirken zu können, doch Sulamith war mit Daniels Eltern beim Jugendamt gewesen und hatte dafür gesorgt, dass sie, zumindest so lange Lidia in der Klinik war, bei Daniel bleiben konnte. Mama und Papa konnten nichts dagegen tun, Sulamith war kein kleines Kind mehr.

Am folgenden Samstag stand ich also allein mit Mama vor dem *Kaufhof* und hielt meine Zeitschriften hoch. Niemand stieß mich an, wenn eine alte Frau mit lilafarbenen Haaren vorbeiging, niemand spielte mit den Zeitschriften Riesenfächer, wenn Mama nicht hinschaute, und niemand trällerte die Lieder von der *Allianz-Versicherung*, vom *Caro-Kaffee* oder

Gard-Shampoo vor sich hin. Ich fühlte mich, als hätte jemand mir meine Krücken weggenommen, ohne dass ich überhaupt gewusst hatte, dass ich welche brauchte.

In der Versammlung herrschte stilles Entsetzen über Sulamiths Ausstieg. In den Zusammenkünften fragte niemand nach ihr, nicht einmal Mischa. Ein Rechtskomitee hatte es schon lange nicht mehr gegeben. Dass eins für Sulamith einberufen werden musste, war klar, aber schon jetzt fühlte es sich so an, als hätte das Rechtskomitee längst getagt: Sulamith würde kein Teil unserer Welt mehr sein. Sie würde nur noch ein Schatten, eine dunkle, namenlose Kreatur sein, die nicht mehr im Licht der Wahrheit wandelte, sondern ihr unbedeutsames Dasein in der Masse der Weltmenschen fristete.

Zwei Wochen nachdem Daniels Eltern Sulamith abgeholt hatten, kam sie wieder in die Schule. Sie sah erholt aus, als wäre sie im Urlaub gewesen. Sie setzte sich wie immer neben mich und begrüßte mich freundlich, doch sobald es klingelte, lief sie raus und stellte sich zu Daniel und seinen Freunden auf den Schulhof. So machte sie es Tag für Tag. Egal, wie oft ich versuchte, sie nach dem Sport oder in der Mensa abzufangen, sie ließ es nicht zu. Immer war Daniel da, als hätte sie ihn darum gebeten, sie rund um die Uhr zu beschützen. Einmal ging sie nach Schulschluss direkt vor mir mit Daniel zur Bahnhaltestelle. Als sie sich umdrehten und mich sahen, beschleunigten die beiden ihre Schritte. Ich fühlte mich wie ein Verbrecher, vor dem sie sich fürchteten.

Abends erzählte Mama, dass Lidia am nächsten Tag aus der Klinik entlassen werden würde.

»Geht Sulamith mit euch, wenn ihr sie abholt?«, fragte ich.

»Woher soll ich wissen, was dieses Mädchen vorhat«, sagte Mama, »sie hat sie nicht ein einziges Mal besucht. Sie weiß wahrscheinlich gar nicht, dass Lidia entlassen wird.«

»Wann tagt eigentlich das Rechtskomitee?«, fragte ich.

»Kommenden Samstag. Arme Lidia.«

Am nächsten Tag wartete Daniel nach dem Unterricht wie immer vor unserem Klassenzimmer auf Sulamith. Ich holte mein Rad aus dem Fahrradkeller und fuhr in Richtung Straßenbahnhaltestelle. Kurz hinter der Schule sah ich die beiden Arm in Arm zur Haltestelle gehen. Ich fuhr schneller, stieg ab, schob mein Rad auf den Bürgersteig und stellte es so hin, dass sie nicht an mir vorbeikamen.

»Kann ich kurz mit dir reden?«, fragte ich Sulamith, als die beiden stehen blieben. Sulamith hob die Augenbrauen.

»Wüsste nicht, worüber.«

»Bitte.«

Sulamith blickte Daniel an, der sich nervös durch die Haare fuhr. Die ganze Situation schien ihn zu überfordern. Er tat mir leid. Wenn Sulamith ihm alles erzählt hatte, von Lidia, den verbrannten T-Shirts, von Papa und dem Hirtenbesuch, von Harmagedon und der Tausendjahrsherrschaft, war es kein Wunder, dass er dachte, unsere Gemeinschaft wäre irre. »Ist schon in Ordnung. Geh schon vor«, sagte sie und gab Daniel einen Kuss. Es sah unbeholfen aus, wie sie ihm ihre Lippen auf die Wange drückte, als müsste sie sich selbst noch an dieses unmögliche Verhalten gewöhnen.

Langsam fuhr Daniel mit seinem Skateboard bis zur nächsten Straßenecke.

»Also«, sagte Sulamith, als er außer Hörweite war, »was willst du?«

»Nichts«, meinte ich, »nur mit dir reden. Wissen, wie es dir geht.«

Sulamith lachte, als hätte ich einen Witz gemacht.

»Wie es mir geht? Gut natürlich.«

»Warum redest du nicht mehr mit mir?«

»Warum sollte ich? Sobald ich ausgeschlossen werde, grüßt du mich doch eh nicht mehr.«

»Willst du wirklich der Gemeinschaft entzogen werden?«

»Mein Gott, wie das klingt«, sagte Sulamith, »als ob die mich entfernen würden. Dabei ist es doch andersrum. Ich will mich selber dieser Gemeinschaft entziehen. Hast du denn noch immer nicht begriffen, was für ein Gefängnis das ist?«

»Gefängnis, ich weiß nicht.«

»Ich aber. Dazu ist Abstand nötig, und den hast du nicht.«

»Und wie geht es jetzt für dich weiter?«, fragte ich.

Sie holte eine Packung Kaugummi aus ihrer Jeanstasche hervor, *Wrigley's Juicy Fruit*, mir bot sie keinen an, wie sie es sonst immer getan hatte.

»Kann ja nur besser werden, ohne den Einfluss der Brüder«, sagte sie und schob sich den Kaugummi in den Mund. »Ich erinnere mich auf einmal an so vieles. Die Kette zum Beispiel. Von meinem Vater. Deine Mutter hat sie mir weggenommen.«

»Was für eine Kette?«

»Eine, die mein Vater mir als Kind geschenkt hat.«

»Dein Vater?«

»Ja, mein Vater«, sagte sie und kaute, »du glaubst wohl, du bist die Einzige, die einen hat, was?«

»Nein«, stotterte ich, »so meine ich das nicht.«

»So viele Sachen fallen mir plötzlich wieder ein«, sagte sie. »Dass Schwester Schuster mit Damaris jedes Mal raus ist, als sie klein war und so viel geweint hat. Sie ist hoch zur Garderobe und hat ihr den Hintern versohlt. Sie trug noch Pampers. Auf die Pampers hat sie Damaris geschlagen, so lange, bis sie endlich die Klappe gehalten hat. Ich habe es selbst gesehen.«

Sulamiths Augen verengten sich.

»Die Gutenachtgeschichten deiner Mutter. Jeden Abend erzählte sie von Satan, der nach der Tausendjahrherrschaft noch einmal freigelassen wird, um uns aufzulauern, wie irgendein irrer Vergewaltiger im Park, nur dass wir ihn weder hören noch sehen können.«

Sulamith kam näher, ihr Atem roch nach *Juicy Fruit*.

»Kannst du dich daran erinnern, als wir mit deinem Vater die Schulbroschüre durchgenommen haben?«

»Nein.«

»Ich ja«, sagte Sulamith, »an die knallrote Birne, die ich bekam, als er uns erklärte, was Masturbation ist. Das Wort, es roch nach Schwein, jedenfalls so, wie ich mir damals den Geruch von Schweinen vorstellte. Nach ihrer Scheiße, in der sie genötigt sind, ein Leben lang zu stehen, nach der Scham, die sie empfinden, als das wahrgenommen zu werden, zu dem man sie gemacht hat. Mitten in der Nacht habe ich mich zu deinem lieben Papa geschlichen. In seinem Arbeitszimmer brannte noch Licht. Ich erzählte ihm alles. Wir beteten zusammen.«

»Hör auf«, sagte ich.

Sie schubste mich.

»Es ist die Wahrheit!«, rief sie.

Ich hörte Daniels Skateboard von hinten heranfahren.

»Alles okay?«, fragte er.

»Ja, mach dir keine Sorgen. Ich komme gleich.«

Sie wandte sich wieder zu mir.

»Begreif es endlich«, sagte sie, »ich will mit euch nichts mehr zu tun haben. Mit keinem von euch.«

»Was ist mit deiner Mutter? Sie wird heute aus der Klinik entlassen.«

»Schön für sie. Ich werde sie sicher am Samstag beim Rechtskomitee sehen. Da werde ich hingehen, aber nicht für sie, sondern weil ich es will. Um einen sauberen Abschluss zu haben. Und weil ich deiner Arschgeige von Vater endlich meine Meinung sagen will.«

»Das kann doch nicht dein Ernst sein«, rief ich, »du kannst doch nicht einfach so gehen, wir sind doch eine Familie. Die größte Familie der Welt!«

»Familie?« Sulamith lachte bitter.

»Du meinst deinen Vater, den vorsitzführenden Aufseher, der sich fast alle Vorträge von seiner Frau schreiben lässt? Oder meinst du meine völlig verblendete, geisteskranke Mutter, die in einen Kessel kochender Milch springen würde, wenn der treue und verständige Sklave ihr das befehlen würde? Oder meinst du etwa Rebekka, diese dumme Kichertante, die an Tobias' Lippen hängt und es nicht erwarten kann, achtzehn zu werden, zu heiraten, damit sie endlich gottgefälligen Sex haben kann?«

»Ich weiß«, sagte ich, »ich weiß ja! Aber diese Welt da draußen, dafür musst du nicht einmal die Prophezeiungen kennen, ist unvollkommen. Dreckig, dunkel und voller Gewalt. Du kannst doch nicht einfach sagen, ist mir egal, ich will leben wie alle anderen. Es muss doch einen tieferen Sinn hinter diesem ganzen Leid geben!«

»Stimmt«, sagte Sulamith, »die Welt ist nicht perfekt, aber dieser Blödsinn, den wir ein Leben lang erzählt bekommen haben, ergibt kein bisschen Sinn. Die Wahrheit, in der wir alle angeblich wandeln, gibt es nicht. Wir müssen das Leben auf der Erde selber gestalten. Wir können nicht alles auf irgendeine dämliche Erbsünde schieben, wie ein paar kleine Kinder, wir alle müssen Verantwortung übernehmen. Für das ganze Leid. Und seine Ursachen bekämpfen, damit alle Menschen in Frieden leben können.«

»Ach ja?«, rief ich. »Wenn das so klar ist und die Weltmenschen das alle wissen, wo bleibt denn dann dieser Weltfrieden? Jeder Mensch hat ein Gewissen, trotzdem herrschen Kriege, Hungersnöte, Gewalt. Glaubst du etwa, es hilft, einfach nach

Lust und Laune zu leben und sich wie Daniel nebenbei ein bisschen für die Umwelt einzusetzen, um das Gewissen zu beruhigen?«

»Nein«, antwortete sie und drängte sich an meinem Fahrrad vorbei. »Aber unsere Wahrheit ist keine Wahrheit. Was meine eigene Wahrheit ist, das werde ich jetzt herausfinden.«

Ich packte sie am Arm.

»Wahrheit oder Lüge, darum geht es doch gar nicht! Wer weiß, vielleicht ist das hier, dieser Moment, nicht mal die Wahrheit.«

Sulamith schüttelte verständnislos den Kopf. »Was redest du denn da?«

»Alles«, rief ich, »alles, was uns umgibt, vielleicht ist nichts davon die Wahrheit! Vielleicht leben wir in einem Traum, vielleicht sind wir Figuren in einem Film, wer weiß?«

»Ich habe keine Ahnung, was du da gerade versuchst, mir zu sagen«, antwortete Sulamith.

»Doch!«, rief ich und packte sie am Arm. »Stell dir nur vor, wenn es alles genau umgekehrt wäre, wenn unser Leben gar nicht echt wäre und unsere Träume die Wirklichkeit? So wie in dieser einen griechischen Tragödie. So ein Gefühl hatte ich auf der Fahrt in den Saal, an dem Abend, als die Lichter am Himmel standen. Alles kam mir so unecht vor, nur du nicht. Unsere Freundschaft.«

Mitleidig blickte Sulamith mich an.

»Du hattest einfach Angst, Esther. Du warst überfordert, so wie wir alle an diesem Abend.«

»Und was, wenn nicht?«

Sie griff nach meiner Hand und löste sie langsam von ihrem Arm.

»Dann trotzdem. Dann ist es trotzdem nicht mein Traum. Leb wohl, Esther.«

Ich schob mein Rad nach Hause. Ich traute mich nicht zu fahren, ich traute dem Boden unter mir nicht. Heute war so ein Tag, an dem er sich auftun könnte, um mich zu verschlingen wie damals Korah, Datan und Abiram. Es wäre nicht der schlechteste Tag gewesen, um von der Erde verschlungen zu werden.

Zu Hause wartete Papa schon ungeduldig auf mich. Er wollte mit mir zusammen Lidia von der Klinik abholen. Vorher fuhren wir in den Narzissenweg. Vater schloss die Tür auf. Es war noch alles so wie an dem Abend, als Lidia ihren Anfall bekommen hatte. Die Scherben der Kaffeetasse lagen auf dem Boden, die Türen standen in der Badewanne, und in Sulamiths Zimmer herrschte noch immer Unordnung. Vater krempelte die Ärmel hoch, er ging ins Bad, nahm eine Tür nach der anderen aus der Wanne und hängte sie wieder ein. Er warf den Maibaum unten in die Mülltonnen. Ich kehrte die Scherben zusammen, spülte Geschirr und räumte Sulamiths Zimmer auf. Es roch noch immer nach Patschuli, den öligen Fleck im Teppichboden bekam ich nicht heraus. Er würde für immer bleiben. Und Sulamith? Würde sie je wieder herkommen? Unter dem Schreibtisch fand ich ihren alten *Monchhichi*. Seine Nase war nicht nachgewachsen. Vielleicht war das echte Leben so: Nichts wuchs nach, nichts verheilte. *Leb wohl, Esther.* Ich drückte mir den *Monchhichi* ins Gesicht. Wohl leben. Wie sollte das nur gehen ohne Sulamith?

Auf dem Weg in die Klinik kauften wir Kuchen und einen Strauß Blumen. Lidia stand schon vor dem Eingang. Sie sah blass aus und war, wie immer nach einem Klinikaufenthalt, sehr still. Zurück im Narzissenweg stellte Vater die Blumen ins Wasser, kochte Kaffee und verteilte Kuchen. Schweigend saßen wir um den Küchentisch und aßen. Ich hatte keine Ahnung, ob Papa Lidia erzählt hatte, was geschehen war. Er musste ihr etwas gesagt haben, anders konnte ich mir nicht erklären, dass sie nicht nach ihrer Tochter fragte.

In der Schule ignorierte Sulamith mich weiterhin. Sie hatte sogar den Platz gewechselt und saß nun neben Jana. Es war, als wäre ich die Abtrünnige und nicht sie. Draußen strahlte die Sonne, doch ich spürte die Wärme kaum, das Licht drang nicht zu mir vor. Bald würde das Rechtskomitee tagen. Mama versuchte, mich auf ihre Art zu trösten.

»Bleib standhaft, Liebes«, sagte sie, »und vergiss nicht, Jehova prüft niemanden über sein Vermögen.«

Am Samstagmorgen erwachte ich mit furchtbaren Bauchkrämpfen. Mein Bettlaken war blutig, ich lief ins Bad, nahm *Paracetamol* und führte mir einen Tampon ein, dann legte ich mich wieder ins Bett.

Vor meinem Fenster schossen die Schwalben über den Himbeerhang. Mama stand in ihrer Arbeitskleidung zwischen den Reben und pflückte die ersten Früchte. Vielleicht würde Sulamith sich im letzten Moment anders entscheiden. Vielleicht würde sie heute Abend vor dem Rechtskomitee doch alles bereuen. Und umkehren. Einmal bildete ich mir ein, ein Fahrrad auf dem Weg vor dem Haus klappern zu hören. Ich sprang aus dem Bett, aber da war kein Fahrrad, keine Sulamith, die den Hang herunterraste, um mich abzuholen. Zur Schule. Zum Schwimmen. Zur Zusammenkunft. Ich hockte mich aufs Fensterbrett und blickte zum Schuppen. Ich musste daran denken, wie ich Sulamith nachts dort hatte sitzen sehen, zwischen den Sägespänen mit ihrem Walkman, wie sie an dem kleinen Radioregler herumgedreht hatte, als würde sie nach einem Sender suchen, der ihr den ultimativen Ratschlag für ihr kompliziertes Leben gab. Ich musste daran denken, wie wir auf der Schultoilette nebeneinander auf dem nassen Boden gehockt hatten.

»Hilfe«, hatte sie geflüstert und ihre Nase an meine Wange gedrückt. »Hilfe.«

Ich betrachtete die Vögel, die über den Himbeerreben kreisten, ihr Anblick beruhigte mich.

»Beobachtet aufmerksam die Vögel des Himmels. Sie säen nicht, noch ernten sie, noch sammeln sie etwas in Vorratshäuser ein, dennoch ernährt sie euer himmlischer Vater«, hatte Jesus gesagt. »Seid ihr nicht mehr wert als sie?«

Sulamith hatte recht. Es hatte sich nie angefühlt, als seien wir etwas wert. Unsere Träume, unsere Wünsche und Zweifel interessierten niemanden, im Gegenteil. Sie wurden als Bedrohung für die Gemeinschaft gesehen. Eine Wahrheit, so scharf wie ein sterilisiertes Messer, schnitt mir in die Brust. Ich warf mich aufs Bett, drückte mein Gesicht ins Kissen und weinte. Ich hatte Sulamith nie richtig zugehört, ich hatte solche Angst gehabt, sie zu verlieren, dass ich darüber vergessen hatte, für sie da zu sein.

Im Haus hörte ich Mama und Papa die Treppen hoch- und runterlaufen, der Duft von Mamas Maiglöckchenparfüm hing in der Luft.

Irgendwann steckte sie den Kopf in mein Zimmer. Sie trug Schwarz, als würde sie auf eine Beerdigung fahren. Ich schloss die Augen.

»Wir fahren los.«

Wortlos drehte ich mich auf die andere Seite. Mama zögerte kurz, dann schloss sie leise die Tür. Kaum war der Wagen nicht mehr zu hören, wackelte ich zum Kleiderschrank und zog mich an. Ich lief in Mamas und Papas Schlafzimmer und öffnete alle Schubladen. Ich steckte ein Schweizer Taschenmesser in meinen Rucksack. Nähzeug. Münzen. Franken und Pfundnoten, die in Papas Nachttischschublade lagen. Ich lief in die Küche, packte Zwieback und Rosinen ein. In der Speisekammer fand ich Backoblaten und eine Thermoskanne, ich füllte sie mit Leitungswasser. In Vaters Büro entdeckte ich meinen Reisepass und mehrere Hundertmarkscheine. Mein Unterleib krampfte wieder, ich lief ins Bad und nahm noch zwei *Paracetamol*. Ich steckte die Packung ein, außerdem Heftpflaster und Jod. Ich suchte nach der Kleidung, die ich am Tag des Erdbebens getragen hatte. Das Tütchen mit den Pillen steckte noch in der Hosentasche. Auf dem Weg nach draußen nahm ich die Flasche *Baileys* mit, die neben dem Mühlebrett im Wohnzimmer stand.

Die Luft war warm und voller Insekten, die Schwalben jagten ihnen hinterher. Ich holte mein Fahrrad aus dem Geräteschuppen und fuhr los. Hinter der Nordbrücke ging die Sonne langsam unter. Am Kreisverkehr stieg ich ab und schob das letzte Stück zum Saal.

Oben in dem kleinen Raum brannte Licht. Die Fenster waren offen, das Gebäude heizte sich im Sommer immer so schnell auf. Ich parkte das Fahrrad hinter dem Saal. Sulamiths lila Fahrrad lag in den Büschen. Ich stellte mich unter das Fenster, ich konnte die Stimmen hören, doch ich verstand die Worte nicht. Mama, Papa, Bruder Schuster, Bruder Engels und immer wieder Sulamith. Ich trank einen Schluck Wasser aus der Thermoskanne. Genau so, dachte ich, genau so bist du. Lau, weder heiß noch kalt, nicht so wie Sulamith. Heiß. Kalt. Das hatte ich nun davon. Weil ich es allen hatte recht machen wollen, hatte ich das, was ich am meisten liebte, verloren. Ich spie das lauwarme Wasser in die Hecke, suchte im Rucksack nach der *Baileys*-Flasche und spülte nach. Wie oft wir hier unten mit den anderen gestanden hatten. Nie wieder würden Sulamith und ich zusammen ungesäuertes Brot knabbern, keiner unserer Freunde würde je wieder mit uns reden. Ich nahm noch einen Schluck *Baileys*. Was war mit der Nächstenliebe, die Jesus gepredigt hatte? Hätte Jesus noch mit uns gesprochen? Jehova, Jesus – was interessierte es mich, ob sie noch mit uns sprechen würden? Sie hatten noch nie zu mir gesprochen, zu diesem Mädchen, das die Zähne nicht auseinanderbekam und schon mit sechzehn Jahren eine Zornesfalte auf der Stirn trug wie sonst nur verbitterte Erwachsene. Ich nahm wieder einen Schluck *Baileys*, er schmeckte nach viel zu süßem Kakao. Ich betrachtete die Flasche. Warum tranken Mama und Papa das eigentlich so gern?

Oben hinter dem Fenster war es still geworden. Der Riss in der Fassade, den das Erdbeben hinterlassen hatte, war deutlich zu sehen, er zog sich schräg vom Dachgiebel zum Fundament. Ich musste daran denken, wie ich mich auf den Boden gelegt hatte, an das Getrappel und die Schreie, die aus dem Saal gekommen waren. Durchs Fenster drang ein lautes Schluchzen, wurde immer lauter, zog sich in die Länge, wie eine Sirene, die etwas Unheilvolles ankündigte. Lidia. Kurz darauf hörte ich, vorn die Saaltür aufgehen. Ich spähte um die Ecke. Sulamith kam die Auffahrt herunter.

»Verdammt«, flüsterte sie, als sie mich an der Hauswand lehnen sah, »musst du mich so erschrecken?«

»Nein«, sagte ich, »ich meine, Entschuldigung.«

Ich hielt immer noch die Flasche *Baileys* in der Hand.

»Was machst du hier mit einer Flasche *Baileys*?«, fragte sie und grinste.

»Auf dich warten.«

Unter ihrem Arm trug sie die Daycahiers. Sie sah kein bisschen mitgenommen aus, sondern erleichtert und fröhlich. Sie warf die Hefte in meinen Fahrradkorb. Ich reichte ihr die Flasche.

»Prost.«

Sulamith nahm sie kopfschüttelnd und trank.

»Kannst du mir bitte sagen, was du hier machst?«

»Ich komme mit.«

»Wohin?«

»Egal. Wo du hingehst, da will auch ich hingehen. Weißt du noch? Ruth und Noomi aus der Bibel. Früher haben wir das manchmal gespielt. Du warst Ruth und ich war Noomi.«

»Hör auf damit«, sagte sie.

»Ich meine es ernst. Ich habe dich alleingelassen. Ich hatte solche Angst, dich zu verlieren, dass ich dir gar nicht mehr richtig zugehört habe. Das tut mir leid.«

Ich blickte auf den Boden.

»Ich kann nicht ohne dich leben.«

Sulamith grinste.

»Klingt ja nach Hollywood.«

»Ich meine es ernst«, sagte ich, »du hattest recht. Wir müssen raus da.«

Ich holte die Geldscheine aus meiner Hosentasche, sie quollen zwischen meinen Fingern hervor.

»Spinnst du«, flüsterte Sulamith, »wo hast du das ganze Geld her?«

»Für uns.«

»Steck das weg«, sagte Sulamith. »Hast du es gestohlen?«

»Für Marokko.«

Sulamith tippte sich an die Stirn.

»Du hast wohl einen Knall.«

»Nein«, zischte ich, »ich habe keinen Knall!«

Vorn an der Straße ging die Saaltür wieder auf. Lidia weinte, jemand redete beruhigend auf sie ein. Sulamith legte mir den Finger auf die Lippen.

»Weißt du noch, der verletzte Igel hier hinten?«, flüsterte sie. »Ich habe ihm jeden Sonntag eine Schale Milch hingestellt. Bis Bruder Schuster das sah. Das sei doch nicht der richtige

Ort, um wilde Tiere zu füttern. Ganz nett hat er es gesagt und dann die Milch ausgekippt. Immer diese Freundlichkeit. Gerade eben auch. Alle so nett, aber vor ihnen lagen unsere Daycahiers.«

Langsam ließ sie den Finger sinken.

»Wie war es?«, flüsterte ich.

»Das Rechtskomitee? Lächerlich war es.«

»Was haben sie gesagt?«

»Am Anfang gar nichts. Da haben sie wohl gedacht, ich würde reumütig angekrochen kommen und ihnen alles erzählen. Dann kamen sie mit Fragen. Es ging natürlich um Daniel. Ich habe denen nichts erzählt. Geht die gar nichts an! Stattdessen habe ich gesagt, dass ich an all das, was sie uns ein Leben lang erzählt haben, nicht glaube. Fertig.«

»Und dann?«

»Dann hat dein Vater die Daycahiers auf den Tisch gelegt. Ich wusste ja, dass sie die haben. Aber dann hat er auch noch alle Briefe, die Daniel mir geschrieben hat, ausgepackt. Die waren so gut versteckt. Keine Ahnung, wie Mamusch die gefunden hat. Und dann hat er angefangen, daraus vorzulesen, da bin ich ausgerastet und habe denen mal ordentlich meine Meinung gesagt, was ich von ihrem blöden Verein halte.«

»Und dann?«

»Dann haben sie mich rausgeschickt. Ich saß mit Mamusch und Elisabeth vor der Tür, bis sie uns wieder reingerufen haben. Es war echt der Hammer. Ganz feierlich haben sie dann gesagt, ich würde der Gemeinschaft entzogen werden.«

Wir hörten, wie Autotüren zugeschlagen wurden, gefolgt von Motorengeräuschen, dann wurde es mit einem Mal ganz still. Sulamith schloss ihr Fahrrad auf und kicherte.

»Du hättest das Gesicht von deinem Vater sehen sollen, als er sich Daniels Briefpapier genauer ansah. Daniels Vater hat in seinem Büro einen Kopierer, da haben wir mal unsere Gesichter und Hände kopiert. Ich habe dann mein T-Shirt hochgezogen und meine Brüste kopiert, danach haben wir uns nacheinander mit nacktem Hintern draufgesetzt. Die Blätter hat Daniel dann als Briefpapier benutzt. Und die lagen eben oben vor den Ältesten.«

»Nicht wahr.«

Sulamith lachte.

»Wahr.«

Sie nahm ihr Rad und schob es die Auffahrt hoch. Ich packte die Daycahiers und die Flasche *Baileys* in meinen Rucksack.

»Und, wo fahren wir jetzt hin?«, fragte ich.

»Nirgends. Geh heim und leg das Geld zurück. Und dann redest du mit ihnen.«

»Das kann ich nicht.«

»Doch«, sagte Sulamith, »du kannst das. Sag es ihnen. Du wirst sehen, wie erleichtert du danach bist. Sag es ihnen, und morgen treffen wir uns. Wenn sie Ärger machen, gehen wir am Montag gleich zum Jugendamt. Versprochen.«

Sie zog sich die Kapuze ihres schwarzen Pullovers über den Kopf.

»Du hast gut reden«, sagte ich, »du hast es Lidia auch nicht ins Gesicht gesagt.«

»Natürlich. Ich habe es ihr sogar mehrmals gesagt, aber sie wollte es nicht hören.«

»Du hast dich einfach abholen lassen und warst weg.«

Sulamith zögerte.

»Was ist mit dem Geld? Das musst du ihnen zurückgeben, und zwar sofort.«

»Ich schicke es ihnen mit der Post. Bitte, ich will nicht mehr nach Hause, nie wieder. Verstehst du das denn nicht?«

»Ist ja gut«, sagte Sulamith, »dann fahren wir erst mal zu

Daniel. Erica kann vielleicht bei Andreas und Elisabeth anrufen.«

Wir stiegen auf unsere Räder und fuhren los, am dunklen Fluss entlang bis zur Nordbrücke und weiter auf der Promenade. Eine Nachtregatta ruderte an uns vorbei, vom Wasser her hörte man das Brüllen des Antreibers. Am Rheinufer saßen Menschen in Gruppen, lachend und trinkend. Wir fuhren weiter bis zu den Rheinauen. Vereinzelt leuchtete orangefarbenes Licht auf den Stegen, Geburtstagsfeuer, das Lachen der Gäste schallte über die toten Arme des Flusses. Sulamith bog rechts ab, bis vor uns die in Flutlicht getauchten Baseballfelder in Sicht kamen. Junge Männer brüllen sich in Caps und Knickerbockern auf Englisch Kommandos zu. Wir erreichten die amerikanische Siedlung und fuhren weiter in Richtung Villenviertel. Vor einem bis unters Dach mit wildem Wein bewachsenen Haus blieb Sulamith stehen. Eine hohe, dichte Hecke zog sich einmal um das Grundstück, an der Sprechanlage neben dem schmiedeeisernen Tor war eine Videokamera installiert. Sulamith drückte auf die Klingel. Das Tor öffnete sich automatisch. Auf der Kiesauffahrt stand das alte schwarze Auto. Ich lief hinter Sulamith die Treppe zur Haustür hinauf. Daniel öffnete die Tür, zwischen seinen Beinen zwängte sich ein Hund mit dichtem schwarz-weißen Fell durch und leckte Sulamith die Hand.

»Ist Erica da?«, fragte Sulamith.

»Nein«, sagte Daniel, »sie sind im Theater.« Er blickte mich misstrauisch an. »Ist alles in Ordnung?«

»Nein. Esther will nicht mehr nach Hause.«

»Okay«, sagte Daniel langsam. »Kommt erst mal rein.«

Wir betraten eine Art Eingangshalle. Tatsächlich stand dort ein Tisch mit Dutzenden Parfümflakons, genau wie Sulamith es in die Daycahiers gezeichnet hatte. Ich lief hinter den beiden die mit rotem Teppich ausgelegte Treppe nach oben. Daniel stieß eine Tür auf, das Zimmer war verraucht, Jan und Chris saßen auf einem Bett, es roch süßlich, aus den Boxen tönte Popmusik. Jan sprang auf und grinste mich an.

»In Deckung, da kommt die Schlägerin.«

Chris hielt mir versöhnlich die Hand hin.

»Tut mir leid wegen neulich im Freibad.«

»Mir auch«, sagte ich.

Chris rückte zur Seite, damit ich mich zu ihnen aufs Bett setzen konnte. Neben ihm stand ein langes Glasgefäß, das unten kugelig war und Wasser enthielt. Jan musste meinen Blick bemerkt haben.

»Das ist eine Bong«, sagte er, »willst du mal?«

»Hört auf«, sagte Sulamith, sie zog sich ihre Jacke aus und setzte sich neben Daniel auf den Boden.

»Was ist eine Bong?«, fragte ich.

Jan hob das Glasgefäß an.

»Hier vorn ist ein kleines Köpfchen, da stopfst du Marihuana rein. Hier ziehst du«, sagte er und zeigte auf die Öffnung, »das Wasser macht den Rauch ganz weich, sodass du viel mehr davon einatmen kannst als normal. Du spürst den Rauch kaum in der Lunge, das Gras knallt dafür aber umso mehr. Willst du?«

»Lasst sie in Ruhe«, sagte Sulamith, dieses Mal schärfer.

»Kann Esther nicht für sich selbst sprechen?«, fragte Jan.

»Doch«, sagte ich.

»Und«, fragte Jan, »willst du?«

»Ja.«

Ich wollte es. Ich wollte auf einmal alles. Diesen angenehmen Schwindel, der vom *Baileys* kam, neben Jan sitzen, den ich irgendwie gut fand, obwohl ich ihn nicht kannte, und eine Wasserpfeife rauchen. Ich wollte alles machen, was ich noch nie getan hatte, und zwar sofort. Jan reichte mir das Glasgefäß. Ich stülpte meine Lippen über das Rohrende, er hielt ein Feuerzeug an das Köpfchen.

»Zieh«, sagte er.

Ich zog und musste sofort husten. Ein Geschmack nach ranzigem Schokoriegel breitete sich in meinem Mund aus. Rauch kam aus meiner Nase. Jan nickte mir anerkennend zu. Ich holte die Flasche *Baileys* aus dem Rucksack und nahm einen kräftigen Schluck. Die Flüssigkeit schlug heiß in meinem Magen auf.

»Wo ist denn die Toilette?«, fragte ich.

Meine Stimme klang gedämpft, als hätte ich Watte in den Ohren. Daniels Antwort las ich mehr von seinen Lippen ab, als dass ich sie hörte. Ich taumelte raus in den Flur. Auf der Toilette, die fast so groß war wie mein Zimmer, roch es nach getrockneten Blumen. Geschmackvolle Körbchen mit Potpourri im Stil von *Laura Ashley* standen herum. Das kannte ich von Lidia, die auch ein Faible dafür hatte, aber diese Blüten dufteten noch, anders als die angestaubten Trockenblumen auf Lidias Klokasten. So dufteten bestimmt die Frauen in den Zeitschriften, die ich manchmal bei Dr. Lichtenstein gelesen hatte. Frauen auf sonnigen Terrassen, die Weißwein tranken, so frisch und frei sahen diese Frauen immer aus. Ich setzte mich auf die Klobrille und schaute rechts in den Spiegel. Meine Mundwinkel waren eingerissen, das einzig Rosige in meinem grauen Gesicht war ein Pickel auf der Stirn.

»Du bist jetzt frei«, flüsterte ich dem Spiegel zu, »du musst nicht mehr in die Versammlung, nicht mehr vor Harmagedon zittern, sogar Geburtstag kannst du jetzt feiern.« Mein Herz wummerte panisch. Fühlte sich so die Freiheit an? Als würde ich vor einem Abgrund stehen und runterspringen müssen? Ich griff in meine Hosentasche, holte die beiden Tabletten aus dem Tütchen und spülte sie mit Leitungswasser herunter.

Mama hatte sie für den letzten Tag aufbewahrt, den Tag der großen Wende. Heute. Heute war dieser Tag.

Als ich zurück ins Zimmer kam, lief der Fernseher. Daniel hatte einen Camcorder daran angeschlossen. Ich ließ mich neben Jan auf das Bett plumpsen und trank weiter *Baileys*. Gebannt blickten alle auf den Bildschirm. Ein Gebäude tauchte auf, es schien ein Stall zu sein. Die Person, die filmte, ging hinein, dort standen Dutzende Kaninchenkäfige nebeneinander.

»Die müssen sich extrem sicher fühlen, wenn sie nicht einmal richtig abschließen«, sagte Sulamith.

»Wo ist das?«, fragte ich.

Daniel drehte sich zu mir um.

»Die Ställe hier habe ich vor einer Woche zufällig entdeckt. Dort sind Hunderte Tiere untergebracht. Ihnen werden Parasiten gespritzt, Versuche, die grausam und unnötig sind. Wir wollen so viele wie möglich befreien.«

»Können sie denn draußen in der Natur überleben?«

»Das wissen wir nicht«, sagte Daniel, »aber dadrin überleben sie auch nicht lang.«

»Das ist doch kein Leben«, sagte Sulamith, »ein Tag in Freiheit ist besser für diese Tiere als ein ganzes Leben dadrinnen.«

»Mach das bitte aus.« Angewidert wandte Jan sich ab.

Daniel schaltete den Fernseher aus.

»Es geht nicht nur um die Tiere, sondern vor allem um die Geste. So eine Aktion erregt Aufmerksamkeit. Die Leute sollen merken, dass es viele Menschen gibt, die diese Tierversuche verurteilen.«

»Und das wollt ihr heute Abend machen?«, fragte ich.

»Ja«, sagte Daniel und schaute auf die Uhr, »und wir sollten langsam aufbrechen.«

»Du musst nicht mitkommen«, sagte Sulamith.

Daniel nickte.

»Du kannst hierbleiben und dich etwas ausruhen. Wir haben ein Gästezimmer.«

»Ich bin nicht müde«, sagte ich, »ich komme mit.«

Ich packte die Flasche *Baileys* in meinen Rucksack und stand auf.

»Hoppla«, rief Jan und hielt mich fest. Ich hatte Mühe, das Gleichgewicht zu halten. Erst jetzt fiel mir auf, dass sie alle schwarze Kapuzenpullis trugen. Hinten prangte das Logo, das Daniel als Aufnäher am Rucksack trug. Eine Hundepfote neben einer Menschenfaust.

Daniel runzelte die Stirn.

»Bist du sicher?«

»Ja.«

»Ich passe auf«, sagte Jan.

Ich folgte den anderen nach draußen. Daniel schloss den alten Wagen auf, Sulamith setzte sich neben ihn. Es war nun stockdunkel, eine ganze Weile fuhren wir durch den Wald. Musik drang aus den Boxen, jemand sang auf Französisch. Daniel klappte das Dach hoch. Jan reichte eine Flasche nach vorn, Sulamith trank und gab sie ihm zurück. Über uns flogen die Kronen alter Kastanien vorbei, ich konnte fast ihre Blätter berühren, sie sahen aus wie die Hände über uns gebeugter Riesen.

»Finger der Nephillim«, murmelte ich und schloss die Augen. Der Wind fuhr mir durch die Haare. Als Kinder waren wir manchmal in den Wald gegangen und hatten kiloweise Kastanien gesammelt, um sie anschließend zu den *Haribo*-Werken zu bringen. Dort gab es ein Gehege, in dem der *Haribo*-Fabrikant Wildschweine hielt. Die Kastanien bekamen die Wildschweine und wir Kinder für jedes Kilo hundert Gramm *Haribo*.

»Hier rechts rein«, sagte Sulamith.

Wir fuhren auf ein großes Tor zu.

»Sind das die Unikliniken?«, fragte ich.

Daniel antwortete nicht, er parkte unter einer der Kastanien und klappte das Dach des Wagens hoch. Wir stiegen aus. Eine Weile liefen wir am Stahlzaun entlang, der mit Stacheldraht gesichert war.

»Riecht ihr das?«, flüsterte Daniel, »das ist Eselmist. Ich habe die Esel gesehen, als ich letzte Woche hier war. Sogar Fohlen standen in den Ställen.«

Er knipste eine Taschenlampe an und leuchtete den Zaun ab, bis er gefunden hatte, was er suchte: An einer Stelle fehlten zwei Streben. Nacheinander kletterten wir durch die Lücke. Vor uns erstreckte sich eine Wiese, auf der ein paar Holzscheunen standen, eigentlich sah es aus wie eine ganz normale Pferdekoppel. Der Mond schien auf die vier vor mir, alle hatten sich ihre Kapuzen über den Kopf gezogen. Mein Herz schlug wie wild, ich wusste nicht, ob das von den Pillen kam oder ob es einfach nur die Aufregung war, jedenfalls schmerzte es nicht mehr wie heute Nachmittag, es sprang einfach nur herum, wie ein außer Kontrolle geratener Tänzer. Ich lief hinter den anderen her über die Wiese. Mama und Papa, sicher suchten sie mich, sicher hatten sie schon bemerkt, dass ich weg war, vielleicht sogar, dass ich gestohlen hatte. Der *Baileys* kam mir die Speiseröhre hoch. Egal. Ich atmete tief durch, meine sich hebende und senkende Brust, sie kam mir weit weg vor, genau wie meine Beine, so als würden meine Körperteile sich nach und nach leise davonstehlen.

»Hier«, flüsterte Daniel und zeigte auf einen Stall vor uns, »dadrin sind die Kaninchen.«

Vorsichtig öffnete er die Tür. Es roch nach Hasenkötteln und Desinfektionsmitteln.

»Mein Gott«, flüsterte Sulamith und betrat hinter Daniel den Stall.

Jan drehte sich zu mir um.

»Ist dir nicht gut?«

Ich hielt mich an der Stalltür fest.

»Doch«, sagte ich.

»Siehst aber nicht so aus.«

»Alles bestens«, sagte ich, aber kaum hatte ich zu Ende gesprochen, gaben meine Beine nach und ich fiel ins Gras. Jan hockte sich neben mich.

»Ist dir schlecht?«

»Nein. Geh ruhig rein, ich komme klar.«

Im Schneidersitz hockte ich auf der Wiese, aber es war, als würde ich über dem Boden schweben. Lustig, dachte ich, wenn mein Herz nur nicht so hämmern würde. Aus dem Stall hörte ich die leisen Stimmen der anderen. Ich ließ mich auf den Rücken fallen und schaute in den Himmel, er sah dreidimensional aus, manche Sterne blinkten rot. Das ist also Freiheit, dachte ich, Schwerelosigkeit und ein sternenübersäter Himmel, der aussieht, als könnte man ihn anfassen.

Plötzlich hörte ich etwas neben mir im Gras. Ich richtete mich auf. Um mich herum hoppelten Kaninchen. Sie wirkten verschlafen und bewegten sich sehr langsam. Manche waren ganz dick. Eines starrte mich an, ich konnte die kleine Nase sehen, wie sie sich auf und ab bewegte. Ich streckte meine Hand aus und wollte es begrüßen.

»Los, weg hier!«, rief Sulamith.

Ich versuchte aufzustehen, aber es klappte nicht. Ich kam nicht hoch, ich konnte meine Beine kaum spüren. Jemand packte mich und schleifte mich über die Wiese bis zu der Lücke im Zaun. Ich kletterte, so gut es ging, hindurch.

»Komm«, hörte ich Jans Stimme, er half mir immer wieder hoch. Irgendwie schaffte auch ich es zurück zum Auto. Jan schob mich auf den Rücksitz, Daniel ließ den Motor an, wir fuhren los. Ich tastete nach der Fensterkurbel.

»Mir ist schlecht«, murmelte ich.

»Was hat sie?«, fragte Sulamith, ihre Stimme hörte sich an, als wäre sie weit weg.

»Sie soll mal das Fenster zulassen, bitte!«

Daniels Stimme.

»Und wenn sie in den Wagen kotzt?«

Jemand schlug mir sanft auf die Wangen.

»Das kommt davon«, schimpfte Sulamith, »was lässt du sie auch an der Bong ziehen. Idiot!«

»Moment mal, sie hat sich eine halbe Flasche *Baileys* reingekippt!«

»Mach das Dach auf, los!«

Baumkronen flogen über uns hinweg, Sulamith hielt mir eine Flasche Wasser hin, ich trank, verschluckte mich.

»Geht es dir gut?«, fragte sie mich immer wieder.

Ich wusste nicht, wie es mir ging. Keinen Teil meines Körpers spürte ich. Sulamith strich mir über die Stelle, wo meine Stirn sein musste. Sie redete mit mir, ohne ihre Lippen zu bewegen, aber ihre Stimme konnte ich ganz deutlich hören.

»Du musst ihn an die Leine nehmen«, sagte sie, »diesen Jehova. Du nimmst ihn an die Leine, und dann wirst du dich besser fühlen. Du kannst ihn irgendwo anbinden und einfach weggehen. Das darfst du. Er ist kein Hund, er ist kein Lebewesen, aber an die Leine nehmen, das geht. Er bleibt dann da, wo du ihn festgebunden hast«, sagte sie, dann wurde mir schwarz vor Augen.

Als ich wieder aufwachte, war es still. Ich lag auf dem Rücksitz des Wagens, über mir ragten Hochhäuser in den Himmel.

»Na, Schneewittchen«, sagte Jan, »von den Toten auferstanden?«

Er saß vorn auf dem Beifahrersitz. Neben ihm an der Tür lehnte Chris und rauchte.

»Wo sind wir?«, fragte ich.

Chris lachte.

»Im Ghetto.«

Vorsichtig richtete ich mich auf. Wir waren in der Blumensiedlung, wir standen vor Sulamiths Haus. Mein Kopf tat furchtbar weh, und mir war übel.

»Warum sind wir hier?«, fragte ich wieder.

»Sie wollte ein paar Sachen holen«, sagte Jan, »sie hat versucht, dich zu wecken.«

»Warum?«

»Sie wollte, dass du mitkommst. Keine Sorge, Daniel ist mit hoch.«

Chris blies Rauch in meine Richtung.

»Stimmt es, dass ihre Mutter verrückt ist?«

»Nein.«

»Stimmt es, dass ihr kein Blut bekommt, wenn ihr euch verletzt?«

»Ja.«

»Und dass ihr keine Cola trinken dürft?«

»Nein.«

»Siehst du«, sagte Jan.

Ich versuchte, so gut es ging, meinen Brechreiz zu unterdrücken. Neben den Briefkästen an Sulamiths Haus ging die Tür auf und Daniel kam auf uns zu.

»Wo ist Sulamith?«, fragte ich.

»Sie kommt gleich«, meinte Daniel.

»Ich muss zu ihr«, sagte ich und fummelte am Griff der Autotür herum.

»Sie wollte nur noch mal aufs Dach, sie ist gleich wieder da. Geht es dir besser?«

Etwas, das sich wie eine Schlange anfühlte, kroch durch meinen Magen und von dort in die Speiseröhre. Ich würgte, rüttelte wie verrückt an der Autotür, würgte wieder.

»Mach die Tür auf«, schrie ich, aber es war zu spät.

Ein Schwall gelber Masse ergoss sich auf den Rücksitz des Wagens.

Daniel riss die Autotür auf. Ich klappte wie ein Taschenmesser zusammen und fiel in seine Arme.

»Was ist das bitte für eine Scheiße? Weißt du, was das für ein Auto ist?«

»Ja, von diesem Gustav Heinemann«, murmelte ich, dann rollte ich mich neben dem Wagen auf dem harten Bürgersteig zusammen und schlief ein.

Ich erwachte von den Martinshörnern. Mein Kopf schmerzte, die blauen kreisenden Lichter blendeten mich. Jemand hob mich auf eine Trage, überall standen plötzlich Menschen.

»Wo ist Sulamith?«, wollte ich fragen, aber etwas wie ein Plastiktrinkbecher klebte vor meinem Mund, ein Gummiband drückte mir in den Nacken. Die Trage setzte sich in Bewegung, zwei Männer schoben mich in einen Krankenwagen, sie leuchteten mir in die Augen und maßen meinen Blutdruck, ein anderer stand an der offenen Tür, ein Mann in einem grünen Kittel, er trug einen Mundschutz.

»Was ist mit der anderen?«, fragte einer der Rettungssanitäter ihn.

Der Mann mit dem grünen Kittel zog den Mundschutz herunter.

»Spaghetti Bolognese«, sagte er, dann klackerten Absätze über den Asphalt, die Schritte hatten einen Takt, den ich kannte, seit ich auf der Welt war.

»Liebes!«

Mama stieg in den Krankenwagen und beugte sich über mich.

»Ich bin hier. Alles wird gut.«

Ich wollte meine Hand wegziehen, aber es ging nicht. Ein uralter Schwindel überfiel mich, ließ jedoch gleich wieder nach, so als hätte er nur ein letztes Mal vorbeischauen wollen, aus Spaß. Ist das vielleicht der Tod, fragte ich mich. Er war irgendwie so egal. Wie auf Toilette gehen oder Stullen schmieren. Lustig, dass ich mich hiervor ein Leben lang gefürchtet habe, dachte ich, dann verschwamm alles vor meinen Augen.

18

Langsam werden die Tage auch hier wieder länger, zumindest ist es nachmittags auf dem Weg von der Schule nach Hause nicht mehr dunkel. Stück für Stück arbeitet sich die Sonne wieder vor, doch das Eis auf den Gehwegen bleibt hart und gnadenlos. Ich krame meinen Hausschlüssel hervor und tappe über den Bürgersteig. Es fühlt sich an wie Arbeit, jeder Schritt muss sitzen, sonst fällt man hin. Hanna zieht sich, wenn sie aus dem Haus geht, alte Wollsocken über ihre Stiefel.

»Probier es wenigstens mal aus«, meinte sie. Socken über die Schuhe ziehen? Mir reicht es, wenn ich im Predigtdienst angestarrt werde, da will ich nicht noch auf Socken durch den Schnee in die Schule laufen, egal, wie weh es tut, wenn ich aufs Steißbein falle. Außerdem, dieses Eis muss doch endlich einmal schmelzen, so lange rutsche ich weiter.

Rechts liegt die verlassene Fabrik. Sie haben inzwischen einen Bauzaun aufgestellt, der bis vorn an die Straße reicht, sie haben vor ein paar Tagen die Schornsteine weggesprengt, ordentlich geknallt hat das, und der Staub hat sich überall abgesetzt, selbst in der Küche auf dem Toaster hat eine hauchdünne Schicht gelegen. Viel kleiner sieht das Gebäude seitdem aus. Wenn sie dort oben bei den Schornsteinen anfangen, werden sie wohl noch eine Weile brauchen, bis sie unten im Keller bei Onkel Micki angekommen sind. Seit Silvester habe ich nichts von ihm gehört, und meine Selterspakete in den Sanddornbüschen hat er sich auch nicht mehr geholt. Ist er tatsächlich fort, wie er es im Brief angekündigt hat? Langsam mache ich mir Sorgen, ich bin noch mal auf dem Fabrikgelände gewesen, einmal, nach dem Buchstudium, habe ich die Radkaus nach draußen begleitet und mich hingeschlichen. Zwischen den Bauzäunen sind Lücken, durch die ich gerade so durchkomme, aber den Schacht habe ich auf die Schnelle nicht finden können.

»Sie werden das Gebäude Stück für Stück auseinandernehmen«, hat Vater gesagt, »einzelne Teile der Fabrik verkaufen sie weiter. Es ist nicht so, dass die Maschinen kaputt wären, nur das System ist alt und unbrauchbar.«

Mutter freut sich schon auf das *Globus*-Gartencenter. Hinter dem Schuppen hat Mutter aus alten Fenstern ein Frühbeet für Gemüse gebaut, und im Herbst will sie Himbeeren pflanzen.

Als ich das Gartentörchen aufstemme und ins Küchenfenster schaue, sehe ich sie am Esstisch neben Cola sitzen. Ich schließe die Haustür auf und hänge den Mantel auf. Aus der Küche dringt Colas Stimme in den Flur. Mutter hat angefangen, mit ihr das Paradiesbuch zu studieren.

»*So wie ein Dieb nicht als Dieb geboren wurde, ist Satan der Teufel nicht als Jehovas Widersacher auf die Welt gekommen*«, liest Cola, sie zieht die Worte beim Lesen wie eine Erstklässlerin.

Mutter hebt nur kurz den Kopf, als ich den Raum betrete.

»Es ist noch Suppe da«, sagt sie.

Ich öffne den Kühlschrank und hebe den Deckel der Suppenschüssel an. Ausgehärtetes Fett bedeckt die Oberfläche, es würde mich nicht wundern, wenn Legomännchen darauf

Schlittschuh fahren könnten. Angeekelt werfe ich die Kühlschranktür zu und schiebe Brot in den Toaster. Colas Haare sind frisch gewaschen, sie trägt Sulamiths *Fruit-of-the-Loom*-Pullover und eine Jeans. Ich hätte darauf gewettet, dass Piek sie irgendwann abholt, doch offenbar ist es tatsächlich so, wie Cola behauptet hat. Er ist froh, sie los zu sein. Seit Weihnachten ist sie nicht ein Mal auf der Farm gewesen. Vater hat ihr angeboten, sie zu begleiten, um ihre Sachen zu holen.

»Ich will nicht«, hat sie leise geantwortet und auf ihren halb leergegessenen Teller gestarrt, »außerdem habe ich gar keine Sachen.«

»Er mag aus einer guten Familie stammen, ehrliche Eltern und gesetzestreue Geschwister haben. Er mag aber durch sein Verlangen nach Dingen, die man mit Geld kaufen kann, zum Dieb geworden sein. Wie die Bibel erklärt, erschuf Gott viele Geistpersonen, die ihm ähnlich waren. In der Bibel werden diese Geister Engel oder Söhne Gottes genannt. Gott erschuf sie alle vollkommen. Keiner von ihnen war ein Teufel. Oder Verleumder.«

Cola stockt.

»Keiner von ihnen war ein Teufel oder Verleumder«, sagt Mutter.

»Verleumder«, wiederholt Cola, »was heißt das?«

»Verleumder«, sagt Mutter, »das ist ein Lügner. Jemand, der unwahre Dinge über dich erzählt.«

»Und Widersacher? Was ist ein Widersacher?«

»Ein Widersacher ist jemand, der rebelliert. Satan rebellierte gegen Gott, er ist Jehovas Widersacher.«

Mutter schreibt etwas mit Bleistift auf einen Zettel.

»Teufel, Verleumder. Satan, Widersacher. Satan und Widersacher, beides hat hinten ein A. Teufel, Verleumder, beides hat in der Mitte ein eu. So kannst du es dir ganz leicht merken.«

»Satan, Widersacher. Teufel, Verleumder«, wiederholt Cola, den Finger auf dem Papier.

»Genau.«

Warme Luft dringt aus dem Toaster, orange glüht darin der wellige Rost.

»Genug für heute«, sagt Mutter und schlägt das Buch zu. »Wollen wir jetzt deinen Blutausweis ausfüllen?«

Cola nickt. Die Toastscheiben springen mir entgegen. Mutter zieht aus ihren Unterlagen ein schmales Stück Karton hervor, das sie dreimal faltet. Vorn ist die durchgestrichene Blutkonserve zu sehen.

»Ist das ein Verkehrsschild?«, fragt Cola.

Mutter lacht.

»So sieht es aus, ja. Es ist ein deutliches Zeichen, dass du kein Blut willst. Auch Leute, die nicht gut lesen können oder alte, schwache Augen haben, können verstehen, warum du dieses Dokument bei dir trägst. In der Bibel steht: *Du sollst kein fremdes Blut annehmen*. Der Apostel Lukas hat das gesagt in der Apostelgeschichte.«

Mutter reicht Cola einen Kugelschreiber.

»Trag deinen Namen ein.«

Cola dreht den Kuli zwischen den Fingern und beugt sich über den Ausweis. Hoch konzentriert schreibt sie ihren Namen in das leere Feld. *Cola Marie Kuschner*.

Mutter steht auf und kommt mit einem Brustbeutel wieder. Cola reicht ihr den Ausweis, Mutter schiebt ihn vorn in die Klarsichthülle des Beutels und hängt ihn ihr feierlich um den Hals, so als würde sie ihr einen Orden verleihen. Stolz lässt Cola den Beutel unter ihrer Kleidung verschwinden.

»Und jetzt gehen wir in den Predigtdienst«, sagt Mutter.

Ich lege die Toastscheiben auf den Teller und öffne den Kühlschrank.

»Wäre prima, wenn ich vorher noch was essen könnte«, sage ich.

»Wäre prima«, sagt Mutter, »wenn du am Mittag etwas Nahrhaftes zu dir nehmen würdest. Was hast du gegen Lidias Suppe?«

Sie steht auf und räumt den Tisch ab.

»Wie auch immer, ich nehme Marie heute mit in mein Gebiet. Du gehst mit Lidia. Sie hat sich hingelegt, aber ihr könnt euch später vor den Supermarkt stellen, in zwei Stunden wird es eh dunkel, und danach ist Buchstudium.«

»Ich gehe nicht mit Lidia in den Dienst« sage ich.

»Du gehst mit Lidia in den Dienst«, antwortet Mutter mit scharfer Stimme.

»Nein.«

Ich belege die Toastscheiben, setze mich an den Küchentisch und warte darauf, dass das Donnerwetter losbricht, doch Mutter räumt nur lärmend den Geschirrspüler aus. Womöglich will sie mir vor Cola keine Szene machen. Ich gehe nicht mit Lidia in den Dienst, da kann Mutter sich auf den Kopf stellen.

In kürzester Zeit hat Lidia sich wie eine invasive Art in diesem Haus breitgemacht. Ein Möbelwagen hat alle Sachen aus der alten Wohnung hierher transportiert, sogar den völlig kaputten und mit *Sarah-Kay*-Stickern geflickten Kleiderschrank haben die Möbelpacker nach oben getragen. Überall liegt ihr Kram herum. Venentabletten, Strickzeug, im Keller stehen auf einmal Dutzende Einmachgläser. Sie klebt benutzte Hühneraugenpflaster an unauffällige Stellen im Haus, so wie es schlecht erzogene Teenager mit Kaugummis tun.

»Sie tut es unbewusst«, hat Mutter gesagt, als ich sie darauf angesprochen habe.

So war es immer schon mit Lidia, sie konnte sich Sachen

erlauben, die niemand anderem durchgegangen wären. Ganz anders Cola, die nichts Eigenes in diesem Haus hat und deren Bett aussieht, als hätte sie noch nie darin gelegen. Ich weiß, dass Piek ihr gezeigt hat, wie man bei der Armee sein Bett zu machen hat. Es ist, als wäre sie ein kleiner Geist, der ein Leben lang gelernt hat, still und unauffällig zu sein. Auch jetzt sitzt sie mir gegenüber, blättert kaum hörbar im Paradiesbuch und trinkt den Kakao, den Mutter ihr hingestellt hat. Manchmal denke ich, Hanna hat recht. Ich habe sie in dieses Haus gelockt, wie in eine Falle, doch wenn ich sehe, wie wohl sie sich hier fühlt, wird mir klar, dass sie hier zu Hause ist, und ich die bin, die in der Falle sitzt: Ich bin hier der Geist und Cola die verloren geglaubte Tochter.

»Komm, Liebes«, sagt Mutter zu ihr, »wir gehen.«

Ich schiebe das Toastbrot in den Mund und kaue. Ist das vielleicht das Ende von *Alles wird wieder gut*, diesem Theaterstück, das Mutter und Vater für mich aufführen? Es würde erklären, wieso Mutter es hinnimmt, dass ich frech und widerspenstig bin. Sie wartet nur darauf, dass Vater von seiner Dienstreise zurückkommt. Sie haben schon besprochen, wie es jetzt weitergeht, vielleicht haben sie heimlich mit Piek einen Handel vereinbart. Tausche Tochter gegen Tochter. Am Ende führen sie *Alles wird wieder gut* gar nicht für mich auf, sondern für sich, für Lidia und Cola, und ich Idiotin verstehe erst jetzt, dass ich nur einen Gastauftritt habe.

Ich schiebe mir das zweite Toastbrot in den Mund. Selber Idioten, ich wollte von Anfang an nicht mitspielen, genauso wenig wie Sulamith.

Im Flur ziehen Mutter und Cola sich an.

»Hast du deine Mütze?«, fragt Mutter.

Bevor Cola ihr nach draußen folgt, steckt sie den Kopf in die Küche.

»Bis später«, sagt sie, es klingt wie eine Entschuldigung.

Kurz darauf fährt draußen der Wagen weg. Ganz still wird es, nur die im Ofen zusammenfallenden Briketts sind zu hören. Seit Cola bei uns wohnt, ist es immer warm im Haus. Sie kümmert sich um die Öfen, aber vielleicht wird das Haus gar nicht durch die Öfen wärmer, sondern allein durch Colas Anwesenheit.

Über mir tappt jemand ins Badezimmer. Lidia. Sie schlurft wie eine alte Frau, ich höre sie die Treppen zur Mansarde hoch- und wieder herunterlaufen, zurück ins Bad und von da wieder in die Mansarde, so macht sie es ein drittes und ein viertes Mal, als wäre sie Josua vor der Einnahme Jerichos, fehlen nur noch die Widderhörner und ein rotes Seil, das aus dem Fenster hängt, damit Jehova Lidia retten kann, bevor die Stadtmauern beim siebenten Marsch einstürzen. Seit sie hier wohnt, wird mir das ganze Ausmaß klar, der Albtraum, der Sulamiths Alltag gewesen sein muss. So war es also, mit Lidia unter einem Dach zu leben: fleischige Suppen, benutzte Pflaster unter dem Esstisch und immer wieder diese Anfälle.

Ich stelle den Teller in die Spülmaschine, öffne die Küchentür und erstarre vor Schreck. Lidia sitzt im Flur auf dem Hocker neben der Garderobe, das Gesicht zum Spiegel gewandt, in ihrem grünen Frotteebademantel, den sie auch immer in der Blumensiedlung getragen hat.

»Gehen wir gleich in den Dienst?«, fragt sie, ohne den Blick vom Spiegel abzuwenden.

»Nein«, sage ich und dränge mich an ihr vorbei. Als wir auf gleicher Höhe sind, streckt sie ihren Arm nach mir aus.

»Fass mich nicht an.«

Lidia blickt mich im Spiegel an.

»Du weißt gar nicht, wie gut du es hast«, sagt sie, »du trittst dein Glück mit Füßen.«

»Was für ein Glück, bitte?«

»Die Wahrheit zu kennen, von Geburt an. Nie zu den Unglücklichen da draußen gehört zu haben. Jehova deinen Freund nennen zu dürfen. Wie kannst du das alles so wenig wertschätzen?«

Ihr Gesicht ist aufgedunsen, ihre kleinen Augen gehen darin unter wie zwei dreckige Pfützen, ihr Mund ist leicht geöffnet. Sie muss einmal den gleichen Schmollmund gehabt haben wie Sulamith, ansonsten gibt es keine Ähnlichkeit zwischen den beiden. Mir fiel schon früh auf, dass die Brüder und Schwestern, die am meisten vom Glück der Wahrheit sprachen, oft die waren, deren Leben besonders unglücklich verlaufen war, als müssten sie sich immer wieder darin bestätigen, dass all das Leid der Preis für den Segen Jehovas war.

Wieder streckt Lidia die Hand nach mir aus.

»Lass mich«, zische ich.

»Du bist wie sie in den letzten Wochen«, sagt Lidia in den Spiegel, »aggressiv und patzig. Satan wirkt schon in dir.«

Ich muss lachen. Es klingt schrill und böse, es klingt tatsächlich nicht nach mir.

»Amen«, sage ich und laufe nach oben.

Mein Herz pumpt, ich spüre den Puls bis in die Schläfen. Ich setze mich auf den Boden, lehne den Rücken gegen die Zimmertür und hole die Taube aus dem Nachttischschränkchen hervor. Ich streiche ihr über die Flügel. Über die Jahrzehnte ist das geknetete Brot hart geworden, nur der Zweig im Schnabel ist noch ganz frisch, vielleicht hat Onkel Micki ihn ersetzt?

Die Treppenstufen zur Mansarde knarren. Als es still wird, laufe ich wieder nach unten, packe die Taube in meinen Mantel, hole den Topf aus dem Kühlschrank und kippe die Suppe in einen alten Henkelmann. Ich muss hier raus, sofort. Als ich schon fast am Gartentörchen bin, höre ich Lidias Stimme hinter mir.

»Wo willst du hin?«, fragt sie.

Sie steht in ihrem Bademantel in der Tür.

»Geht dich nichts an.«

»Esther«, sagt Lidia, »kehr um, solange es noch geht. Alle hier reichen dir die Hand.«

Ich drehe mich um.

»Was ist mit Sulamith passiert? Hast du ihr etwas angetan?«

»Nein«, sagt Lidia, »denkst du das wirklich? Wie tief Satan dich schon hinabgezogen haben muss.«

»Beweis es mir.«

»Ich muss dir nichts beweisen, ich bin nur meinem Gott Jehova Rechenschaft schuldig. Ich weiß, ich werde mein Mädchen wiedersehen. Du nicht, Esther. Du wirst sie nie wiedersehen, weil du nicht überleben wirst.«

Ich höre mich laut lachen, wieder klingt es viel zu schrill.

»Ach so«, sage ich, »weil du das entscheidest? Klar.«

»Du bist lau«, sagt Lidia, »das weißt du ganz genau. Sulamith war nie lau. Sie wurde in Versuchung geführt, deswegen bin ich mir ganz sicher, dass ich mein kleines Mädchen im Paradies wiedersehen werde. Du aber wirst vernichtet werden, Esther, wenn du nicht endlich umkehrst.«

»Amen«, sage ich wieder und werfe das Gartentor hinter mir zu.

Die Straße verschwimmt vor meinen Augen. Vorsichtig setze ich einen Fuß vor den anderen, biege links ab und irre eine Weile durch den Ort. Ich laufe zum Fluss, den Kiesweg entlang bis zum Marktplatz und von dort aus in die Siedlung, in der Hanna wohnt. »Das Haus mit den hellblauen Fensterläden«, hat sie gesagt, »die einzigen bemalten Fensterläden in der ganzen Straße, komm vorbei, wenn du mal in der Nähe sein solltest.« Ich habe keinen Blick für blaue Fensterläden, ich schaue auf den Bürgersteig, um nicht auszurutschen, laufe immer geradeaus, bis ich wieder auf Höhe unseres Hauses angekommen bin, nur dass ich jetzt hinter der Fabrik stehe. Eine dicke Schneekruste klebt an meinen Stiefeln, ganz schwer sind sie. Weit und breit ist niemand zu sehen. Ich muss an einen Tierfilm denken, den wir einmal in Geisrath bei Tobias schauten. Frisch geschlüpfte Flamingoküken mussten auf der Suche nach Wasser durch eine Salzwüste laufen. Die Küken konnten noch nicht fliegen, die Eltern begleiteten sie auf ihrem Marsch. Manche der Küken kamen vom Weg ab oder konnten nicht mit den anderen mithalten.

Wenn sie zurückblieben, bildete sich mit der Zeit eine dicke Salzkruste an ihren staksigen Beinen, sodass sie schließlich umkippten wie kleine Mädchen, die die hohen Stiefel ihrer Mütter anprobierten. Diese Küken kamen nie mehr hoch, sie starben in der Salzwüste, noch bevor sie richtig gelebt hatten. »Wie können diese Kameramänner das nur mitansehen?«, jammerte Sulamith. »Wieso retten sie diese Küken nicht, sie müssten doch nur kurz die Kamera beiseitelegen, das Salz von den Beinen kratzen und die Küken zu den anderen bringen, wieso filmen sie stattdessen dieses Elend?«

Ein blauer Schleier legt sich über die Dächer. Die Sonne ist dahinter verschwunden. Ich laufe zur Dorfstraße, bis ich vor der Fabrik stehe, schaue mich noch einmal um, krieche dann durch das Loch im Zaun und gehe auf den ersten Kellerschacht zu. Onkel Micki ist nicht weg, das weiß ich. Einmal will ich ihn noch sehen, ihn fragen, ob er mitkommt. So wie Sulamith mich damals gefragt hat. Vielleicht war das der Anfang. Mein Zaudern, vielleicht muss ich den Anfang nicht bei ihr suchen, sondern bei mir, bei meiner Feigheit, die wiederum damit anfing, dass ich die Nase ihres *Monchhichis* abbiss und sie herunterschluckte, genau wie all die Wörter, all die Sätze, die ich hätte aussprechen sollen, weil die Angst vor einer Zukunft ohne sie, einem Paradies ohne sie mich lähmte. Kein Wunder, ein Paradies ohne Sulamith wäre niemals ein Paradies gewesen.

Meine Knie schmerzen. In keinem der Schächte sehe ich Licht. Ich gehe zurück, hocke mich vor den ersten Schacht und beuge mich, so tief es geht, über das Gitter.

»Onkel Micki?«, flüstere ich.

Nichts. Ich hocke mich vor den nächsten Schacht, meine Lippen berühren fast die moosigen Eisenstäbe. Kurz denke ich an Mutter im Predigtdienst, an ihre Bereitschaft, alles dafür zu geben, dass sich die Tür endlich öffnet. Wie sie letzte Woche die Kreide der Sternensänger von den Häusern in ihrem Gebiet gewischt hat, wie sie gestern bis spät in die Nacht mit Lidia und Cola im Wohnzimmer zwischen Klarsichthüllen und Faserstiften saß, so lange, bis alle Gebietskarten fertig waren. Werde ich je für etwas so sehr brennen wie Mutter, Großmutter und Lidia für ihren Glauben?

»Onkel Micki?«

Nichts. Völlig durchgefroren gebe ich auf, hocke mich neben den Schacht und schließe die Augen. Meine Knie schmerzen, als hätte mir jemand Nägel hineingehauen. So also muss sich Jesus gefühlt haben, nur dass es auf dem Golgatha wohl nicht so kalt gewesen ist, sonst wäre er in dieser Baumwollwindel ja erfroren.

»Engelchen?«

Neben mir löst sich ein Gitter aus der Wand.

»Onkel Micki!«

In dem Loch taucht sein Kopf auf, seine Augen glänzen fiebrig.

»Du solltest doch nicht herkommen«, flüstert Onkel Micki. Ich klettere durch den Schacht und stehe kurz darauf in seinem Versteck.

»Lass«, sagt er, als ich ihn umarmen will, »weiß nicht, ob ich anstecken bin. Hast keinem von mir erzählt, oder?«

»Nein. Geht es dir gut?«

»Ja, ja. Habe mir einen Schnupfen geholt, weiter nichts. Ist ja kein Wunder bei der Kälte. Früher lebten hier sibirische Säbelzahntiger. Verdammter Osten.«

Er legt sich auf die Pritsche und kriecht in einen alten Militärschlafsack.

»Ich hatte Angst, du wärst schon weg«, sage ich.

»Leider nicht. Aber lange geht das nicht mehr gut.«

Er zeigt auf den Henkelmann, den ich auf den Tisch stelle, und unterdrückt einen Hustenanfall.

»Der ist von deiner Großmutter«, sagt er, »den habe ich damals mitgenommen zu den Spatis. Was ist dadrin?«

»Suppe. Aber die muss warm gemacht werden.«

Onkel Micki langt unter die Pritsche.

»Hier ist ein Topf. Und auf der Campingheizung ist ein Rost.«

Ich kippe die Suppe in den Blechtopf und stelle ihn auf die Heizung.

»Was sind Spatis?«

»Die Bausoldaten. Da bin ich hin, weil sie mich bei der Armee rausgeschmissen haben. Wohnt die Kleine von Piek jetzt bei euch?«

Auf dem kleinen Tisch liegt ein Löffel. Ich wische ihn an meinem Pulli ab und rühre in der Suppe.

»Ja.«

»Hast du sie mit zu den Zusammenkünften genommen?«

»Sie hat sich von Mutter eine Bibel schenken lassen, und als ich sie kennengelernt habe, hatte sie schon ein Traktat mit Löwen und Kindern vorne drauf. Jetzt will sie nicht mehr zurück auf die Farm.«

»Kein Wunder«, sagt Onkel Micki, »Piek hat sie nur schuften lassen.«

»Woher kennst du ihn überhaupt?«

»Na, von den Spatis. Piek war ganz anders damals. Lustig. Konnte gut zuhören und singen und Gitarre spielen wie kein anderer. Jetzt säuft er nur noch, seit seine Frau weg ist.«

Ich hole die kleine Taube hervor und lege sie auf den Tisch.

»Danke«, sage ich, »hierfür.«

»Gern«, sagt Onkel Micki, »ist bei mir eh nicht sicher. Wäre katastrophal, wenn sie verloren geht.«

»Großmutter hat sie zur Taufe geschenkt bekommen?«

»Sie hat sich erst im Lager taufen lassen, in einer Regentonne im Sommer. Verrückt, was? Später dann noch mal richtig auf dem ersten Kongress in Magdeburg.«

»Das ist unglaublich«, sage ich, »die Taube sieht aus wie neu.«

Ich schaue mich um.

»Gibt es hier irgendwo Teller?«

»Nee«, sagt Onkel Micki, »ist ja hier nicht das Adlon. Gib einfach her.«

Ich nehme den Blechtopf und stelle ihn vor Onkel Micki auf den Tisch.

»Andreas hat die Taube gesucht, als sie das Haus ausgeräumt haben. Er hat mir sogar geschrieben«, sagt Onkel Micki und pustet in die Suppe. »Er wollte sie unbedingt haben. Habe sie ihm aber nicht gegeben. Habe mich dumm gestellt. Ist das einzige Andenken an deine Großmutter, das ich habe. Pass gut darauf auf.«

Ich setze mich neben Onkel Micki.

»Unfassbar, wie die Schwestern im Lager zusammengehalten haben. Dass sie sich sogar Geschenke aus Brot gebastelt haben«, sage ich, »sie müssen doch ständig hungrig gewesen sein. Zumindest hat Schwester Werner das erzählt, aus unserer alten Versammlung in Geisrath.«

»Waren aber nicht alle so standhaft«, sagt Onkel Micki, »auch wenn gern was anderes behauptet wird. Viele haben unterschrieben.«

»Du meinst den Abschwörvordruck? Ganz ehrlich, hätte ich auch – ich hätte sofort unterschrieben.«

»Ich doch auch! Ich hätte meinem Glauben abgeschworen, wenn ich dann hätte gehen dürfen. Ich hätte allem abgeschworen. Wenn ich eins nicht habe, dann Rückgrat.«

Er taucht den Löffel in die Suppe und fängt an zu schlürfen.

»Großmutter hat Jehova erst dort kennengelernt, richtig?«, frage ich.

»Richtig«, sagt Onkel Micki.

»Ich verstehe nicht, wie es dazu gekommen ist. Sie hatte doch ihre Genossinnen. Meine Freundin Hanna sagt, dass es einen starken Zusammenhalt gab unter den Kommunisten. Ich kenne mich da ja nicht aus, aber ein wenig wundert es mich schon, wo Großmutter doch so rot war.«

Onkel Micki schluckt Suppe herunter.

»Im Lager waren viele auf den eigenen Vorteil bedacht. Kannst du keinem zum Vorwurf machen. Aber deine Großmutter hatte gerade ihren Vater verloren und meine Oma Rosa war völlig am Boden. Viele Kapos im Lager waren sehr brutal, deine Großmutter hat das schnell begriffen. Viele haben ihre Ideale verraten.«

Onkel Micki isst hungrig weiter.

»Warum hast du meine Selterspakete nicht mehr geholt?«

»Mir tut der Magen so oft weh«, sagt er.

»Vater hat das auch. Die erste Zeit hier lag er ganz oft mit Magenschmerzen auf dem Sofa.«

»Das liegt in der Familie. Ich habe das immer, wenn ich mir Sorgen mache«, sagt Onkel Micki, »geht ja nicht weiter so.«

»Ich will auch hier weg«, sage ich.

»Wieso auch?«

»Du hast geschrieben, dass du wegmusst«, sage ich, »ich dachte schon, ich sehe dich nie wieder. Weil ich nichts mehr von dir gehört habe.«

»Ach so«, sagt Onkel Micki. »Ausgezeichnete Suppe übrigens. Schön fleischig.«

»Ich will auch hier weg«, sage ich wieder.

Onkel Micki reibt sich über das Gesicht.

»Wollen und können. Ist so eine Sache«, sagt er, »ich gehe sofort wieder ins Gefängnis, wenn die mich kriegen.«

»Was hast du denn für eine Wahl?«, sage ich. »Willst du dich dein Leben lang verstecken?«

»Nein, natürlich nicht. Ist ja kein Leben. Muss aber noch mehr Gras über die Sache wachsen.«

Ich muss grinsen.

»Wenn du rasiert bist, siehst du aus wie Vater. Nur einen Anzug bräuchtest du noch, dann wäre die Tarnung perfekt.«

»Ja«, lacht Onkel Micki, »aber ich fahre leider nicht so ein schickes Auto.«

Er wischt sich mit dem Ärmel über den Mund, geht dann zur Pritsche und breitet den Schlafsack aus.

»Leg dich hier hin«, sagt er, »ist doch viel zu kalt.«

Ich streife die Stiefel ab und krieche in den Schlafsack.

»Ich würde gern nach Marokko«, sage ich.

Onkel Micki grinst.

»Was willst du denn ausgerechnet in Marokko?«

»Pferde pflegen am Strand. Schmuck verkaufen aus Strandgut.«

Er beugt sich vor und streicht mir übers Haar.

»Bist ihr sehr ähnlich.«

»Wem? Cola?«

»Nein. Deiner Großmutter.«

»Das kann nicht sein. Großmutter war nicht lau. Ich ja, ich bin so lau.«

»Sie war mutig. Hat sie nicht gejuckt, dass alle anderen mich nicht mehr gegrüßt haben. Sie hat trotzdem noch mit mir geredet, obwohl sie mich ausgeschlossen haben. Die Brüder, die im Lager gewesen sind, haben alle noch mit mir geredet. Ausgerechnet die, die sogar für ihren Glauben gestorben wären.«

Er steht auf und stellt den Campingheizer näher an die Pritsche. Ich schließe kurz die Augen, höre ihn leise die letzten Reste der Suppe schlürfen. Die Wärme des Heizers dringt durch den dicken Stoff. Die Narbe an meiner Lippe kitzelt, da, wo Sulamith mich damals gebissen hat.

»Bald wird es wärmer werden«, flüstere ich.

»Alte Leute spüren einen Wetterumschwung in den Gelenken«, hat Sulamith einmal gesagt, »aber was ist schon alt und was ist jung?«

Oft hat sie versucht, sich vorzustellen, wie unsere alten Brüder und Schwestern einmal aussehen würden, wenn das Paradies käme, wie es wohl sein würde, wenn alle langsam jünger würden.

»Ob es überhaupt langsam passiert?«, hat sie gefragt. »Oder eher auf einen Schlag, was meinst du? Und wird das Paradies dann irgendwann nur aus Erwachsenen bestehen? Oder werden manche von uns wieder zu Kindern? Bedeutet die Ewigkeit, ewig Kind oder ewig erwachsen zu sein, oder dürfen wir uns das womöglich sogar aussuchen, unser ewiges Alter?«

Sie rüttelt mich am Arm.

»Esther, hörst du mir überhaupt zu? Schau, wenn wir alle ewig leben, ist die Erde doch ganz schnell voll. Gibt es dann keine Kinder mehr und keine Alten? Was ist denn das für eine traurige Welt?«

Sie legt den Finger an die Lippen und überlegt.

»Ich schätze mal, dass wir dann anfangen müssen, andere Planeten zu besiedeln, oder? Ich meine, wenn wir ewig dazu Zeit haben, wird es ja irgendwann gelingen, dann werden wir nicht mehr nur so stümperhaft auf den Mond fliegen, denn eine andere Lösung gibt es nicht. *Irgendwann*, das ist in der Ewigkeit ja keine Beschreibung mehr für Unsicherheit, sondern eine Garantie. Es gibt ja kein Limit. Ich meine, dieses *Irgendwann* ist nicht mehr nur eine Hoffnung, so wie in dieser unvollkommenen Welt, in der jeder einmal stirbt, oder?«

»Esther, schläfst du?«

Onkel Micki rüttelt mich sanft am Arm. Er riecht nach Vaters Rasierwasser. Mir ist ganz warm unter dem Schlafsack, meine Wangen glühen mit dem Campingheizer um die Wette. Ich reibe mir die Augen und gähne.

»Ich muss gleich los zum Buchstudium«, murmele ich.

»Buhstudium«, sagt Onkel Micki und grinst, »so habe ich das früher immer genannt.«

»Buhstudium. Jehovamuskeln. Das könnte beides von Sulamith sein.«

»Wer ist Sulamith?«

»Sie wollte nach Marokko. Durch ganz Spanien fahren mit dem *Seat Ibiza* vom *Glücksrad*. Ich wollte mitkommen. Doch dann ging alles schief.«

Ein stumpfer Schmerz fährt mir die Brust hoch in die Kehle, bleibt dort wie ein rostiges Messer stecken.

»Engelchen, was hast du denn auf einmal?«, fragt Onkel Micki und setzt sich neben mich auf die Pritsche.

»Ich habe heute Geburtstag«, flüstere ich.

Er nimmt mich fest in den Arm. Mein Kopf liegt an seiner Schulter, sein Bart kratzt an meiner Wange, aber zum ersten Mal, seit wir in Peterswalde sind, fühle ich mich zu Hause, hier unten in diesem kalten Kellerloch, in dieser halb abgerissenen Fabrik.

»Wir fahren nach Marokko«, sagt Onkel Micki und wiegt mich sanft, »wir schnappen uns einfach einen Anzug von deinem Vater und seinen Pass, und dann fahren wir los, was meinst du?«

Er wischt mit seinen Ärmeln mein Gesicht trocken.

»Wir schnappen uns sein teures Auto und fahren in den Süden. An den Strand. Was meinst du, wie schön es da ist. Weststrände haben überall auf der Welt das schönste Licht. Reiten kann ich zwar nicht, aber das lerne ich dann. Na, vielleicht muss ich es ja auch nicht können, wir pflegen die Pferde doch nur, oder?«

Ich richte mich auf und löse mich aus seiner Umarmung.

»Lass uns das machen!«

Onkel Micki tippt mir an die Stirn.

»Das funktioniert nicht, Engelchen.«

»Doch. Vater ist verreist. Sobald er wiederkommt, schnappe ich mir den Pass und den Autoschlüssel. In zwei Wochen, an Sulamiths Geburtstag.«

Onkel Micki schüttelt den Kopf.

»Das ist viel zu gefährlich. Die Grenzbeamten, die haben mich doch alle auf dem Schirm.«

»Dich ja, aber Vater nicht. Kannst du Auto fahren?«

»Klar.«

»Na also, worauf wartest du? Das ist vielleicht dein einziger Ausweg.«

Onkel Micki springt auf und fährt sich durch die Haare.

»Das ist wahnsinnig.«

»Gar nicht! Es ist genial.«

»Ja«, murmelt Onkel Micki, »schon ein bisschen genial. Aber auch wahnsinnig.«

»Es wird nicht schwer, seinen Pass zu stehlen. Nach seinen Reisen legt er die Papiere auf den Schreibtisch. Ein paar Kleidungsstücke zu stehlen ist auch kein Problem, das mache ich, wenn Mutter und Lidia im Dienst sind. Einen Tag vor Sulamiths Geburtstag lege ich sie in den Schuppen, da kannst du sie abholen. Am nächsten Morgen mache ich mich mit dem Pass auf den Weg in die Schule und lege dir vorher den Autoschlüssel unter die Fußmatte.«

»Und ich komme dich dann mit dem Wagen abholen.«

»Ja. Treffpunkt ist der Saal.«

Wie ein Tiger läuft Onkel Micki durch den Raum.

»Aber Andreas wird es merken, wenn ich komme und den Wagen hole.«

»Nicht unbedingt. Er parkt ja nicht direkt vor dem Haus, und selbst wenn, wird er nicht bei jedem Motorengeräusch denken, dass es sein Wagen ist. Erst, wenn er das Haus verlässt, wird er es merken, aber nach einer Reise geht er nicht gleich morgens raus.«

»Das ist wahnsinnig«, sagt Onkel Micki wieder und tigert weiter durch den Raum. Ich stehe auf und folge ihm, so wie ein aufdringlicher Bruder, der unbedingt seine gute Botschaft loswerden möchte.

»Doch, bitte!«

»Na gut«, sagt Onkel Micki, »so könnte es klappen. Wir

fahren mit dem Auto bis Berlin, lassen es dort stehen und nehmen von dort aus den Zug. Sie werden erst einmal nicht vermuten, dass wir zusammen weg sind. So können wir viel Zeit gewinnen.«

»Heute in zwei Wochen«, sage ich und halte ihm meine Hand hin.

Onkel Micki zögert und schlägt dann schließlich ein.

»Du bist ihr wirklich sehr ähnlich. Mutig bist du, so wie deine Großmutter. Ihr hattet andere Ziele, aber die gleiche Art, sie zu erreichen.«

»Heute in zwei Wochen?«, frage ich ein letztes Mal.

»Heute in zwei Wochen«, antwortet Onkel Micki, dann rückt er die Pritsche zur Seite und gibt den Weg nach draußen frei.

Ich klettere durch den Schacht, frische Luft strömt mir entgegen. Ich schaue auf die Uhr, es ist kurz vor sieben, trotzdem laufe ich einmal um den Ort, das Risiko, von den Brüdern und Schwestern auf dem Weg zum Buchstudium entdeckt zu werden, ist zu groß. Ich renne über den Marktplatz und unter der S-Bahn-Brücke hindurch auf die Dorfstraße. Buhstudium. Ich muss grinsen. Klingt wie Theokratische Predigtdienstschule für Kühe.

Radkaus sind schon da, ihr Wagen steht vor dem Haus. Ich stecke den Schlüssel ins Schloss, doch da fliegt schon die Haustür auf. Mutter.

»Wo warst du?«, fragt sie. »Wir haben uns Sorgen gemacht!«

»Jetzt bin ich ja wieder da.«

»Wo warst du?«, fragt Mutter wieder, ihr Blick ist hart.

»Herrgott, muss ich jedes Mal, wenn ich das Haus verlasse, sagen, wo ich hingehe?«

Ich dränge mich an ihr vorbei und laufe nach oben. Cola sitzt auf dem Bett.

»Wo warst du?«, fragt sie und springt auf. »Deine Mutter hat sich solche Sorgen gemacht.«

Ich reiße den Kleiderschrank auf und suche nach einer Nylonstrumpfhose.

»Wo warst du?«, fragt Cola wieder. »Elisabeth ging es echt schlecht.«

Ich lege einen Rock und einen Blazer raus.

»Sie liebt dich sehr«, flüstert Cola.

Ich streife meine Hose ab, schlüpfe in die Nylonstrumpfhose.

»Es ist keine Liebe, das wirst du auch noch merken.«

»Warum sagst du das?«

»Weil es stimmt.«

Es klopft, Mutter kommt herein.

»Seid ihr so weit? Wir wollen anfangen.«

Cola huscht an Mutter vorbei aus der Tür. Ich schlüpfe in den Rock.

»Warum bist du nicht mit Lidia im Dienst gewesen?«, fragt Mutter.

»Keine Lust«, sage ich und streife mir den Blazer über.

Sie packt mich am Arm und wirbelt mich herum. Ich könnte lügen, mir irgendeine Geschichte ausdenken, so wie immer, aber ich will nicht mehr. All diese Lügen, Ausreden, all die Geschichten. *Du sollst nicht lügen*, wie soll das gehen, wenn du in der Wahrheit aufwächst? *Du sollst deinen Vater und deine Mutter ehren?* Vielleicht sind diese zehn Gebote eine Falle , vielleicht sind sie in Wirklichkeit dazu da, gebrochen zu werden. Deswegen zerschlug Moses sie auch gleich, als er vom Sinai herunterkam.

»Esther, ich habe dich was gefragt!«

Ich schaue auf Mutters Mund, diesen leicht rot geschminkten, schmalen Doppelbogen, der untere Teil zieht sich wie ein

Gummiband leicht nach unten. Ich muss kichern, ich kann nicht anders, ich habe Lust, Mutter so lange zu reizen, bis sie explodiert, wie diese *Cola-Mentos*-Fontäne, die Tobias mal am Strand von Soulac-sur-Mer hat hochgehen lassen, eine meterhohe Schaumfontäne. Dass ein paar *Mentos* in einer Flasche Cola eine solche Reaktion auslösen, keins von Gottes Wundern hätte uns in diesem Augenblick mehr beeindrucken können.

Mutter holt aus, die Ohrfeige landet sauber auf meiner Wange.

»Aua«, rufe ich lachend und halte ihr die andere Wange hin.
»So soll man es doch machen, oder?«
Mutter starrt mich an und lässt die Hand sinken.
»Warte, bis dein Vater wieder zu Hause ist.«
»Was dann?«, frage ich. »Wollt ihr mich dann wieder in euer Auto packen und an den nächsten fremden Ort verschleppen?«

Ich halte ihrem Blick stand, diesem kalten Porzellanblick, an dem alles abrutscht.

»Grins mich nicht so frech an«, zischt Mutter.

Ein paar graue Haare stehen von ihrem sonst so makellos frisierten Bubikopf ab, feine Silberdrähte. Deutlich erkennbare Falten klammern Mutters zusammengekniffenen Mund ein, und an ihrer Stirn, zwischen den Augenbrauen, bilden zwei Zornesfalten die Form einer Vase. Mutter wird alt, so wie ein ganz normaler Mensch. Menschen irren sich, Mutter irrt sich. Sie wird nicht ewig leben. Sie wird einfach alt werden und sterben, so wie alle anderen auch, runzeliger, trockener, spröder, und dann aus dem Leben treten, so wie es Tiere tun und Pflanzen, nur mit mehr Gewese. Die *Monchhichi*-Narbe an meiner Lippe kitzelt. Das Wetter wechselt. Bald wird es wärmer werden.

19

Ich war nicht tot. Ich wachte auf in einem hellen, stillen Raum, umgeben von weichen Laken und mit dem Geruch von Desinfektionsmittel in der Nase. Mein Kopf schmerzte, das Tageslicht fiel rechts durch eine Fensterfront und blendete mich. Mama stand da, das Gesicht von der Sonne beschienen, die Arme verschränkt, und schaute nach draußen. Durch das gekippte Fenster drang der Gesang von Spatzen, der immer wieder von sich nähernden Krankenwagen und ihren Martinshörnern unterbrochen wurde.

Ich fasste mir ins Gesicht, die Haut war trocken, als läge eine Gipsmaske darauf. Gipsmasken hatten wir im Kindergarten manchmal gebastelt. Sulamith und ich durften mitmachen, denn Gipsmasken bastelten alle nur aus Spaß, nicht zu irgendeinem Feiertag, aber mir waren diese Gipsschichten auf der Haut schon früher nicht geheuer, und in diesem Krankenhausbett befiel mich das gleiche mulmige Gefühl wie damals: Ich hatte Angst, darunter auszuhärten.

Vorsichtig leckte ich mir die Lippen, sie schmeckten salzig und waren rau. Ich betrachtete Mamas Profil, ihr feines waagerechtes Schlüsselbein, die Lady-Di-Frisur. Ich überlegte, bekam aber nicht zusammen, was passiert war. Ich hatte in den

Wagen eines Bundespräsidenten gekotzt, aber warum lag ich hier in diesem Bett, warum stand Mama an diesem Fenster mit diesem besorgten Gesichtsausdruck? Er verlieh ihr etwas Weiches und Verletzliches. Eine Bewegung, ein Wort, und sie würde sich zu mir umdrehen. Ich schloss kurz die Augen, doch Mama hatte schon bemerkt, dass ich wach war. Kreidebleich blickte sie mich an, die Augen wieder hart und glänzend wie Porzellan. Sie öffnete den Mund und wollte etwas sagen, doch da ging die Tür auf, und eine Frau in einem weißen Kittel betrat den Raum.

»Auferstanden aus Ruinen«, sagte sie und schloss die Tür, »so sagt man doch heutzutage.«

Ihre Bewegungen, die Art, wie ihr Kittel flog, wie sie den Raum betrat und die Tür zuschlug, verbreiteten Frische und Fröhlichkeit. Die Ärztin setzte sich auf meine Bettkante, um ihren Hals hing lässig ein Stethoskop.

»Wie geht es dir?«

»Weiß nicht«, sagte ich.

»Hast du dich noch mal übergeben?«

Ich schüttelte vorsichtig den Kopf. Er schmerzte bei der kleinsten Bewegung. Die Ärztin legte mir ein Blutdruckmessgerät um.

»Dann musst du das meiste schon vorher losgeworden sein. Du hattest sehr viel Alkohol im Blut. Und Schmerzmittel. Du kannst von Glück sprechen, dass du keine Alkoholvergiftung hattest.«

»Meine Güte«, flüsterte Mama.

Sie stand noch immer mit verschränkten Armen am Fenster, blieb auf Abstand zur Ärztin und zu mir, als wollte sie sich von den Worten der Ärztin nicht besudeln lassen.

»Wir haben außerdem Amphetamine in deinem Blut gefunden.«

Die Ärztin hielt mir das Tütchen mit dem beschrifteten Leukoplaststreifen hin.

»Damit sollte man nicht spaßen. Wo hast du die Tabletten her?«

»Weiß nicht. Hat mir jemand gegeben.«

»Das sind dann aber keine Freunde«, sagte sie.

Sie ließ die Luft aus dem Blutdruckgerät zischen und betrachtete aufmerksam die Anzeige.

»Deine Werte sind zum Glück inzwischen wieder stabil.«

»Ich habe Kopfweh.«

»Kein Wunder«, sagte die Ärztin, »aber morgen wird es dir schon besser gehen. Du kannst auf jeden Fall nach Hause.«

»Gott sei Dank«, sagte Mama, es brach aus ihr heraus, wie die gelbe Masse, die ich auf dem Rücksitz des Autos hinterlassen hatte.

»Aber eins musst du mir versprechen«, sagte die Ärztin, »Finger weg von Alkohol und Drogen.«

Ich richtete mich auf.

»Was ist denn überhaupt passiert?«, fragte ich. »Was ist mit meiner Freundin, Sulamith Hausmann?«

Die Ärztin seufzte. Ich konnte den Luftzug ihres Atems spüren, warm und sanft. Sie rieb die Hände aneinander, als wäre es hier plötzlich ungemütlich geworden, kalt wie in Sibirien, so ein dünner Kittel hält dort nicht warm. Hilfesuchend blickte ich zu Mama. Kaum zu glauben, aber in Mamas Augen standen Tränen. Ich zog mir die Decke zum Kinn hoch. Das konnte nicht sein. Mama weinte nicht. Nie. Nichts auf dieser Welt könnte sie zum Weinen bringen, hatte ich immer gedacht, doch dann rollte eine erste Träne und gleich darauf eine zweite und innerhalb von Sekunden bedeckten nasse Streifen Mamas Gesicht, wie ein gequältes Tier sah sie aus, wie das Versuchssäffchen aus dem alten

Treff-Magazin, fehlte nur noch die Eisenkonstruktion auf ihrem Kopf.

Ich musste lachen, es gluckste einfach aus mir heraus.

»Was hast du denn?«, fragte ich.

»Deine Freundin hatte einen Unfall«, sagte die Ärztin. »Sie ist gestürzt.«

»Ist sie hier? Kann ich sie sehen?«

Mama und die Ärztin schwiegen.

»Was ist hier eigentlich los«, fragte ich und zeigte auf Mama, »wieso weint sie?«

Die Ärztin strich sich über den Kittel.

»Hört auf mit dem Theater«, sagte ich, aber Mama hob nur die Hände, wie um Gnade bittend.

»Die Verletzungen waren zu schwer. Wir haben alles versucht, um sie zu retten. Sie ist heute früh verstorben.«

Ich schüttelte den Kopf. Das sind nicht Mamas Augen, dachte ich, das ist nicht ihr Mund, dieser schmerzverzerrte Hautknoten, der wie eine Wucherung unter ihrer Nase sitzt. Wenn das nicht Mamas Augen waren und das nicht ihr Mund war, dann konnte es auch nicht stimmen, was die Ärztin sagte. Ich strampelte das Laken weg. Mit einem Satz sprang ich aus dem Bett. Die Ärztin streckte die Arme aus, Mama hechtete auf mich zu. Ich schleuderte sie zurück, sie landete mit dem Hintern auf dem Boden, wie ein Kind, das noch nicht richtig laufen konnte.

Ich riss die Tür auf und rannte auf den Flur. Irgendwo musste Sulamith sein, in einem dieser vielen Zimmer musste sie liegen, in einem dieser hässlichen karierten Hemden, wie ich eines trug. Ich taumelte den Gang entlang, Patienten in Kitteln mit grauen Gesichtern starrten mich an, ein Krankenpfleger versuchte mich zu packen, ich stieß ihn weg, riss eine Tür auf, Sulamith lag nicht in dem Zimmer. Ich lief weiter, eine Tür nach der anderen stieß ich auf.

»Esther«, hörte ich Mama hinter mir rufen, »bleib stehen!«
Ich blieb nicht stehen, ich stieß weiter Türen auf, eine nach der anderen. Zur Not würde ich das ganze Krankenhaus durchkämmen, die ganze Stadt, die ganze Welt, bis ich Sulamith gefunden hatte. Ich lief die Treppen hinunter in den ersten Stock. Ein gleißender Schmerz schoss mir in den Schädel und zwang mich in die Hocke. Ich stützte mich an der Wand ab, wie der blinde Simson an den Säulen des Philistertempels. Etwas zwischen meinen Beinen fühlte sich komisch an. Ich fasste mir in den Schritt. Eine Binde lag in meiner Unterhose. *Always Ultra*, ich konnte die umgeklappten Klebeflügel am Stoff ertasten. Ich benutzte keine Binden. Hatte mir jemand etwa eine Binde in die Unterhose gelegt? Wer hatte das getan? Und was hatten sie noch getan? Was war bloß geschehen? Wo war Sulamith?

Die Glasfront vor mir gab den Blick auf den Platz vor der Klinik frei, das gleißende Licht der Sonne blendete mich. Ich hielt mir die Hand an die Stirn, um besser sehen zu können. Neben der Notaufnahme saßen Rebekka und Tabea, sie hockten eng umschlungen auf dem Asphalt. Ich trat näher ans Fenster. War das Frau Böhnke neben ihnen?

Ich lief die Treppen hinunter, durchquerte die Haupthalle und lief nach draußen, vorbei an den rauchenden Patienten vor der Klinik. Die Hitze schlug mir entgegen, unter meinen nackten Füßen brannte der Asphalt – erst jetzt fiel mir auf, dass ich gar keine Schuhe trug, dass ich halb nackt war in diesem Hemd, und dass eine der zwei dünnen Schleifen, die es zusammenhielten, sich gelöst hatte. Rebekka und Tabea kamen auf mich zu. Ihre Gesichter waren vom Weinen entstellt, Rebekkas Augen sahen aus wie zwei eitrige Wunden, und aus Tabeas Nase rann Schleim, der auf ihr weißes T-Shirt tropfte.

»Sie haben sie gestern ausgeschlossen«, heulte Rebekka.
»Und jetzt ist sie tot!«, heulte Tabea.

Ihre hohen Stimmen schmerzten in meinen Ohren, dann dieses Wort: tot. Drei Buchstaben, in der Mitte entsetzliche Leere, Anfang und Ende verschlossen.

»Esther«, hörte ich Mama wieder rufen.

Sie stand hinter mir am Eingang zwischen den rauchenden Kranken. Vielleicht hatte ich nur geträumt, dass sie geweint hatte, genau wie alles andere, alles ein böser Traum, denn als Frau Böhnke völlig aufgelöst auf Mama zuging, sah Mama wieder ganz normal aus. Sie sprach Frau Böhnke gut zu, wie eine Hohepriesterin – Aaron in weiblich. Wo war ihr Stab, der Mandeln austrieb? Sie musste ihn oben im Krankenzimmer vergessen haben, aber an meinen Rucksack hatte Mama gedacht, er hing über ihrer Schulter.

Tabea zog an meinem Hemd.

»Ist sie wirklich vom Dach gesprungen?«, piepste sie.

»Komm, Liebes«, sagte Mama, sie setzte sich ihre Sonnenbrille auf und führte mich zum Parkplatz. Frau Böhnke lief neben uns her und redete auf Mama ein. Ich verstand kein einziges Wort von dem, was sie sagte, ihre Stimme drang nicht bis zu mir durch. Mama nickte immer nur beschwichtigend, lief mit mir am Arm über den Parkplatz, bis Frau Böhnke bei einer Menschengruppe stehen blieb, die sich um ein altes schwarzes Auto geschart hatte.

»Komm, Liebes«, sagte Mama und drängte mich an ihnen vorbei.

Ein Hauch von *Cool Water* wehte zu mir herüber.

»Sie ist vom Dach gesprungen«, sagte jemand.

»Das ist ja schrecklich.«

»Sie ist in einer Sekte groß geworden. Muss richtig schlimm gewesen sein.«

»Furchtbar. Und Daniel war dabei, als es passiert ist?«

Schweigen.

»Scheiße.«

Mama zog mich weiter, sie half mir in den Wagen, ich schloss die Augen und hörte die Türen zuschlagen. Mein Kopf fühlte sich an, als hätte man ihn wie eine Kokosnuss aufgeschlagen und wäre noch dabei, das Fruchtfleisch herauszukratzen.

Wie die folgenden Tage vergingen, weiß ich nicht mehr genau. Ich lag im Bett mit zugezogenen Vorhängen. Die Hitze staute sich in meinem Zimmer. Jeden Morgen versuchte Mutter, mich zum Aufstehen zu bewegen. Sie kam herein, zog die Vorhänge auf, die Sonne strahlte aufs Bett, sie sprach mit mir, ihre Worte klangen wie das Gurren einer Taube, vielleicht saßen aber auch nur welche draußen in einem Baum, das Fenster stand offen. Ich stellte mich tot, so wie ich es oft bei Kellerasseln und Marienkäfern im Garten gesehen hatte. Mutter setzte sich aufs Bett, strich hilflos das Laken glatt, dann irgendwann ging sie. Mein alter Kinderarzt kam mich besuchen, ich erkannte ihn an seiner Stimme, noch bevor er die Tür öffnete. Er sah besorgt aus, als er meinen Puls fühlte und mir die Hand auf die Stirn legte, es waren die ersten Berührungen, die mich ein wenig trösteten, doch er verschwand schnell wieder.

Mutter stellte mir eine kleine Schale Himbeeren auf den Nachttisch. Ich nahm eine, kuschelte sie an meine Lippen, eine nach der anderen, doch essen konnte ich sie nicht. Dann wären sie verschwunden, so wie Sulamith, jede Himbeere eine andere Erinnerung. Wie wir einmal im Planschbecken einer Interessierten von Mutter baden durften, während Mutter das Heimbibelstudium führte, diese viel zu großen, uralten wollenen Schwimmanzüge, die auf unserer Haut kratzten. Wie wir einmal am *Mosaik*-Gymnasium streunende Katzen sahen und stundenlang in dem Verschlag hockten, in dem sie verschwunden waren, bis Papa uns abholte und wir im Auto vor Erschöpfung einschliefen. Wie wir uns einmal in die Technikräume neben dem Kongresssaal in Weppersheim schlichen und dort ein junger Bruder saß, der uns seine riesigen Kopfhörer aufsetzte. Lidias verheultes Gesicht, als Sulamith aus dem Taufbecken auftauchte. Die vielen lauen Sommerabende, an denen wir in Mischas Garten um das Lagerfeuer saßen.

»Wir sind wie Öfen«, flüsterte Sulamith, »wir brennen. Aber wofür?«

Ihr Gesicht, wie es im Schein des Lagerfeuers glühte, daran erinnerte ich mich noch, doch dann stieg mir der gärige Geschmack der Himbeeren hoch wie Galle, und ich kroch wieder unter meine Decke.

Manchmal hörte ich es unten klingeln. Mutter öffnete, ließ Leute ins Wohnzimmer, der Duft von Kaffee strömte durchs Haus. Irgendwann klopfte es an meiner Tür, die Klinke wurde vorsichtig nach unten gedrückt. Rebekka und Tabea.

»Esther?«

Ich stellte mich schlafend. Schweigend standen sie vor meinem Bett und trauten sich nicht, mich zu wecken. Tabea weinte leise.

»Kommt Sulamith trotzdem ins Paradies?«

»Sicher«, sagte Rebekka, »Mami sagt, alle haben die Auferstehungshoffnung.«

»Aber sie wurde doch ausgeschlossen.«

»Trotzdem, wir wissen nicht, wie Jehova richten wird.«

»Schau mal«, flüsterte Tabea, »da auf dem Nachttisch. Die blaue Kette.«

»Was ist damit?«

»Meinst du, die hat Esther in Idar-Oberstein gekauft?«

»Keine Ahnung.«

»Sollen wir sie aufwecken?«

»Weiß nicht. Nein.«

»Dann lass uns gehen«, flüsterte Tabea, »ich habe Angst.«

»Wieso das denn?«

»Weiß nicht. Esther und Sulamith durften als Kinder nicht einmal *Pumuckl* sehen, wusstest du das?«

»Sei still«, zischte Rebekka, »was, wenn sie uns doch hören kann?«

»Dann lass uns endlich runtergehen.«

Oft weinte Lidia unten im Wohnzimmer. Als würde man ein Tier langsam zu Tode quälen, so klang es. Es war ein so durchdringender Laut, dass er mich stundenlang wach hielt, er wechselte sich ab mit Geschrei, bis alles in einem Wimmern endete. Frau Böhnke kam, auch sie klopfte an meine Tür und stellte Blumen auf den Schreibtisch, die so stark nach Friedhof rochen, dass ich es kaum aushielt.

Dann, eines Tages, kam die Polizei. Ich sah das grüne Auto den Hang herunterfahren, zwei Beamte stiegen aus, ein Mann und eine Frau. Ich schlich mich nach unten, ich war so wackelig auf den Beinen, dass ich mich mit beiden Händen am Geländer festhalten musste. Die Tür zum Wohnzimmer war nur angelehnt.

Auch sie wussten offenbar nicht, wie Sulamith zu Tode gekommen war, wollten mehr über sie erfahren, stellten harmlose Fragen.

»Was hatte sie für Hobbys?«

Hobbys? Es klang absurd, so fröhlich und normal. Die Polizistin fragte, ob sie mit mir sprechen könnten.

»Sie ist noch nicht so weit«, sagte Mutter.

Ich ging zurück nach oben. Sie hatte recht, ich war noch nicht so weit, was auch immer das heißen mochte. So weit zu verstehen, dass Sulamith nicht mehr am Leben war?

Am Abend kam Mutter wieder in mein Zimmer. Als ich auf ihre Ansprachen nicht reagierte, zog sie mir die Decke weg und trug mich ins Bad. Sie setzte mich in die Wanne, seifte mich ein, wusch mir die Haare und schöpfte das Wasser mit einem Zahnputzbecher über meinen Kopf. Wie oft Sulamith und ich in dieser Wanne gesessen hatten, die leeren Duschgelflaschen mit Wasser aufgefüllt und uns damit bespritzt hatten, wie sehr wir hatten lachen müssen, wenn Sulamith sich aus den steif shampoonierten Haaren kleine, vom Kopf abstehende Hörner geformt hatte.

»Morgen ist Sulamiths Bestattung«, sagte Mutter, »du weißt, sie wird kein Begräbnis in Jehovas Namen bekommen. In der Schule findet eine Trauerfeier statt, danach werden wir Lidia zum Friedhof begleiten.«

Der Kamm schnitt mir in die Kopfhaut, als Mutter einen Scheitel ins nasse Haar zog. Ich hielt still, so wie all die Male, die ich in meinem Leben stillgehalten hatte. Ich wartete darauf, dass etwas in mir aufging, so wie eine Tür, eine, wie sie in Restaurants zu finden ist, eine, aus der die Kellner kommen und das Essen in den Speiseraum tragen, etwas sollte in mir aufschwingen, aber nichts schwang auf, alles blieb verschlossen.

Mutter half mir aus der Wanne, reichte mir ein Handtuch, legte mir frische Unterwäsche hin. Als ich später mit geföhnten Haaren und sauberer Kleidung die Treppen hinunterstieg, saß sie in der Küche vor einer Tasse Tee.

»Wo willst du hin?«, fragte sie.

»Frische Luft schnappen.«

»Ich komme mit.«

»Nein«, sagte ich, »ich will allein sein.«

Golden stand die Abendsonne am Himmel. In den Himbeersträuchern hockten in Karohemden gekleidete Erntearbeiter. Mein Gesicht brannte, als hätte jemand Säure darübergegossen. Ich hörte Schritte. Mutter lief mit Abstand den

Hang hinter mir hoch, sie trug ihre Sonnenbrille. Oben neben dem Schuppen setzte ich mich auf die Bank.

»Es waren viele zu Besuch«, sagte sie, als sie vor mir stand, »du hast sehr viele gute Freunde. Menschen, denen du wichtig bist.«

»Die Polizei war da«, sagte ich, ohne Mutter anzuschauen.

»Ja, die Polizei war auch da.«

»Was wollten sie?«

»Routine«, sagte Mutter und setzte sich neben mich. »Sie müssen in alle Richtungen ermitteln. Immerhin ist ein junges Mädchen verstorben.«

»Was haben sie gesagt?«

»Sie haben vor allem viel gefragt. Allem Anschein nach hat Sulamith sich das Leben genommen.«

»Niemals. Hat die Polizei das behauptet?«

Mutter zuckte mit den Schultern.

»Es ist jedenfalls nicht auszuschließen.«

»Das hätte sie niemals getan.«

»Du kanntest sie nicht mehr«, sagte Mutter, »sie war schon lange tief verstrickt in Satans Machenschaften. Du kannst froh sein, dass du noch am Leben bist und sie dich nicht mit hinabgezogen hat.«

»Sie war meine Freundin, sie hat mich nicht hinabgezogen.«

»Deine Freundin«, rief Mutter und nahm ihre Sonnenbrille ab, »was ist das bitte für eine Freundin, die sich von Jehova abwendet und dich auch noch bittet mitzugehen? Du wärst ihr fast gefolgt, es ist ein Wunder, dass du jetzt hier sitzt, wer weiß, was an diesem Abend noch alles hätte passieren können?«

»Warum bewahrst du Drogen in der Harmagedontasche auf?«, fragte ich.

Mutter atmete tief durch.

»Diese Medikamente waren für eine ganz bestimmte Situation gedacht, und niemand hat dir erlaubt, sie einfach einzunehmen. Vor allem nicht mit Alkohol. Schämst du dich nicht?«

Ich stand auf, doch Mutter packte mich an der Bluse. Einige der Erntehelfer hoben die Köpfe.

»Ich will dir doch nur helfen«, sagte sie und zog mich zu sich heran, »ich weiß, was du vorhattest. Mit ihr weglaufen wolltest du. Komm, für heute bist du genug an der frischen Luft gewesen. Heute Abend ist Versammlung.«

»Ich gehe nicht hin.«

»Natürlich gehst du hin. Liebes, du kannst doch nicht den Rest deines Lebens im Bett liegen.«

»Will ich aber«, sagte ich kaum hörbar.

»Komm her«, sagte Mutter und drückte mich fest an sich.

»Herr Jehova, der du thronst in den Himmeln, dein Name werde geheiligt. In Demut wenden wir uns im Gebet an dich. Das Leben in Unvollkommenheit ist hart, sinnlos und voller Leid. Auch uns, deine Diener, trifft dieses Leid. Unser Mädchen, unsere Sulamith.«

Mutter schluckte.

»Unser Mädchen, unsere Sulamith. Wir vermissen sie. Wir trauern um sie. Sie hat den Versuchungen der Welt nachgegeben. Hab Erbarmen mit uns, Jehova. Wir haben sie geliebt, wir sind unendlich traurig. Steh uns bei in unserem Schmerz, unserem schrecklichen Verlust. Hilf uns, Jehova, gib uns Kraft und Hoffnung.«

Wir saßen da, mit gesenkten Köpfen, leise weinend. Die Erntehelfer arbeiteten sich von Reihe zu Reihe. Sie blickten uns nicht an, sie sortierten die Früchte in winzige Kartons, auf denen *Himbeerhof Joellenbeck* stand, packten sie in Holzkisten, luden sie auf den Anhänger und fuhren davon. Irgendwann kam unser Wagen die Einfahrt hoch, er blieb neben dem

Schuppen stehen. Vater und Lidia stiegen aus und kamen zu uns. Lidia sah aus, als hätte man ihr ein lebenswichtiges Organ entnommen. Sie war so dünn geworden, dass ihr Körper ganz eckig wirkte, die Wangen waren eingefallen, die Haut um die Augen war voller geplatzter Äderchen. Sie fiel Mutter vor die Füße und verbarg den Kopf in ihrem Schoß.

Vater nahm neben mir Platz, er legte die Fingerkuppen aneinander und scharrte mit den Füßen Tannennadeln zusammen.

Der Schmerz kochte in meiner Brust, heiß wie Himbeergrütze, Blasen werfend. In der alten Tanne über uns sang eine Amsel, sie sang sich in immer höhere Tonlagen, immer und immer wieder die gleiche Melodie, bis von irgendwo Gefahr drohte und sie mit einem letzten Ruf davonflog.

Mein Vöglein mit dem Ringlein rot
singt: Leide, Leide, Leide,
es singt dem Täubelein seinen Tod
sing Leide, Lei – ziküth, ziküth, ziküth

Woher kannte ich diesen Reim? Wohl von irgendeiner Märchenkassette, die Sulamith heimlich aus der Stadtbibliothek ausgeliehen hatte. Über mir sang wieder die Amsel, sang sich in immer höhere Tonlagen, bis erneut Gefahr drohte und sie wegflog. Am liebsten hätte ich laut geschrien. Wo war Sulamith? Der Himmel und die Himbeeren, die Amsel in der Tanne, das Licht und dieser laue Wind – überall konnte ich sie spüren, und trotzdem war sie nicht mehr da. Mama ging mit Lidia zurück ins Haus, Papa folgte ihnen kurz darauf. Ich blieb noch lange dort, so lange, bis die Sonne hinter unserem Haus verschwand.

Als ich am nächsten Morgen aufwachte, saßen die anderen

schon beim Frühstück. Der Duft von getoastetem Brot drang nach oben. Eine Weile lag ich im Bett und rätselte, wie man an einem Tag wie diesem in aller Ruhe frühstücken konnte und ob ich mich mit solchen Leuten überhaupt an einen Tisch setzen sollte. Ich ging zum Kleiderschrank. Ich würde nichts Besonderes anziehen, schon gar kein Schwarz. Trauern ist das erste Eingeständnis, unter neuen Vorzeichen weiterzuleben, auch wenn es unmöglich erscheint. Ich wollte nicht einfach weiterleben, und zu dieser Bestattung ging ich nur, weil ich bei Sulamith sein wollte. Vielleicht würde ich sie dort wiedersehen. Wo sonst sollte sie sein, wenn nicht auf ihrer eigenen Beerdigung, um allen zu beweisen, dass sie gar nicht tot war? Allein diese Hoffnung ließ mich in Anziehsachen schlüpfen, von denen Sulamith einmal gesagt hatte, dass sie mir stünden.

Vater fuhr uns zur Schule. Lidia saß neben ihm und putzte sich ständig die Nase, doch es schnaubte nur trocken aus ihr heraus, sie weinte nicht einmal mehr. Mutter starrte aus dem Fenster. Vater verabschiedete sich von uns wie an jedem anderen Tag. Dass er als Ältester nicht zu der Bestattung einer Abtrünnigen ging, schien auch für Lidia etwas Selbstverständliches zu sein.

Frau Böhnke kam uns auf dem Schulhof entgegen.

»Kommen Sie«, sagte sie, »es ist schon alles vorbereitet.«

Sie atmete tief durch.

»Ich möchte Ihnen an dieser Stelle noch einmal mein herzliches Beileid aussprechen.«

Herzliches Beileid. Es klang, als hätte sie gerade nach der Uhrzeit gefragt. War das die Antwort der Weltmenschen auf den Tod? An die Auferstehung zu glauben war lächerlich, aber die bescheuerte Hoffnung, die geliebte Person im Paradies wiederzusehen, linderte zumindest diesen unglaublichen

Schmerz, den ihr Tod verursacht hatte. Jedenfalls allemal besser, als sich mit Floskeln von Ereignis zu Ereignis zu hangeln. *Herzliches Beileid, Herzlichen Glückwunsch, Frohe Weihnachten* druckten sie sich auf Karten und verschenkten dazu Schnittblumen, die nach Frischhaltepulver rochen. *Alles Gute zum Muttertag. Alaaf. Guten Rutsch. Frohe Ostern.* Herzlich und froh – glaubten die Weltmenschen, so wäre das Leben? In dieser Hinsicht zumindest hatte ich immer in der Wahrheit gelebt.

»Vielen Dank«, sagte Mutter, »das wissen wir zu schätzen. Wie Sie aber sicherlich wissen, ist der Tod für uns nicht das Ende des Lebens. Wir glauben an die Auferstehung, wie Gott sie uns in der Bibel verheißen hat. Wir glauben, dass wir Sulamith in nicht allzu langer Zeit vielleicht wieder in unsere Arme schließen können.«

Verwirrt schaute Frau Böhnke von Mutter zu Lidia.

»Natürlich«, antwortete sie, »hier entlang bitte.«

Wir liefen über den Schulhof und betraten das Gebäude. Die Tür zur Aula stand offen. Jemand hatte mit einem Overheadprojektor ein überdimensional großes Foto von Sulamith an die hintere Wand der Bühne geworfen. Sie lag im Gras und pustete Seifenblasen in die Luft. Ich hatte keine Ahnung, wer es aufgenommen hatte.

»Kommen Sie«, sagte Frau Böhnke und führte uns zu unseren Plätzen in der ersten Reihe.

Mein Atem wurde flach, meine Hände feucht. Die Aula war nur spärlich besetzt. Jana und Kerstin nickten mir nur schüchtern zu. Sie hatten sich fein angezogen, trugen Kleider. Lidia setzte sich neben Mama, faltete die Hände und senkte den Blick. Ich wusste, sie betete, sie wollte bei Jehova sein, nicht hier. Hinten links in der Ecke lagen die Sofasäcke auf einem Haufen, der Hausmeister musste sie dort hingeräumt haben.

Auf ihnen hockend hatten wir damals im ersten Jahr *Ronja Räubertochter* gesehen.

»Hast du etwas vorbereitet?«, fragte Frau Böhnke und beugte sich zu mir. Sie hatte Mundgeruch.

»Das kriegen die Leute, wenn sie eigentlich allein sein wollen«, hatte Sulamith immer gesagt.

Ich schüttelte den Kopf. Frau Böhnke sah sich in der Aula um, wie eine gestresste Gastgeberin, die sich fragte, ob sie auch an alles gedacht hatte. Erica und Daniel standen hinten am Eingang. Daniel trug ein schwarzes Hemd, die Haare hatte er sich nach hinten gekämmt und ordentlich zu einem Zopf gebunden. Richtig anbetungswürdig sah er aus, Sulamith hätte ihn problemlos mit in den Königreichssaal nehmen können. Alles Fröhliche und Leichte war weg. Seine Leichtigkeit war es gewesen, die ihm Gewicht gegeben hatte, fiel mir auf, jetzt, wo sein Körper wie eine Plastiktüte wirkte, die jeden Moment weggeweht werden könnte. Ohne mich anzublicken, ging er neben seiner Mutter zwischen den Stühlen hindurch und nahm irgendwo hinter uns Platz.

Frau Böhnke betrat die Bühne. Es dröhnte in meinen Ohren, links hörte ich schlechter als rechts, war das Einbildung? Ich versuchte, mich auf Frau Böhnkes Worte zu konzentrieren, doch je aufmerksamer ich zuhörte, desto lauter wurde das Dröhnen. Nur das Zischen der Konsonanten und einzelne Wörter drangen zu mir durch. Schicksal, junges Mädchen, Verlust. Über Frau Böhnke lachte Sulamith in den Raum, sie war die Einzige, die hier nicht hinpasste, dieses Seifenblasen pustende Mädchen. Der Duft von *Cool Water* wehte zu mir herüber, mischte sich mit den Essensdünsten der Mensa nebenan. Es war Montag, heute gab es Spaghetti. Spaghetti Bolognese.

Sulamith lacht.

»Kapierst du endlich? Der Rettungssanitäter, er hat mich gemeint. *Montag ist Miracolitag. Es ist noch etwas Soße da!*«

Lachend schaute Sulamith herunter auf Frau Böhnke.

»*Sind Sie sicher, dass Ihr Atem gut ankommt? Gehen Sie sicher mit Odol.*«

Lidias Klagelaute waren kaum von einem hemmungslosen Lachen zu unterscheiden, ihr Körper bebte, das Gesicht hatte sie hinter einem Taschentuch verborgen.

»*Typisch Whiskaskatzen. Die einen angeln sich immer das Beste und lieben die Vielfalt. Andere haben einen besonderen Geschmack.*«

Mutter saß mit ernster Miene zwischen uns, die Beine übereinandergeschlagen.

»*Velamints von Ragold. Niemand ist so cool wie du!*«

Sulamith lachte.

»*Trübe Stimmung im Paradies? Tja, manche Windeln schützen eben nicht genügend vor dem Auslaufen. Aber zum Glück hat Pampers eine neue Idee!*«

»Bist du sicher, dass du nicht noch etwas sagen möchtest?«, fragte Frau Böhnke, sie hockte schon wieder neben mir. Wie viel Zeit war vergangen? Mein lautes Nein bellte durch den Raum. Frau Böhnke half Lidia auf. Ich stand auch auf und lief raus, draußen knallte die Sonne auf den Schulhof.

»Gehen wir jetzt wirklich zum Friedhof?«, fragte ich Mutter, als sie den Schulhof betrat. Sie antwortete nicht, nahm nur meine Hand und zog mich zur Straße. Ihre Absätze schlugen aufs Pflaster. Ich drehte mich nicht um, konnte jedoch hören, dass uns die anderen folgten. Wir bogen rechts ab und liefen vorbei an *Gretchens Teestübchen*. Der Friedhof kam näher, die Glocken der Kapelle läuteten. Für wen, für Sulamith? War das auch wieder so etwas Weltliches, so einen Lärm zu machen, weil jemand gestorben war? Schüler drängten sich vor uns durch das Tor, ich kniff die Augen zu und lief blind neben Mutter über den Friedhof. Es roch nach nährstoffreichem Boden, wie im Frühling, wenn frische Erde am Himbeerhang ausgebracht wurde. Ich blinzelte, um mich herum Füße und Gräber. Jana und Kerstin standen da in schwarzen Samtkleidern, sie hielten Rosen in den Händen, hinter ihnen Dr. Lichtenstein neben einer sehr jungen Frau, sie hatte ihre Arme um die Mädchen gelegt.

»Komm«, sagte Mutter.

Sie drängte sich durch die Menschenmenge, die sich hinter der Kapelle sammelte. Die Leute machten eine Gasse für uns. Mein Herz wummerte, als würde ich selbst gleich sterben und an Mutters Hand die letzten Meter meines Lebens laufen. Plötzlich standen wir vor einem großen, rechteckigen Loch. Ich starrte hinein. Vier Männer trugen einen hölzernen Kasten herbei. Waren das Priester? So hatte ich mir immer die Männer, die die Bundeslade über den Jordan getragen hatten, vorgestellt. Die Männer ließen den Sarg in das rechteckige Loch sinken. Von Frau Böhnke gestützt, lief Lidia nach vorn und hockte sich davor. Sie weinte und schrie. Das Zurschaustellen ihrer Trauer war mir peinlich. Die Leute bildeten eine Schlange, sie nahmen eine Handvoll Erde, wenn sie vor dem Grab standen, und warfen sie hinein. Die Leute wussten alle genau, was sie tun mussten. Sie nahmen Erde und warfen sie ins Loch. Schließlich stand ich ganz vorn, wie im Freibad auf dem Fünf-Meter-Brett, ich blickte vorsichtig nach unten. Da lag ein heller Sarg, zu klein für einen Erwachsenen und zu groß für ein Kind. Auf ihm waren noch die hellen Abdrücke eines Kreuzes zu sehen, das wohl auf Lidias Bitte hin entfernt worden war. Ich drehte mich zu Mutter, ich zeigte auf den Sarg und lachte. Niemals. Niemals lag Sulamith da unten in dieser Kiste. Sie führten noch immer dieses Stück auf, das sie für Sulamith und mich schon so lange aufführten, dass wir erst gar nicht gemerkt hatten, dass es nur ein Stück war, weil wir nie etwas anderes kennengelernt hatten. Und jetzt, da Sulamith alles durchschaut hatte, ließen sie sie im Stück sterben, für mich. Jemand zog mich weg vom Abgrund.

20

»Ruben, Simeon, Levi, Juda, Dan, Naphtali, Gad, Ascher, Issachar, Sebulon, Joseph und Benjamin«, zählt Cola auf, »das sind die zwölf Söhne Jakobs. Kennst du die auch auswendig?«
»Ja«, sage ich, »die kenne ich auch auswendig.«
Cola schaut mich verschwörerisch an, als teilten wir irgendeine Art geheimes Wissen, ein Code, mit dem wir einen Tresor knacken können. Sie stellt Teller auf den Esstisch. Ich kenne das befriedigende Gefühl, die richtigen Antworten auf die Fragen aus *Mein Buch mit biblischen Geschichten* zu haben, aber ich weiß inzwischen, dass es mir genauso viele Vorteile bringt, die zwölf Söhne Jakobs im Schlaf aufsagen zu können, wie die Lieder aus den Werbeblöcken einer *Glücksrad*-Folge auswendig zu können.

Mir ist nicht danach, Cola den Spaß zu verderben. Sie ist kaum wiederzuerkennen. Ihre Kleidung ist sauber und ordentlich, und Mutter hat ihr die Haare geschnitten. Nichts an ihrer Frisur erinnert mehr an einen Römer, der versucht hat, sich ohne Spiegel den Pony mit einer Nagelschere zu kürzen. Zufrieden lächelnd deckt sie den Esstisch, an die langen Seiten stellt sie jeweils zwei Teller und an die hintere kurze Seite, dort, wo Vater immer sitzt, einen Teller. Ich hole Besteck aus der Schublade in der Vitrine. Morgen ist Sulamiths Geburtstag. Ein Jahr ist es nun her, das Paket mit dem Walkman, der Hirtenbesuch.

»Die Zeit heilt alle Wunden«, hat Frau Böhnke nach dem Begräbnis zu mir gesagt, aber das stimmt nicht. Die Zeit heilt gar nichts, im Gegenteil. Je mehr Abstand die Zeit schafft, desto mehr fühlt es sich an, als klaffte ein Abgrund in mir, eine inzwischen unüberwindbare Schlucht, so als hätte man mich zerschnitten und mich danach mir selbst überlassen.

Am liebsten würde ich auch für Sulamith einen Teller hinstellen, gleich gegenüber von Vater, sodass er sie genau vor sich sitzen hätte, zumindest ihren Geist. Geister nimmt man in diesem Haus ohnehin viel ernster als Menschen. Niemand hat ihren Geburtstag bisher erwähnt. Was habe ich denn auch erwartet? Dass sie, nur weil Sulamith nicht mehr lebt, eine Ausnahme machen und über ihre Geburt reden? Dass es, wie in normalen Familien, als Anlass gelegen käme, über sie zu reden, sich Geschichten in Erinnerung zu rufen, zu lachen und zu weinen, damit die Wunden heilen können? Nein. Außerdem, ich schweige ja selber, wenn auch aus anderen Gründen. Ich lasse Lidia in Ruhe, so wie Vater es wollte, und bei Mutter habe ich mich auch entschuldigt.

»Für meinen Aussetzer«, so habe ich es formuliert.

»Findest du es eigentlich komisch, dass ich jetzt richtig bei euch wohne und dass ich sogar ein eigenes Zimmer habe?«, fragt Cola über den Tisch hinweg.

»Nein. Das Haus ist eh zu groß für uns, und jetzt, wo Lidia in der Mansarde wohnt, brauchen wir auch kein Gästezimmer mehr.«

»Aber der Kreisaufseher kommt in ein paar Wochen und schläft hier, hat Andreas erzählt.«

»Mach dir um den Kreisaufseher keine Sorgen.«

Ich lege die Servietten neben die weißen Teller mit dem blauen Rand, auch sie sind weiß und haben eine blaue Borte, der gleiche Stoff, aus dem unsere Kleider genäht waren. Nie wieder Gedächtnismahl, nie wieder Dienstwoche, nie wieder Peterswalde. Wenn Sulamith das miterleben könnte. Was sie wohl von Onkel Micki gehalten hätte, und wie es wohl gewesen wäre, zusammen mit ihr in Vaters Wagen abzuhauen? Marokko, wenn sie nur sehen könnte, dass ich es jetzt tue. Noch sind wir nicht unterwegs, und wer weiß, wo Onkel Micki und ich tatsächlich landen, aber so viel ist klar, es muss ein Ort sein, an dem es keinen Hagebuttentee gibt oder Suppen, die nach Rindertalg und Brühwürfeln schmecken. So muss sich Vorfreude auf den Geburtstag anfühlen, es ist, als ob jemand ein Lied auf meinen Rippen spielte. Nie wieder Servietten aus alten Gedächtnismahlstoffresten zusammenlegen, nie wieder in den Königreichssaal gehen, Zeitschriften anbieten, Nylonstrumpfhosen oder Blazer tragen, nie wieder nicht Geburtstag feiern. Nie wieder Sulamith. Seit meinem letzten Besuch bei Onkel Micki spricht sie nicht mehr mit mir. Ich habe versucht, sie zu rufen, auch das hat nicht geholfen. Sie ist gegangen, und sie zu rufen fühlt sich genauso seltsam an wie zu beten. Schwester Werner hat einmal erzählt, dass man die Toten noch Stunden später atmen sieht, eine optische Täuschung. In den Köpfen der Lebenden atmen die Toten erst einmal weiter. Vielleicht ist es mit Sulamith so ähnlich. Sie redete und lachte erst einmal weiter mit mir, weil ich es ein Leben lang gewohnt war, mit ihr zu lachen und zu reden. Womöglich ist sie aber gar nicht weg, sie weiß ja, dass auch ich bald gehen werde, vielleicht ist sie so etwas wie schon vorgegangen?

Mutter und Lidia betreten das Wohnzimmer, sie halten Schüsseln in den Händen. Lidia verteilt Kartoffeln und Bohnen. Genau wie Cola hat auch Lidia sich seit ihrer Ankunft in Peterswalde verändert. Womöglich ist es das, was sich Mutter und Vater auch für mich erhofft hatten. Mutter, dieses Haus, diese neue Umgebung, das alles ist wie eine heilende Creme für Lidia, die fahrigen Bewegungen, die zittrigen Hände, alles ist hier verschwunden, und einen Anfall hat sie bisher auch nicht gehabt.

Vater kommt herein, hebt einen Stapel Papier auf der Kommode hoch, fasst in die Lücke neben der Bibelkonkordanz im Regal.

»Suchst du etwas?«, fragt Lidia ihn.

»Meinen Pass«, murmelt Vater.

Er reißt die Schubladen der Vitrine auf und greift hinein.

»Liebes«, sagt Mutter, »du machst uns alle nervös.«

Kopfschüttelnd zieht Vater den Stuhl zurück und setzt sich auf seinen Platz. Wir falten die Hände und senken die Köpfe. Vater betet, ausnahmsweise schließe auch ich die Augen, genieße es zu wissen, dass ich zum allerletzten Mal *Herr-Jehova-der-du-thronst-in-den-Himmeln* hören werde.

»Amen«, sage ich laut und deutlich.

Mutter reicht Vater die Wasserkaraffe.

»Er wird schon wieder auftauchen«, sagt sie, »du bist in letzter Zeit etwas zerstreut.«

»Du arbeitest zu viel«, sagt Lidia.

»Was arbeitest du eigentlich?«, fragt Cola mit vollem Mund, sie wischt sich mit dem Ärmel die Soße vom Kinn.

»Ich arbeite für den treuen und verständigen Sklaven«, sagt Vater.

»Und was genau machst du?«

»Ich reise zu unseren Brüdern, die Hilfe brauchen, zum Beispiel nach einer Umweltkatastrophe, oder wenn sie von der Regierung verfolgt werden.«

»Und damit kann man Geld verdienen?«, fragt Cola.

Vater nimmt den Brotkorb.

»Es geht nicht darum, Schätze auf der Erde anzuhäufen, sondern im Himmel.«

Ich nehme mir eine Scheibe Brot und lächle, als Vater mir den Korb hinhält. Wer weiß, wann ich das nächste Mal etwas zu essen bekomme. Die Kleider für Onkel Micki habe ich schon letzte Woche in den Schuppen gebracht, sie waren gleich am nächsten Tag weg. Vater ist nichts aufgefallen, es sind alte Sachen, die er sowieso so gut wie nie getragen hat. Der Pass steckt oben in meinem Rucksack.

Vater kaut, ich kann es hinter seiner Stirn arbeiten sehen. Vater verliert nie etwas, schon gar keine Reisepässe.

Colas Teller ist wie immer zuerst leer. Sie zeigt auf die Schublade der Kommode, die hinter Mutters Platz steht.

»Stell mir Fragen!«, sagt sie.

Mutter schmunzelt. Sie holt die Karten hervor, mischt sie durch und legt jedem von uns einen Stapel hin.

»Wie heißen die drei Söhne Noahs?«, fragt sie Cola.

»Sem, Ham und Japhet.«

Cola nimmt eine Karte vom Stapel.

»Wie lautet die Schrift an der Wand, die bei König Belsazars Fest erscheint und die der Prophet Daniel deutet?«, liest sie, ohne ein einziges Mal zu stocken.

»MENE, MENE, TEKEL und PARSIN«, antwortet Lidia.

»Und was bedeutet sie?«

»MENE. Gott hat die Tage deines Königreiches gezählt und ihm ein Ende gemacht. TEKEL. Du bist auf Gottes Waage gewogen und für zu leicht befunden worden. PARSIN. Dein Königreich wird zwischen den Medern und den Persern aufgeteilt werden.«

Lidia nimmt eine Karte vom Stapel.

»Aus wie vielen Teilen besteht die Waffenrüstung Gottes?«, fragt sie.

Vater nimmt sich einen Zahnstocher.

»Sie besteht aus sechs Teilen«, antwortet er, »dem Gürtel der Wahrheit, dem Brustpanzer der Gerechtigkeit, den Sandalen der guten Botschaft des Friedens, dem Schild des Glaubens, dem Helm der Rettung und dem Schwert des Geistes, welches Gottes Wort ist.«

Vater nimmt eine Karte.

»Wofür verkaufte Esau sein Erstgeburtsrecht?«, fragt er mich.

Ich schiebe meinen leeren Teller beiseite und blicke in die Runde. Es ist das letzte Mal, dass ich zusammen mit ihnen zu Abend esse. Ich schaue sie mir alle noch mal genau an, aber da ist keine Wehmut. Mutter nascht die letzten Bohnen aus der Schüssel, Lidia stippt Brotkrumen von der Tischdecke. Nur als mein Blick auf Cola fällt, die die Hände über Kreuz gelegt hat und gespannt auf meine Antwort wartet, überfällt mich so etwas wie Abschiedsschmerz. *Petala, kleines Feuer.* Nie werde ich vergessen, wie sie mit bloßen Händen eine Ratte aus dem Dach gezogen und sie als Lektion für ihre Artgenossen bei lebendigem Leibe verbrannt hat, nie die Farbe ihrer Augen, als wäre Gott der blaue Filzstift ausgegangen.

»Für ein Linsengericht«, antworte ich, »darf ich aufstehen?«

Vater nickt mir zu.

Oben knipse ich die Schreibtischlampe an und packe meinen Rucksack. Sulamiths Foto stecke ich ein, außerdem fünfzig Mark, die ich gespart habe, die Lapislazulikette, die Taube und den Ohrring, den Onkel Micki mir an Weihnachten geschenkt hat. Er ist viel zu groß, viel zu schön, er wird mir nicht stehen. Trotzdem, als Erstes soll Onkel Micki mir Ohrlöcher stechen, am besten gleich mehrere. Nichts sieht weltlicher aus als zerstochene Ohren.

Ich hocke mich vor den Kleiderschrank und ziehe die Klebestreifen ab, mit denen ich meinen Reisepass unter dem Regalbrett befestigt habe. Sie sind vergilbt und staubig, dabei ist es doch gar nicht lange her, dass ich den Pass dort versteckt habe.

Auf dem Schreibtisch liegen die Landkarten, ich stecke auch sie ein. Onkel Micki soll mir mehr von diesem Land erzählen, auf der Fahrt werden wir viel Zeit haben. Und dann? Ich lege mich aufs Bett. Weiter will ich nicht denken. Wie hat Sulamith einmal gesagt?

»Wenn wir uns immer nur Gedanken um die Zukunft machen, anstatt zu handeln, bleibt alles, wie es ist.«

Ich lausche, aber es ist nicht Sulamiths Stimme, die das sagt, sondern meine, und da ist wieder dieser brennende Schmerz, der aufsteigt, wenn ich mir Dinge ins Gedächtnis rufe, die sie einmal gesagt hat. *Sie hat einmal gesagt.* Sulamith wird Vergangenheit, und das schmerzt. Gleichzeitig sieht alles nicht mehr so trüb aus, selbst hier in Peterswalde werden die Farben frischer, ich weiß nicht, ist es das Licht und der Frühling, oder löst sich dieser Schleier langsam auf, durch den ich die Welt lange gesehen habe?

Von unten dringt Gelächter nach oben, Lidias Lachen, das immer schrill klingt, obwohl sie nur fröhlich ist. Würfel klackern, spielen sie *Kniffel*? Das haben wir lange nicht mehr getan. Ich gehe ins Bad, ich putze mir die Zähne, traue mich aber nicht, die Zahnbürste einzustecken. Morgen werde ich ganz normal das Haus verlassen, den Autoschlüssel werde ich unter die Fußmatte legen, so wie abgemacht. Ich werde den Weg zur Schule einschlagen und mich nicht mehr umdrehen. Sich umzudrehen bringt Unglück. Es gibt kaum Dinge, die in allen Welten gelten, aber dieses zählt dazu: Sich umzudrehen bringt Unglück, in den alten und den neuen Geschichten, im

Traum und in der Wirklichkeit, in der Welt und in der Wahrheit.

Zurück in meinem Zimmer schaue ich mich noch einmal gründlich um. Wie im Museum sieht es hier aus. Nichts davon will ich haben, nichts gehört mir oder hat mir je gehört – die Röcke und Blazer, die Zeitschriften und Bücher, die beiden Rattansessel, alles nur Requisiten eines Lebens, das ich mir nicht ausgesucht habe.

Nach und nach höre ich sie alle an meiner Tür vorbeilaufen. Lidia, die nach oben in die Mansarde schlurft. Cola, die zuerst ins Bad und dann in ihr Zimmer geht, und schließlich Vater und Mutter, bis es ganz still wird im Haus. Ich lege mich ins Bett und lösche das Licht. Es fühlt sich nicht an, als würde nun etwas Neues beginnen. Mein Schlaf ist weder unruhig, noch träume ich besonders intensiv.

Am nächsten Morgen klingelt der Wecker, als wäre es ein ganz normaler Tag. Wie immer sitzen Vater und Mutter schon am Frühstückstisch, Vater über die lokale Zeitung gebeugt. Mutter legt Gurken auf Brotscheiben und reicht mir die Tupperdose. Der Autoschlüssel hängt im Flur an dem Schlüsselbrett. Ich gehe mit der Dose in den Flur, schiebe sie in meinen Rucksack und stecke den Schlüssel ein, es geht ganz leicht, so leicht, wie eine Toastscheibe zu essen, aber selbst das ist mir in den letzten Monaten nicht leichtgefallen. Ich muss grinsen. Was würde ich dafür geben, Vaters genervtes Gesicht zu sehen, wenn er merkt, dass der Schlüssel weg ist. Bevor er aus dem Fenster schaut, wird er das ganze Haus absuchen, viel später erst wird er bemerken, dass auch der *BMW* weg ist. Sein tolles, teures Auto.

Ich schaue auf die Uhr. Es ist Zeit. Im Flur steht mein Rucksack, ich muss nur noch in meinen Mantel schlüpfen und aus der Tür gehen, dieses Haus verlassen, in dem sie auf ein Paradies warten, das nie kommen wird.

»Tschüss«, sage ich.
Vater blickt von seiner Zeitung auf.
»Viel Spaß«, sagt Mutter.
»Danke.«
Nachdem ich die Tür zugezogen habe, hocke ich mich hin, wie um mir die Schnürsenkel zuzubinden, dabei habe ich gar keine Schnürsenkel an meinen Stiefeln. Ich schiebe den Schlüssel unter die Fußmatte. Ich gehe. Rechts runter. Es ist noch früh, aber schon hell. Vor dem Zaun steht der *BMW*. Verstohlen drehe ich mich um. Ob Onkel Micki alles beobachtet? Vermutlich wird er sich von einem angrenzenden Grundstück aus nähern, damit Mutter und Vater ihn nicht sehen. Er wird sich so still und unauffällig bewegen wie noch nie. Er wird den Schlüssel an sich nehmen, ins Auto steigen und wegfahren. Ich folge den Schulkindern und den alten Frauen mit ihren Kopftüchern in Richtung S-Bahnbrücke. Vor dem Saal bleibe ich stehen. Ich schaue auf die Uhr. Vorfreude durchströmt mich. Da kommt auch schon der *BMW* die Dorfstraße entlanggefahren. Es hat geklappt! Ich winke heftig, laufe dem Wagen entgegen, der langsam heranfährt. Ich muss laut lachen, Onkel Micki sieht tatsächlich genauso aus wie Vater, ich reiße die Beifahrertür auf, gerade will ich Onkel Micki begrüßen, da sehe ich, das ist gar nicht Onkel Micki. Vater sitzt hinter dem Steuer. Sein Blick ist ernst und kalt, seine grauen Augen sind wie zwei Gewehrläufe auf mich gerichtet.

»Steig ein«, sagt er.
Selbst wenn ich wollte, könnte ich nicht. Es ist, als steckten meine Beine fest im Morast. Vater steigt aus und läuft um den Wagen.
»Was hast du vor?«, fragt er. »Hast du meinen Pass genommen?«

Er packt mich am Arm.

»Lass mich los, sonst schreie ich«, sage ich so leise, dass es Vater lächerlich vorkommen muss. So eine Stimme kann nicht laut werden, sondern muss froh sein, dass überhaupt jemand auf der Welt ihr Gehör schenkt.

»Willst du wieder weglaufen?«

Mein Schrei gellt die Dorfstraße hinunter, zwei alte Frauen drehen sich zu uns um. Moni steht vor ihrem kleinen Laden, sie hält den Schlüssel in der Hand und starrt zu uns herüber. Vater lässt meinen Arm los, ich renne. Geradeaus, über den Marktplatz bis zur Schule, von da aus zurück zur Dorfstraße. Ich höre Vaters schwere Schritte hinter mir, ich renne weiter. Zur Brücke renne ich, links biege ich ab in Richtung Biberfarm. Noch immer sind die Straßen und Wege vereist. Vater rutscht auf seinen ledernen Halbschuhen sicher ständig aus, ich hingegen bin es inzwischen gewohnt, auf Eis zu gehen. Mein Rucksack fliegt hin und her, hoffentlich geht die Taube darin nicht zu Bruch. Ich höre Vater hinter mir, schwarze Punkte tanzen vor meinen Augen, mein Brustkorb schmerzt. Vor mir taucht das Eisentor auf, aber ich habe keine Kraft mehr, darüberzusteigen, ich bin am Ende, so als wäre ich monatelang gelaufen, um jetzt kurz vor dem Ziel schlappzumachen. So was passiert. Ich glaube sie nicht mehr, diese Geschichten von der Freiheit, es gibt sie nicht, niemand kann sich befreien, es kommt einem nur so vor, denn in der vermeintlichen Freiheit wartet immer ein neues Gefängnis, es hat nur einen anderen Namen. Nach Atem ringend bleibe ich stehen. Von dem Wohnhaus hinter den Gehegen steigt Rauch auf, der Geruch der Tiere hängt in der Luft. Vater kommt an der Biegung in Sicht, er beeilt sich nicht einmal, joggt, die Hände in den Manteltaschen, auf das Eisentor zu. Ich nehme all meine Kraft zusammen, laufe über die Holzbrücke, dränge mich zwischen den Büschen hindurch und renne auf den Acker.

»Wo willst du denn hin?«, ruft Vater hinter mir.

Wo will ich denn hin? Über den Acker zu den Gleisen renne ich, rutsche auf dem Schotter aus und schlage mir das Schienbein auf, krieche die Böschung hoch.

»Wo willst du denn bloß hin?«

Wie ein überforderter Familienvater, der seinem aufgeweckten Kind nicht folgen kann, steht er unten auf dem Acker und hofft darauf, dass ich Angst vor der eigenen Courage bekomme. Ich nehme meinen Rucksack ab und hole die Taube hervor. Vaters Augen verengen sich. Ich strecke sie ihm entgegen, damit er sie besser sehen kann.

»Ach so«, sagt er, »jetzt verstehe ich.«

»Gar nichts verstehst du«, rufe ich, »wieso habt ihr mir nie von ihm erzählt?«

Vater lächelt, so etwas wie Erleichterung macht sich auf seinem Gesicht breit.

»Ich habe es mir fast gedacht. Zuerst der Rasierer und dann der Reisepass. Ihr wolltet gemeinsam weg. Jedenfalls hat er dir das versprochen. Deswegen der Autoschlüssel unter der Fußmatte.«

»Wieso habt ihr mir nie von ihm erzählt?«

»Na, deswegen«, sagt Vater, »weil kein Verlass auf ihn ist. Weil er nur Unglück bringt. Er wird nicht kommen, glaub mir.«

»Nur, weil er mit dir nicht wegwollte?«

Vater dreht sich einmal im Kreis.

»Wo ist er denn?« Er streckt mir die Hand entgegen. »Komm runter. Ich erzähle dir alles. Aber lass uns jetzt nach Hause gehen.«

»Nein«, sage ich, »ich komme nie mehr zurück.«

»Hat er dir die Geschichte von der Taube erzählt?«, fragt Vater.

»Er hat mir alles erzählt, im Gegensatz zu euch!«

»Hat er dir von den Schwestern des Regenbogenbundes erzählt?«

Vater kommt einen Schritt näher.

»*Und siehe, ich errichte meinen Bund mit euch und mit euren Nachkommen nach euch und mit jeder lebenden Seele, die bei euch ist, unter dem Gevögel. Meinen Regenbogen habe ich in die Wolken gesetzt, und er soll als Zeichen des Bundes dienen zwischen mir und der Erde.*«

»Ich weiß, was der Regenbogenbund ist«, schreie ich.

»Komm runter jetzt«, sagt Vater.

»Nein!«

»Komm, bevor deine Mutter anfängt, sich Sorgen zu machen.«

Die S-Bahn saust hinter mir vorbei.

»Und was, wenn nicht? Willst du mich dann wieder einfangen? Willst du mich auf die Gleise stoßen, damit ich die Auferstehungshoffnung habe?«

»So ein Blödsinn, wer sagt denn so was?«

»Willst du, dass ich es selbst beende? Was ist dir lieber?«

»Mir wäre lieb, wenn du jetzt runterkommen würdest«, sagt Vater, »lass uns in Ruhe reden. Wir finden eine Lösung.«

Immer noch streckt er mir die Hand entgegen und blickt mich unverwandt an.

»Wir lieben dich, Esther«, sagt er und machte eine Pause, »ich liebe dich.«

»Liebe? Eure Liebe ist kalt und schmutzig. Ihr merkt es nicht einmal. Sulamith wusste das. Sie wollte gehen.«

»Sie durfte doch gehen«, sagt Vater, »keiner hat ihr das verboten. Jehova zwingt niemanden in die Wahrheit, das weißt du!«

»Jehova kann mich mal kreuzweise«, schreie ich, und kurz bevor die nächste Bahn vorbeidonnert, renne ich über die Gleise, von dort über den Acker, immer am Wasser entlang. Die Taube in der Hand, laufe ich blind über die Felder. Ich drehe mich nicht um – renne, renne, renne. Nicht umdrehen, nur nicht umdrehen.

Die Bilder von der hellen Zeit verblassen. Keiner weiß mehr, was wahr oder falsch ist. Alles, was man sich erzählt, ist Lüge und Wahrheit zugleich. Vor dem Salz lebten Wölfe in den dichten Nadelwäldern, die die Felsen umgeben, sagt man. Vor dem Salz gab es Gärten, so üppig bewachsen, dass das Grün nicht wusste, wohin mit sich. Dann knickten die Nadelbäume ab, stürzten ins Meer, die Blumen in den Gärten rochen nicht mehr nach Blumen, sondern nach Hamsterkäfig und verloren ihre Farbe, wurden erst gelb, dann braun, dann grau.

Manche sagen, die dunkle Zeit begann mit den Salzbällen. Sie taten keinem weh, auf der Felsenbühne wusste man nicht einmal, dass es Bälle aus Salz waren. Die Leute trugen Frack, so wie bei jedem Konzert auf Kara Gyson. Anders als das Piano kann ein Keyboard sich in jedes Instrument verwandeln. Jede Taste eines Keyboards kann jedes Instrument erklingen lassen, sogar Applaus kann das Keyboard, deswegen ist es so erfolgreich. Auf Kara Gyson sagt man, das Piano ist der Augenblick, das Keyboard aber ist die Ewigkeit.

Die ewigen Metallklänge des Keyboards schallten über das Meer, als die Salzbälle auftauchten, aus dem Nichts, sie flogen wie Seifenblasen auf die Felsenbühne zu. Die Leute staunten, einige applaudierten wie bei einem Feuerwerk. Man dachte, es wäre Kunst, ein wunderschöner Spezialeffekt, aber es war keine Kunst, sondern das erste Zeichen der Pertosphäre. Niemand ahnte, dass die Ewigkeit in Zukunft nicht mehr das Keyboard sein würde, sondern das Salz.

Manche erzählen, dass die Salzbälle sich anfühlten, als wäre man die Beute von etwas geworden. Die Pertosphäre macht ihre Beute mit der Zeit zu einer Einbildung, sie lässt sie weiter existieren, sie nimmt dem Opfer zwar das Leben, erhält es jedoch als Einbildung des Opfers weiter, nur so kann die Pertosphäre sich ernähren, sagen manche. Allmählich verschwinden die Farben, die Wünsche und Erinnerungen, die Gräser sterben ab, die Tiere verdorren, nur kleine Wirbellose wie Flurnudeln und Falsche Kobras leben weiter, lernen, sich anzupassen, mutmaßen die Erdärzte und Tiermilderer.

Wir wissen es nicht, wir wissen nur, dass man sich an das Salz gewöhnt, ob man will oder nicht. Auch wenn es kein Leben ist, es ist nicht der Tod. Das Salz legt alles ein, es pökelt selbst die Toten, es veredelt nicht nur Stockfisch und Oliven, sondern auch uns, es holt Aromen hervor, von denen wir nicht wussten, dass wir sie besitzen.

Wer weiß, vielleicht wird man uns doch noch holen kommen. Vielleicht werden einmal keine mit Voodooflusenbändern verschnürten Lederkisten mehr hier landen, sondern Flieger, die uns fortbringen. Vielleicht wird man uns ausstellen in unseren Lederdirndln, die Toten aus der Erde holen und sie ausstopfen, sie vor einen Teller Friedhofssuppe setzen in einem Glaskasten, als mahnendes Beispiel. Wer weiß, selbst wenn: Salz taut nicht. Du bleibst die Person, die du warst, als die Pertosphäre anfing, in dir zu wirken, du bleibst für immer, wer du warst, als du am meisten unter dem Salz gelitten hast. Es macht nichts. Am Ende gilt für alle das Gleiche: Das Leben ist ein Wort, das nur aus einem Buchstaben besteht, der Tod ist Geheimschrift. Der Rest ist Krise, Aschenbecherwiese.

21

Trauer ist wie Aussatz, diese berühmte Krankheit aus der Bibel. Keiner will dir nahe kommen, es ist, als wärst du ansteckend.

Nach Sulamiths Begräbnis gingen alle auf Abstand. Jana und Kerstin grüßten nur noch aus der Ferne. Sie hatten sich schon nach dem Erdbeben zurückgezogen, jetzt jedoch redeten sie gar nicht mehr mit mir. Morgens zwang ich mich, etwas Obst zu essen, packte meine Schulbrote ein und fuhr allein mit dem Fahrrad über die Felder in die Schule. Ich konnte nicht anders, als mich ständig zur Seite zu drehen, um nachzuschauen, ob Sulamith nicht doch neben mir fuhr, ich bildete mir ein, die kleinen Wimpel an ihrem Gepäckträger flattern zu hören. Doch nichts flatterte, und ihr Platz in der Schule blieb leer, egal, wie sehr ich mir wünschte, dass sie dort neben Jana säße und gelangweilt auf einer Haarsträhne kaute.

Immer, wenn es bei uns an der Tür klingelte, sprang ich auf, um als Erste unten zu sein. Doch Sulamith kam nicht zurück. Stattdessen kam noch mal die Polizei. Ich saß oben und machte Hausaufgaben, ich hatte wie immer den Himbeerhang und die Auffahrt im Blick und sah den grün-weißen Wagen heranfahren. Lidia war bei uns, sie hatte seit Sulamiths Begräbnis nicht mehr in der Blumensiedlung übernachtet. Unten öffnete jemand die Tür, kurz darauf klopfte es oben bei mir.

»Herein.«

Eine Polizistin grüßte freundlich. Sie setzte sich in den Rattansessel und rieb sich die Augen.

»Ich komme nicht so richtig weiter«, sagte sie, »ich brauche deine Hilfe.«

Ich fragte mich, ob sie ernsthaft übermüdet war oder ob es sich um eine eingeübte Geste handelte, ob sie bei der Polizei ähnliche Techniken lernten wie in der Theokratischen Predigtdienstschule, ob sie wie wir auf einer Bühne kleine Szenen voreinander spielten und genauso wie wir jedes Mal auf etwas anderes achten mussten, auf Gesten, auf Pausen, auf Fragen, die man am Ende eines Gesprächsabschnittes stellte, um Vertrauen zu erwecken, ob sie genau wie wir lernten, immer im Hinterkopf zu behalten, genügend Schwäche zu zeigen, Mensch zu spielen, damit das Gegenüber sich öffnete.

»Hast du gewusst, wie unglücklich sie war?«, fragte die Polizistin.

»Unglücklich? Sie war nicht unglücklich.«

Schweigend blickte die Polizistin mich an, dann rückte sie mit dem Stuhl näher und nahm meine Hand. Sie sah winzig aus in ihrer.

»Was ist mit ihr passiert?«, flüsterte ich so leise, dass ich mich selbst kaum verstand.

»Das wissen wir nicht, deswegen bin ich hier. Weil ich Antworten suche.«

»Ich habe keine Antworten«, sagte ich. »Ich weiß nur, dass sie sich nicht das Leben nehmen wollte. Ihr richtiges Leben hatte doch gerade erst angefangen.«

»Hast du jemanden auf dem Dach gesehen?«

»Nein.«

»Einer der Jungen hat eine dunkle Gestalt gesehen«, sagte die Polizistin, »formlos, wie kostümiert. Sie trug ein flatterndes Gewand. Hast du auch so etwas beobachtet?«

»Nein.«

Fragend blickte die Polizistin mich an.

Ich musste lachen.

»Jetzt hat er sie doch geholt, wie es sich alle heimlich gewünscht haben.«

»Wer hat sie geholt?«

»Na, Satan.«

»Gab es jemanden im Haus, mit dem sie Streit hatte?«, fragte die Polizistin.

Wieder musste ich lachen.

»Ja, natürlich.«

»Wer?«

»Na, ihre Mutter.«

»Und außer ihr?«

»Niemand.«

Ratlos schüttelte die Polizistin den Kopf.

»Hat jemand sie getötet?«, fragte ich.

»Nein, wir glauben, dass es ein Unfall war. Sie hatte Alkohol im Blut. Auch die Jungen haben Alkohol getrunken. Eure Aussagen sind deswegen nicht besonders zuverlässig. Trotzdem, wir müssen in alle Richtungen ermitteln, um herauszufinden, was mit Sulamith passiert ist.«

»Was, denken Sie, ist passiert?«

»Sie könnte gestolpert sein. Wir wissen es nicht.«

»Glauben Sie an Gott?«, fragte ich.

»Nein«, sagte die Polizistin.

»Woran glauben Sie?«

Sie setzte sich aufrecht hin, der Rattansessel knarzte.

»Ich weiß nicht, ich glaube an eine Kraft, die alles lenkt. Ich bin gern draußen in der Natur, mit meinem Hund. Da spüre ich eine Energie. Aus dieser Energie kommt das Leben. Und das Gute. Die Natur.«

»Energie?«

»Ja. Genauer kann ich das nicht beschreiben. Aber in meinem Beruf sehe ich auch die finstere Seite des Lebens. All das Böse, die Gewalt, das Leid. Darauf habe ich keine Antwort. Wieso Menschen zu solchen Dingen fähig sind.«

»Und was machen Sie dann?«, fragte ich. »Beten?«

»Nein. Würde ich gern.«

»Und warum tun Sie es nicht?«

»Weil ich mir albern vorkomme, dabei bin ich evangelisch, ich bin nie aus der Kirche ausgetreten. Als Teenager habe ich viel Zeit in der Gemeinde verbracht. Wir hatten einen netten Pastor, sind nach Portugal gefahren zum Zelten, haben am Lagerfeuer gesessen und gesungen. Der Pastor hat einmal gesagt, dass Glaube Berge versetzen könne, das hat mir gefallen.«

»Das ist aber von Jesus. Matthäus 17:20.«

Die Polizistin lächelte verlegen.

»Du bist ja eine richtige Expertin.«

»Glauben Sie, dass Glaube Berge versetzen kann?«

»Ich weiß nicht«, sagte die Polizistin wieder wie eine unsichere Schülerin, die nach der richtigen Antwort sucht.

»Sulamith hat daran nicht mehr geglaubt.«

»Wusstest du«, fragte die Polizistin, »dass sie in den letzten Wochen nach ihrem Vater gesucht hat?«

»Ja, so etwas hat sie angedeutet.«

»Ihr Freund hat sie anscheinend dabei unterstützt. Seine Eltern haben ihren Vater über das Konsulat ausfindig gemacht. Die beiden wollten in den Sommerferien zu ihm fahren.«

»Die beiden?«

»Sulamith und ihr Freund. Er hat sie geliebt«, sagte die

Polizistin, »geliebt und bewundert. Das haben seine Freunde mir gesagt. Stimmt das?«

Ich zuckte mit den Schultern.

»Geliebt und bewundert werden, geht das überhaupt gleichzeitig?«

Sie lächelte. »Erzähl mir von ihr«, sagte sie, »wie war sie?«

War. Wie das klang. *War.* Das hieß Krieg auf Englisch. War, das hatte nichts mit Sulamith zu tun. Ich schüttelte den Kopf. Ratlos saß die Polizistin mir gegenüber, nach einer Weile griff sie in ihre Jackentasche.

»Hier ist meine Karte. Wenn dir noch etwas einfällt, von dem du glaubst, dass es wichtig sein könnte, dann melde dich einfach. Oder wenn du mal jemanden zum Reden brauchst.«

»Danke«, sagte ich und legte die Karte auf den Schreibtisch. Sie stand auf und reichte mir die Hand.

»Auf Wiedersehen, alles Gute.«

Die Tage vergingen, grau in grau. Morgens ging ich in die Schule, abends in die Versammlung, und dazwischen machte ich Hausaufgaben oder begleitete Mutter in den Dienst. Einmal kam Frau Böhnke nach dem Unterricht auf mich zu.

»Willst du dich mal aussprechen?«, fragte sie.

»Nein«, sagte ich.

Ich hätte gern geredet, aber sicher nicht mit Frau Böhnke, die sich nie für Sulamiths Probleme interessiert hatte, die immer nur froh gewesen war, dass wir ihr, abgesehen von den seltsamen Sitten, keine Probleme bereitet hatten. Manchmal holte ich vor dem Schlafengehen die Karte hervor, die die Polizistin mir gegeben hatte. Niemals hätte ich sie angerufen, aber ich stellte mir vor, wie ich die Polizeiwache betrat, wie sie mich an ihre warme Hand nahm und mich nach hinten in ihr von Jalousien verdunkeltes Büro führte. Wie sie mir vielleicht einen heißen Kakao brachte und ich ihr über die Tasse gebeugt von diesem Traum erzählte, den ich jede Nacht träumte. Sulamith sitzt in der Badewanne, die shampoonierten Haare zu zwei kleinen Hörnern geformt, und zittert vor Kälte, immer und immer wieder gieße ich ihr warmes Wasser mit dem Zahnputzbecher über den Körper, aber sie hört einfach nicht auf zu zittern, auch nicht, als ich den Duschkopf zu Hilfe nehme und schließlich die bloßen Hände. Je mehr ich versuche, sie zu wärmen, desto starrer wird ihr Körper, bis Sulamith irgendwann vor mir sitzt wie eine Statue in Stein gegossen, ein Denkmal in der Badewanne.

Ich hätte der Polizistin gerne gesagt, dass es egal ist, ob man in solchen Zeiten einen Glauben hat.

»Glauben«, hätte ich gesagt und ihr tief in die Augen geschaut, »das ist, als ob man versucht, eine Puppe zu füttern. Es geht nicht, man kann es nur spielen, sie kaut und schluckt nicht, sie nimmt die Nahrung nicht auf, genauso wenig wie die Götter oder ihre Stellvertreter hier auf dieser Welt die ihnen dargebrachten Opfer annehmen. Deswegen isst jede Puppenmama den Brei am Ende selbst, deswegen aßen die Israeliten all die geopferten Tauben und Lämmer am Ende selbst. Ein Leben lang versuchen, einer Puppe das Essen beizubringen, das ist Glaube.«

Dass keiner von unseren Freunden zu Sulamiths Begräbnis gekommen war, nahm ich ihnen übel, vor allem Rebekka und Tabea. Auch wenn alle in den Wochen danach besonders nett zu mir waren – selbst Tobias –, redete keiner über sie. Trotzdem oder gerade deswegen war sie immer da, in den verlegenen Pausen, die zwischen uns entstanden, in den Gesprächen, die ins Leere liefen, oder wenn Mischa mitten im Satz aufsprang und nach oben rannte, wo die Toiletten waren.

In der nächsten Zusammenkunft war es schließlich so weit. Nach der Theokratischen Predigtdienstschule betrat Bruder Schuster die Bühne und gab kurz und knapp bekannt, dass Sulamith der Gemeinschaft entzogen worden sei. Er nannte sie Fräulein.

»Fräulein Sulamith Hausmann ist der Gemeinschaft entzogen worden.«

Lidia brach in Tränen aus. Mischa bekam knallrote Augen und lief raus in den Flur. Sulamiths Tod erwähnte Bruder Schuster nicht. Von einer Abtrünnigen verabschiedete man sich nicht.

Nach der Zusammenkunft stand ich am Literaturtisch und wollte gerade meinen Dienstzettel ausfüllen, als sich eine Hand auf meine Schulter legte.

»Das mit Sulamith tut mir leid«, sagte Schwester Albertz.

Sie kam einen Schritt näher.

»Wir wissen nicht, was Jehova denkt«, fuhr sie leise fort, »ich bin ganz sicher, dass wir alle hoffen, ins Paradies zu kommen und dort unsere Lieben wiederzusehen. Wir sind nur unvollkommene Menschen, Jehova aber ist Liebe, und in Liebe wird er seine Entscheidungen treffen. Egal, ob abtrünnig oder nicht, wir alle dürfen hoffen.«

Eigentlich hätte ich dankbar sein müssen. Ich wusste, dass sie es gut meinte, aber ihre Worte klangen aufgesagt, wie ein Schlagertext, es fehlte nur noch eine simple Melodie, die alles untermalte, eine dieser Königreichsmelodien, die alle gleich klangen, halb Marschmusik, halb *Disney*-Soundtrack. Ich schaute auf den Dienstzettel vor mir, das billige Papier, die unsinnige Tabelle, in der ich eintragen sollte, wie viele Stunden ich im Dienst gewesen war, wie viele Zeitschriften ich diesen Monat abgegeben hatte, darunter die Adresse der Zentrale in Selters, das *e.V.* dahinter.

Als wir gerade lesen lernten, hatte Sulamith Vater einmal gefragt, was e.V. bedeutete.

»Eingetragener Verein«, antwortete er.

Wir waren schrecklich enttäuscht, wir hatten etwas viel Himmlischeres, Glorreicheres erwartet, etwas wie *ewiges Volk* oder *eiserne Vertreter* oder *eifrige Verkündiger,* alles, nur nicht *eingetragener Verein.*

Hinter der Literaturtheke stand Tobias und sortierte Gebietskarten, sein schlecht sitzender Anzug, die langen Regale mit den schmucklosen Buchrücken, diese Bücher voller geschmackloser Bildchen von Männern in Gewändern und mit Bärten, manchmal auch von Frauen, die sich diesen Männern entweder vor die Füße warfen oder uns als grell geschminkte Monster abschrecken sollten. Meine Finger klebten am Papier des Dienstzettels. Wir waren ein Karnevalsverein, sogar rechtlich standen wir auf derselben Stufe. *Blau-Gold Geisrath,* nur statt Funkenmariechen gab es bei uns Älteste. Nie hatte mich jemand gefragt, ob ich Teil dieses Vereins sein wollte, niemand von uns war je gefragt worden. Sulamith, Rebekka und Tabea, niemand von uns Kindern hatte sich aus freien Stücken entschieden, diesem eingetragenen Verein mit diesem eingetragenen Gott beizutreten, nicht einmal die Taufe war richtig freiwillig, auch wenn man uns nicht wie in der Kirche schon als unmündige Babys taufte.

Ich warf den leeren Dienstzettel in den Müll, lief nach draußen zum Auto und wartete dort auf Vater und Mutter. Ich drehte mich nicht noch einmal um. Ich wollte niemanden von diesen Menschen je wiedersehen, und ich wollte nie wieder diesen Königreichssaal betreten.

Am Abend, als wir wieder zu Hause waren, setzte ich mich auf mein Bett und überlegte. Neben mir stand in einem Rahmen das Foto, das sie bei Sulamiths Trauerfeier an die Wand projiziert hatten. Frau Böhnke hatte es mir geschenkt.

»Du kannst das«, hörte ich Sulamith sagen. »Geh runter und sprich mit ihnen. Du wirst sehen, wie erleichtert du dich danach fühlst. Geh runter, sag es ihnen. Morgen treffen wir uns.«

Ich konnte ihren Atem auf meiner Wange spüren, er roch nach *Juicy Fruit* von *Wrigley's*. Ich sprang vom Bett und lief die Treppen hinunter. Mutter und Vater saßen in ihren Hausmänteln am Wohnzimmertisch, spielten Mühle und knabberten Erdnüsse.

Mutter schaute auf.

»Alles in Ordnung, Liebes?«

»Ja«, sagte ich.

Vater schob sich eine Handvoll Nüsse in den Mund. Für einen kurzen Moment konnte ich mir vorstellen, wie sie einmal gewesen sein mussten, als sie noch jung waren. Sie wollten mich nie haben, sie wären ohne mich gar nicht hier in Geisrath auf dem alten Hof von Mutters Eltern gelandet, wären immer noch irgendwo in Ecuador oder Angola, wo der treue und verständige Sklave sie hingesandt hatte, um das zu tun, was sie erfüllte: das Königreich Gottes verkünden. Vielleicht wären sie genauso erleichtert wie ich, wenn ich es ihnen sagte, weil sie zu ihrem alten Leben zurückkehren können.

»Hast du Hunger?«, fragte Mutter.

»Nein.«

»Soll ich dir einen Tee machen?«

»Nein.«

Ich stockte. Mutter hob die Augenbrauen.

»Was ist denn, Liebes?«

»Nichts. Ich gehe jetzt schlafen.«

»Gute Nacht«, sagte Vater.

Ich drehte mich um und lief die Treppen wieder hoch. Morgen würde ich es ihnen sagen und dann gleich in die Schule gehen, so war es besser.

Sie saßen sie schon beim Frühstück, als ich am nächsten

Morgen die Küche betrat. Vater lächelte mich an und schob mir Brot und Marmelade hin. Schweigend kaute ich. Wie sollte ich bloß anfangen? Mutter schenkte Tee nach und summte vor sich hin. Als Vater das Heft mit den Tagestexten hervorholte, legte ich das Toastbrot auf den Teller und stand auf.

»Ich muss los«, sagte ich, zog hastig meine Schuhe an, schnappte mir meinen Rucksack und rannte hinaus, um mein Fahrrad aus dem Schuppen zu holen.

Ich fuhr über die Rheinbrücke, zum ersten Mal hörte ich keine Wimpel neben mir flattern. Ich war allein, auf dieser Brücke, auf diesem Fahrrad, auf diesem Weg zur Schule in diesem einen Leben, das ich hatte.

Als ich nachmittags heimkam, war niemand da. Mutter war wohl mit Lidia in den Dienst gegangen, auf dem Küchentisch lag *Unterredungen anhand der Schriften*. Ich lief in den Garten, pflückte eine Schale Himbeeren und aß sie auf der Bank neben dem Schuppen. Irgendwann kam Mutter mit Lidia wieder, sie fuhren den Himbeerhang hinunter, winkten mir zu und verschwanden im Haus.

Später machte Mutter sich für die Zusammenkunft zurecht. Ich hörte, wie im Bad der Fön anging, ich roch den intensiven Maiglöckchenduft, der anschließend im Flur hing, dann klopfte es an der Tür.

»Wir fahren gleich los«, sagte Mutter. »Willst du dich nicht umziehen?«

Ich beugte mich, so tief es ging, über mein Englischheft.

»Ich bleibe zu Hause.«

»Wieso, fühlst du dich nicht gut?«

Ich schrieb weiter Englischvokabeln ab. So musste Sulamith sich im Biologieunterricht gefühlt haben, als wir die Schöpfungsbücher verteilen mussten, ich schrieb stur weiter, ohne aufzublicken.

»Ist es wegen Sulamith?«

Mutter schloss die Tür und drehte sich um.

»Das ist genau das, was Satan will«, sagte sie und kam auf mich zu.

»Fass mich bloß nicht an.«

»Liebes, ich will doch nur dein Bestes.«

Ihre Finger berührten meine Schulter. Ich sprang auf und hielt den Bleistift vor die Brust wie eine Waffe. Mutter hob die Hände. Wie eine Tierärztin, die ein tollwütiges Tier betäuben musste, bewegte sie sich durchs Zimmer und versuchte, sich mir von der Seite zu nähern. Ich sprang aufs Bett, den Bleistift immer noch vor der Brust. Sulamith stand auf meinem Nachttisch und pustete Seifenblasen in die Luft, ihr Lachen hatte etwas Hämisches, wie das einer Närrin, die sich zu Tode amüsierte, weil sie das alles nichts mehr anging.

»Lass mich in Ruhe«, schrie ich.

Es schrillte in meinen Ohren, wie ein Wecker, einer, der viel zu spät geklingelt hatte. Mutter hielt inne. Bringt jetzt nichts, wir versuchen es später, sagte ihr Tierarztblick. Sie ging zur Tür, ohne ein Wort schloss sie sie hinter sich. Kurz darauf hörte ich das Auto wegfahren. Mein Herz raste. Der Bleistift war in zwei Teile zerbrochen, Holzsplitter und Grafitbrösel klebten in meiner schweißnassen Handfläche. Eine Weile saß ich auf dem Bett und wartete, bis mein Atem wieder gleichmäßig ging. Ich schaute auf die Uhr, es war kurz nach fünf. Ich kippte meinen Schulrucksack aus, legte Unterwäsche hinein, Sulamiths Foto, ein T-Shirt und eine Hose zum Wechseln. Ich verschloss die Haustür, löste meinen Fahrradschlüssel ab und schleuderte den Schlüsselbund in die Himbeeren. Ich brauchte ihn nicht mehr. Ich würde nie wieder hierher zurückkehren. Aber wohin wollte ich?

Ich schwang mich auf mein Rad, fuhr am Rhein entlang bis

zur Nordbrücke und von dort aus zum Ärztehaus. Ich klingelte bei *Lichtenstein Kieferorthopädie*. Es begrüßte mich dieselbe Sprechstundenhilfe, die schon damals immer hier gesessen hatte, als wir noch regelmäßig herkamen wegen unserer Zahnspangen.

»Entschuldige«, sagte sie und schaute auf die Uhr. »Wir haben schon geschlossen. Ich habe vergessen, den Türöffner auszuschalten.«

»Ich weiß«, antwortete ich, »ich gehe mit Jana Lichtenstein in eine Klasse und muss ihr dringend etwas geben, nur habe ich ihre Adresse nicht.«

»Kein Problem«, sagte die Frau, »du kannst es hierlassen, und ich gebe es Dr. Lichtenstein.«

»Ich würde es gern persönlich überreichen, dazu müsste ich nur wissen, wo Jana wohnt.«

Die Frau schüttelte den Kopf.

»Das kann ich dir nicht sagen, tut mir leid. Lass es hier, ich verspreche dir, ich kümmere mich darum.«

»Ist Dr. Lichtenstein da? Vielleicht kann ich kurz zu ihm.«

»Nein«, sagte sie, »ich arbeite nur noch Akten ab.«

»Ach so«, murmelte ich und zog ab. Ratlos stand ich wieder vor dem Ärztehaus. Ich lief in die gegenüberliegende Passage und streunte orientierungslos durch die Geschäfte, bis ich Hunger bekam. Ich aß mich durch die Probierstände des Supermarkts im Untergeschoss, bis die Passage zumachte, dann schwang ich mich aufs Fahrrad und fuhr in Richtung Schule.

Der Unterricht war lange vorbei, aber vielleicht hatten die Lehrer irgendeine Konferenz. Ich hoffte, Frau Böhnke dort zu erwischen, sie hatte doch gefragt, ob ich reden wolle. Ich wollte reden, aber vor allem wollte ich irgendwo unterkommen, bis Mutter und Vater sich wieder beruhigt hatten. Das

Schulgebäude lag verlassen da. Nie war ich so spät hier gewesen, nie hatte ich es so dunkel gesehen, es wirkte in der Dämmerung wie ein fremder Ort, kaum vorstellbar, dass ich so viel Zeit darin verbrachte. Ich fuhr einmal um das Gebäude herum, doch nirgends brannte Licht.

Ich radelte zurück zur Nordbrücke, von dort den Rhein entlang, immer geradeaus. Ein warmer Wind blies mir entgegen. Am Anfang spürte ich kaum etwas, nur die Wärme auf dem Gesicht, doch dann kam der Schmerz. Völlig unerwartet sank er auf mich herab. Sie war nicht mehr da. Ich würde Sulamith nie wiedersehen. Das Leben war zu lang, um sie nie wiederzusehen, es hatte doch gerade erst begonnen.

Es war Freitagabend, am Rhein saßen Liebespärchen und schauten auf die untergehende Sonne. Eine Gruppe Mädchen kreischte und prostete sich zu. In mir zerschellte etwas. Wie zu hoch gestapeltes Glas. An einem leeren Steg hielt ich an und schaute aufs Wasser. Gegenüber feierten sie Geburtstag. Das warme Orange eines Lagerfeuers flackerte, *Happy Birthday* schallte über das Wasser.

Ich stieg wieder aufs Rad und fuhr einmal quer durch den Park, vorbei an den Baseballfeldern. Langsam rollte ich durch die schmalen, ruhigen Straßen. Familien saßen in der amerikanischen Siedlung beim Abendessen, Fernsehlichter tanzten an den Wänden in Lila, Hellblau, Weiß. Durch eine Balkontür konnte ich Hans Rosenthals Stimme hören, irgendein Sender wiederholte die alten *Dalli-Dalli!*-Folgen. Wie oft Sulamith und ich im Wohnzimmer um die Wette gesprungen waren und »*Das war spitze!*« geschrien hatten. Eine Glaubensschwester hatte Hans Rosenthal in ihrem Schrebergarten vor den Nazis versteckt, diese Geschichte hatten wir oft gehört, *Dalli Dalli* hatten wir immer gucken dürfen. Später fragte Sulamith sich, wie denn die Schwester Hans Rosenthal hatte verstecken können, wenn sie doch selbst verfolgt worden war.

Ich trat fest in die Pedale, bis ich die amerikanische Siedlung hinter mir gelassen hatte und die von alten Kastanien und teuren Autos gesäumten Straßen des Villenviertels erreichte. Kalt und dunkel lag es da, das Haus von Daniels Eltern. Unentschlossen legte ich den Finger an die Klingel, aber ich drückte nicht. Daniels Blick bei der Trauerfeier, ich war hier nicht willkommen.

Ich radelte zurück in die Rheinauen, kreuz und quer an den toten Armen des Flusses entlang, fuhr über die Wiesen, immer schneller und schneller, sprang ab, lief auf einen der Stege zu und schrie. Ich schrie, so laut ich konnte. Aufgeschreckte Vögel platschten vom Ufer ins Wasser. Ich schrie, bis meine Stimme versagte und mein Körper sich zu einer festen Kugel im Gras zusammenrollte.

Keine Ahnung, wie lange ich dort so lag. Irgendwann stand ich auf und wusch mir mit dem Wasser aus den toten Armen das Gesicht. Ich schob mein Fahrrad zurück auf den sandigen Weg. Tränen. Sulamith. Tot. Tränen. Ich ließ sie laufen, bis keine mehr kamen, dann nahm ich mein Rad und fuhr heim. Vater und Mutter standen auf der Veranda.

»Wir haben uns solche Sorgen gemacht«, rief Mutter und lief mir entgegen.

»Es geht mir gut«, sagte ich und löste mich aus ihrer Umarmung. Ich ging nach oben, zog mich aus und schlief auf der Stelle ein. Es war die erste Nacht seit Wochen, in der ich tief schlief. Vielleicht wurde ich deswegen nicht richtig wach, als Mutter mich schüttelte. Draußen war es stockdunkel. Ich bekam kaum die Augen auf.

»Esther«, sagte Mutter.

Vater saß ihr gegenüber auf der anderen Seite meines Betts. Sie packten mich am Arm.

»Lasst das«, murmelte ich.

Ihr Griff war eisern. »Lasst das!« Sie hoben mich aus dem Bett. Ich trat um mich, aber es half nichts. Sie schleppten mich nach unten vor die Haustür. Sie schoben mich auf den Rücksitz und warfen die Tür zu. Ich versuchte, die Autotür aufzudrücken, doch sie war verschlossen, Kindersicherung. Vater fuhr los. Ich trommelte gegen die Fensterscheiben.

»Beruhige dich«, rief Mutter und drehte sich zu mir um, »du tust ja so, als würden wir dich entführen.«

22

Schweiß dringt aus meinen Poren, wärmt und kühlt mich zugleich. Hinter den Schienen breiten sich Felder aus, so weit das Auge reicht, durchbrochen von kleinen Wäldchen und hohen Häuserformationen, die wie überdimensionale Grabsteine in der Landschaft stehen. Friedhof der Nephillim. Sodom und Gomorrha, fehlen nur die Flammen. Hat es sich so für Lot und seine Töchter angefühlt, als sie aus der brennenden Stadt geflohen sind? War es diese Hitze, die sie im Rücken spürten, diese Angst, als sie die Mutter zurücklassen mussten?

Nicht umdrehen, nur nicht umdrehen.

Ich renne über die gefrorenen Felder. Wäre ich ein Reh, sie würden mich vielleicht erschießen, zu dieser Tageszeit hocken die Jäger gelangweilt auf ihren Hochsitzen und warten darauf, endlich abdrücken zu können. Ich habe die Schüsse oft gehört, wenn ich am Flussufer herumgeirrt bin. Was war ich für ein Hasenfuß. Wie ein Kaninchen vom Venusberg, keine Ahnung davon, wie es sich lebt da draußen, ein einsames Sumpfbiberweibchen, das sich nach seiner warmen Heimat sehnt. Ich will nicht verenden, nicht hier in Peterswalde, aber wie es weitergehen soll, weiß ich auch nicht. Es gibt keine Zuflucht, keinen Bau, in den ich mich retten könnte, jedes noch so kleine Tier hat einen Bau, in dem es sich verkriechen kann, ich nicht.

Nicht umdrehen, nur nicht umdrehen.

Links am Fluss stehen verlassene, verfallene Häuser. Ganze Siedlungen liegen zusammengebrochen da, als hätten sie diesen Wettkampf, der in der Welt ausgefochten wird, verloren. Wer sich nicht rührt, der geht ein, dem wachsen Salzstiefel, wie den Flamingoküken, wer zu langsam ist, der bleibt im Salzschlick stecken, und das war's. Mein Brustkorb brennt, mein Atem wird heißer und hoffnungsloser, bis die Erschöpfung den Willen besiegt und meine Beine in einer der gefrorenen Traktorschneisen nachgeben. Mein Herz wummert, haut gegen den Brustkorb wie eine wütende Faust gegen eine Tür.

Vorsichtig drehe ich mich um.

Vater ist fort, da ist nur diese leere Ackerfläche. Weit hinten sehe ich den Wall, auf dem die Gleise der S-Bahn verlaufen. Nebel hängt über den Feldern, sie dampfen, so wie ich, die gefrorene Erde taut auf. Ich rappele mich auf und schleppe mich zum Fluss, folge seinem Verlauf bis zu einer halb verrotteten Brücke, ein verfallenes Haus neben dem nächsten, die Gärten davor zugewuchert von Brombeerbüschen, kniehoch steht das Eichenlaub. Ein malmendes Reh steht zwischen den Trümmern und durchforstet das Laub mit der Schnauze. Vorsichtig überquere ich die Brücke und schaue mich um. Wohin? Nirgends steht das schwarze Auto eines verstorbenen Politikers und wartet darauf, mich in mein neues Leben zu chauffieren.

Immer noch halte ich die Taube in der Hand. Ich wickle sie in Taschentücher und packe sie in meinen Rucksack. Schnee klebt an meinen Stiefeln, macht sie ganz schwer, ich laufe und laufe, bis ich die Angler sehe. Der Geruch der Biberfarm steigt mir in die Nase. Von dieser Seite aus habe ich mich ihr noch nie genähert. Auch der hintere Teil ist von einem hohen Zaun umgeben, der von nackten Bäumen gesäumt wird. Ich atme den Geruch ein, laufe einen schmalen Pfad entlang, bis ich auf einer Straße lande. Es ist die Dorfstraße von Peterswalde, nicht weit von hier befindet sich der Marktplatz. Ich lehne mich an einen Baum und überlege. Links liegt die S-Bahn-Brücke, ich kann die Bahnen einfahren sehen. Wenn mich kein Auto abholt, muss ich eben die Bahn nehmen. Ist Onkel Micki wirklich nicht gekommen, so wie Vater es behauptet hat? Oder ist Vater ihm einfach nur zuvorgekommen?

»Esther?«

Ich zucke zusammen, Hanna winkt mir von der gegenüberliegenden Straßenseite aus zu. Ich stehe da, die Finger in die kalte Rinde der Linde gekrallt. Hanna überquert die Straße.

»Was ist passiert?«, fragt sie und schaut an mir herab. »Du siehst ja schrecklich aus.«

Ohne eine Antwort abzuwarten, nimmt sie mich an der Hand.

»Komm.«

An ihrer Seite überquere ich die Straße und den Marktplatz, stolpere über das Kopfsteinpflaster, weil mir immer wieder die Augen zufallen.

»Wir sind gleich da«, sagt Hanna, »ist nicht mehr weit.«

Ich schleife mehr neben ihr her, als dass ich laufe, die letzten Meter packt sie mich am Hosenbund.

»Hier«, sagt sie und zeigt auf einen Treppenabsatz, »setz dich.«

Während sie einen Schlüssel hervorkramt, lasse ich mich auf die kalten Stufen fallen, doch noch bevor Hanna den Schlüssel ins Schloss stecken kann, öffnet eine Frau die Haustür.

»Was ist los?«, fragt sie. Die Frau hilft mir hoch und zieht mich ins Haus. Die Diele ist voller Kleidung, vielleicht sieht es aber auch nur so aus, weil Ernestos Schuhe und Mäntel so groß sind. Gummistiefel, die mir bis zu den Oberschenkeln reichen, stehen unter der Garderobe. Meine Zähne klappern, dabei ist mir nicht kalt. Was ist mir denn dann? Jemand nimmt mir den Rucksack ab, zieht mir den Mantel aus. Hanna stellt mir ein riesiges Paar Schuhe vor die Füße.

»Nimm erst mal die«, sagt Hannas Mutter und streicht mir über die Wange, »ich bin Gesine.«

Sie hat die gleichen Augen und die gleichen braunen, leicht gewellten Haare wie Hanna. Ich schlapfe hinter Gesine und Hanna in die Küche und lasse mich auf einen Stuhl sinken, irgendwo pfeift ein Wasserkessel.

»Du trinkst jetzt erst einmal einen Grog«, sagt Gesine.

Ernesto betritt die Küche.

»Was ist denn hier los?«, fragt er und blickt zuerst mich und dann Hanna ratlos an. Gesine stellt mir ein heißes Getränk hin. Es riecht nach Rum, ich nippe vorsichtig.

Hanna rüttelt mich sanft an der Schulter.

»Was ist passiert?«

»Hase«, sagt ihre Mutter mit strenger Stimme, »jetzt lass sie doch in Ruhe.«

Ich nehme einen ordentlichen Schluck und stelle die Tasse ab.

»Nein. Nicht in Ruhe lassen. Das haben alle ein Leben lang getan und gedacht, es wäre das Richtige«, sage ich.

Und dann fange ich an zu erzählen, ganz am Anfang, als Großmutter noch im Sägewerk gearbeitet hat, wie sie Großvater kennengelernt hat, wie sie den Nazis abgelaufene Lottoscheine statt Geld gespendet haben. Ich erzähle von Großmutters Taufe in einer Regentonne, von Onkel Micki und seinem Frank-Zappa-Schnurrbart und davon, wie er Papa am Treffpunkt hat stehen lassen. Ich erzähle, wie Mamas Eltern den Hof nach dem Krieg übernahmen, weil die früheren Besitzer nicht wiederkehrten, von dem Blaurot der Himbeeren, der Farbe frischer Hämatome, ich erzähle von Lidia und wie sie sich mit Vaseline einschmierte, bevor sie mit Sulamith auf dem Rücken durch die Donau schwamm, von den Dämonen in den Rollläden, von der Haushaltsschule, auf die Mama ging, und dem Bus, den sie nahm und in dem sie Papa traf. Ich erzähle von der *Gileadschule*, davon, wie Mama und Papa zuerst Portugiesisch lernten und dann Spanisch, wie sie einmal den Amazonas mit einem französischen Tanker hinaufschipperten, von den Orchideen, die am Ufer wuchsen, ich erzähle, wie Mutter sie für Sulamith und mich zeichnete, und dass die Männer, die auf dem Tanker arbeiteten, die Orchideen pflückten und sie in Reagenzgläser steckten, damit in Frankreich jemand aus ihnen Parfüm machen konnte, und wie Mama und Papa an Land gingen und mitten im Dschungel Jehovas Königreich verkündeten. Ich erzähle, wie Sulamith zum ersten Mal in die Versammlung kam, in ihrem pastellfarbenen Tüllkleid und einem dazu passenden Tuch auf dem Kopf, von der Kette mit der Mutter Gottes, und wie Mama dafür sorgte, dass sie verschwand, genau wie der Walkman, ich erzähle von Sulamiths Haaren, die ich auf den Armen spürte, dass ich ihr unterdrücktes Lachen hörte, dass es klang, als erstickte jemand, von den Werbeblöcken im Fernsehen, die sie liebte, und von all den Liedern und Texten, die sie vor sich hin trällerte, von Michael Jackson, den wir nicht hören durften, dass er einmal ein Bruder war, dass er ans Paradies glaubte und dass er von Haus zu Haus ging, bis er anfing, sich sein Gesicht mit *Domestos* zu waschen, dass Mama uns erzählte, dass Satan ihn so weit gebracht habe, sich Chlor auf die Nase zu kippen, dass Satan Michael Jackson beispielhaft hinabgezogen hat und dass dieser Mann für alle Brüder und Schwestern ein Mahnmal ist, all seine Lieder, alle Tanzbewegungen, die er macht, ein Zeugnis davon, was im schlimmsten Fall passieren kann, wenn du dich von Jehova abwendest und Satan übernimmt, und wie uns diese Angst genau wie die vor den Dämonen, vor Harmagedon, vor Totenköpfen, Kreuzen, Hufeisen, Kleeblättern, Tarotkarten, ABC-Tafeln, Marienbildern, Pentagrammen, schwarzer Kleidung, Rockmusik, Wahrsagerinnen, Horoskopen, Jahrmärkten und nackten Frauen ein Leben lang in Schach gehalten hat. Ich erzähle, wie Sulamith Daniel traf, von dem Geräusch, das sein Skateboard auf dem Linoleum in der Schule machte, von der Hundepfote auf seinem Rucksack, ich zähle die Filme auf, die Sulamith mit ihm in dem Kino in der amerikanischen Siedlung sah, erzähle vom Rhein, der schwer und grau die Stadt zerteilte, vom Erdbeben, und dass es der Tag war, an dem Sulamith beschloss, Jehova nicht mehr zu dienen.

Ich erzähle genau, wie es aussieht, wenn Lidia einen Anfall bekommt, wie ihr Gesicht zuckt in einem unglaublichen Tempo, von dem Tag, an dem ich vor dem Loch stand, in dem Sulamith in einer Kiste für immer verschwand, von dem hellen Schatten, den das abmontierte Kreuz auf ihrem Sarg hinterließ, von dem babylonischen Gott Tammuz, sage auch, dass von ihm das Kreuz kommt und dass die Christen also ein heidnisches Symbol verehren, und dann erzähle ich, wie Mutter und Vater mich mitten in der Nacht ins Autor zerrten und wir Geisrath verließen, wie Vater es »*fresh start*« nannte und Mutter mich vor dem Mahnmal im Lager auf die Knie schubste und einen Kranz niederlegte, von den Karten in Großmutters altem Haus und von den Fledermauskostümen, wie ich Hanna in Peterswalde zum ersten Mal vor der Schule traf und sie von Onkel Micki sprach und ich nicht wusste, wen sie meinte, ich erzähle von der Abtrünnigkeit und vom Jenseits, und wer auferstehen wird und wer nicht. Und davon, wie Onkel Micki mich hat stehen lassen, von den Pferden und dem Strandgut in Marokko, und dass ich womöglich nie nach Marokko reisen werde, und dass Sulamith vielleicht schon dort ist, zumindest ihre Stimme, ihre Haare und ihr Lachen, und dass heute ihr Geburtstag ist.

Ernesto hält mir ein Taschentuch hin, ich schnäuze mich. Rußspuren kleben auf dem weißen Stoff. Es ist ganz still, nur das Brummen des Kühlschranks ist zu hören.

Gesine seufzt.

»Da soll noch einmal jemand sagen, wie schlimm es hier früher bei uns war«, sagt sie, steht auf, holt die Flasche Rum aus dem Schrank, setzt Wasser auf und verteilt Tassen. Der Kessel erwärmt sich langsam und macht dabei diese eigentümlichen, stöhnenden Geräusche.

»Hat sie sich umgebracht?«, fragt Hanna irgendwann vorsichtig.

»Nein«, sage ich, »sie wollte nicht sterben. Sie war endlich frei. Vielleicht war es tatsächlich ein Unfall.«

Ernesto räuspert sich.

»Vielleicht wirst du nie herausfinden, was passiert ist«, sagt er leise, »so ist es oft im Leben. Nicht auf alles gibt es eine Antwort.«

»Ich habe sie im Stich gelassen.«

»Hast du nicht. Du bist doch selbst noch ein halbes Kind. Hattest halt Angst. Logisch. Hast alles richtig gemacht, sonst wärst du jetzt vielleicht auch nicht mehr da. Schon mal daran gedacht?«

Der Kessel pfeift, Gesine gießt heißes Wasser und Rum in die Tassen.

Ich hole die kleine Taube hervor.

»Die ist von meiner Großmutter. Jemand hat sie ihr im Lager geschenkt.«

»Wunderschön«, sagt Hanna, »darf ich mal sehen?«

Sie nimmt die Taube in die Hand.

»Sie trägt einen kleinen Zweig im Mund.«

»Ja«, sage ich, »Großmutter hat sie von ihren Glaubensschwestern zur Taufe bekommen. Sie nannten sich *Schwestern des Regenbogenbundes*.«

Hanna reicht die Taube an ihren Vater weiter.

»Unglaublich«, sagt Ernesto, »wie gut sie erhalten ist.«

Gesine lächelt.

»Regenbogenbund. Klingt schön.«

»Und jetzt?«, fragt Ernesto. »Was willst du jetzt tun?«

»Ich fahre allein.«

»Nach Marokko?«

»Nein. Nach Geisrath. Ich muss ans Grab. Ich muss mich von ihr verabschieden.«

»Ich komme mit«, sagt Hanna.

»Hanna«, sagt Gesine, »sei nicht albern.«

»Warum?«

»Weil du in die Schule musst.«

»Na und? Papa meinte erst gestern, dass wir endlich mal rüberfahren sollten, jetzt, wo die Mauer weg ist.«

»Aber doch nicht sofort«, sagt Gesine und blickt ihren Mann an.

Ernesto wiegt den Kopf.

»Ihr müsst nicht mitkommen«, sage ich, »aber ich will ich nicht länger warten.«

»Nein«, sagt Ernesto, »ich fahre dich.«

Hanna springt auf.

»Ich will mit! Bitte, Mama.«

»Wir könnten alle zusammen fahren«, sagt Ernesto.

Gesine schüttelt heftig den Kopf.

»Warum denn nicht?«, fragt Hanna.

»Jemand muss hierbleiben. Jemand muss Esthers Eltern Bescheid geben.«

»Wieso das denn? Ich meine, was sind denn das für Eltern?«

»Hanna, bitte.«

»Entschuldigung«, sagt Hanna und schaut mich an, »so habe ich das nicht gemeint.«

»Sicher gehen sie zur Polizei und melden Esther als vermisst.«

»Wahrscheinlich ist es wirklich besser, wenn sie wissen, wo ich bin«, sage ich, »aber zurück nach Hause gehe ich nicht.«

»Musst du auch nicht. Du kannst bei uns bleiben«, sagt Gesine, »so lange du willst.«

Hanna umarmt ihre Mutter.

»Genau das Gleiche wollte ich auch gerade sagen.«

Gesine schiebt mir den Grog hin.

»Trink, solange er schön heiß ist. Danach schläfst du wie ein ukrainischer Bauarbeiter, glaub mir.«

»Gesine! So was sagt man nicht.«

Ernesto steht auf.

»Morgen früh fahren wir los, ihr könnt im Auto noch ein wenig schlafen. Das ist das Gute an der Arbeitslosigkeit. Man ist flexibel. So sagt man doch heutzutage. Und ich gehe jetzt zu deinen Eltern. Mach dir keine Sorgen, ich kläre das.«

Qualm steigt hinter der Autoscheibe auf. Es brennt, es brennt! Es brennt nicht. Es ist nur der Auspuff. Er klingt wie eine kaputte Kettensäge, heult auf, wird laut, spuckt Rauch. Hanna und ich sitzen auf der Rückbank von Ernestos Wagen und reiben uns die Hände. Es ist bitterkalt.

»Seid ihr sicher, dass das normal ist?«, frage ich.

»Leider ja«, sagt Hanna.

Ernesto grinst verlegen.

»Kaltstart eben.«

Endlich setzt der Wagen sich in Bewegung. Ernesto reicht

uns zwei Decken nach hinten. Hanna und ich breiten sie über uns aus.

»Ich freue mich richtig«, flüstert Hanna, »ich weiß, es ist traurig, was geschehen ist, aber ich freue mich trotzdem, mit dir wegzufahren.«

Ich kuschle mich in die Decke und schaue nach draußen in die Dunkelheit. Ernesto war bei Vater und Mutter und hat mit ihnen geredet. Ganz besonnen sind sie wohl gewesen und haben sogar zugestimmt, dass ich erst einmal bei Hanna wohne. Von unserer Reise hat er ihnen nichts erzählt. Kurz habe ich überlegt, Ernesto zu bitten, nach Onkel Micki zu schauen, aber das habe ich mich nicht getraut. Ich frage mich die ganze Zeit, was schiefgelaufen ist. Womöglich hat Vater recht und auf Onkel Micki ist kein Verlass, aber wer weiß, vielleicht ist es genau umgekehrt – auf Vater ist kein Verlass, vielleicht hat er nur behauptet, Onkel Micki wäre nicht aufgetaucht, damit ich wieder nach Hause komme. Ich weiß es nicht, und jetzt, da ich auf dem Weg nach Geisrath bin, ist es mir auch etwas egal.

»Versucht zu schlafen«, sagt Ernesto.

Mir fallen die Augen von ganz alleine zu, obwohl ich früh ins Bett gegangen bin. Das Brummen des Motors wird leiser und leiser.

»Ich bin so müde«, meinte Sulamith, als wir nach dem Erdbeben hinter dem Saal hockten, »als hätte ich kein Bett, in dem ich mich je ausruhen könnte.«

Als ich wieder aufwache, ist es draußen schon hell. Hanna hat sich nach vorn gebeugt und schaut gebannt auf die Straße. Ein Gebäude mit vier Flaggen auf dem Dach zieht sich wie eine Brücke über die beiden Spuren.

»Schau«, sagt Ernesto und zeigt auf die mit Gras überwucherte Böschung, »da steht ein alter Sowjetpanzer.«

Werbeplakate säumen die Autobahn. *Come to where the flavour is, come to Marlboro Country.* Ernesto wechselt links auf die Überholspur. *Military* steht über uns, dahinter noch mehr Zigarettenwerbung. *Test the West.*

»Ist das hier schon die Grenze?«, fragt Hanna.

»Ja.«

Ernesto hält sich rechts und fährt an den Werbeschildern vorbei.

»Da ist ein *McDonald's*«, ruft Hanna. »Fahr dahin.«

»Es ist erst acht Uhr früh«, sagt Ernesto, »der hat doch noch gar nicht auf.«

»Doch«, sage ich, »hat er.«

Ungläubig blickt Ernesto auf den überdimensionalen Clown im gelben Overall, der vor dem Restaurant steht und die Arme ausstreckt. Hinter seinen feuerroten Haaren leuchtet das goldene M.

»So hat Sulamith, als wir klein waren, weit entfernte Vögel am Himmel gemalt«, sage ich. »Sie hat auch Jesus so gemalt. Mit roten Haaren, Schminke im Gesicht und dem goldenen M als Heiligenschein.«

Hanna kichert.

»Jetzt kriege ich Hunger.«

»Wer will denn schon zum Frühstück Hamburger essen?«, fragt Ernesto.

»Ich«, ruft Hanna und dreht sich zu mir um, »du auch?«

Ich schüttle den Kopf.

»Ich esse kein Fleisch.«

Gleich neben *McDonald's* ist eine Raststätte, davor stehen Dutzende Tramper, dicht gedrängt, wie ein Schwarm. *London* steht auf ihren Schildern, *Hamburg* und *Stockholm*, *Kopenhagen*, *München*, *Arnheim*, *Utrecht*, *Amsterdam* und *Paris*. Ich muss an die Raucherecke denken, an die Freunde von Daniels

Schwester mit ihren spitzen Schuhen und engen schwarzen Hosen – genau so sehen die meisten der Tramper aus. Ernesto parkt den Wagen vor der Raststätte.

Hanna springt raus. Unsicher folgt Ernesto ihr.

»Hast du auch Hunger?«, frage ich ihn.

Er schaut in den Himmel und dreht sich um die eigene Achse.

»Nein«, sagt er, »geht nur, ich muss mich hier langsam herantasten.«

Ich laufe hinter Hanna her, gemeinsam betreten wir die Gaststätte. Wir kaufen belegte Brötchen, Kaffee und Obst. Wir kaufen *Prinzenrolle, Haribo* und ein Päckchen Kaugummi – *Wrigley's Juicy Fruit*.

»Himmel«, sagt Ernesto, als er unsere Einkäufe sieht, »dafür sind die Leute also auf die Straße gegangen?«

Hanna hält ihm ein belegtes Brot hin.

»Sei kein Spielverderber.«

Er beißt rein, die Kruste kracht, er nickt anerkennend. Hanna zeigt auf eine Gruppe von Trampern.

»Wollen wir welche mitnehmen?«

Satt steigen wir zurück in den Wagen und fahren im Schritttempo auf die Tramper zu. Ein in Schwarz gekleidetes Pärchen steht ganz hinten, direkt neben der Leitplanke, sie hat ein weiß geschminktes Gesicht, eine Kette reicht vom linken Ohr bis zu ihrer Nase. Er hält einen Musikkoffer und ein *Köln*-Schild in den Händen.

»Das ist unsere Richtung«, sage ich.

Ernesto hält an, Hanna steigt aus und öffnet die Beifahrertür.

»Danke«, sagen die beiden.

Ernesto beugt sich vor.

»Geht das mit deinem Instrument?«

»Das ist meine Bratsche«, sagt der junge Mann in breitem sächsischen Dialekt.

Hanna setzt sich nach vorn. Das Mädchen rutscht neben mich und stellt sich mir vor. » Mascha.«

Ihr Freund reicht seine Bratsche durch, eng sitzen wir nebeneinander auf der schmalen Rückbank. Der Duft von Patschuli strömt durch den Wagen. Wir lassen den Grenzring hinter uns und fahren immer weiter in Richtung Westen.

»Ich bin übrigens Joe«, sagt der junge Mann mit der Bratsche irgendwann.

»Joe«, sagt Ernesto und grinst, »klingt aber nicht sozialistisch.«

»Das ist mein Künstlername«, sagt Joe, »ich bin mir sicher, so hätte er sich heutzutage auch genannt.«

»Wer?«, fragt Hanna.

»Johann Sebastian Bach.«

Ernesto lacht.

»Und Ernesto?«, fragt Joe. »Ist das auch ein Künstlername?«

»So was in der Art.«

»Nach Ernesto Che Guevara?«, fragt Mascha.

Ernesto wird rot.

»Mein Onkel hat ihn einmal getroffen. 1960 auf der Messe in Leipzig«, sagt sie. »Er war Lehramtsstudent und wurde für einen Besuch der DDR eingeteilt. Ihm war wohl sehr kalt.«

»Wem?«

»Na, Che Guevara.«

Hanna und Ernesto unterhalten sich mit Mascha und Joe, sprechen über Orte und Menschen, von denen ich noch nie etwas gehört habe.

Ich lehne meinen Kopf gegen die Fensterscheibe. Rechts ragt die Porta Westfalica aus jahrhundertealten Baumkronen hervor. Immer, wenn ich mit Mutter als Kind hier vorbeifuhr, wusste ich, bald waren wir wieder zu Hause. Zu Hause. Geisrath. Richtig aufgeregt bin ich. Und dann wieder unendlich traurig. Das Mädchen holt eine Flasche Patschuli hervor, tupft sich Öl hinters Ohrläppchen. Ich öffne das Fenster einen Spalt, auch nicht besser. Die Luft da draußen riecht nach meiner Kindheit. Spargeläcker reihen sich aneinander, die schwarze Folie flattert im Wind.

An einer Raststätte vor Köln lässt Ernesto Mascha und Joe aussteigen.

»Ab jetzt südlich halten«, sage ich.

Ich kenne diesen Abschnitt gut. Hunderte Male ist Vater diese Strecke mit uns gefahren, nach Weppersheim zu den Kreiskongressen, nach Köln in die Sporthalle zu den Bezirkskongressen.

»Hier müssen wir raus«, sage ich, als das blaue Schild vor der Siegbrücke auftaucht. Ernesto bremst und nimmt die nächste Ausfahrt. Ich richte mich auf, links kann ich die Sieg sehen, dahinter den Josephsberg, den gelben Turm des Karmeliterklosters. Das Schmelzwasser hat den Pegel steigen lassen, die Siegauen sind überflutet.

Ich kurbele das Fenster weit herunter. Es riecht süß und warm, nach Sulamith, nach unserer Kindheit. In den Gärten blühen die Forsythien. Über der Straße hängt ein Karnevalsbanner. *Blau-Gold Geisrath.* Hanna streckt die Nase in den Wind.

»Die Luft ist hier ganz anders«, sagt sie, »so lau.«

Auf dem Bürgersteig bleiben die Leute stehen und zeigen auf den blauen Trabant. Ernesto hupt und Hanna winkt, wie eine Karnevalsprinzessin.

»Dort hinten, seht ihr den Hang und das weiße Haus mit der Veranda? Dort bin ich aufgewachsen.«

Hanna reckt den Hals.

»Und dort Sulamith«, sage ich und zeige links aus dem Fenster, »in dem hohen Haus dort.«

»Ist ja ein Plattenbau«, sagt Ernesto.

»Hier ist es nicht so anders als bei euch«, sage ich, »vor allem nicht, wenn du so groß geworden bist wie Sulamith und ich.«

Ernesto fährt über die Nordbrücke und links an den Feldern vorbei. Unser altes Schulgebäude kommt in Sicht. Ich schaue auf die Uhr.

»Fahr ruhig noch ein Stück weiter. Ich will niemandem aus der Schule begegnen.«

Ernesto folgt der Straße, passiert *Gretchens Teestübchen*. Hanna streckt den Arm aus.

»Ist es hier?«, fragt sie und zeigt auf die Kapelle.

Ich nicke. Ernesto parkt schweigend den Wagen, wir steigen aus. Mit flachem Atem betrete ich den Friedhof, ich kann mich nicht erinnern, wo das Grab war, nicht einmal an das Begräbnis kann ich mich richtig erinnern. Ziellos laufe ich zwischen den Gräbern herum.

»Esther?«

»Ja?«

»Hier«, ruft Hanna.

Einige Reihen weiter hinten steht sie vor einem frischen Grab. Verglichen mit den anderen sieht es so aus wie ein kleiner bunter Hügel. Frische Blumen stehen dort in einer Vase, daneben ein schwarz-weißer Stoffhund mit dem gleichen wuscheligen Fell wie Daniels Hund. Wie hieß er noch gleich? Ein Einmachglas steht davor, darin ein Zettel. *Winston vermisst dich* hat jemand mit lila Filzstift daraufgeschrieben. Anders als die anderen Gräber hat es keinen Stein, nur ein Herz aus Holz. *Sulamith Hausmann* steht da, kein Geburtsdatum, kein Todesdatum, so als wollte man noch warten, ob nicht doch jemand Einwände habe. Bei Hochzeiten macht man das so, die Stimme erheben oder für immer schweigen.

Ich hocke mich vor das Grab, ganz heiß wird mein Gesicht.

Ernesto hält mir die Hand hin, aber ich schüttle den Kopf. Ich will mich in die Erde graben, selber nachschauen, ob sie wirklich da unten liegt. Habe ich ihren toten Körper gesehen? Nein, einen Sarg haben sie in die Erde gelassen, und der war viel zu groß für Sulamith, weil sie ja noch nicht fertig war – ein Mädchen, viel zu jung zum Sterben. Warum sonst sieht dieses Grab so provisorisch aus, wie eine schlecht verheilende Wunde? Diese Unruhe, die aufgewühlte Erde, diese bunten Blumen, diese Stofftiere und Briefe in Einmachgläsern.

»Jehova«, flüstere ich.

Ich horche in mich hinein, ich lausche der Ruhe, dem Atem, der jede Sekunde meinen Körper verlässt, doch ich bekomme keine Antwort, ich spüre keinen Funken – diesen Funken, den sie Glauben nennen, dieses Licht, das sie Gott nennen, ich sehe es nicht.

»Die Sonne kommt heraus«, flüstert Hanna.

Tatsächlich, am Himmel bricht plötzlich die Wolkendecke auf, aber so eine aufgebrochene Wolkendecke ist noch lange keine Antwort. Auf eine solche Frage kann man nicht einfach mit Sonne oder Regen antworten.

Ich horche ein letztes Mal in mich hinein, doch da ist nur diese Leere, die ich mit Hoffnung und Träumen auffüllen kann, aber die mit Gott rein gar nichts zu tun hat. Ich hole die kleine Taube aus meinem Rucksack hervor und stelle sie neben den Hund aufs Grab. Die Sonne wärmt meinen Rücken. Sulamiths Haare kitzeln mich.

Die Autorin dankt dem Deutschen Literaturfonds, dem Berliner Senat, der Villa Aurora Los Angeles und der Deutschen Künstlerhilfe für die finanzielle Unterstützung ihrer Arbeit.

Zitatnachweise

S. 19, 45, 47, 165, 274, 316, 347, 396: Alle Bibelzitate aus: *Neue-Welt-Übersetzung der Heiligen Schrift;* Hrsg.: Watchtower Bible and Tract Society of New York, Inc.; International Bible Students Association Brooklyn, New York, USA, 1970.

S. 84, 152: *Fragen junger Leute – praktische Antworten,* Band 1; Hrsg.: Wachtturm Bibel- und Traktat-Gesellschaft Deutscher Zweig, e.V., Selters/Taunus, 1989.

S. 186: Karel Novosad: *Armer Tannenbaum,* in: *Sieh mal einer guck! – Fünfundfünfzig Bildgeschichten, zwei Daumenkinos und eine Katzenschwanzparade;* Hrsg.: Viktor Christen, Stalling, Oldenburg, 1982.

S. 160, 161: *Das Leben – Wie ist es entstanden? Durch Evolution oder durch Schöpfung?;* Hrsg.: Wachtturm Bibel- und Traktat-Gesellschaft Deutscher Zweig, e.V., Selters/Taunus, 1985.

S. 214: *Singt Jehova Loblieder;* Hrsg.: Wachtturm Bibel- und Traktat-Gesellschaft Deutscher Zweig, e.V., Selters/Taunus, 1986.

S. 345, 346: *Du kannst für immer im Paradies auf Erden leben;* Hrsg.: Wachtturm Bibel- und Traktat-Gesellschaft Deutscher Zweig, e.V., Selters/Taunus, 1982.

S. 378: *Jorinde und Joringel. Acht Märchen der Brüder Grimm;* Insel Verlag, Berlin, 2013.